宁 肯 文 集

VOL.5 纪 实

中关村笔记

宁 肯

上海文艺出版社

目录

冯康构图（1）

冯康是谁

1960年3月，春寒料峭，北方的雪尚未消融，一天早晨，一队解放军士兵穿着厚厚的冬装，来到中关村南街中国科学院计算所。不久前这里还是庄稼地，现在是中科院办公区，连片的灰色办公楼在更广阔的田野构成独立的超现实的街道，有点“天空之城”的味道。此前，中科院诸多院所分散在老城，计算所原来一直在西苑大旅社办公，租了四楼一层，1958年成为“天空之城”的一部分。办公楼很新，但因为是深灰色，不显新，很低调，仿佛科学本身。

士兵没带武器，倒是带着挎包、文件包，有的帽子下边还戴着白边眼镜。尽管没带武器、文质彬彬，但这小队士兵看上去仍不寻常。这是科学重地，灰调，安静，士兵的到来又平添了一种神秘的类似基地的气氛。如果是一两个士兵，只是颜色有点跳，构不成什么，但如果是七八个，一队，就是武装力量。

士兵到了三楼，见到了同样神秘的冯康。冯康个子不高，甚至有些驼背，但是目光平静，淡然，带着士兵上到五楼。门卫对士兵重新一一核验证件、相片、介绍信，比进楼门时还要严格，冯康耐心等待，有时看一眼窗外。履行完所有程序，冯康带着士兵到五楼自己专用的办公室。

是的，这是冯康在五楼的办公室，在三楼还有一个。这个办公室的不同在于没有任何标识，只有编号，803，没人知道这数字是怎么回事。这层楼所有房间都只有编号，如果你想按标识寻找办公室根本不可能。办公室的里面也没有任何特色，甚至看不出这个办公室到底是干什么的。

这是“绝密 123”特别任务组（简称“123”任务组）办公室，绝密，整个五层都是绝密。士兵们像在基地一样站得笔直，甚至更笔直，没有坐下，一直站着，排成了弧形。冯康坐在办公桌前，如同将军一样，问了“21 基地”的生活情况，比如吃什么，事实上已超出了范围。冯康当然不是将军，是数学家，但他的眼中却有类似的东西。

冯康是三室业务指导，指导着下面七个任务组，后来又增加了“123”任务组，单列，没进入任务组序列。七个任务组都分布在三楼，有十几个房间。单列的“123”任务组在五层，这样冯康就有了两个办公室，三楼一个，五楼一个。这个任务组的人可以随便到三楼来，三楼的人却不能随便到五楼去，除了冯康。冯康任何时候都不需要接受检查，倒是他有时检查一下门口的士兵。

“123”任务组下面又分三个小组，分别是流体力学、空气动力学与冲击波数值计算小组。此外，五层是机房重地，有两台计算机——103 机、104 机，占了两个很大的房间，这也是五层戒备森严的主要原因之一。

当时，整个中国就这两台计算机。

冯康带着士兵看了机房，将七个士兵分到了三个小组。三个小组分别与导弹、原子弹、卫星相关。来自“21 基地”的士兵也不是普通士兵，脱了军装与五层刚分配来的大学生也没什么不同，他们也都是毕业不久的大学生，都来自一流学校，北大的，清华的，哈军工的。

但既穿了军装，又来自遥远的基地，他们就是纯粹的军人，他们一丝不苟，脸带着风霜，大自然的作用非常明显，即便戴着眼镜。不过因为年轻，他们的脸色不是黑而是红，红扑扑的。苏联专家撤走了，他们来到中国最高的数学殿堂，求助这里的数学家。他们站得笔直，动作干净利落，不时条件反射地敬礼，每见一位老师都毕恭毕敬，军容毕现。他们来这儿工作，学习，完成肩负的任务。他们代表的不仅仅是个人，也是“21 基地”。

“21 基地”，世界上最神秘的基地之一。类似的基地，美国有“51 区”，苏联有“塞米巴拉金斯克-21”，英国有“马加林”，法国有“穆鲁罗瓦”。“21 基地”下辖罗布泊原子弹试验场，建在马兰，一个在当时中国地图上找不到的地方。马兰位于新疆中部巴音郭楞蒙古自治州和硕县乌什塔拉镇南五公里，北临天山山麓，西邻博斯腾湖，东托罗布泊——中国核试验场，系戈壁大漠的边沿地带。事情开始于两年前，1958 年 8 月，张蕴钰被中央军委任命为中国核试验部队主任，翌年 1 月张蕴钰陪同总参总装备部部长方毅、工程兵设计院院长唐凯，由北京飞往新疆戈壁大漠，在已确定的罗布泊场区进行空中视察，回来后形成在此建核基地的报告。国防部批准了报告，并通知新疆军区，0673 部队进驻新疆。部队走着走着，在和硕县乌什塔拉以南一块白地停下来。这里虽无可耕地、无草木，但地下水源十分丰富，位置也大体合适，东距试验场区 250 公里，北靠天山，西 20 公里处有博斯腾湖；处于戈壁大漠，这里有很少一点马兰草，那就叫马兰吧，马兰从此得名。不到两年，这里有了医院、学校、招待所、办公楼、宿舍、礼堂、广场、军人服务社、汽车修理厂、军用机场，笔直的马路两旁白杨树高大挺拔。从此，世界多了一个神秘地区。

基地与 1957 年中国和苏联签订的《国防新技术协定》有关，根据协定，苏联明确承诺向中国提供原子弹数学模型与图纸资料。翌年中国负责核武器研制的第二机械工业部（二机部）第九研究所（九所）在北京成立。“21 基地”正是在这样的背景下诞生的。但是刚刚起步不到两年，1959 年苏联方面致函中国，拒绝向中国提供原子弹的数学模型和技术资料。随后又照会中国政府：决定撤走在华的核工业系统的全部专家，停止供应一切技术设备和资料。中国的一穷二白立刻暴露无遗，穷不用说了，白，具体在原子弹研制上来说，就是没专家。无奈之下，钱学森向钱三强推荐了郭永怀。

郭永怀临危受命，与王淦昌、彭桓武形成了在苏联专家缺席的情况下中国核武器研究最初的“三驾马车”，这至关重要，幸好中国有这三个人。然而，事实上他们这三人都不是原子弹专家（而计算所三室的冯康更不是）。王淦昌仅是理论核物理学家，彭桓武也是，两人各自在自己的领域取得过杰出成就。郭永怀历任九所副所长、九院副院长，主要负责力学和工程方面的领导工作，接受原子弹任务时，他领导的九院一无图纸，二无资料。

九院的依托单位是中科院计算所，这是必然的，共和国最杰出的数学家在这里，不找这里又找哪儿呢？事实也是这样，一个国家的科学院是这个国家的发展后盾。九院交给中国科学院计算所——确切地说是三室，大量计算任务，如原子弹圆爆的冲击波、部分流体力学，不仅原子弹，同时还有导弹，两者是不可分的。这是个特殊的任务，尽管从 7 个任务组抽人成立了“123”任务组，尽管那时整个国家仅有的两台计算机——103 机、

104 机都放在了计算所，但有关原子弹，特别是具体到原子弹的圆爆冲击波，以及与导弹相关的流体力学，数学家们都没接触过，更何况所里大部分是年轻人，有的甚至比来自“21 基地”的士兵还年轻，但是三室还是接下了任务，冯康作为业务指导。

敖超，1958 年毕业于北京大学数学力学系，在计算所工作不过两年，便被抽调到戒备森严的五楼工作，那时在“123”任务组已是一个小组的组长。现在敖超还记得，当时计算所相当部分人是研究计算机的，所里的计算机有一间房子那么大，103 机与 104 机占了两间房子，但它们的计算能力只有 1000 多个单元，1000 多个字节。多少年后敖超还记得当年计算机那硕大的机身，无数的纸孔。敖老说现在一个手机就是 4G，4G 是多少呢？就是 4 的 49 次方，那“大房子”的计算能力是 4G 的几十万分之一。七机部、二机部、二院，不断交来一些课题，关于导弹的，关于原子弹的，甚至还有卫星的。敖超这个小组研究原子弹爆炸冲击波，研究破坏力与防御的措施，建筑物要造得多坚固才能防冲击波，这是空气动力学问题。但是要计算原子弹爆炸冲击波，单靠那一间房子的计算机仍很困难，而且虽然有了计算机，可是最终没有方法也不行。

敖超学的是数学动力学，虽然当了小组长，可从没接触过原子弹。组员有 1955 年毕业的，比敖超早三年，但学的是计算机，更是对原子弹根本没概念。那时冯康正搞世界性的“有限元”研究，没接触过原子弹，想都没想过这件事。也幸好冯康是“飞鸟”型的数学家，凭着学术水准可以俯瞰--些东西。数学家有两种，数学物理学家弗里曼·戴森在《飞鸟与青蛙》一文中写道：“有些数学家像飞鸟，而另外一些像青蛙。飞鸟翱翔于高空之中，游弋于数学的广袤大地之上，目及八方。他们着眼于那些能够统一我们思维的概念，时常将领地当中不同区域的分散问题联系在一起。

青蛙则栖息于泥沼之中，所见不过是附近生长着的花朵。他们着眼于特殊目标的细节，每次只解决一个问题。数学领域是丰富而美的，飞鸟使它宽广，而青蛙则使它精致入微。”

冯康既是“飞鸟”，又是“青蛙”。作为“飞鸟”，他可以从更高的数学角度看待原子弹、导弹、卫星。冯康早年毕业于中央大学物理系，大学时期兼修了电机、物理、数学三系的主课。50 年代初曾到苏联研修，是苏联伟大的数学家庞特里亚金（Pontryagin）的学生。有人说冯康的性格也有点像庞特里亚金，也就是说才华决定了他们某种高蹈而直率的个性。冯康还是一个语言的天才，通晓英语、俄语、法语、德语、意大利语、日语六门外语，这使他想看什么就能直接看懂什么，不用翻译，科学院的多种外国杂志对冯康似乎只是同一种语言。

因此不懂原子弹没关系，看，直接看大量外文资料。冯康先自己查资料，查外文杂志，然后组织讨论班，学习，讨论。在讨论班上冯康像将军一样指挥着手下的士兵——的确有士兵，“21 基地”的士兵——看文章看资料，哪些文章资料你去看，哪些文章资料他去看，谁去看这个，谁去看那个。

中国的原子弹就是这样白手起家的。敖超说：那时要是没冯先生抓这件事还真不行，谁也抓不起来，我这个小组长是不行的，因为我也什么都不知道。冯先生视野宽，不仅是数学家，还懂物理、机械，外语又好，懂好多门外语，不是一门两门，后来“文革”中说他是“七国特务”就是这么来的。所里当时没有人像他懂这么多外语。没这么多外语怎么从无到有白手起家？就是他这个后来的所谓七国特务那时先看了很多文章，他不是一定要从头到尾看，了解重要性即可，浏览一下要点，知道这个说的什么，哪些个地方有特色，有新东西，创造性在什么地方，然后分头交给“123”任务组的人。

与此同时，在三楼，冯康的日常工作是指导三室展开理论研究工作，在完成国家急需重大任务之余写出高质量高水平的学术论文。其中的“无黏超音速绕流数值计算和初边值问题差分方法研究”工作，无论在理论上还是实践上都有所突破，获得许多成果，为国防部门计算出了大量有关的数据，特别是为中国早期的航空航天事业做出了重要贡献。这一领域的数值计算问题是当时国际上公认的难题。

当时的另一个难题是原子能反应堆的物理计算，需要求解玻耳兹曼方程。这个问题的难度在当时更大，冯康“鸟瞰”数学力学，提出从积分守恒原理出发建立差分方程，具体指导“123”任务组推导出解决玻耳兹曼方程的一系列守恒格式，在制造原子弹的实际计算中获得了成功。同时在理论分析方面也做了一些重要研究，为中国早期的原子弹试制和第一艘核潜艇上核反应堆的设计提供了可靠数据与数学模型。

冯康直接负责了一项解决不定常流冲击波问题计算方法的研究课题，指导课题组通过实际计算研究，总结出各类方法的特点和适应情况以及如何选取各种参数，从实践和理论两个方面初步探索出了解决此类问题的途径和方法。

冯康给年轻的士兵讲：冲击波问题可以变成一个流体力学问题，而流体力学就可以用偏微分方程处理。偏微分方程是数理方程的一部分——数理方程有双曲形、椭圆形、抛物形。冲击波这个问题主要是双曲形的，最后形成的是一个数学问题。而计算机可以解决这个东西的计算问题，就是把它代数化。不代数化，不把微分方程放在计算机里它就不认。同样，微分是一个曲线，倒数，倒数实际上就是它正当的速度和下降的速度，用这个两点一除，它的变量距离就是差分。差分它，也可以化成代数。除了差分方程方法，还有物理模拟方法，特均线方法……冲击波的问题是，波浪会突然有一个间断，因此可以用微分方程，差分解，差分这个间断它就比较光滑。微分就不一定这么好，精度就不行了。这个间断距离很短，变量也就得很短才行。讨论班上，冯康把计算冲击波总思路和其下的分路径都讲了。

“那时候，”50 年后敖超说，“原子弹方面，我们当然还谈不上创造，主要是研究苏联和美国。主要是研究他们那些方法，但是我们通过自己的努力摸索出来了。应该说通过几年工作，从原来的一穷二白，后来慢慢地也有些接近他们的东西了，再后来看他们的东西，那些讨论的问题，跟我们当时考虑的问题基本上是一样的。大家关心的都是那些事情，等于同步了，差不多了，这是非常不容易的事。”

1964 年 10 月 16 日下午 3 时，马兰，遥远的“21 基地”，罗布泊上空，中国第一颗原子弹爆炸成功。美国人惊讶，苏联人更是震惊。美国人在 1945 年制造出了三颗原子弹，其中的两颗是“内爆”型，一颗是“枪法”型，在广岛投下的是“枪法”型，长崎投下的是“内爆”型。中国第一颗原子弹便采用了“内爆”型。所谓“内爆”型是将大量炸药起爆的能量压向内心，产生高温、高压，使内心里的核材料产生核裂变，释放出大量核能。这样做的困难在于炸药起爆后，能量并不是完全向内心压缩，而是向四周扩散，这就无法实现核裂变。面对这一技术难题，中国的科学家经过无数次的理论计算和试验，从北京的中关村到“21 基地”，从青海的金银滩，到新疆罗布泊，从小型到中型到大型，从局部到整体，一步一步地试下去，最后实现了炸药起爆的能量完全压向内心，突破同步聚焦技术的世界性难关。当时计算所的士兵们就在爆炸现场，他们出色地完成了从计算所五楼到“21 基地”再到罗布泊的任务。他们知道谁起了至关重要的作用，谁一次次给他们上课，讲解，指引路径。

时间到了 1999 年，新中国成立 50 周年之际，当年的幕后英雄走出了时间深处的帷幕，国家表彰了 23 位“两弹一星”的科技专家，其中的邓稼先、于敏、王淦昌、郭永怀现在早已为人熟知。没有冯康。与别人不同的是，作为数学家，冯康在彼时早已闻名海外，他的主要成就并不在核武器上，作为幕后英雄似更为合适。不过庆功会上，中国科学院第一任党组书记张劲夫没有忘记冯康，这位当年的顶头上司非常了解情况。有一次，在谈到“两弹一星”的功臣时，他专门提到了冯康，称冯康是“另一个幕后英雄，‘两弹一星’的功勋机 109 丙机有冯康的一份功劳，他的算法起了重要作用”。

这是公允的。冯康作为数学家的故事当然远没有结束，尽管他所有的故事差不多都在历史的“褶皱”中，但历史不会静止不动，总有人从“褶皱”中走出。

刘家峡

黄河九曲，黄水东流，天上黄河到了刘家峡来了个大回转……1958 年刘家峡水电站在刘家峡开工。刘家峡水库设计蓄水容量达到前所未有的 57 亿立方米，水域面积 130 多平方公里，拦河大坝高 147 米，长 840 米。大坝下方是发电站厂房，地下大厅排列着 5 台大型发电机组，总装机容量为 122.5 万千瓦，是中国首座百万千瓦级的水电站。这是前所未有的工程，如此大的工程曾遇到鲜为人知的困难，以致停工。

1963 年早春，刘家峡大坝设计组副组长朱昭钧工程师冒着漫漫黄沙，来到中关村南街，看着一座座结构相同的灰调板楼，感觉踏实了许多。尽管远处是无垠的田野，这里与城市无关，但也正是这种独立的又超越田野的存在，让他感到某种国家的信心。在中科院计算所三室，朱昭钧见到了工作着的科学家们，请求帮助解决边远的刘家峡大坝停工的问题。正在快马加鞭指导原子弹、导弹、卫星计算攻坚任务的冯康，在计算所三楼办公室接待了远道而来的朱昭钧。

冯康听了情况，找来了三组的崔俊芝，把具体的解决任务交给了年轻的后来也成为院士的崔俊芝。如同将军把作战任务交给了某个团，或某个特务营。朱昭钧向崔俊芝具体介绍了工地采用的“弓冠量分配计算方法”，崔俊芝一一做了详细笔记。

送走了朱昭钧工程师之后，崔俊芝冒着西部风沙来到刘家峡，刘家峡黄河的壮美在崔俊芝眼中是另一番景象，确切地说他在用一种数学的眼光严格地审视着一切。崔俊芝发现刘家峡大坝用“弓冠量分配计算方法”形成的系数矩阵事实上是病态的，于是干脆放弃了这种方法，另起炉灶，转而使用主元素消去法去求解弓冠量方法导出的病态线性方程组。

虽然病态问题迎刃而解，但是崔俊芝在对计算结果进行应力校核时，却发现局部应力总是不平衡。由此崔俊芝对“弓冠量分配计算方法”产生了根本性的怀疑，接着在蔡中熊的帮助下，利用黄鸿慈等人编写的应力函数法标准程序进行了计算，然而计算出来的结果仍然不能做到局部区域的应力平衡。

应力平衡的问题是个大问题，它既是一个实践问题也是一个理论问题，也是世界性的难题。当时采用了十三点差分格式的应力函数计算程序来进行水坝应力分析，而得不到满意结果的主要原因是全部采用了正方形网格，而事实上水坝的边界是不可能与网格线重合的。认识到这点非常重要，三室理论组的黄鸿慈认为，内节点用差分逼近，边界节点不得不使用外推插值处理，这种不统一、不协调的处理方式也是造成计算结果不理想的原因。另外除了计算方法之外，计算机储存量的限制也是造成计算难题的重要原因之一。

刘家峡水电站不同于以前的小型水电站，以前的水电建设经验用不上。正当崔俊芝对刘家峡水坝计算问题一筹莫展的时候，冯康在计算所的一次学术报告上重点讲述了一篇文章，让崔俊芝茅塞顿开。冯康提到的那篇文章是 Prager 和 Synge 于 1947 年发表在美国《应用数学季刊》上的一篇文章，巧的是 Synge 曾是钱伟长在多伦多大学读博士时的导师。冯康介绍 Synge 在应用数学和力学方面做过很多杰出的工作，后来当选为英国皇家协会院士。冯康的那次报告给了黄鸿慈和崔俊芝等人决定性的启发，正是那次报告中冯康提出的用变分原理进行差分计算的思想，为许多年轻学者提供了研究方向。

冯康的报告引起了强烈反响，此后在冯康的指导下三室的人掀起了钻研与探讨差分方法的热潮，年轻人从中科院图书馆借来美国 Forsythe 和 Warsow 二人于 1960 年写的一本叫作《偏微分方程的差分方法》的书。书中有两个关于椭圆方程计算的章节讲到了变分差分格式。黄鸿慈、崔俊芝等三室的年轻人如饥似渴地争相阅读这本书，因为没有复印机，他们就自己抄公式、刻钢版进行油印，就像那个年代一些诗人做的事。那个年代北京最为活跃的两个地下文艺沙龙，一个是郭沫若之子郭世英组建的“×诗社”，另一个是张郎郎组建的“太阳纵队”，他们也是用钢版刻印外国当代诗。在这一点上时代有着某种一致性，的确很多时候数学也具有音乐般的旋律美、层次美、几何美、抽象美，两者是相通的，音乐旋律的起伏变化一如几何变量中的连续和离散。

数学家、诗人蔡天新在一篇谈数学与诗的文章中说，数学家和诗人都是作为先知先觉的预言家存在于我们的世界。只不过诗人由于天性孤傲被认为狂妄自大，而数学家由于超凡脱俗为人们敬而远之。事实上，冯康随后的“有限元”研究的突破，也是想象的产物，发现的产物，灵感的产物；是一个人带头的探路，激发了另一群人的探路，一个人开辟了方向，大家在方向中不断定位、捕捉、寻找的结果。这同样也是诗，甚至不仅内容上像，就连大家充满激情地刻钢版、油印，都像。

与此同时，在冯康的筹划部署下，导弹、原子弹的某些研究也进入最后阶段，那时三楼和五楼互不相涉，冯康联结着上下，指挥若定，并行不悖，一方面讲解对导弹至关重要的偏微分方程，一方面将二组的水坝计算组的年轻人分成三个小组，从三个不同方向对水坝计算进行系统研究。三个小组，二组副组长林忠楷带领一个小组重新设计方案，用应力函数的方法进行计算；二组组长魏道政带领一个小组，从平衡方程出发，把应力——应变关系代进拉梅方程进行计算，崔俊芝在这个小组。剩下的一个小组由蔡中熊带领，王荩贤在这个小组，从变分原理出发，直接用位移差商代替位移导数进行计算。

三个小组像交响乐或三组诗，定期交流，排演，向乐队指挥冯康汇报，而冯康如卡拉扬一样指挥着各小组所有的配器、音色、音调。为了尽可能地保证在坝体内部任意局部区域上的应力平衡性，崔俊芝与后加入的魏学玲采用了冯康反复提到的基于拉梅方程的积分守恒的差分格式，内部采取不等距矩形网格，边上采用三角形网格，使所有计算节点都落在坝体内部或边界上。

1964 年春，也就是原子弹爆炸成功前夕，崔俊芝、魏学玲二人分工合作，算出了一组水坝新的结果——利用积分守恒格式的计算结果。经过细致的应力校核，其结果不仅在边界节点附近应力是基本平衡的，而且在坝体内部任意局部区域上的应力，也是基本平衡的！这非常关键，这就如同这一次演奏出了自洽的接近完美的效果。冯康第一次对年轻人点了头，也对五楼的年轻人点了头，原子弹冲击波的计算也已万无一失地完成，只等蘑菇云上天。

刘家峡水坝工程设计组对计算结果非常满意，建设继续进行。崔俊芝对原来由他和魏学玲合作编制的程序又进行了重大的修改，采用了标准化的信息格式，编制出了第一个平面应力分析标准程序——计算所的104计算机版本。同年崔俊芝又编制了一个平面应力分析标准程序——119计算机版本。正是利用这两个程序，崔俊芝为刘家峡工程计算了多个设计方案。与此同时，研究仍在继续，崔俊芝和王荩贤一起，把基于积分守恒格式的差分格式和基于变分原理的差分格式一一进行了对比，发现在边界节点上其差分格式是一致的——它们正是后来“有限元”法得到的边界节点上的差分格式；对于内部节点的差分格式也进行了组合优化，形成了当时认为是最好的差分格式。以这些差分格式为基础，崔俊芝、王荩贤、赵静芳三人合作编制了另一个平面应力分析标准程序——109-乙计算机版本。借用这个程序，他们为多个不同类型的结构工程进行了平面应力分析。到了1964年的五一节，经过废寝忘食的攻关，刘家峡水坝计算的系统研究有了结果。至此，在冯康指挥下，“有限元”第一交响曲“实践”大获成功。

有限元

如果事情到此结束，中国独立完成的“有限元”研究与理论价值，或许将永远深埋在刘家峡水电站大坝的钢筋水泥之中，世界也不会知道冯康。冯康发现刘家峡水坝整个设计过程不简单，凭着他的世界性的“飞鸟”视野，有些东西值得总结、深入探讨并升华，而这件事情也必须由他完成。就像一个将军总揽一场战役，而这总结也只能由将军完成。

这时候冯康是孤独的，也必须孤独，像所有大师那样，是一个人来到最远处的孤独。一环扣一环，冯康慢慢形成了自己的报告。在报告中，冯康发现了从未发现，但事实上又已存在于钢筋水泥中的一整套求解“偏微分方程边值问题”的计算方法，即一个用变分原理进行差分计算的方法：通过剖分插值，构建分片多项式的函数空间，求解偏微分方程。

这就是后来著名的有限元方法，虽然冯康当时把这一方法叫作“基于变分原理的差分方法”。这一方法的发现，在当时震动中国的计算数学领域。1965 年 5 月，全国计算机会议在哈尔滨召开，冯康在会上正式做了这个基于变分原理的差分方法的报告，并将报告发表于 1965 年第 4 期《应用数学与计算数学》期刊上，题为《基于变分原理的差分格式》。

这一杰出的论文用高深的数学理论，在极其广泛的条件下，证明了基于变分原理的差分方法的收敛性和稳定性，建立起有限元方法严格的数学理论框架，为有限元方法的实际应用提供了可靠的理论基础，被西方学术界认为是中国学者先于西方创造了有限元方法理论的标志。但是由于“文革”，许多年一切都无从说起，直到改革开放后的 1981 年。

1981 年，法国数学家，曾担任国际数学家联盟主席、法国科学院院长的利翁斯（J. L. Lions）院士访问中国，对冯康和他领导的团队在 1965 年关于有限元方法的重大发现给予了高度的评价。利翁斯在那年的世界数学大会上说：“冯康的有限元方法意义重大，中国学者在对外隔绝的环境下独立创始了有限元方法，在世界上属于最早之列。今天这一贡献已为全人类所共享。”

1982 年，冯康与利翁斯一起主持了“中法有限元讨论会”，冯康与弟子余德浩联名发表了论文《椭圆边值问题的正则积分方程及其数值解》。这是“中法有限元讨论会”的两个最主要的报告之一。同年，冯康获得特邀，在国际数学家大会（International Congress of Mathematicians）上做 45 分钟报告，报告的题目就是《有限元方法与自然边界归化》。国际数学家大会，是数学家们进行数学交流，展示、研讨数学的发展，会见老朋友、结交新朋友的国际性会议，每四年举行一次。首届大会 1897 年在瑞士苏黎世举行，除两次世界大战期间外，未曾中断过，它已成为高水平的全球性数学科学学术会议。出席大会的数学家的人数，最少的一次是208人，最多的一次是4000多人，每次大会一般都邀请一批杰出数学家分别在大会做45分钟学术报告。国际数学界认为，由冯康开创的有限元研究，在其后的数十年中，经捷克（代表人物I. Babuska）、美国（代表人物J. Douglas和J. Bramble）、法国（代表人物P. Ciarlet和P. Raviat）、意大利（代表人物F. Brezzi）等国的许多学者的广泛参与，最终确定了有限元的逼近性质、逼近精度、有限元尺寸和多项式阶次的关系，使有限元方法实现质的飞跃。在这些分析中，广义函数论、索伯列夫空间理论、偏微分方程的希尔伯特空间方法等现代数学理论都起着重要的作用。而毋庸置疑的是，有限元法的发现，也让冯康成功步入世界级数学大师的殿堂。

2006年英国牛津大学教授特列菲坦（Trefethan）在他撰写的“数值”分析一文中，对计算数学的发展做了千年回顾，其重大成就的列表中第一项是“公元263年，高斯消元法，刘徽，拉格朗日（Lagrange），高斯（Gauss），雅可比（Jacobi）”，第九项是“1943年，有限元法，柯朗（Courant），冯康，克劳夫（Clough）”。刘徽之后，第二个中国人的名字是冯康。

另外，根据狄多涅的纯粹数学全貌和岩波数学百科全书，综合量化分析得出的“二十世纪世界数学家排名”，其中进入前200名的中国人（包括美籍华人）共有7位，分别是：陈省身，华罗庚，冯康，吴文俊，周伟良，丘成桐，萧荫堂。2002年，四年一次的国际数学家大会在北京举行，时任国际数学家联盟主席的帕利斯（Jacob Palis）在开幕式上说：“中国数学科学这棵大树是由陈省身、华罗庚和冯康，以及谷超豪、吴文俊和廖山涛，及最近的丘成桐、田刚等人培育和奠基的。”也是这一观点。

1993 年 8 月 17 日，冯康在浴缸前不慎滑倒，与世长辞。冯康的辞世，震动了国际数学界，美国著名的科学家、前美国总统科学顾问、美国原子能委员会计算和应用数学中心主任彼得·拉克斯（Peter Lax）院士专门撰文悼念冯康："1993 年 8 月 17 日，中国杰出应用数学家冯康先生突然与世长辞。冯康提出并发展了求解哈密尔顿型演化方程的辛算法，理论分析及计算实验表明，此方法对长时计算远优于标准方法。在临终前，他已把这一思想推广到其他的结构。七十三载时光成就了他杰出的事业生涯，也走过了一段艰辛的生活旅程。50 年代后期，冯康先生独立于西方国家在应用数学方面的发展，创造了有限元方法理论。80 年代末期，他又提出并发展了求解哈密尔顿型方程的辛几何算法。冯康先生对于中国科学事业发展所做出的贡献是无法估量的，他通过自身的努力钻研并带领学生刻苦攻坚，将中国置身于应用数学及计算数学的世界版图上。冯康的声望是国际性的，我们记得他瘦小的身材，散发着活力的智慧的眼睛，以及充满灵感的面孔，整个数学界及他众多的朋友都将深深地怀念他。"

但"冯康是谁"？知道的人依然很少。作为闻名世界的数学家，冯康在中国或许是最神秘的，这种神秘性也给历史留下了空间。

然而历史在极小范围内事实上也并未完全中断，中国科学家屠呦呦获诺贝尔奖后，勾起许多话题，在互联网上的一个很小的角落有人发出帖子提出：华罗庚伟大，还是冯康伟大？帖子提到"看到陈安先生的文章《华罗庚先生和冯康先生，谁更是大师？》，我来凑个热闹，就事论事，不针对其他。什么是创新，说句老实话，我之前还真不明白创新是什么，又看了廖俊林老师的文章《屠呦呦见证中国文化的问题》，狠狠地把我教育了一番。创新是无中生有，在旷野中游荡找到宝藏。从创新这点出发，冯康老先生的有限元的创新和应用价值，在当代中国数学领域，很少有其他工作可以与之媲美。所以说大家知道答案了吧？评价科学应该还是有其核心的东西，那就是创新及其意义和贡献”。

有人回：“华罗庚弟子遍天下，遍及数学几乎每个领域，甚至可以说由于华先生及其弟子的努力，中国的现代数学研究有了一个很好的开端，并且在许多个领域都有所深入，在数理学部声名显赫的院士里，有不少人是华先生的弟子。冯康先生当然也是个不可多得的天才，他独立于西方数学界提出有限元的计算方法，现在这个方法的应用已经遍及世界，在中国多个领域都有有限元应用的影子。华罗庚先生的数学则没有有限元这么应用广泛，甚至可以说数论和多复变函数的应用非常之不广泛。如果一定选一个大师，我是选不出来的，因为两个人的伟大之处似乎不太一样，但是都不失伟大。”

这是公允的。

手记一：沉默的基石

中关村的科学家与“两弹一星”有着不解之缘，他们多数是无名英雄，冯康也是。中科院当年承担着原子弹和导弹研制中一系列关键性的科学和技术任务，包括理论分析、科学实验、方案设计、研究以及制造各种特殊的新型材料、元件、仪器、设备。人造卫星则从构思到建议都是由中国科学院提出并上马的。张劲夫 1999 年撰文披露中科院参加“两弹一星”研制任务的科学研究人员占全院科研人员的 2/3，有 3000 多人。第一颗原子弹爆炸的现场观测也主要是中科院地球物理研究所、力学所、物理所、声学所、光机所等承担的任务，与核试验基地研究所共同商定各个类型的 15 项测量技术方案。

时任中科院党组书记张劲夫发表在1999年5月6日《人民日报》的题为《请历史记住他们——关于中国科学院与“两弹一星”的回忆》一文中写道：“‘两弹一星’的真正功臣，除了我前面提到的一批我印象很深的科学家以外，还有一些科学家在不同领域做出了贡献，有的还是很重要的贡献。例如原子能所的著名物理学家王淦昌，物理学家彭桓武、朱洪元，科学院的数学家关肇直和冯康……请历史记住他们！”是的，历史应该记住他们，中关村应该记住他们。一部中关村的书怎么可以没有他们？他们是现代中关村的奠基者。

中关村的概念绝不能因为高新科技园区、众多明星企业家而变得狭窄，相反中关村时刻都不应忘记自身的基石——默默无闻坚固如同大地岩层的基石。没有这一基石，中关村很难像现在这样高楼林立，在世界代表着北京乃至中国的成就。即便大数学家冯康为原子弹做出不可或缺的贡献，也从不以原子弹幕后英雄自居，甚至在自己的履历中提都不提。“两弹一星”当然只是冯康工作的一部分，他主要还是杰出数学家，与华罗庚、陈省身构成了中国数学的“三驾马车”。美籍华人数学家、菲尔兹奖获得者丘成桐说：“中国近代数学能超越西方或与之并驾齐驱的主要原因有三个，一个是陈省身在示性类方面的工作，一个是华罗庚在多复变函数方面的工作，一个是冯康在有限元计算方面的工作。”

如果说作为世界级的数学家，冯康投身“两弹一星”一直是个秘密，是沉默的基石，那么我采访过的中科院计算所的秦梦兆、邵誉华、曾继荣、刘阴权、敖超，他们更是，他们当年在冯康指导下秘密参与原子弹、导弹、卫星的计算研制工作，同时又有各自的研究领域。秦梦兆老先生与冯康合著了《哈密尔顿系统的辛几何算法》，一直是冯康的助手，但老先生像其他人一样话语不多，似乎习惯了沉默，似乎基石的属性即沉默。

而中国科学院及其科学家不也是整个中国的基石？

必须向基石致敬，他们的故事沉默而闪光。

一如岩层中的云母闪光。

第一人

一个新粒子，诞生一个新世界

1978 年，新泽西，普林斯顿。

中国物理代表团访问美国，代表团成员有四人，其中有后来被称为“中关村第一人”的中国科学院物理所核聚变专家陈春先。为了这次访问，陈春先像其他成员一样购置了统一的灰调西装，统一的皮鞋，穿越了浩瀚的太平洋，来到前不久还被中国人称为“腐朽荒淫”的国度。多年的闭关，外面的世界什么样？仿佛一个世纪轮回一样，一百年之后他们又成为先行看世界的人。

代表团的访问目标是，参观普林斯顿等离子物理实验室环形聚变实验反应堆的托卡马克：一种环形磁约束装置。不仅用美国的实验数据对比北京托卡马克 6 号装置的实验数据，还要以美国托卡马克为参考蓝本，筹建国家投资 4000 万元的托卡马克 8 号装置，从核聚变中探索人类新能源。就此来说，虽是轮回，却又和一百年前不一样。

1954 年苏联原子能之父萨哈罗夫，在西伯利亚库尔恰托夫原子能研究所研制出了存放等离子体的容器，命名为托卡马克。1968 年，托卡马克装置 T－3 取得重大突破，在千万摄氏度高温以上获得稳定环形高温等离子体。翌年英国卡莱姆实验室的科学家在苏联对 T－3 进行测试，证实了苏联获得的重大突破，在全球引起轰动，西方各国纷纷建造托卡马克。1974 年，陈春先带领课题组奇迹般地研制出中国首台托卡马克 6 号，打破西方发达国家对核聚变的垄断。有了这样的成绩，访问美国，考察学习，顺理成章。

著名华裔实验物理学家丁肇中见到了代表团，他曾有一句名言："科学实验的结果往往会出乎人们原来的想象，产生出新的粒子，新的世界。"其实不仅科学实验，很多事情都是这样：偶然决定着必然，一个看起来无关的事物可能会改变整个事物的方向。如同一个新粒子，诞生了一个新世界，访美期间，美国给陈春先留下最深印象的不是先进的实验室，不是托卡马克，而是科研爆发力。陈春先注意到本来托卡马克、人造卫星是苏联首先研制成功，但是美国核聚变之父弗斯（H. P. Furth）教授带领科技人员，只用了几个月就研制出托卡马克，并且超过苏联，成为日本、德国、法国建造托卡马克的学习基地。接下来，很快美国的航天事业赶超了苏联，不但发射卫星，有了宇航员，还把人送上了月球，超越了加加林。美国何以这么快？此外，陈春先还注意到美国核聚变的研究是军事和民用两条腿走路，提高军事实力同时推进民用核发电，促进经济的发展，互为源头。这些都让陈春先感兴趣，想弄个明白。

不久，陈春先有了第二次访美的机会，这次他的身份是民间访问者，行动比较自由，没有接待方，因此也没有接待费用的限制，可以到处走，想看什么就能看什么。上次访美交下的朋友提供了诸多方便，陈春先十分轻松，这次重点看的是美国的民用核设施，走访 20 多个城市，参观了几十个核聚变实验室。同样有许多惊奇，同样是这些惊奇改变着陈春先，比如让陈春先惊奇的是那些先进的实验室的设备竟是一些小公司制造的，这些小公司多不过百人，少则几十人。

“这些小公司怎么可能为核实验室制造设备？在中国这得几千人！”

陈春先问朋友，朋友告诉陈春先：“这些小公司是美国新技术扩散区的新技术公司，新技术扩散区在波士顿 128 号公路、旧金山硅谷两地，那里有几千家新技术公司。这种公司由两部分人组成，一部分人是教授、工程师、大学生，他们有技术，负责产品设计、研发、制造、销售。另一部分人是风险投资家、企业家、金融界人士，他们有钱，负责提供公司创业时需要的资金。我们实验室使用的超导磁体，就是 128 号公路上的永磁公司制造。”

陈春先闻所未闻，有种穿越感。的确，闭关锁国之后，再次开放，一切都那么新鲜。“教授、大学生办公司?”如果中国人是地球人，美国人就不是；如果美国人是，中国人就不是，差别太大了，思维方式都不一样。至此，陈春先完全忘了最初来访问的理由：托卡马克。

托卡马克是前现代的东西，硅谷、128 公路才是当代。

128 公路让陈春先想到北京二环路，而中关村与硅谷在人才密集度上也有相似之处，但不同更为明显：时光不同。或者说，两个国家不能同日而语，存在着巨大的“时差”。物理学家从来是善思考的，思考常常超出物理之外。那么中国要想与世界同日而语，中关村就得先同日而语。

陈春先到硅谷、128 公路转了一大圈。这位中国的核聚变物理学家自身产生了聚变，如同丁肇中所说，一个新粒子，诞生了一个新世界，一个观念诞生了新的陈春先，陈春先的大脑发生了结构性变化。

128公路两侧林立的多家高新技术小公司成为陈春先兴趣所在，陈春先找到朋友提到的永磁公司。永磁公司的老板汤姆克是荷兰裔美国人，波士顿大学核物理学教授，可以说陈春先与汤姆克完全是同行，但汤姆克做教授的同时还开着这家永磁公司，为美国航天局供货，这让陈春先觉得与汤姆克不能同日而语。

“我有技术有想法，另外一些人有钱，”汤姆克教授对陈春先教授说，“就这么简单。二者结合起来，就可以创造产品。”

“真这么简单?”陈春先难以置信。

“非常简单。”

“你有多少人?”陈春先问。

“二十几个，但产品在全球各个核实验室使用，生意多时会招些临时工。”

简短的谈话，对陈春先的震撼却不简单。

128公路是波士顿市的一条半环形公路，早在第二次世界大战以前，由位于波士顿的马萨诸塞理工学院（MIT）的一些研究实验室，分化出了一些新技术公司，如离子公司、高压电公司和EG－G公司。陈春先详细了解到，这期间，MIT鼓励搞工程的教工跟本地区的私人公司挂钩，不仅允许MIT教工向当地公司提供咨询服务，而且还鼓励他们去开办公司。在微电子技术革命开始后，MIT和联邦政府或建立风险投资公司或拨款资助，使这个地区很快成长为高技术区。到20世纪60年代，美国投资200亿美元搞载人飞船登上月球，又在几十年的美苏“冷战”中投入数千亿美元研发军事装备。虽然在全球军备竞赛中领先，但是这些巨额投入没给美国经济带来好处，美国在与日本等国家的经济竞争中处处败阵。日本的汽车、半导体、彩电等产品畅销全球，美国产品处于竞争劣势。美国为扭转被动局面推出128号公路、硅谷技术扩散区，颁布税收、贷款、风险投资、企业上市等优惠政策，鼓励科研人员办公司扩散新技术，新技术产业成为美国经济新的增长点。

这段历史包含着相当重要的观念，从中几乎可以看到美国经济发展的引擎。

陈春先又去了硅谷。硅谷地处美国加州北部旧金山湾以南，早期以硅芯片的设计与制造著称，因而得名。后来其他高技术产业也蓬勃发展，硅谷的名称现在泛指所有高技术产业。硅谷是美国重要的电子工业基地，也是世界最为知名的电子工业集中地。择址硅谷的计算机公司已经发展到大约1500家。其特点是以附近一些具有雄厚科研力量的美国一流大学如斯坦福、伯克利和加州理工等世界知名大学为依托，以高技术的中小公司群为基础，并拥有惠普、英特尔、苹果、思科、英伟达、朗讯等大公司，融科学、技术、生产于一体。

在硅谷，陈春先完全被那些由教授和大学生创办的小公司给迷住了。斯坦福大学的老校长泰曼是个有远见的科学家，当年他决定把校园的一些土地租给师生去办高技术公司，鼓励师生创业，将所学知识与创意转化为生产力与商品。有两个学生在一个车库搞出第一台高频振荡器；在另一个车库，世界上第一台微型计算机出现在又一个年轻人手中。作为这些技术的副产品，硅谷的车库中诞生了后来驰名世界的两家公司：惠普和苹果。

陈春先一直试图理解为何美国核聚变实验的效率那么高，周期那么短。此前他一直以为美国人的实验技术先进，制造设备的工厂水平高，但现在他理解了波士顿的128公路，理解了旧金山湾的硅谷，理解了斯坦福大学，理解了“技术扩散区”的概念，他终于明白了“把工厂、学校、科研院所密切联系起来”的格式塔体制。格式塔系德文“Gestalt”的音译，主要指完形，即具有不同部分分离特性的有机整体，将这种整体特性运用到心理学研究中，产生了格式塔心理学派，运用到技术扩散区即是128公路体制，硅谷体制。

科学家是讲逻辑的，而逻辑意味着必然，必然意味着行动。科学就是这样，不含糊。

陈春先回到中关村。以前如此熟悉的中关村被陈春先重新审视，如果没有美国之行，没有128公路、硅谷的见闻，中关村还是以前的中关村，会是一成不变的，但有了硅谷的映照则一切不同了。如此超稳定的中关村，开始在陈春先的眼里动起来，至少在他脑子里动起来。交流，走出去，看世界，就是这样：看到了别人也才看到自己、认识自己，自己往往存在于别人的映照当中。

没有交流就如同一个人没有镜子，一个国家也是如此。

在互为镜像中，看到自己的不同、相同、可能性，相互影响。

而历史不就是这样进步的吗？

诞生

过去的中关村，有着某种必然。1949年10月，当在天安门城楼宣告中华人民共和国成立，万众欢呼时，中关村还是北京西北一个货真价实的村，一派荒凉景象。那时中关村不过二十几户人家，以农为生，村落明显保留着世代守坟格局。房屋散落，依坟而建。但历史运动也像地质运动一样，有时会让一个地方突然隆起，国家考虑既然北面不远处已有了北京大学、清华大学，便决定在荒凉的中关村建立科学城、大学城。在政府鼓励之下，大学校园纷纷挺进京城西北，一条狭窄的马路附近迅速崛起了八大学院，这条狭窄的马路后来也因此被称为“学院路”。20 世纪 50 年代中后期，除了大学，中国科学院的第一批科研院所在此建成，在不到十年的时间里中关村的“科学城”与“大学城”蔚为大观，成为即使从世界上来看也是人才知识最密集的地区之一。

这是第一次“地质”运动。会有第二次吗？

陈春先当然没想这么多，他只是看到中关村在人才密集程度上与硅谷极其相似，但大学教授、科技人员还是超稳定结构，只满足于实验室的成果和评奖的象牙之塔；在研制科技成果时，花多少钱，成本多高，转化为产品后老百姓是否买得起，从不是他们考虑的范围，非常不“格式塔”，许多研究成果完全处于“分离”状态。

变成了“新人”的陈春先，回到中关村成了一个鼓动家，当国人还在为“伤痕”文学所激动，为十年浩劫痛彻不已，还在挣脱“两个凡是”，总之一切还是满目疮痍、百废待兴时，“新人”陈春先已开始像“外星人”一样大谈硅谷，谈 128 公路，谈惠普、英特尔、思科、王安，谈汤姆克教授的永磁公司，谈乔布斯和苹果。那时谈乔布斯可是太牛了，那可是 1979 年、1980 年，而乔布斯也才于 1976 年 4 月 1 日签署了一份合同，决定成立一家电脑公司。1977 年 4 月，乔布斯才在美国第一次计算机展览会展示了苹果Ⅱ号样机。陈春先 30 多年前就谈乔布斯，比绝大多数中国人早了多少年？当今是怎么来的？某种意义上是从陈春先开始的，他的先行的意义绝不亚于一百年前中国的那些伟大的先驱。的确，当时，同事们谁也没去过美国，闻所未闻，好像在听一个地球之外的世界。当陈春先说“我们也可以这样”，人们觉得陈春先像是在说梦话。

“不是梦话，”陈春先说，“我们这里的人才密集度一点不亚于硅谷、斯坦福、128 公路，我们只需转变观念就能追赶。”

关键时期中国总是有人，这也是中国的幸运，有那种先导的人，不同日而语的人，撬动历史的人。但当时陈春先那样说又没人信。

别人信不信并不重要，重要的是有些关键的人得信，而总有关键的人，否则就不是历史了。比如北京科协，就敏锐感觉到了陈春先不同的“语境”，请陈春先做“访美报告”。于是，1980 年 10 月 23 日下午，在数百人的报告厅，陈春先面对年轻人也包括许多中老年人做了一场访美报告。

“我看到了美国尖端科学发展很快。美国高速发展的原因在于技术转化为产品特别快。科学家、工程师有一种强烈的创业精神，总是急于把自己的发明、专有技术知识变成产品，自己去借钱，合股开工厂。我感兴趣的是，那里已经形成几百亿美元产值的新兴工业。我们大多都在中关村工作了 20 多年，相比之下，这里的人才密度绝不比旧金山和波士顿地区低，素质也并不差，我总觉得我们有很大的潜力没有挖出来。我过去搞过激光，开始我们与人家差距不大，后来越来越大，实在觉得不是滋味。我们必须转变观念，革新机制。”

报告会上，陈春先宣布一个惊人的消息：他将在中关村创办一家类似硅谷或 128 公路边上那种“公司”。这绝不是说说而已，科学的逻辑使科学家必然地像链条齿轮一样转动起来。之所以将“公司”打了引号，是因为陈春先想在物理所开公司，向领导请示了好几次，都泥牛入海，毫无音讯。一方面领导的大脑与从美国回来的陈春先的大脑不同，领导觉得不可思议，天方夜谭；另一方面即使被陈春先使劲洗脑，领导同意了也没办法批陈春先办公司，因为研究所怎么能办公司呢？就没这个机制。

陈春先只能在物理所之外想办法，找到了北京市科协科技咨询部的负责人赵绮秋寻求可能。赵绮秋听陈春先谈了美国之行，像陈春先一样惊讶，脑洞大开，赵绮秋说办公司的事先等等，能不能先做场报告，你讲得太精彩了。这个当然毫无问题，陈春先于是先准备报告。

女人是易感的，同时也是务实的，这两点往往使她们作为管理者比男人更有效率，说白了，更少官僚主义。赵绮秋对陈春先说："你的想法非常新，我支持你，但开公司很麻烦，要有大笔的注册资金、门市用房，上级主管单位同意工商局才会批准，这些手续恐怕很难都能办下来。一个环节过不了关你就卡了壳，就算全过了关，没一年半载你也办不下来。"

赵绮秋说的是实情，她比陈春先更懂公司。

陈春先碰到了非常硬的东西，也是时代的东西。但总体上时代的坚冰既已打破，具体的打破就是必然。赵绮秋为陈春先出谋划策：也不是完全没有办法，你是等离子体学会的副理事长，可以在等离子体学会搞个服务部，服务部全部工作由你负责，基本和办公司差不多，赵绮秋对陈春先说。陈春先感激赵绮秋，看到一线曙光，就像看到铁板上出现一丝缝隙，而这缝隙正是由赵绮秋这样的管理者用莲花一样的妙手给陈春先打开的。

那个时代光有陈春先不行，还要有妙人，赵绮秋便是那个时代的妙人。在与几个志同道合者商议之后，陈春先把服务部的名字定为"北京等离子体学会先进技术发展服务部"，而没叫"公司"。此后的几个月，陈春先拿着从北京市科协讨来的"批准文件"，到公安局刻了一个圆形公章，到银行开了一个账户，"公司"就算成立了。这是个非常平常的日子，当时谁也不知道这一天发生了什么，但是在以后的日子里，人们越来越一致认为那一天是中关村公司的诞生日。阿根廷大作家博尔赫斯说过一句有点费解但十分深刻的话："常常是后者使前者变得伟大。"某种意义上可以理解为是中关村后来的发展壮大让陈春先变得伟大，换句话说，假如没有后来气势如虹的中关村，有谁会记得陈春先？如今人们追溯中关村的历史，追溯到了陈春先成立服务部的那一天。

苏格拉底判例

服务部的开办经费200元，由北京市科协提供，别小看这200元，意义非常重大，既是支持也是通关许可，是个人行为也是国家行为——国家与个人的混合，后来成为中关村公司基本的模式。服务部成员也都是兼职，国家与个人的混合，其中有中科院物理所的刘春城、潘英、李兵、耿秀敏，电子所的吴德顺，力学所的曹永仙、王殿儒、汪诗金，电工所的陈首燊，清华大学的罗承沫。大学与科研院所的个人行为已经多少有点硅谷或128公路的意思，服务部的体制完全按照公司化模式打造，设有财务、对外联系业务、研发产品、销售等专职人员。

服务部工作地点在两个地方，一个是陈春先的办公室，一个是物理所的仓库。开始的业务是利用中科院的牌子和市科协的关系，到北京乡镇企业搞设计解决技术问题或讲课培训传授实用技术。每个人都是晚上或者周末才来上班，不出去的话大家坐在一起为咨询者提供答案，酌情收取服务费用。

服务部没挣钱或挣钱少还好说，大家观望，甚至有人看笑话，可一旦挣到钱且在当时是"大钱"，便搅动了整个中关村一池静水。首先是陈春先所在的物理所受不了了，各种质疑，甚至愤怒的质疑、批判接踵而来。

1981年，参加服务部的人越来越多，业务也从咨询转到研制产品。其间陈春先又去了一次美国，这次美国之行带回不少芯片，而利用这些芯片制造核聚变实验的电源开关，成为服务部的主打产品。服务部这年赚到3万多元钱，陈春先用这些钱在中科院生活区盖起了两个30多平方米的木板房，挂起了两块牌子，一块是"北京等离子体学会先进技术发展服务部"，一块是"《北京等离子体学报》编辑部"。另外开办电子培训班是服务部另一项业务，陈春先和李兵负责培训待业青年，讲授计算机和电子技术。电子培训班对中关村后来起飞意义非凡，造就了大批人才，被后来的人们称为“中关村电子一条街”初期的“黄埔军校”。

培训班老师从清华、北大、北航等大学聘请。为请到优秀老师，陈春先给的授课费为每小时 6 元，那时国家规定的兼职教员授课费为每小时 1.5 元。

问题出现了：有人认为服务部主要成员来自物理所，他们拿着物理所发的工资，做出东西再卖给物理所，是损公肥私。服务部制造的电源开关卖给别的单位，是吃里爬外个人干私活捞钱，抢物理所生意。这件事也被看成“有罪”，陈春先的胆子太大，不服从国家规定。授课费超标，违反国家规定。这时又传来消息说陈春先在服务部每月拿 15 元津贴。陈春先工资级差是 7.5 元，等于给自己涨两级工资，被认为服务部有问题，要查服务部的账。

困难的时候，妙人赵绮秋作为主管领导来到服务部，陈春先介绍了服务部近期的工作。赵绮秋看到服务部从出外讲课和技术咨询发展到制造专用电源开关，还同外地科研院所联合开发新项目，很是高兴。同时对于陈春先被指控“损公肥私、抢物理所生意、授课费超标”十分激愤，坚决支持陈春先。科学探索在自由的学术空间才能成为可能，服务部搞改革开放和科学探索，就是要打破旧的科研体制，陈春先说。赵绮秋很感动，要陈春先不要生气，改革肯定有阻力，服务部的事情没有错，跟有关方面讲清楚会得到理解。陈春先做了解释：国家给核聚变项目的拨款服务部没有动，在服务部工作的同志每个月有津贴 7～15 元，我一分钱津贴没有拿，怕人家说我拿双工资。物理所的钳子、改锥、检测设备等服务部人员可能借用过，这些事在服务部账上记得很清楚。

赵绮秋提醒陈春先，今后服务部不要和中科院各所争业务，使用单位东西要征得单位同意，要给使用费。“你们初次办服务部对财务没经验，有的账目可能不清楚，让市科协会计先看看，别让人家抓小辫。”赵绮秋以这种方式查账陈春先接受。不久市科协会计查看服务部所有账本，对全部 20 多笔收入、350 多笔支出进行检查，得出的结论是服务部没有财务问题。1982 年春节过后，市科协副主席孙洪和赵绮秋找到有关方面谈服务部问题，将上述结论告知。赵绮秋旗帜鲜明地说，服务部人员每月有 7～15元津贴，这不是什么问题，是多劳多得打破“大锅饭”有力的行动。服务部人员使用物理所工具的现象，也不是原则问题，改革哪有不闯灯的，改革就是打破旧制度。

陈春先愉快了，领导却不高兴了，且高高在上地压了市科协一头，对赵绮秋说：“服务部的账应由物理所审查，不仅如此，还要将查账结果上报给中科院；服务部主要人员都来自物理所，我们审查陈春先负责的 1 室科研账目中，有不少重大问题都与服务部有关。”

领导说完拂袖而去，随后向中科院有关部门打报告，声称陈春先把科研项目中的国家财产，非法转移到服务部卖掉，还有十几万元国家拨款也被转移到服务部私分，要求立案查处。不仅如此，还在物理所的全体会议上公开点名，说陈春先办的服务部不是什么移植硅谷经验、扩散新技术，而是跟卖菜、卖肉的二道贩子没什么两样，是把国家几十年积累的科研成果贩卖出去，是科技二道贩子；服务部每月还发津贴，是鼓励科研人员不务正业、腐蚀科研队伍搞歪门邪道。

听了这话，开始有人后悔到服务部干活了，因为很明显，这以后涨工资、评职称、分房子都可能成问题。当天晚上就有人到陈春先家，放下从服务部拿到的津贴二话不说就走，陈春先无言以对。

赵绮秋找到有关方面理论：陈春先在完成本职工作的情况下，利用业余时间搞科技咨询，我们应该支持。再说了，服务部是市科协批准成立的下属机构，只应该接受市科协的财务检查。

双方坚持认为陈春先是服务部负责人，也是所里的人，物理所查账是正常的。优雅的赵绮秋再也忍不住心中的怒火，大声说："物理所为什么要查服务部的账，我看这是要整垮陈春先和服务部，你们居心何在?"

5 月，物理所工作组进驻服务部，这天服务部平时人来人往的热闹场面没有了，谁都不敢露面。只有陈春先站在大门口胸怀坦荡地迎接工作组。有人拿着几张"白条"问陈春先："发放这些津贴有什么根据?"陈春先回答："中国科协和国家科委规定，科技人员在不影响本职工作的前提下，利用业余时间进行科技咨询工作，每月可以获得 15 元左右的津贴。"那人听完把手伸向陈春先说："把中国科协和国家科委的文件拿出来我看看。"

在场的人都知道这是故意刁难陈春先，当年部级文件都属于保密文件，陈春先肯定不会有。谁也没想到陈春先从从容容地拿出方毅副总理讲话稿的复印件："在方毅副总理的讲话中有这条规定。"工作组领导看完后辩称："这是领导人讲话，不是正式文件，再说，科技人员是脑力劳动工作者，怎么分清工作时间和业余时间？怎么分清本职工作和业余工作?"查账人员不顾陈春先反对，复印了全部账目记载的情况，派人到北京和外地与服务部有合作关系的单位进行调查，理由是追查陈春先的经济问题。物理所凡是在服务部拿津贴的人，他个个面谈。领导开会说：今年国家开展的重要活动是打击经济领域严重犯罪活动。物理所已经把陈春先列为重点审查对象，谁在服务部工作过，要主动向组织讲清楚。今后物理所人员无论是工作时间还是业余时间到服务部工作，都要经过领导批准。

散会后没有一个人敢跟陈春先一块儿走，都怕跟着沾包，都吓坏了。那时"文革"结束不久，运动整人记忆犹新，心有余悸是一种普遍的心理，物理所内部天天都流传着有关服务部的各种小道消息，什么陈春先被定为经济犯罪团伙首要分子，服务部的账写得像天书，是本花账，谁也看不懂，服务部账上全是白条，陈春先明着给自己涨两级工资。一天晚上，实在气不过，有一位服务部的骨干成员走进陈春先的家对陈春先说："领导要在院里给我们立案，这是要往死里整我们，他不仁我们也可以不义，我们也要让他知道点厉害。据我所知，咱们这位领导过去当过物理所'革委会'副主任，毛主席去世后革委会的几个头头儿给江青写了一封效忠信，我那时在政工组看过这封信，咱们就用这封效忠信警告他'别往死里整我们'，你说怎么样?"

陈春先就是陈春先，即使在被迫害的情况下，陈春先仍认为这样做不合适。陈春先对骨干同事说，效忠信这件事即使有证据，也还要具体分析，不能以其人之道还治其人之身。陈春先被多次点名以后，心情恶劣，却从未想过用非正常的手段报复，每日回家后总是闭目沉思，想到被立案的结果可能是受处分、劳动教养、判刑入大牢，失败和死亡降临的幻觉不时出现在大脑里。

中国文化注重仁的精神。"仁"的核心便是忠恕之道。许你不仁，不许我不义，体现的便是忠恕之道（人不犯我，我不犯人，人若犯我，我必犯人，是后来才有的总结）。而古希腊也有一种类似中国"仁"的精神。古希腊哲学家苏格拉底主张无神论与言论自由，被指控鄙视雅典议会制度，遭到三个公民起诉。陪审团投了两次票，第一次投票是表决有罪还是无罪，第二次是量刑，苏格拉底被判处服毒自杀。当时苏格拉底的亲友和弟子们都劝其逃往国外，弟子克里多告诉苏格拉底，他们已经准备好了一笔钱帮助他逃跑，他的仰慕者则做好准备接应他及其家人。

苏格拉底不肯接受这个方案。因为在他看来，法律一旦裁决，便即生效。而即使这项制度的裁判本身是错误的，任何逃避法律制裁的行为也是错误的。他认为他也没有权利躲避制裁。苏格拉底说："假定我准备从这里逃走，雅典的法律就会这样来质问我：苏格拉底，你打算干什么？你想采取行动来破坏我们的法律，损害我们的国家吗？如果一个城邦已公开的法律判决没有威慑力，可以为私人随意取消或破坏，你以为这个城邦还能继续生存而不被推翻吗？在我的审判中，国家通过错误的判决冤枉了我，我就打算破坏法律，我能这样做吗？"

苏格拉底终究没有逃走，他甚至在饮下毒药之前，还在与弟子讨论哲学问题，在行刑人告诉他毒药需要活动才会发作时还在谈。1789 年，雅克·路易·大卫创作了著名的《苏格拉底之死》，描绘的即是苏格拉底服毒自杀的情节：在一个阴暗坚固的牢狱中，苏格拉底庄重地坐在床上，亲人和弟子们分列两旁；牢门半开，从门缝中射进一束阳光，苏格拉底位于视觉中心位置，他裸露着久经磨难的瘦弱身子，高举着有力的左手，继续向弟子们阐述自己的见解和观点，同时右手镇定地伸出，欲从弟子手中接过毒药杯……

这样的故事陈春先知道或不知道，都没关系，他有着自己人生的原则，他可以逃脱厄运，但是他制止了同事（弟子）。虽然好像做到这点并不难，甚至很简单，就像科学有时很简单，但唯其简单才又特别复杂。

中关村不少知识分子都在暗中关注陈春先，如果服务部这棵"树"不倒，他们会走出科研院所办公司。如果服务部这棵"树"被"管惟炎"砍倒，陈春先和参加服务部的人没有好下场，他们在今后数年内大概就不会再有开公司的想法。

陈春先为宣泄心中的苦闷，每天晚上都到服务部的办公室独自坐到深夜。服务部基本上散了，只剩下纪世瀛等一两个骨干，其他人已作鸟兽散，似乎只等着他有一天被带走。陈春先有原则，但还不是苏格拉底，他准备缴械投降，不再扛了。他守住了做人底线，但学习硅谷的信念开始动摇。

一天晚上，陈春先像往常一样一个人独守服务部，忽然看到赵绮秋在门前来回踱步，立刻出门迎上前去，两个人的手握在一起。赵绮秋来看看陈春先，“听到你要被立案审查的消息，我很难过。本想到单位看你，肯定不受欢迎，只好到服务部来等。事情发展到这步你不要着急。”赵绮秋说完眼含热泪。

远航

赵绮秋这一段时间来的叹息，引起丈夫周鸿书的注意。听完妻子的倾诉，周鸿书紧锁眉头，认为兹事体大，涉及改革成败，便对妻子说，他想把陈春先服务部的事写篇“内部动态清样”，让中央领导看看，听听领导怎么说。

周鸿书当年任新华社北京分社副社长，有着高度的政治敏感，洞悉高层的改革动向，当年那篇《北京市委为天安门事件平反》的轰动全国的消息，就是周鸿书参加北京有关方面会议从文件堆中挑出来的新闻。

转机出现在 1983 年 1 月 25 日的清晨，中关村 88 号楼——这幢住着冯康、陈景润、杨乐、张广厚的中科院宿舍楼，楼道像往常一样乱哄哄的，服务部骨干分子纪世瀛住在 103 室，这天早上，他被一阵紧急的敲门声惊醒，有人在门外喊：“快打开收音机，听听首都新闻和报纸摘要。”

中央人民广播电台正在播一篇重要报道，报道肯定了陈春先的服务部探索的新路子！等纪世瀛冲出来，新闻已经播完了。当时大家谁都不知道这则新闻的来头儿，但历史后来将证明，就是在那一刻，中关村的命运被改写了。原来周鸿书派记者潘善棠两次采访了陈春先，并亲自对采访文章进行审阅和修改，最后把文章的题目定为《研究员陈春先搞技术扩散试验初见成效》，发往新华社《国内动态清样》。新华社《国内动态清样》也称内参，是新华社记者对各种事件通过采访写成的稿件，这些稿件简明及时，专供党中央、国务院领导阅读。这篇文章有1500多字，讲述了陈春先创办服务部的意义和取得的成绩，还介绍了中关村地区拥有的科技成果和人才优势。指出这些科学成果大多数停留在论文、样品、展品阶段，处于“潜在财富”状态，不能迅速生产，取得经济效益。

这不是一篇普通的新闻报道，而是一份直呈中共中央政治局委员参阅的机密级内参，在新华社《国内动态清样》第52期刊出。作为“党的耳目喉舌”，采写内参是新华社记者的一项重要任务，其内容涉及当时拿不准或不宜公开报道的领域，比如重要动态、敏感问题和重要建议等。内参有一定的格式，例如《国内动态清样》，纸张大小为16开，要求内容简明扼要，字数限定在2000字以内。当时全中国有资格看到《国内动态清样》的人在100人左右。高级别的读者群决定了这篇内参的特殊效果，何况文章结尾处倾向鲜明：“但陈春先搞科研成果、新技术扩散试验，却受到本部门一些领导人的反对，如科学院物理所个别领导人就认为，陈春先他们是搞歪门邪道，不务正业，并进行阻挠，使该所进行这项试验的人员思想负担很重，严重地影响了他们继续试验的积极性。”

内参于1983年1月6日刊出，1983年1月7日，国务院副总理方毅在《国内动态清样》就有关陈春先的报道上批示：“陈春先同志的做法完全对头，应予鼓励。”方毅还打电话给中科院，要求停止对陈春先的立案审查，还邀请陈春先到他的办公室长谈两个多小时。第二天，1月8日，时任中共中央政治局委员、书记处书记胡启立就做了批示：“陈春先同志带头开创新局面，可能走出一条新路子，一方面较快地把科技转化为直接生产力，另一方面多了一条渠道使科技人员为四化做贡献。一些确有贡献的科技人员，可以先富起来，打破铁饭碗、大锅饭，当然还要研究必要的管理办法及制定政策。此事科协要大力支持。如何定，请耀邦酌定。”同一天，总书记胡耀邦同志批示：“可请科技领导小组研究出方针政策来。”这便是 20 世纪 80 年代的中国决策者，难怪让后人感叹。就这样，历史乘风破浪，陈春先的服务部在顶层的支持下得以延续，成为大时代的界碑，中关村的科学家、教授不再观望，各显其能，融入历史。

手记二：偶然性

历史虽然不能假设，却总是让人禁不住想象——假如当年没有陈春先，具体地说，没有陈春先 1978 年访问美国，会有后来的中关村吗？你当然可以说时势造英雄，没有陈春先也会有王春先、李春先。这话听起来非常熟悉，这是历史决定论的观点，它抹杀了偶然性，而这种思维模式看起来正确，其实并无实际的意义。有时候我们必须承认历史会因某个人变得幸运——正如变得不幸；而幸运之时也往往一样让人唏嘘。1978 年当绝大多数的中国人还陷于后“文革”的“两个凡是”的桎梏中时，陈春先已漫步在美国硅谷，不能不说是某种属于中关村的幸运，因为那时他竟然异想天开，想中关村也有条件像硅谷一样，教授、科学家也可以同时办公司，可以以个体的方式，将科技转化为生产力，他注意到中关村的科技、知识密集度即使在世界也是少有的，哪怕经历了十年浩劫。那时的陈春先与“两个凡是”语境下的大多数的中国人不可同日而语，难道不是一种偶然？那时也有像陈春先一样跨出国门的人，为什么没人像陈春先这样想？好吧，为什么没人像陈春先这样义无反顾地行动？这就是偶然性。必须承认偶然性的价值。

那时的中关村，如同中国一样是一块呼唤改革的巨石，陈春先孤独地在推这块巨石。还原到当时的语境，他推得如此之难，难得让人绝望，但也正是在个人的绝望中历史在前进，“陈春先的一小步，是中国科技改革的一大步”，有人后来这样说，说得非常不错。总结过去，《中国的新革命》的作者凌志军把中关村当作中国改革开放的一个缩影，认为“20世纪最后20年这个国家打碎了精神枷锁，让自己成为全世界最庞大的‘制造车间’。在21世纪的第一个10年，它急切地渴望拿下新技术的高地，把‘中国制造’变成‘中国创造’。这个国家之所以能够改变世界，是因为它改变了自己”。

这个改变就是从具体的陈春先开始的，回过头看陈春先的人格意义更不能小觑：在那样困难、绝望的情况下他的人格不变形，一如苏格拉底不变形；“己所不欲，勿施于人”。这些先哲的古训陈春先以科学的精神做到了。陈春先的持守与形而上的人格，并不亚于推动巨石，事实上两者相辅相成。

未来的引力

自由落体

2015 年，吴甘沙辞去英特尔中国研究院院长的职务，上任驭势科技 CEO，在圈内成为一个跨年的新闻事件。事实上吴甘沙还是院长的时候，还在离职的过程中，就已开始为驭势科技操心，每天他连轴转地面试、见 VC 风险投资人，希望能在年前搞定最初这轮融资。英特尔在全球有五大研究院，作为中国研究院院长，吴甘沙直接对应的是英特尔总裁，年薪数百万元，但他最终还是义无反顾辞职。

驭势科技刚开始的暂借办公地点是中关村海龙大厦一间办公室，室内简陋，不过一个长条办公桌，一个休闲沙发，地方不大，仍很空落，倒是桌上摆着一个足球有点另类。最近吴甘沙刚刚搬到了中关村智造大街高科技产业孵化器，孵化梦想。公司的方向是智能汽车，无人驾驶。

按照北京人的说法，真是够一梦的。

有人驾驶还排不上号呢，又来了无人驾驶？

对很多人来讲，无人驾驶是不可思议的，甚至连梦都谈不上。干吗要无人驾驶？有必要吗？有人驾驶的瘾还没过呢！是不是太快了？太离谱了？而且，真的行吗？城市那么多车，怎么可能无人驾驶？英特尔大名鼎鼎，无人不知，放着院长与首席工程师不做，做起了无人驾驶的梦，简直是外星人的思维。

有些人活着活着就成了外星人，你不知他怎么想的。

这是普通人的看法。

吴甘沙 2000 年毕业于复旦大学计算机系，大学期间，是十个拿到英特尔奖学金的幸运儿之一。毕业后来到英特尔，在英特尔一干就是 16 年。刚开始加入英特尔，吴甘沙做人机界面，第二年便迎来了他工作上的一次重大机遇：选择转组，进入核心技术团队。转组之后吴甘沙和他的团队在美国技术团队的支持下，慢慢地创立了自己的项目，进行自主研发。仅仅过了三年，他就成了项目经理，接下来是部门经理，技术总监，直到首席工程师。

首席工程师，在英特尔全球研发体系中仅次于院士，拥有很高的地位，至少需要四种能力：首先是“业务影响力”，其次是“技术领导力”，然后是“战略领导力”以及“团队领导力”。英特尔所有技术研究都服务于产品应用及业务的发展，因此“业务影响力”在评选中是最重要的一条标准，吴甘沙这方面无可挑剔，他在多核编程工具开发上攻克了很多技术难关，实现了并行编程工具创新，并成功地将这些技术从研究院转换到产品部门，变成了英特尔的产品。

“技术领导力”是指取得的成果必须是业界公认领先的。吴甘沙在并行编程环境 Ct/Array Building Blocks 上的创新，解决了未来万亿级计算应用程序开发编程难的问题，使得程序员在处理海量数据时举重若轻，并可确保今天的代码不用重新编译，就能在未来的处理器结构上运行。“战略领导力”反映的是洞见未来技术趋势、判断各种技术重要性、主动发现问题的能力。

上述能力不仅使吴甘沙成为首席工程师，也使他成了英特尔中国研究院院长。在英特尔，吴甘沙已做到了人生与事业的顶峰。这个顶峰异常坚实，耀眼，在很多人看来像雪山一样高不可攀，即使在全球也是英特尔的五大雪峰之一。但吴甘沙却从山峰跳下来，一步来到了海龙大厦卖电脑的一间屋子里，手里摆弄着长条桌上一只足球，做起无人驾驶的汽车梦。

尽管是如此前卫的“自由落体”，吴甘沙却称自己保守，不文艺，摩羯座，特别理性。当一个在梦中的人说自己特清醒，特理性，会让人感到一种可怕。“他不可思议，但他会成。”这就是周围人对他的评价。的确，在整个被梦幻包裹又淡然坚实的吴甘沙的脸上，似乎会看到十年二十年后一种确凿无疑会成功的东西，他那种淡定，凝结着一个年轻人到中年人的整个过程，16 年的英特尔生涯，已让他有一种机器人般的质地。

吴甘沙练就这种“梦幻式”的淡定，当然冰冻三尺，非一日之寒。就这点来说，他称自己保守、太过理性又是对的。有没有一日之寒？年轻人，年轻的创客大有人在，一个梦想便冲上去，也是有的。但吴甘沙用了 16 年，虽然不过 40 岁，他头发已经花白，但也正是这种花白让他这次“自由落体”显得不容置疑。

在英特尔 16 年，吴甘沙至少有三次想出来创业。一次是 2001 年互联网大潮，那时他到英特尔不久，感到这是时代之潮，想投身进去，独立创业，但想想还是放弃了。第二次是 2007 年移动互联网兴起的前夜，吴甘沙主持的部门做出了一款比安卓还好的东西，当时安卓还没被谷歌买下来，但是英特尔总部却终止了这个项目，把手机项目卖掉了。也就是说，在 2007 年 1 月，乔布斯推出 iPhone 之前的关键时刻卖掉了。卖掉之前还发生了另外一件事情，乔布斯去求英特尔的 CEO 帮他们做一个 iPhone 的芯片，傲慢的英特尔却没答应。英特尔那时根本瞧不起手机芯片，还沉浸在电脑芯片里，没想到移动互联网时代来临。那时吴甘沙想离开英特尔，独自创业，因为犹豫，再次错过。

越是成熟伟大的公司越会犯时代错误，因为一个时代的领导者看到的都是“这”个时代的风云，对于下一个时代的一种颠覆性的东西是看不清的，或者看不上的，正像哥德尔定理所描述的：完备性和一致性不可兼得。哥德尔认为逻辑上自洽的不可能完备，它一定有边界，有局限，边界之外对它来说是一个黑洞。引申开来，或者说在吴甘沙看来，任何一个时代的领导者都有一个赖以成功的自洽的逻辑体系，比如 PC 时代，但是也有边界，移动互联网便是从边界之外出现的，是不可能被 PC 成功者认识到的。英特尔意识不到移动互联网的颠覆性，甚至在移动互联网来临前夜它却背过身去，与新时代诀别。

这件事让吴甘沙印象深刻，内心的冰冻深了一层。

第三次是 2013 年，移动互联网持续火爆，BAT 已不再 low，而是火透半边天，淘宝，腾讯，百度，加上大数据，移动互联网带给世界惊心动魄的改变。吴甘沙盯着时代，看到移动互联网＋教育的机会来了，他再次想出来创业，但就在他想走时却被任命为英特尔中国研究院院长，吴甘沙再次犹豫了。吴甘沙用了一个特别形象的比喻形容自己的状况：像在机场排队办登机，排了很长很长的队，好不容易排到中间靠前了，突然，边上开了一个新柜台，后面的人唰唰唰都涌过去了——这就是这些年年轻人做的事——我是动还是不动？再动是否又来不及了？他没有动，他羡慕那些本来在后面的转而冲在前面的人。

虽然不能亲自创业，做了院长的吴甘沙也决心跟上时代步伐，对英特尔中国研究院以往的工作方式进行了颇有自己色彩的改革，第一就是改变研究机构在移动互联网时代做事太慢、节奏太慢的方式，要学会互联网做事的方式。第二是强调英特尔在中国的存在，作为一个外企的研究院要更多地去参与到中国的改革，参与到中国的社会创新、经济发展当中去，比如中国的产业革命、数据经济，把英特尔的研究与中国的发展更好地结合起来，而不只是相当于美国的研究院在中国的存在，差别只在用的是中国这边的人才。第三是希望从原来的更多是支撑性的一种研究组织变成引导性的，系统、通信这方面过去的研究是跟在市场后面，这个要改变。

2014 年，吴甘沙领导下的研究院做了一些东西，而美国本土的研究院都还没开始做，英特尔中国研究院可以说全球领先，比如在人工智能和机器人方面。这以前英特尔关注的还是相对比较老的领域，像云计算、互联网、大数据、可穿戴计算机等等，而人工智能对英特尔来说是全新的东西。

在吴甘沙看来，信息技术革命是有周期的，20 世纪 50 年代至 70 年代这 20 年是计算机的架构化，70 年代至 90 年代是 PC 的数字化，90 年代到新世纪前 10 年是互联网的时代的网络化，都是 20 年。而 2010 年到 2030 年这 20 年就是智能化。以前错过就错过了，这次不能再错过了，然而吴甘沙的变革并非没有阻力，甚至有些阻力是自身克服不了的，譬如他不可能把英特尔研究院改造成互联网公司，不能把四分之三的人都换了。

香格里拉之思

2014 年秋，在香格里拉的满天繁星下，吴甘沙正阅读迈克尔·马隆所著传记《三位一体：英特尔传奇》。这年秋天他有三个月的长假——通常在英特尔每工作七年就会有一个长假——秋天，最美丽的季节，吴甘沙带着妻子孩子来到香格里拉，住进了风格特别的松赞林卡。松赞林卡价格不菲，2000 块一晚，但对于内心有梦的人、不断游历世界追求陌生的人，松赞林卡无疑是梦幻之所。木质结构的门柱、房梁，看上去沧桑有力，房间一角是铜质藏式壁炉，餐桌侧墙上挂着尺幅很大的唐卡。无论是房间还是庭院，都能看到拥有三百年历史的松赞林寺，壮观的默启的山脉，更不消说山上的星空。吴甘沙有时推开阳台的木门，香格里拉的夜，凉凉的，天清，月明，偶尔飘过的大朵的云就在头上。

《三位一体：英特尔传奇》出版者，北京湛庐文化公司，最初想请吴甘沙翻译此书。吴甘沙很想翻，但是没时间，最后是由吴甘沙的一个同事翻译。吴甘沙答应书翻好后他来写导言，译稿出来吴甘沙粗读后，带着书稿的电子版来到了这里的天空下，某种意义上是有意为之，他觉得这样的书就该在这样的星空下看，就该在香格里拉看。他一边休假，一边细读，一边写导言。妻子孩子熟睡时，吴甘沙常常一个人来到庭院，望着满天繁星，深深地呼吸。

人就是这样，在一些非常神奇的环境里面就会有不同的想法，跳出了自己看自己，看未来，看过去。本来吴甘沙只想写两三千字，结果一口气写了 16000 字。事实上不仅是书的导言，也是自己的心曲的流露。他看到早年的英特尔在众多的星星背后向他眨眼，面庞慢慢浮现，对他喃喃说着星星的语言。早年创业的英特尔接受神秘的使命召唤，勇于担当未来，不怕涉险、犯错、失败，看准了双倍地下注，失败了舔舐伤口重新站起，重新站起后更加强大。相反，谨慎，稳妥，步步为营，诸如此类吧，就像现在的自己，就是放弃未来。16 年的英特尔生涯，一次次放弃，伴随着一次次升职，里面似乎有着某种悖谬，再干十年自己就可以在英特尔退休了，而这十年差不多相当于一个死神视角，可以清清楚楚地看到自己，一切都是确定的，可预测的，按部就班的，能想象吗——死神站在十年以后看着你，按照他的规划走过去？

人到底应该索求确定的东西，还是不确定的东西？其实回答早已有了：如果在这个时刻，宇宙中所有的原子的状态都是可以确定的话，就可以推知过去任何一个时刻和未来任何一个时刻，这就是牛顿的机械论世界。爱因斯坦发展了这个理论，但本质还是确定论、决定论。吴甘沙想，但是今天的世界事实上是不确定的，世界观是基于概率的。人所共知的"薛定谔的猫"就是证明：猫在盒子里到底是死还是活的？其实它可能同时是死的也是活的。然而一旦打开这个盒子，它就变成确定的了，要么真的死了，要么真的活着。打开盒子，有一半的概率杀死这只猫。事实上这也是海森堡的不确定主义，这就是说：你的行为本身会改变被观测的对象。

牛顿的机械论是一种确定论，或决定论的世界观，有多大的力作为一个因就有多少的位移作为一个果，以前做过什么，现在会什么，就只能做什么，这是一种思维方式，也就是牛顿式的方式。但事实上这个世界是"莫顿定律"：一个人，比如说一个领导者，首先得看到一个未来，有了关于未来的胆略和信念之后，这个胆略和信念就会对现在的行为产生一种引力。这个引力是不确定的，有概率的，不是牛顿确定的现有条件的因果，牛顿清晰地让人通向死亡，而莫顿认为还有另一种可能，就像"薛定谔的猫"，你到底追求什么呢？吴甘沙担任英特尔中国研究院院长的 16 年中，世界始终躁动着。云计算、物联网、大数据、互联网金融、VR/AR……一波又一波技术浪潮风起云涌从他身旁呼啸而过……这些开始都是不确定的，吴甘沙想，他用自己在英特尔的确定性应对着这些不确定性，他得到了什么？又失去了什么？他望着陌生的香格里拉的繁星，满脑子都是思想，一如繁星。吴甘沙有两大爱好，踢球和看书，每年他精读的书就有20本左右，泛读的书达100本左右，科学，数学，哲学，历史。他读得太多，思考得太多……特别是望着星空时思考得更多，而他又偏偏来到了香格里拉的星空下。

《三位一体：英特尔传奇》一书讲述了罗伯特·诺伊斯、戈登·摩尔（Gordon Moore）和安迪·格鲁夫如何缔造了英特尔的故事，书的作者迈克尔·马隆最后对所有英特尔的人说："如果你们还像过去40年那样，勇于涉险，不怕犯错，世界还将是你们的，如果你们变得谨小慎微，你们将失败。"

吴甘沙回到房间疾书着导言，他现在不是英特尔的普通员工，听了马隆这话如同鞭打，他的"摩羯座"也开始沸腾，在天上闪烁。他已近40岁，是不惑之年还是危机之年？智能时代到来了，那边又新开了一个窗口，他要不要过去，在这边排队还等什么？排到了又怎样？要去哪儿？

吴甘沙从小生活在长江北岸的一个小镇，小镇的标志性建筑是一个小小的钟楼，早年在实业家张謇建立大生纱厂时，钟楼就矗立在小镇的视野里了，如今已经百年。小镇，事实上就是以那个纱厂的名字命名的。回想起来，吴甘沙对城镇的第一印象就是工业化，工业化的标志就是纱厂和钟楼。另一种记忆是农村的纯自然，每年暑假他都要回到乡下的爷爷奶奶身边，在晴朗静谧的夜晚听奶奶讲故事。后来每年都会乘坐渡轮，晃悠几个小时来到上海，从十六铺上岸，马上就可以看到这么一个高楼林立的繁华城市。工业、农村、城市，三者在他小时候是割裂的，他的开放与保守是否与这种分裂有关？

香格里拉之夜，吴甘沙的内心与星空同体，他想了太多太多东西，看着星空简直就不由得不想，想是因为有种隐隐的激动，行动前夜的激动。即使这激动有九分为勇往直前，也仍有一分不安。对，是不安，不安也是一种激动。然而毕竟有九分已定型了，尽管离开香格里拉后吴甘沙没有马上采取行动。

思想这么成熟了，还没采取行动，这就是吴甘沙。

这反证了吴甘沙的性格，也反证了他最终行动的深刻理性。

颐和园

事情的导火索是从香格里拉回来后，吴甘沙参加了为期八个月的英特尔高层培训。英特尔中国的十几个高层在一起，由一家世界著名领导力培训公司培训，请的都是顶级专家。有趣的是课程结束后有一半以上的人离开了英特尔，这很吊诡，其中就包括吴甘沙。不是课讲得不好，是太好了，人们内心的原力被培训的内容唤醒了，爆发了。特别是有一个老师讲的让人们印象最深："Leader is to design a future that is unpredictable and nobody bets on.（领导者的使命在于设计一个不确定的未来、没有人敢押注的未来。）"某种意义上，这是英特尔（这样的大公司）丧失的东西。吴甘沙彻夜难眠，想起香格里拉写导言的夜晚。老师讲的和他想的完全一样，所有的东西都在指向一点：去为一个不确定的未来创业吧，这是人生价值所在，成功与失败具有同样意义。

人总是在现有条件下出发，吴甘沙创业的方向是智能机器人，这也是他在英特尔立起来的项目。但有一个瓶颈必须克服，人工智能似乎总能在一个个专项领域超过人，譬如下围棋，但一个智能机器人不仅仅要陪人下棋，还要陪人聊天，还应能真正帮人干活，比如做饭、叠衣服、熨衣服……但这就涉及机器人的灵巧控制。而人工智能机器人领域有一个"莫拉维克悖论"：和直觉相反，人类所独有的高阶智慧能力只需要非常小的计算能力，但无意识的技能和直觉，却需要极大的运算能力。让电脑下棋是容易的，但要让电脑如一岁小孩般感知和行动却相当困难，这需要目前还难以达到的计算。直到遇到格灵深瞳 CTO 赵勇，吴甘沙才恍然大悟，自己又陷入牛顿机械论思维方式了，而不是莫顿思维方式，他看到积习多么顽强，还是没有跳出过去的自己。还是渐进式的思维：你以前做过什么，现在会什么，那下一步就做什么，沿着这个路走，你的未来是取决于你的过去。变革性的思维则是一下子先看到一个未来，然后体验活在未来是什么样子，再从未来穿越到现在，那个未来需要你现在做什么，需要你现在在一个什么样的地方，这就叫未来的引力。

吴甘沙与格灵深瞳的赵勇相识于 2013 年，两人是复旦校友，但以前并不认识，经他们共同认识的一个朋友撮合了一顿饭局，两人相识。赵勇毕业后从上海去了美国，就读于布朗大学，获计算机工程系博士学位，2010 年供职于谷歌总部研究院，任资深研究员。赵勇是谷歌安卓操作系统中图像处理架构的设计者，以及谷歌眼镜（Google Glass）最早期的核心研发成员。另外，赵勇还负责探索谷歌未来针对高性能图像分析处理的云计算架构设计。

2013 年 4 月赵勇离开谷歌，作为联合创始人创立格灵深瞳，凭借着自己在计算机视觉领域十多年的技术经验的积累，带领技术团队成功研发出了“深瞳无人安防监控系统”。这套系统可以实现对人物的精确检测、跟踪，动作姿态（包括暴力行为、跌倒等动作）的检测和分析、人物运动轨迹（停留、穿越、徘徊、人物搜索）的检测和分析。传统的安防监控中心，一个保安需要同时看几十上百路视频，即使发生了异常事件，能够被保安看到的概率也是非常小的；而当一件事情发生以后，需要靠人力去大量的硬盘数据里面寻找线索，这是一项极其浩大的工程，耗时特别长，效率特别低，格灵深瞳的产品很好地解决了这个行业瓶颈，直击行业痛点。

赵勇对格灵深瞳的解释是：一家计算机视觉公司，提供完整的计算机视觉解决方案。包括给用户提供视觉分析，例如人、环境和汽车的行为分析的结果，基于这些结果给各行各业的用户提供服务。业务范围包括安全、业务规范检测、消费者行为分析、智能汽车以及智慧城市。在不远的未来，还将提供通用的视觉分析产品。

2015 年 6 月，吴甘沙到格灵深瞳拜访了赵勇。格灵深瞳有点搞怪，直接在颐和园弄了个四合院办公，赵勇住在四合院对面的小楼里，足不出院，醒来就工作，累了就睡觉，一些重复动作有点像机器人。年初赵勇在美国过年，住在同学家，因为时差，第一天早上他 5 点起床坐在后院里。院子里有些果树，树上有橙子，他摘下来，剥了皮吃，很甜，而且没有籽儿，他一连吃了五个。有个小院，冬天穿 T 恤，吃到天然的橙子，早上带孩子去图书馆，上游泳课……这曾是赵勇梦想的生活，而且在加州实现了。但他后来发现自己甚至一年都不会走进后院几次，地上的落叶很厚，已经腐烂了。他为什么没有过上梦想中的小院生活？他干了什么事情呢？原来万变不离其宗，院子里的房子被他变成了实验室，客厅里装了很多摄像头，好几台电脑，就是在那间高科技的客厅里赵勇做出了格灵深瞳早期原型。他是个工作狂，生活简单一如某类机器人。与风景无关，但他又离不开风景，不看可以，却必须在风景里。这一点吴甘沙也有点像，在迷幻的香格里拉他很少出门，但他又无可救药地喜欢香格里拉，哪怕是看星空也要在香格里拉。其实在哪儿不能看？但是不，必须是在高原，哪怕他对高原本身并无兴趣。

在颐和园，在临河的四合院后院，在风光秀丽的亭子里，吴甘沙与赵勇聊了很久，与风景无关。对颐和园来说，他们的存在无疑像外星人，如果他们不是外星人那么颐和园就是外来文明。他们要改变世界，当然包括中国，并且就在中国改变世界。他们是两个霍比特人，或者更古老的《山海经》中的人，总之不像现代人。吴甘沙聊的话题里没有放过格灵深瞳怎么选择在颐和园办公，尽管这个话题事实上一下让他们离开了颐和园。赵勇如同走在电影之外，不无得意地对吴甘沙说起往事。最早格灵深瞳创办在学院路一个民宅里，发展到十四五个员工时，考虑换办公室。机缘巧合，赵勇与 CEO 何搏飞同时兴奋地发现了位于颐和园后河的这个院落。赵勇本来希望给公司小伙子们一个惊喜，秘而不宣，先把公司装修好然后装作一次春游，把大家好像偶然带到这里，然后宣布公司迁到这里。可是，有一天赵勇没有忍住，何搏飞又不在，赵勇打开了卫星地图，关掉了道路，跟小伙伴们说：我们的新 office 在北京一个绿色的有水的地方。

员工们看着卫星地图一下猜到是颐和园，赵勇干脆双手在地图上滑动，放大地图，放大，再放大……透过地图，看到这里，小伙伴们开心极了！“可这事儿是我说漏了嘴，”赵勇对吴甘沙说，“我就拜托小伙伴们向何搏飞保密，装作完全不知道。可他们有人忍不住，周末就跑过去看了，还拍了自拍照……再后来，我们来这里春游、烧烤，到了约定的时刻，何搏飞隆重宣布了这个消息——哇，所有人都‘惊喜’得恨不得晕倒在地上……”

两个人聊得如此开心，又回到了“神话”状态。

赵勇反反复复讲起了一个词：privilege（特权）。

“我们处在一个特别好的时代。我读书时憧憬的未来想做的很多事，格灵深瞳现在都在做。很多十年前规划的事，十年后发生了，而我们还走在前沿，在推动它走。想到这一点，我就感觉是一个 privilege。比如 3D 计算机视觉，念书的时候，我自己选择做了这一块，老板也不太懂这个。我做了一个毕业论文出来，今天格灵深瞳还在推它，如果它成功了，我会觉得挺自豪的。这个技术本身，像一个孩子一样，既然我当时选择了它，我就得把它养大。”

吴甘沙同意他们有某种 privilege，如果不是 mission（使命）的话。每一代人都有自己的使命感，都会感到自己的特殊，即一种 privilege。他们的特殊就在于他们站在最前沿上，特别是吴甘沙已经站了几次，但都擦肩而过，失之交臂。现在还有一次，并且非常清晰，那就是智能时代。赵勇说，他们这代人甚至特殊到，你让好的程序员写一段程序去直击问题的灵魂，比让他去跟一个女孩搭讪容易得多。说实话，我们今天做的某些东西看上去确实让人觉得：真变态！一种科技带来的变态！赵勇问吴甘沙，没有这种变态就没有我们，你不觉得历史属于变态者吗？“我们，我是说，包括我们的员工，常常自愿工作到很晚，他们被工作本身回馈了，回馈就变成了工作。就算这样，我仍然感觉我们科技界一直在拖科幻界的后腿。他们可能比我们早活了 100 年，好莱坞也比我们早活了 30～50 年。我们活在当下，我觉得我可能比大多数现代人早活了三五年吧。”

“应该不止。”吴甘沙说。

“科幻作家可能已经着急了，可是没办法，我们只能把未来一个齿轮一个齿轮地变成现实。”赵勇说。

“对，”吴甘沙说，“一个程序一个程序地变成现实。”

他们在谈什么呢？在颐和园，皇家园林。

他们的确是同类，似乎是一种星际交往，同时人际的一切也都有。吴甘沙自觉地没有显露创业的意图，只是想多了解一下赵勇的公司。吴甘沙低调惯了，非常含蓄，与赵勇的直接颇为不同。

但两人的心心相印也正在于此：赵勇心知肚明对方的来意，却惊人地节制，不谈拜访实质，在某些话题上却惊人的活跃，掩盖了其敏锐。

他们都冰雪聪明。有些核心的东西不用马上谈，因为实际上谈的也都是与实质相关的东西，事实上一切都已水到渠成。

赵勇回访吴甘沙，在英特尔中国研究院，吴甘沙的办公室。这是必然的，没有园林，亦不需要，直截了当：合作，创始一个公司。

上次是颐和园，这次是中关村融科资讯中心 A 座科幻般的办公空间。时隔 3 个月，2015 年 9 月，赵勇将计算机视觉中的智能汽车即无人驾驶做了详尽的解释，并给了吴甘沙一些 demo（样本）。10 月底，吴甘沙做出了决定：进军智能驾驶，出任驭势科技 CEO。事情往往是这样，复杂时非常复杂，简单时非常简单。

还有比水到渠成更简单的吗？

无人驾驶

很多英特尔的员工想跟吴甘沙一起干，无论如何，哪怕在英特尔做了 16 年，吴甘沙的离开都应算是一种叛逆；当吴甘沙带着若干人离开英特尔，不能不让人想起《三位一体：英特尔传奇》第一部第一章之《出走，八叛逆》。还是在香格里拉的时候，吴甘沙在第一部的导言中写道："1957 年 9 月的一个上午，'八叛逆'从肖克利晶体公司集体出走，不经意间揭开了硅谷波澜壮阔的新画卷。此后的 12 年里，一群'仙童'掀起了硅谷乃至整个世界半导体产业的风起云涌。"

吴甘沙带领部分员工离开，当然和"八叛逆"的出走不同，但有一点相同，那就是他们只有离开才能创造历史——"领导者的使命在于设计一个不确定的未来、没有人敢押注的未来。"这正是英特尔过去的传统，也许只有离开英特尔他们才能重新创造英特尔。"如果你们还像过去 40 年那样，勇于涉险，不怕犯错，世界还将是你们的，如果你们变得谨小慎微，你们将失败。"

吴甘沙毕竟还是不同，他对想跟他出来的员工说："兄弟，你愿意跟我出来我非常感谢，但我还是要跟（英特尔的）HR 说一下，让他们挽留你，也许会给你涨50%的薪水呢！若是这样你留下，我也理解，而且你值得；如果他们给了这个package（福利条件）你还想过来，那我一定举双手欢迎。”

绝大多数找过他的人都过来了，都愿押注未来。

“他的团队少见地吸纳了许多超级天才，”李开复评价，“其中有来自大学的机器专家、顶尖的计算机视觉专家以及来自Google的机器学习团队，还有吴甘沙自己和他领导的半导体专家团队。吴甘沙是一名优秀的领导，他能把这些人都汇集到驭势，本身已经说明了什么。”

对于“管理”，吴甘沙不是才开始。自从他2014年成为英特尔中国研究院院长，就开始了各类管理创新实验，譬如自底向上、扁平化、亚马逊的“两张比萨饼”文化、创新业务和主营业务二元体制，都是世界最前沿的体制。

格灵深瞳是驭势最重要的股东，赵勇甚至有一天郑重其事地以格灵深瞳的角度对新闻界宣布了“喜大普奔”的消息：“格灵深瞳联合英特尔中国研究院院长吴甘沙、国家智能车未来挑战赛冠军团队负责人姜岩等一同创办了一家专注于无人驾驶领域的公司——驭势科技。驭势要做的事情是为汽车品牌提供成熟的无人驾驶解决方案，一方面真正做到让出行者无歧视，使得包括残疾人在内的所有人都可以驭车出行；另一方面要减少车祸伤亡，提升道路通行能力，在保障出行安全的前提下，极大提高出行效率。”

除了吴甘沙、赵勇，驭势的另外一个创始人是姜岩，将负责与驾驶相关的技术。姜岩此前的身份是北京理工大学机械与车辆学院教授，北京航空航天大学博士，美国伊利诺伊大学香槟分校联培博士研究生，研究领域为自动驾驶系统架构设计和规划控制。迄今姜岩已参加了六届智能车挑战赛，2013 年赢得中国智能车挑战赛冠军，2013 年拿到冠军之后从赛道转战北京三环，开始研究如何在真实环境中去实现自动驾驶。最长的一次，他曾在三环上花了两个小时，自动驾驶了 48 公里。太堵了，走不动，这之前他根本不敢想象自己的这个无人驾驶汽车能到这么密集的交通环境中去。

在赵勇的新闻发布会上，姜岩讲了他在三环上的测试体会，并宣告测试没有结束的一天。整个测试是体验式的。无人驾驶很关键的一点就是，你如果定好一个点，到这个点把什么事情都解决了，那这个点你永远也到不了，所以你必须知道它能做什么、不能做什么，包括公众对它的接受度。“这里的体验并不是为了让大家体验一个完美无缺的系统，甚至当人们上去体验以后会发现一些问题，”姜岩说，“但是他发现出了问题以后，反而会了解到它并不像他想象的那么危险，这反而会是更好的一个结果。所以我们的测试第一是开放式的，第二没有尽头，就像 1.0、2.0 版本升级一样，会不停地进行迭代。”

虽然是学霸、中国智能车挑战赛第一人，并且已测试了三环，但是当最初赵勇找到姜岩邀其一起创始驭势搞产业无人驾驶时，姜岩却拒绝了，认为这事干不成。但当赵勇又找到了吴甘沙的时候，姜岩当时就决定从学校里辞职加入了。如果没有英特尔团队加入的话，姜岩觉得这个事情变不成一个产品，还是一个研究型的东西，缺少产品化的实现，缺少集成能力，只是给人看的。有了吴甘沙，事情会完全不同，赵勇找对了人。

三个人的关系就是这样有趣，同样呈现出“三位一体”。历史有时就是这样重复，甚至超出国界地重复，这也是全球化的特征。他们被认为是中国无人驾驶界最佳组合，三剑客，甚至在世界范围也是一股前沿的力量。

他们面临着巨大挑战，这是毫无疑问的。

他们挑战什么，什么就决定了他们。

无人驾驶或自动驾驶，本质上就是车身上扛着一个超级电脑，是大数据的产物，是综合而超级的机器人，智能人，需要大量的摄像、雷达导入的数据，需要做实时的处理、分析、融合、决策。当今全球从美国到中国到欧洲，传统芯片厂商、传统汽车厂商的大牛们都在投向智能汽车、无人驾驶的研发中，无人驾驶已成为商业巨头眼中的“香饽饽”，逐鹿名单中就有 Google、百度、特斯拉、奔驰、宝马、Mobileye，其中，市值最少的以色列公司 Mobileye 也有 80 亿美元。而这个市场是如此的初期，以至于驭势也好，Google、百度无人驾驶也好，特斯拉或 Mobileye 也好，都还来不及把彼此当成确定的坐标与对手。而仅仅在十年之前，谁曾想到中国汽车工业会迎来在某个层面上与欧美同行站在相似起跑线上的机会呢？中国的“三位一体”灵魂人物吴甘沙认为，无人驾驶考验人工智能、芯片和大数据分析能力，中国跟世界最高水平相比，差距不大。在人工智能应用上，世界零时差，我们跟水平最高的国家，比如美国，基本上是同步的，比起欧洲和日本，我们还领先。从这个角度上，吴甘沙说：“我们有一个很好的差异化的竞争路径，或者是弯道超车的可能性。另外，中国有它独特的测试环境，要解决的问题，比欧美更难，因此更能够锻炼科研工作者，所以我是很乐观的。”驭势科技的最终目标是要做自动驾驶汽车的大脑，就如英特尔一样。

竞争对手当然也不是吃素的。以 Google 为例。Google 的无人驾驶眼下是最好的。Google 用 2.0 的视力做无人驾驶——解决方案包含激光雷达、高精度的 GPS、高精度的惯导系统……200 万元一套。而驭势科技，选择用“1.0 的视力＋强大的计算和人工智能”。为什么呢？吴甘沙异常理性地说：买得起的才是能够赢得市场的。驭势科技计划把自己的产品控制在两三千美金以下。“Google在做‘眼睛’，我们把更多钱用来做‘大脑’。计算就是大脑。我用1.0的视力：摄像头、毫米波雷达、商用GPS、商用惯导系统……但我更聪明，有更强大的计算。‘眼睛’和‘大脑’比，‘大脑’（计算）会越来越便宜。”

这个策略，和吴甘沙在英特尔多年对摩尔定律的深刻认识相关。摩尔定律由英特尔创始人之一戈登·摩尔提出。大意为：每一美元所能买到的电脑性能，将每隔18～24个月翻一倍以上。这一定律揭示了信息技术进步的速度。英特尔的摩尔定律虽持续了超过半个世纪，却不是一个物理或自然规律，而是一个公司跟数字社会的承诺和契约——是人的努力让它实现的。

吴甘沙说：“在英特尔这么多年，我越来越感到：计算这个东西必须往未来看，一两年，你的计算就会便宜一半、你的计算能力就会增加一倍。你一定要把你的赌注放在这个上面，因为未来会褒奖你。”

以Mobileye为例，吴甘沙一开始就表明态度：跳过驾驶辅助，不做ADAS（高级驾驶辅助系统），一开始便进军自动驾驶。而以ADAS闻名于世界的Mobileye，在做驾驶辅助之余也在转向自动驾驶。吴甘沙说：“我们经常说‘发明一样东西的人是最后一个看到它过时的’，他们的基因、观念，都有路径依赖，一致性与完备性不可兼得。你看英特尔做PC，它是最后一个认为PC过时的。”

吴甘沙在英特尔16年真是成精了。

“Mobileye笃信宗教信仰般地相信视觉，从1999年至今，把传统视觉算法的潜力挖掘到极致了，下一步要提升只能靠深度学习，但它又不舍得把传统的算法扔掉——Mobileye的芯片里给深度学习留下的地方不多。这是它的历史包袱。我们没有任何历史包袱，哪个好用就用哪个。直接上深度学习，一下子跨越他们的十几年。我们低成本的激光雷达、雷达、视觉可能都会用，它们各有优劣。”吴甘沙毫无感情色彩地说，“视觉对世界的分辨率最高，有纹理，有色彩，但它在光照不好的时候、有迷雾的时候就看不见；激光雷达能够对环境做出非常精确的建模，但是下雨下雪的时候就不行了；雷达能够看得很远，测距测速都非常准，但是有些材料比如木头，它直接穿透了、没有反射……几个东西结合起来，才能做得最好。当然，我们既然做深度学习，就意味着计算成本的上升，也就意味着低端的 ADAS 不是我们的菜——我们就不玩那种嘀嘀提醒的 ADAS 了……说实话，我在想，在我开车很困的时候，我拼命地抽自己都不行，你嘀嘀嘀警告也没有用啊！我们直接奔着自动驾驶去，让机器参与开车。”

当问及驭势科技的核心竞争力，吴甘沙说：“人工智能的感知、认知能力方面，我们当仁不让，这是第一。第二是自动驾驶本身方面的探索，驭势科技的核心人物之一姜岩，是 2013 年智能车未来挑战赛的冠军，也是国内第一个真正做到在开放的环境下，用低成本的感知手段以 80 公里每小时的速度在三环上无人驾驶了一万多公里的人。过去参赛是应试教育，更快到达目的地就行了，车可以开得歪歪扭扭。但真正要产品化时，必须做到三个境界：(1) 在外面的人，看不出是机器在开。(2) 乘客坐在里面也感觉不到是机器在开——而这个就难多了，我们一直开玩笑说现在夫妻吵架的一大原因就是开车感觉不对路，比如说我太太开车我坐边上我觉得 crazy（发疯）！(3) 你坐在驾驶员的位置上，方向盘自己在动，你感觉是自己在开一样，是完全自然的。第三是对复杂系统的驾驭，这正是原来英特尔的这群干将非常擅长的。这三部分凑在一起，我们觉得中国没有第二支团队了。”

吴甘沙是低调的人，说出如此高调的话，却仍用低调的口气，让人有种不寒而栗的感觉。是的，吴甘沙的话语不是刀锋，但却有金属的质地，即使是在讲台上，比如某个论坛上，他的那种声音也仍如入无人之境——

2008 年，比尔·盖茨在计算机的传统展上揶揄汽车产业界：如果通用汽车像计算机产业那样激流勇进，我们将开着 25 美元的汽车，一加仑跑 1000 公里。通用汽车虽深陷危机，仍不忘反唇相讥：如果汽车像计算机那样，一天可能莫名其妙崩溃两次，reset（重启）发动机恐怕还不行，必须得 reinstall（重装），在安全气囊弹出来前有个对话框，让你选“Are you sure?”思维的角度（perspective）决定成败。比尔·盖茨的角度是趋势和用户需求，通用汽车的角度是对手的弱点。谁能赢？我当时赌的是盖茨。八年后，世事未如所料，COMDEX 逐渐没落，CES 强势崛起，汽车豪占三分之一的格局。是比尔·盖茨赢了，还是通用汽车赢了？是计算机赢了，还是汽车赢了？产业扼杀了电动汽车。

但是事情并没完。事实上第一辆电动汽车诞生于 1890 年，第一个为汽车更换电池的服务在 1910 年出现，这些新事物在后来者——汽油车——的攻城拔寨中迅速消失；一晃百年，现代意义上的电动汽车在 20 世纪 90 年代开始复辟，彼时角色互换，汽油车守江山，借助靠山石油产业扼杀电动汽车的生长；10 多年以后，最早的明星 Fisker 倒下，试图复兴换电商业模式的 Better Place 倒下。在宿命即将又一次重复的时候，特斯拉从硝烟中冲了出来，而它，已经不是原来意义上的汽车，是更像计算机的一种汽车。

吴甘沙说

当一台汽车的电子设备和软件占整体成本过半、电池占成本过半，当它将被印上苹果的 logo——千呼万唤的 Apple Car（苹果汽车），当它的后备厢里藏着一台超级计算机——使之成为具有自动驾驶能力的车，当它通过开源（Local Motors）社区开发的时候，你还能把它与传统汽车联系在一起吗?

吴甘沙镇定自若，眼中寒光闪闪，仿佛对着无尽的未来说：

这次传统汽车行业面临的对手不是一个孤独的复辟者，呼啸而来的是一个全新的时代。近看新能源汽车，汽车共享，惊涛拍岸；远看洪波又起，网联、智能、自动驾驶共潮而生。比尔·盖茨在2008年时未必能精确地预报这一切在8年以后发生，但他所熟悉的世界是面向未来的。摩尔定律是对未来的预言，更是未来的自我实现，真正能驾驭趋势的人，能够循着指数增长的轨迹制胜未来。To predict the future，you have to invent it.（预言未来，就是去创造它。）为什么指数定律的信徒对传统势力无所畏惧？只因为这条公式，它在说：即使你在过去x个世代一直独领风骚，仅仅在下一个时点，后来者会将你x世代的荣耀颠覆。在这个世界里，线性增长是加速死亡；创新的速度光快是不行的，必须越来越快；你不能浪费时间在过去，因为它在未来之前不堪一击；跃入指数旋涡，任何时间都不算晚，风口过了、船票没了、大山压顶、过去不完美，都不算什么，决胜在x+1。

大科技革命与大经济周期60年一共振，在2008年金融危机后刚刚开始新的一甲子。信息技术革命每20年一个小周期，经历了1950年至1970年的架构化、1970年至1990年的数字化、1990年至2010年的网络化以后，正大步迈入智能化的20年，城头大旗变换，人工智能和机器人强势入主。

重要的是百年难遇的三流合一——物联网和大数据推动下的信息流，分布式能源互联网、新能源汽车正在重构的能源流，与这个世界的交通流以一种前所未有的动能融会贯通，划时代的变革就此拉开帷幕。正如有人所说：当那个时代来临的时候，万物肆意生长，尘埃与曙光升腾，江河汇聚成川，无名山丘崛起为峰，天地一时无比开阔。这个机遇，对于很多人来说可能是一生一次，甚至超过比尔·盖茨当初的想象。驭势科技的一群小伙伴们也纵身跃入了这一大潮，无他，只因趋势的召唤。

为什么叫驭势？我们要预示未来，我们要驾驭未来的趋势。我们把使命镌刻在公司的英文名字UISEE中：Utilization of time：释放脑、手和脚，给予出行者身心自由，每天平添百亿小时的有用时间（如果转化为生产力，将是千万亿美元的产值）；Indiscrimination：让所有人，包括老人、孩子和残疾人，能够驭车而行；Safety：减少90％以上的交通事故，相当于100万条生命和逾万亿美元事故成本；Efficiency：在时间和空间上优化交通，减少城市80％车辆，道路通行能力提升4倍，释放停车空间（相当于城市用地的15％～20％），实现即时按需、无堵车的出行；Environment friendliness：更加环保，减少15％的二氧化碳排放和大气污染。UISEE的发音是you see，这个使命所描绘的未来你可以看见。驭势未来，you see future。我们的价值主张是给予驭车者更多的安全和舒适，而10年以后，驭势将聚焦于出行者——获得10倍以上的便捷性和成本节省。

我有一个梦想：让首都摆脱“首堵”，让行者出行无忧，这应该只需要10年。今天北京有近600万辆车，多是私家车，场外仍有百万人排号买车，为每年的6万个车牌号惆怅。车越来越多，停车越来越难，一辆车两个停车位，难怪城市15％～20％的土地用于停车；限行让更多人买车，路上越来越堵，废气排放导致雾霾，交通事故居高不下，形成恶性循环。为什么都要买私家车？因为众所周知的原因，北京只有7万辆出租车，即使加上滴滴和优步的“游击队”，仍然无法为多数人提供即时、按需的出行服务。那么，想象一下这个场景：

10年后北京只有100万辆私家车，但同时有200万辆出租车，基于大数据的调度算法使其能为千万人提供按需的出行——当您踏出家门，车已经等在外面。有人说，到处打车，打不起。我告诉你，那时打车花费只需要今天的十分之一。为什么？今天一辆出租车5年生命周期的产值，10%付车钱和维修费，30%是份子钱，30%是油钱，30%是司机收入。10年后份子钱消失，新能源每公里的能源成本低于常规燃料，车会变得更加便宜。有人说，电动汽车贵啊。这个出租车不然，多数是两座或一座，只需要很少容量的电池。当全城布满充电桩、地下充电装置和换电站时，大数据的调度算法可以保证电池续航恰好满足下一个人的出行需求，并且及时得到能源补充。车便宜了，份子钱没了，能源成本也降低了，那么，出行成本中最大的一块就是司机收入了。但是，正如您已经想到的，这些车是无人驾驶。所以，您今天需要花50元，10年后可能只需要不到5元。交通流、信息流、能源流的三流合一将形成巨大的海啸，所有与人或物相关的交通将被重新定义，保险需要涅槃重生，而服务业将找到新的爆发点——上述的无人驾驶出租车是除了家和办公室的第三空间，是移动的商业地产，移动的影院、移动的办公空间、移动的星巴克。

“也许有人问，真的只需要10年吗？”吴甘沙少有地激情澎湃地对他的员工说，“想想10年以前吧，iPhone还没出现，移动互联网还没踪影，iPad还没出现，PC如日中天。这10年最激进的预言家也未曾料到移动互联网如此深刻地改变了这个世界，40年王者PC怅然转身，只留下一个长长的背影，iPad从旭日东升到夕阳西下走过了一个轮回，智能手机一统江湖却已初露疲态。时间的飞轮会越来越快，未来与现在之间的距离，较过去与现在之间的旅途，要比你想象的近，近很多。人生短暂，是平淡而过，还是驭势未来？如果将来有一天像《星际穿越》中那样，有机会从五维空间给现在的自己和孩子发一个莫尔斯电码，我希望是如那首歌 *Welcome to the Future* 里面写的：

Fly . . .

Dreaming . . .

We ride the wings of time

To our future we will fly

Higher and higher now

Our love take us higher now

飞啊……

梦啊……

我们骑着时光之翼向着未来飞去

我们会飞得越来越高

我们的爱让我们飞得越来越高

手记三：时光

如果说，冯康代表着20世纪五六十年代科学在中关村的奠基，陈春先代表着70年代末开风气之先，那么，吴甘沙代表着什么呢？我要说时光。主要是时光太快了，变化太大了，不要说冯康的五六十年代，就是从陈春先的1978年开始，35年以后，吴甘沙时的中关村已经天翻地覆，完全是另一个时代，夸张地说像两个星球的事。吴甘沙与世界同步，或已经超前。吴甘沙在香格里拉思考星空，思考未来，思考无人驾驶，而在颐和园，在赵勇那古色古香的高科技公司，两个高科技人在谈论时光，未来，如同两个霍比特人或《山海经》中的人在谈3D计算机视觉，谈privilege、责任、未来的城市——看不见的城市。不同在于，通过 3D 计算机视觉，他们已清清楚楚看到未来十年二十年的城市，他们超前活着，或者干脆说活在未来里，神话里。这和 1978 年的中关村是同一个中关村吗？是，又不是。但也必须承认吴甘沙穿越了 1978 年的中关村，整整一代人闯关闯过来的中关村。

战风车

“我决定从明天起离开计算所，最好是领导同意我被聘请走。如果聘走不行的话，借走！借走不行，调走！调走不行，辞职走！辞职不行的话，你们就开除我吧！”这是1983年，中科院计算所的一次会议上，王洪德拍案说的著名的“五走”。这“五走”表述有点像同时代朦胧诗的诗歌风格，像读一份宣言，像同时代著名的《回答》：“告诉你吧，世界/我——不——相——信！/纵使你脚下有一千名挑战者/那就把我算作第一千零一个。”

时代是相通的，无论诗还是科学。

王洪德说完离开会议室，把目瞪口呆、张口结舌的人留在了身后，人们几乎能看到他的后背的“运动”，那种因内部张力而产生的僵硬的起伏。

特别是王洪德最后那句话，有点风萧萧兮易水寒的味道。

冰冻三尺，非一日之寒。此时尽管顶层肯定了“底层”的陈春先冲破旧体制的做法，但“中间层”依然僵硬，庞大，具有对人的吞噬力。

“我的家庭出身不好，进入科学院一年不到，就被划成了‘右派’，然后被打成‘反革命、走白专道路’，被批斗一直到1978年。漫长时间里，我一直有种强烈的压抑感和屈辱感，说不出来的痛苦和窝囊。我爱党爱国，内心深处想干事业的那股冲劲无时不在，就是一直施展不开。”这是王洪德那时的心声，并不复杂，同样也是时代的心声。旧时代人被抑制，被侮辱，被损害，新时代出现了希望，光，从天顶照进来，下面的心声再也压抑不住。

对王洪德而言，具体的光出现在1979年的冬天。

那年的冬天格外冷，王洪德在刺骨的寒风中走进了中科院计算所知青社，看见远方归来的孩子们围在炉火边烤火取暖。年轻人的手上都是冻裂的口子，因为干重活鲜血迸流，但在寒风中他们却像无动于衷，因为手上的痛相对于他们的心来，不算什么。返城之后，知青就业成为当时的一大社会问题，在成果堆积、知识密集的中科院，那些教授、专家的孩子们同样只能靠搬砖、运沙石、做清洁这样笨重的工作赚取微薄的收入。

孩子们太苦了，王洪德感到心疼，心中突然产生了一个念头，是否可以由他做机房系统设备的设计，让计算所的工厂生产，他指导知青社的孩子们组装？这样既可以推广技术应用，又可以把返城知青们的生活改善了，以后他们技术成熟了，还可以到全国各地去安装计算机机房的系统设备。

1979年的时候，王洪德担任计算所第四研究室供电空调系统组组长，从事机房环境条件研究工作，而当时机房装备技术在我国还是空白，王洪德将全部精力都放在机房装备技术的研究上。王洪德吃尽苦头，在中科院的26年他都在痛苦中挣扎，一身“武功”却无用武之地，但是墙内开花墙外香，他的技术水平得到了广泛认可。作为计算机机房技术专家，王洪德在业界已经是响当当的人物。当时天津计算机公司，天津电工设备厂，天津无线电五厂、七厂、十一厂……都请王洪德做顾问，这让王洪德更坚信，计算机浪潮已经汹涌而来，大型机房技术的应用将具有广阔前景。一天黄昏，下班以后，王洪德顶着寒风再次来到知青社，找到还在忙碌的知青社主任，把想法谈了。王洪德对主任说，我可以给你当顾问，我来做设计，工厂加工的东西让知青社安装……

未等王洪德说完，知青社主任已连连点头，握住王洪德的手说，你说怎么干就怎么干吧，我全听你的。知青社当时正想为孩子们找出路，都是科学院子弟知识分子家庭出身，总干体力活不是长久之计。要是能跟科学技术沾上边，那可真是求之不得了。事实也是如此，返城知青们听说后更是欢欣鼓舞，觉得改变自己命运的时刻到了，王洪德简直是天上派下来的人，他们要学技术、干技术活了……

王洪德给自己的工作加大了分量，周末和下班后的业余时间做设计，常常工作到凌晨 3 点，有时甚至到天明。同时培训、讲解，手把手指导知青，就这样，计算机机房系统的各种产品很快生产出来了。销售自然是不成问题的，王洪德在业界的人脉与名声就是最好的销售保证，这样一来，凡经过王洪德介绍引进大型计算机的单位，都要求买知青社的产品，让知青社去安装。随着知青社业务量的增加，王洪德和知青社领导一起商量成立了计算机机房工程安装队。小小的知青社一下子火了起来，知青们也都提高了技术水平，并且最主要的是提高了工资待遇，月工资从原来的 50 元提高到了 90 元，这一收入甚至比他们在计算所里工作多年的父母还要多。

知青社当年就赚了 60 多万元，这在当时也是了不得的，堪称奇迹。王洪德支持知青社从事技术服务、服务社会，也成了轰动一时的大新闻。然而凡事都是这样，不同的人有不同的视角，不同的习惯。“60 多万”，这么高的利润，先是工商部门大为惊讶，怀疑有不法行为，年底的财务大检查中，知青社被列为中科院的检查重点，王洪德也被怀疑有经济问题。

消息传到了科学院纪委，纪委提出将此做经济大案处理。纪委的人找到了王洪德，要王洪德交代“经济犯罪”的事实，写检查。工商局找到王洪德，认定王洪德违法经营，无照经营。王洪德几乎是声泪俱下地对工商局人员说：“我做的这些新产品设计，都是填补国家空白，我们自己不设计生产就只能买国外的。国家没有的，我搞出来了，又解决了知青就业问题，我何罪之有？”竟然说得工商局的人面面相觑，放过了王洪德。但科纪委一直抓住王洪德不放，一审查就是一年半。不过王洪德相当自信，他把每月 30 元的顾问费如数交还，这是他唯一的“瑕疵”。这种放弃自己微薄收入的做法在那时中关村的改革者中，也就是办公司的人中相当普遍，往往不是出于他们在道德方面的追求，而是为了对付无端的审查、检查与攻击。动不动就查账，在当时的时代是最流行的做法。

无端的，先入为主的，有罪推定的审查，让王洪德受够了……还很年轻时王洪德因为一首稚嫩的小诗被打成“右派”后，在计算所再也抬不起头。21 岁入团的他，22 岁就被开除团籍，科学院一开会，他就习惯性地戴个军帽，把帽檐拉低，躲到一个角落里。此后“文革”，旧事重提，他又被打成“反革命”，直到 1979 年。谁想得到现在又是“经济问题”……这时他已 46 岁，人生就这么度过？好在旷日持久的调查最终得出的结论证实了王洪德的清白。他颇有预见性的头脑和防患于未然的措施救了他，比如退回顾问费。但这事件也让王洪德多年来对单位和上级的信任荡然无存，他觉得消耗了自己 28 年光阴的这个大院子是如此不牢靠。

“而且，”王洪德想，“在一个封闭的科研系统中工作，距离生产实际是远远的，天天过着一种懒洋洋的千篇一律的生活；一项任务那么多人分，一人一点点，人人吃不饱；真是欲干不能，欲罢不忍。我产生了一个想法，想办一个我国还没有的计算机机房公司，干一番轰轰烈烈的事业，死了也不后悔。”

王洪德那时已人到中年，没啥可犹豫的了，决定破釜沉舟。

王洪德并不是鲁莽行动，1980 年夏天，作为天津电工专用设备厂的顾问，王洪德提议厂方邀请意大利机房专用设备公司总经理罗西博士到天津，目的是引进技术，合作设计生产计算机机房、地板、下气流空调等设备。原本是一次技术交流，可罗西博士的一句话震撼了王洪德。罗西博士的希洛斯公司仅由 3 个人创办，靠 350 美元起家，17 年后已发展成为国际计算机机房产业的大公司了。如果说知青社查账事件使王洪德萌生退意，这个现实案例则提供了启示。

王洪德先找到海淀区联社谈，准备调到区联社，然后通过区联社注册了一个公司。一切准备就绪：心理上的，现实上的，以一人之力面对整个体制，如同堂吉诃德一样立马横枪到了体制面前，这就出现了开头的一幕：“我决定从明天起离开计算所，最好是领导同意我被聘请走。如果聘走不行的话，借走！借走不行，调走！调走不行，辞职走！辞职不行的话，你们就开除我吧！”

当时在很多人看来王洪德就是堂吉诃德，或者王吉诃德，一是那时还是举国体制，所有人都是单位的人，国家的人，辞了职就等于不再是国家的人，那是不可想象的，何况科学殿堂的研究人员是宝塔尖上的人，让人羡慕的职业，因此当时从科研院所、高校里走出去办公司的研究人员大都是保留公职或者停薪留职“下海”的，这在当时被一些人叫作“脚踏两条船”。当他们把一只脚踏上新船时，另外一只脚却迟迟不肯离开旧船。这让他们在心理上维系着某种平衡，在收入方面可进可退。20 世纪 80 年代早期，这是一种相当普遍的局面。可是王洪德不同，他是中关村历史上第一个辞去国家公职的人。换句话说，王洪德的选择是很不理性的，让人看了感到多少有些“幽默”，特别是声言“可以开除”。而王洪德的态度、口气就更“幽默”，或更堂吉诃德——一个人面对一个巨大事物竟如此“嚣张”，太不成比例了。对，不成比例往往是可笑的。

但王洪德不是堂吉诃德，或者不全是，事实上他是的那部分恰到好处。

王洪德赤条条来到这个世界，“赤条条”走出科学院，尽管“赤条条”的，却众里寻他千百度，找到了个人的支点，这是了不起的。经过工商局正式注册，王洪德成立了京海计算机服务公司，再不受行政指令驱使，自主决策，自我发展。注册之时王洪德没有一分钱，从知青社借了 1 万元，到银行开了户头，四天后便把钱如数还上。

“公司成立之初，”四通创始人之一、王力之子王缉志后来在《两通两海当年勇》一文中写道，“王洪德在白石桥借了北京图书馆的待征土地，盖了几间平房，刚开始连椅子都没有。当时就有几个木箱子，他们在上面铺上报纸，铺上图板就开始作图。”王缉志在双榆树有套单元房，常在那儿办舞会，王洪德本是激情洋溢之人，常常到舞会上激情跳上一曲。王洪德赤条条出来办公司，舞伴们都为这位“堂吉诃德”捏了一把汗。

“不必，谁也不必担心我。”王洪德心中有数。

王洪德的公司成立后承接的第一个项目，是北京大学豪尼维尔计算机系统改造工程，是联合国支持的世界银行贷款项目，而豪尼维尔又是美国大型的计算机系统公司，在全球影响都很大。这一工程在京海公司成立之前就已开始招标，跟京海一同参加竞争的有中科院计算所的计算机服务公司、中国计算机公司等等大品牌。但北京大学工程负责人却说：我们不看什么牌子，我们就交给京海王工，他在计算所工作这么多年，是众所周知的机房设计专家，我们相信他。接下项目，王洪德与手下跟他一起出来的工程师高兴得一夜难眠，四天之后工程的预付款一到，王洪德立马还清了知青社借款。

然而北京大学计算机系统工程刚一上马就遇到了困难，在安装室外冷却系统的时候，施工工人发现北京大学主楼外面有一个很大的泥潭，泥潭很深，深不见底，简直像无底洞一样。有人怀疑这是北京的一处海眼，有人甚至提到当年刘伯温建北京城就发现过北京几处海眼，底下可通到大海，这几处海眼一处由玉泉山镇着，一处由北海白塔镇着，一处在北新桥。据说这北新桥的海眼被动过两次，一次是日本鬼子进北京，顺大铁链子往上拉，拉了一两公里，就见下面呼呼往上翻泥汤子，还隐隐的有海风的声音，伴着腥味。日本人慌了，赶紧把铁链子一松又顺了回去。第二次是红卫兵"破四旧"，不信邪，也把大铁链子往上拉，结果跟日本人一样，听到隆隆的响声也全吓傻了，赶紧松了铁链。这是北京知青都知道的两个海眼的故事，而王洪德工程队的人大部分都是知青。

工程队队长将情况报告给了王洪德，甚至提到了海眼，王洪德骑着自行车就赶来了，哪管什么海眼不海眼的，当时就纵身跳下去排除。潭里的水和泥都是黑黑的，有一股很强烈的刺鼻的味道。的确是一处古潭，不知道有多少年了，他们怎么碰到古潭了？或者真的是海眼？王洪德一急，耳朵里"噗"一声就什么都听不见了，就好像耳朵隔了一堵很厚的墙。急火攻心，王洪德失聪了，尽管听不到自己的声音，王洪德还是大声命令：填！说完便赶快上了三〇一医院，检查为爆发性耳聋。

就是一股急火上来，各种神经元控制不住，引发了暂时性耳聋。

的确，王洪德太着急了，京海公司的开局之战因为这个古潭将会毁于一旦，他怎么承受得了？多少年自主作为的梦想就要结束？他怎么这么倒霉就碰上了传说中的海眼一类的东西？计算机的位置已固定，空调的位置也不能动，施工无法绕开，王洪德没有别的办法，也没这方面的技术，只能用最原始的办法，一车一车往泥潭中填沙子，然而这个泥潭仿佛有一个永远填不饱的肚子，无论倒下去什么，无论倒下去多少沙石，很快就消失了。30 吨沙子，50 吨沙子，70 吨沙子……王洪德那时就像愚公移山，每天挖山不止。他不相信这是海眼，不相信，就算真是也要精卫填海把它填平，他简直疯了。如果填不平他大概真的会疯了，甚至已经有了初期的疯的症状。他认为这是自己一生的泥潭，从“反右”就开始的一直到今天的泥潭，必须填平，填不平就把自己填进去——一头扎进去，从地底下游到大海……

的确就像那个寓言，王洪德感动了上帝，到接近百吨水泥时，泥潭平静了，平静一如王洪德那已经麻木的心。然后把钢筋打下去，混凝土打下去，水泥干了以后结结实实，王洪德像换了一个人，一个自己铸就自己的人。

几个月后，工程虽超时——怎么可能不超时呢？——但完成了。有了精卫填海或者堂吉诃德（不顾一切）的精神就没有干不好的事，工程让前来验收的美国人大吃一惊，竖起了大拇指，说王洪德做的计算机机房是 number one（第一）。北京大学校长请工程队主要人员参加宴会，答谢京海公司。虽然大大超出预算，但工程还是为京海公司干干净净赚到了第一桶金，王洪德的耳朵也彻底好了，一切都听得清清楚楚，包括舞曲。北京大学的工程不是一般的工程，这一脚踢开了，在王缉志的家庭舞会上，在水兵舞的节奏中，所有以往的担心都消失了。

手记四：火山

从王洪德身上能感受到什么？一种压抑的火山爆发的东西。如果说陈春先是理性的，先知的，来自于物理学的天空，王洪德则来自于大地，大地的深处，太久的深处，亦是诗的深处。如果描绘时代，比如画三只手：一只从天上来，一只从大地伸出，两只手相互召唤，构成超现实立体主义绘画，那么另一只手就是诗人之手，北岛或女性的舒婷之手，三只大手握于时代中心。

有些人在时代的坐标上非常清晰，时代越久远就越清晰。王洪德的耳聋与填海眼都赋有天然的象征意义，甚至寓言意义，像另两个人一样都具有创世的色彩。是的，现在回过头来，那时不就是创世吗？

1987年春天，我在一家民办报纸工作，采访过王洪德，那时我27岁，多么年轻，王洪德也不过40岁，整个时代都很年轻。当时我来到"电子一条街"，来到"京海"——如日中天的"两通两海"的"京海"，见到忙碌得说话都很快的王洪德。说实话，王洪德当时的嗓音有点老，沙哑，比之活力四射的目光与语速有一种错位或并置的绘画般的张力。30年后我们在微信里通了话，其间并无联系，并无音信，中关村于我越来越远，我于中关村也一样。《中关村笔记》让我再次回到中关村，回到30年前。王缉志先生给了王洪德的微信名片，微信语音通的那一刻，一切如昨。还是当年沙哑的声音，当年的"两通两海"。只是样子难以浮现，王洪德在住院，躺在手术台上。

我会去看望他，如同看望一个时代。

联想中国（1）

序曲

“让万润南来承包计算所，这不是在我的头上插一根鸡毛，把我拿到街上给卖了吗？干脆，还是我这个所长来承包计算所吧，我不解雇任何一个人，就算在大街上摆摊修自行车，我也要养活这 1500 人。”

1985 年夏天，中科院计算所所长曾茂朝给上级打报告，颇有些激愤地说了上述一段话。报告很悲壮，透露出某种压力，像在悬崖边上发出的最后吁求。时代是怎么前进或推动的，从中也可看出一点端倪。那个夏天格外炎热，高温热浪一个接着一个袭击着北京，而曾茂朝的报告也源于另一种热浪：科技体制改革。此前几天，科委一名负责人召开大会，宣布了若干项异常凌厉的改革具体步骤，当时已名声大噪的四通的万润南也在场，负责人笑着扭过头问万润南，你们敢不敢承包计算所？万润南毫不含糊地说四通有能力承包计算所，事后又放出风声，若他承包计算所，他将把 90%人员遣散。这个一问一答激怒了曾茂朝：“我不解雇任何一个人，就算在大街上摆摊修自行车，我也要养活这 1500 人。”

彼时中关村风起云涌，以“四通、信通、京海、科海”为代表的“两通两海”风生水起，在科学院，在中国，掀起巨大波澜。科研院所不再是象牙之塔，科学技术要尽快转化为生产力、产品，简单地说，以前等项目做项目交项目的日子过去了，国家将减少对科研院所的拨款，有些院所要自己养活自己。具体到曾茂朝的计算所，有消息说这一年财政拨款将锐减 20%，五年后甚至将全部取消。如果这个消息是真的，计算所的 1500 名员工别说科研经费，连饭碗都成问题。

改革如此激进，谁也没想到。那天现场的场面对绝大多数人来说异常冷峻，虽天气热浪滚滚，心里却寒潮阵阵，更多的人面面相觑，脸上有一种麻木的冷淡，同时觉得不可思议。时代的激流如此迅猛，许多人还转不过弯来。“文革”十年浩劫，一场全民族的灾难，好不容易正本清源，拨乱反正，人们想得最多的是把损失的十年时间夺回来，赶快回到实验室，回到过去，回到“文革”以前，好好做研究，勇攀科学高峰。粉碎“四人帮”，结束了动乱，好不容易迎来这样大好的时光，怎么斗转星移，又出现了另一重天——“两通两海”构成的天？没几年中关村已不是安静的象牙塔的中关村。一个回国考察的华侨来到中关村，看到了这样的景象：中关村大街上，首先映入眼帘的是四通的铁皮房子，里面是木头的，外面包着铁皮；楼下卖元器件，楼上坐着万润南、沈国君、王安时。接下来是信通、京海、科海的招牌。老华侨觉得这景象新鲜，但中关村更多的科技人员可不觉得新鲜，每天看着变化甚至不愿正视，只是侧视，视而不见。

但事实却是严峻的，你不变都不行，对计算所来说，首先来自军事部门的研究计划没有了，接着上面拨下来的资金大幅减少，所里 1000 个科技人员和500个工人闲着没事做，寝食难安。另外再看看计算所的仓库，曾引以为豪的大型计算机，研制出了一台又一台，凝聚了上千人的智慧、心血与时间，除了一堆获奖证书陪伴着它们，从未批量生产过，也完全谈不上什么经济效益。所长曾茂朝感到一种双重的痛心，改是要改，不改不行了，但是怎么改？就是承包吗？像农村包产到户？这是科学院，不是农村。

曾茂朝的报告落到了周光召手上，周光召本人是一个科学家，又是科学院的副院长，管理者，20世纪80年代初曾出国学习，先到美国，后到欧洲，在明白外面的世界是什么样子之后，回到中关村，主持中国科技改革。

中国大势，必须改，这是肯定的，周光召首先从大处落笔，尊重了事物的黄金分割原理：把总数不超过20%的研究人员集中于基础研究，然后让大多数人去搞应用科学研究。所谓“应用”，就是把科研成果转化为产品，投向市场。周光召看到曾茂朝的报告把他找来，告诉曾茂朝，他仍将拥有他的研究所和技术人员，让万润南承包的话不必当真，这给曾茂朝与计算所的所有人吃了一颗定心丸。但周光召同时也要求曾茂朝必须改革，不能“等靠要”，要为研究成果寻找出路，把它们转化成人民群众需要的产品。

这些曾茂朝不反对，完全接受，而且，事实上曾茂朝并非毫无准备。中关村的科技转化为生产力的大潮他也不是没有应对，只是比较稳健——一个科学家怎么可能不对事物有所反应？也怎么可能不稳健？曾茂朝嘿嘿一笑，煞有介事地悄悄告诉颇为儒雅的风度翩翩的周光召副院长，他的计算所为了应对今天的局面，实际上去年11月就已办了一家公司，是他先期“埋下的一支伏兵”，办公司的人是所里的柳传志。周光召大喜，让曾茂朝告诉柳传志立刻来见。这样一来曾茂朝却有点慌，因为柳传志的公司成立不久就挨了“市场”一记闷棍，所里投的20万元启动资金一下被骗了十几万元，正陷于困境，找不着北。

柳传志打掉牙往肚子里咽，见了周院长，信誓旦旦。

高潮

20年后，2004年12月8日，星期三，上午9点10分。

一个历史性的时刻，原定上午9点，推迟了10分钟，当风度翩翩一脸笑意的已是联想董事局主席的柳传志出现在北京五洲大酒店，各路嘉宾，媒体记者，“长枪短炮”对准了聚光灯下的柳传志，无论记者还是嘉宾都清楚地知道柳传志将创造历史，现场所有人都将见证历史。柳传志带有歉意而又不失风趣地对着无数话筒与镜头说：一般来说，头大的婴儿会难产，所以我们今天来得稍微晚了点儿，抱歉。柳传志的声音清晰，抑扬顿挫，使这一时刻几乎类似一个政治的时刻，历史上这样的时刻太多了，人们很熟悉，但又不是政治时刻，因此带来了陌生感。

虽不是政治时刻，却又是一个标志性的全球化的时刻，某种意义上又超越了政治。柳传志宣布：联想集团以总价12.5亿美元的价格收购了IBM的全球PC业务。IBM高级副总裁史蒂芬-沃德将出任联想集团新CEO，杨元庆则任集团董事局主席。下面爆发出风潮一样的掌声、欢呼声和口哨声。当柳传志说到收购的业务包括IBM全球台式及笔记本电脑的全部业务，甚至还涵盖了研发和采购时，掌声与口哨声此起彼伏。

此前几个小时，12月8日清晨5点，谈判还在进行，这也很像历史上的一些著名的谈判，总是在几乎最后一分钟达成协议，熬了两个通宵的联想集团高级副总裁乔松在结束了与IBM高级副总裁史蒂芬-沃德的越洋电话会议后，长长地舒了口气，联想的首席财务官刚刚在收购交易书上签了字。

这一天，微软总裁比尔·盖茨也在访华，而12月8日是一个让这位全球首富黯然失色的日子，聚光灯不是在他身上，全世界的目光在五洲大酒店。

这是一个改变中国，乃至世界PC格局的日子。

德国《法兰克福汇报》第一时间报道称："当'蓝色巨人'现在变成了'红色巨人'的时候，两万名IBM员工的新雇主叫作了联想。如果说迄今为止联想在西方只是二流品牌和企业的话，那么在联想收购IBM之后，就没有人再会这么说了。"

收购IBM全球PC业务，联想的实力有了三方面跃升：一是品牌形象得到了极大提升，二是企业规模迅速扩大，三是拥有更大规模的采购和销售网络。而之前在中国市场，虽然联想以第一大计算机厂商自居，但是它并不具备独特的核心竞争力，在成本控制方面比不上直销起家的戴尔，在技术创新方面又远不是以标新立异著称的苹果电脑的对手，那么在PC鼻祖IBM宣布退出的时候，对于联想实在是个再好不过的时机，通过整合IBM的PC业务，联想大大缩短了国际化部署的周期，一跃成为全球第三。

路透社中国新闻事务前主管Doug Young十年来一直追踪联想并购案，代表了西方最务实的观点。2015年Doug Young在一篇题为《收购IBM电脑十年后，联想能否再接再厉》的文章中写道："全球PC业务领导者联想对自己十年前收购IBM的PC业务以来的表现感到欣慰，这笔里程碑式的收购交易帮助它发展成为全球顶尖的PC厂商。我承认，2005年宣布这宗交易时，我是抱着怀疑态度的，而相比那时候，我的看法已经变得相当乐观。十年前，联想宣布以12.5亿美元收购IBM知名的PC业务部门，当时我和其他很多人预计，这可能会让联想栽个大跟头，因为它没有运营这么一家大型外国公司的经验。”

Doug Young的担心不是没有道理，因为他注意到其他的亚洲公司也尝试了类似的举动，但无一例外全都败得很惨，这其中包括中国台湾明基和大陆的TCL分别对西门子（Siemens）和阿尔卡特（Alcatel）手机业务部门进行的收购，这些交易也发生在相同时期。事实上，Doug Young写道：“联想收购IBM的PC业务开始也并非一帆风顺，该公司在实施收购交易后的几年中，为了将自己重新定义为一家全球PC公司而非仅仅是一个中国的品牌，也经历了艰难而重大的重组过程。但自那时以来，联想的表现一直非常出色，它又进行了一系列收购，所涉及的市场远至巴西、德国和日本。作为一个追踪联想公司动态超过十年之久的人，我开始对这家公司心生敬意，它是中国公司在全球舞台上最为成功的例子之一。”

Doug Young还特别欣赏联想的这样一种情景：被收购公司的高管们一般会在收购后的一或两年内离开，因为他们会被来自收购方的高管接替，但在联想的情况里则不是这样。在联想收购IBM十年后的今天，至少还有两位原IBM的高管仍在北卡罗来纳为联想工作，这证明了联想作为一家国际公司所具有的吸引力。这两人分别是托马斯·卢尼（Thomas Looney），他在1974年加入IBM，现在是联想北美的总经理；彼得·霍腾休斯（Peter Hortensius），他在加入联想前已在IBM工作了17年，现在是联想的首席技术官。彼得说：我对联想现任首席执行官杨元庆也相当崇敬，他为人称道之处在于运营着一家风格非常西方化的公司，并在所进入的各个市场均取得了良好表现。

Doug Young的声音在西方被相当程度地接受，柳传志也越来越被认为是一位世界级的企业领袖。美国《财富》杂志公布的2008年全球企业500强排行榜中，联想集团首次上榜。2013年英国广播公司采访柳传志时，主持人称赞柳传志“无论是对于商业还是全球的形势都有很深入的了解”，请柳传志帮西方商界领袖们出出主意，如何巩固他们在全球的影响力。柳传志是这样答复那家国外媒体的：美国、欧洲企业的 CEO 多数都是在 MBA 学完了以后到企业做，担任 CEO 的角色，他们的主要知识来源于学校和他们自己的经验，主要就是按照菜谱做菜，这个菜谱就是我刚才提到的学校学的东西。但是当情况发生变化，他们有的时候会不知所措。中国企业家创业，完全像是自己打出来的，情况在不断变化中，所以我们有点像在写菜谱，所以在这点上双方都要学习。

2013 年中国已经是全球第一大制造国，从纽约到开罗，从伦敦到布宜诺斯艾利斯，几乎在世界的每个角落，都能找到中国制造的商品，从电脑、家电、起重机，到服装鞋帽、玩具，不一而足。这背后，固然有国家战略的支撑，更重要的还是一批中国企业家终于走向了国际化的舞台。联想收购 IBM 案，不仅造就了中国世界级的企业，也造就了世界级企业领袖。

叙事曲

1985 年，或 1986 年，柳传志第一次到长城饭店参加 IBM 代理会，亮马桥的长城饭店刚刚开业不久，到会的大部分是官方机构，联想不过是一个刚刚成立不到两年的民营企业，拿到代理资格已非常自豪。柳传志记得自己那时连像样的衣服也没有，穿上了父亲的呢子大衣，先是坐公共汽车，快到长城饭店时候下来，打了个出租车，想表示是坐车到的。以为有人在门口迎接，结果一个人也没有，柳传志又后悔打了车。到了会议厅，柳传志脱了大衣，里面穿的也是父亲早年的咖啡色西装，包括领带。一切好像不是 80 年代而是 30 年代，像上海滩。会间有茶点，第一次参加这样的会，第一次看到点心可以随便吃，柳传志就忍不住了，大吃起来。多少年后回忆起来，柳传志都觉得那点心好吃，不少是没见过的点心，那时完全想不到有朝一日会收购IBM，更别说做IBM那样世界级的企业的领袖。柳传志记得那时IBM虽有中文环境，但非常不好使，不适应中国的办公环境，那次会上他向IBM高管推荐联想汉卡，对方极其傲慢，你为他好，你是在帮助他，看上去你倒是在求他。

大公司就是大公司，高山仰止，你能傍上做一个小小的代理就不错了。但柳传志这点好，承认对方的实力，尊重甚至崇敬对方的实力，没二话，但同时也把自己做好。每一次感到对方的傲慢，柳传志都在心里增加一分决心，一种意志，一种无法形容的东西。

柳传志1944年生于江苏，童年随在中国人民银行工作的父亲进京，在达智桥一所小学读书。达智桥位于宣武门外大街，西至校场五条，清朝以前达智桥本不是胡同，而是一条河沟，与从宣武门向南流的河沟汇合在一起，在两沟汇合处建有一座小桥。1898年达智桥是“公车上书”的地方，是年康有为在达智桥的松筠庵主持起草了著名的“万言表”，即“公车上书”。1966年柳传志毕业于西军电，也就是中国人民解放军军事电信工程学院，后改为西北电讯工程学院。中国有两大军事学院，一是哈工大，一是西军电。毕业后任职于国防科工委十院四所、中科院计算技术研究所第六研究室。十年浩劫，柳传志几乎荒废了科研，所幸倒是读了一些书，1976年四五运动，他在天安门写过东西。中科院有个109厂，在悼念周总理的日子里打出了四块大石牌，书有“自有擒妖打鬼人”，影响颇大，后来科学院广播这是反革命事件，到109厂抓人，并且派了工作组。派了工作组就是审查、揭发、抓人，说石牌如何反革命，如何猖狂。计算所也派驻了工作组，也要抓人，“四人帮”黑云压城城欲摧，那种情况下，柳传志却不可思议地用左手给109厂的人写了封信，就一句话：“我坚信，擒妖打鬼人，自然不怕鬼来抓。”署名“革命群众”，在当时成为一件大案。这个举动虽然不能和“公车上书”相比，完全两回事，但某种血脉是一致的。1983年柳传志由计算所调到院干部局，认识了保卫局的人，知道这案子还一直在那儿，一直没破。柳传志那封信是在白石桥路边一个邮筒发出的，又用了左手书写，很有一些反侦察能力。胆大，心细，周密——到底是因为胆大才心细，还是因为心细才胆大？对柳传志已很难分辨了。而这两者之上是什么呢？

无疑，柳传志是一个能够把握大势的人，时代的关口到了什么地方，他会义无反顾且又极审慎地做出抉择。他是那种敢做抉择的人，他调到干部局有两个原因，一方面是他自己的原因，他看到所里的问题，研究出的东西总是束之高阁，于实际毫无用处，事实上非常荒谬，而他又不是一个能改变课题的人。一方面是干部局的原因，上面看他是个人才，有人望，有辩才，准备在仕途上重用。这两种原因柳传志都非常清楚。但更加或越来越清楚的是仕途不是他的路，时代在发生变化，大势已清晰可见：那就是陈春先走出了科学院，“两通两海”已打破体制，表现出一种活力，且这种底下的活力与上边的活力是一致的，这是大势，虽然充满风险，但是是大势。

而且，还有一个原因，就是那时也真是太穷，太窘迫了，物质匮乏到难以想象的程度，人没有尊严，能看到一点转变的机会都会抓住。以住房为例，柳传志是中国科学院的科技人员，在普通市井人心目中是高级人物——在高级殿堂工作的人自然是高级的人，但即便像这样的人那时竟然住在自行车棚里，连普通的筒子楼都住不上。自行车棚靠计算所的东墙根儿，房子高仅两米，宽三米，头顶是石棉瓦，脚下是水泥砖，“文革”结束，百废待兴人人期待安居乐业，多少年没建住房，住房紧张，计算所一群急红了眼的人，其中就有柳传志，突然侵入了自行车棚的空间。自行车棚被分成一间间方格子，用泥巴掺着芦苇秆填补四围缝隙，在东围墙上打出方洞当作窗户，在另一面墙开出缺口，安装门框。不久这片自行车棚改造的区域已有相当规模，有一条狭长的小巷贯穿，被进驻这里的人戏称中关村的“东交民巷”。真正的东交民巷在天安门附近，早年是外国人的租界、聚居区，比较洋气，这些科技人员也真是会自嘲。自嘲不仅属于市井胡同，也属于机关大院、科研院所，是屈指可数的超越北京不同地域的统一的北京气质。北京为什么有一种统一的自嘲值得研究，显然跟大不相称的困顿有关，但这不是这里要讨论的，有感兴趣的人可以细考。

柳传志是1971年住进“东交民巷”的，夫妻两人自己动手把房间四周糊上报纸，在顶棚架上了竹席，单位不分房，这就算有了房，像鸟儿一样建了窝，在这儿生儿育女。房间有近12平方米空间，加上石棉瓦斜下来，再用油毡接出一块，一共16平方米。一家人，加上老丈人、丈母娘全来的时候，最多时住过七个人。七个人16平方米怎么住？到底是科技人员，想出了又科学又巧妙的办法。柳传志夫人龚国兴也是计算所的，两人是大学同学，一起经历“文革”、干校，一同来到中科院计算所。计算所有四个大块专业内容，一是做主机的，相当于现在的CPU，一是做存储器的，存储器就是把磁心穿起来，一个磁心通电一个磁心不通电，就变成了1和0，龚国兴所在的室就是做这个的，然后把信号输进输出，用磁盘。刚才说的那是内存，还有外存，磁盘就叫外存，柳传志所在的室就是做这个的，两人不愧是夫妻档。不仅在单位发挥智慧，多有配合，在家也一样，空间小，家具全是折叠的，桌子、椅子、凳子、沙发全是折叠的，白天哗啦一下全拉开，各就各位，晚上一合就变成一个个薄片。

再譬如床，是一个硬沙发造型，分了三层，一抽拉，这就变宽，沙发背往下一按又是一块，这样变成床就可以同时睡三个人。同时床是可以架高的，原来那张正式的床可以吊起……凡此种种，变化多端，且异常精密，整个房间像一个高科技的空间，像计算所。通常是夫人出主意，柳传志去实现，说白了就是夫人动嘴，柳传志动手，这和他们在计算所分工也差不太多。再说句白话，上面一动嘴儿下面跑断腿儿。夫人设计完了，要实现的第一个问题是木头从哪儿来？得去“偷”木头，找到木头还得找木匠，更复杂的是车轴什么的哪儿弄去，柳传志一没辙了就去找他那帮复员兵，找一起踢过球的那帮人，也真是给力，每每都是那帮混得并不好的朋友解决了夫人一动嘴儿下面跑断腿儿的问题。

家里越来越精密化，半自动化，自动化，就16平方米，再怎么弄也就这么大空间了，但不行，在柳传志看来龚国兴有个毛病（龚国兴自己可不认为是毛病），就是每隔一段时间，龚国兴就要把家里的东西换个位置，柳传志就得给她实现，没事就折腾柳传志，何时看烦了，看腻了，就会出新想法。夫人这么有“雅兴”很大原因是有人给她实现，而且这个人不“忙”。柳传志跟龚国兴谈自己想要下海办公司的打算，夫人立刻同意，她很看不上干部局，也不是看不上干部局，主要觉得柳传志不是当官的人。这人主意太大，哪儿当得了官？科研也没什么出路，大多数科研成果被束之高阁，除了奖状，不产生任何效益，整个所都没啥出路，他有什么出路？还不如帮她在家摆弄摆弄家具，翻点花样。我们两个鸡蛋不能放在同一个篮子里，龚国兴说，柳传志发现即使在这件事上妻子也是冰雪聪明，自己稍加引导，她便得出精准结论。柳传志认为妻子留在计算所，他在外面闯，哪头要是不行了都有后方，如果成功了会给家里带来希望。

不能只强调时代，人是活出来的，生活的东西比如“算计”同样重要，甚至更重要，更有生长性，许多大道理是事后总结出来的，生活中的人不会基于大道理，而是基于生活，基于务实，生活之树常青。而且两人那种务实的精神既充满着生活的纹理，也包含着某种哲学，无论后来柳传志多么辉煌，务实且稳健的进取精神都可追溯到这种具体的生活的纹理之中。

另外，当时中关村办公司的多是倒腾计算机，许多是计算所出来的人，像京海的王洪德，科海虽是陈庆振挑头，但是赚钱的一个主力叫徐云生，也是计算所出来的，不停地有人辞职到公司里去，出去的多半是中专生，他们没有什么不能失去的，无负担，实际操作能力都不错，攒机器之类的事绰绰有余。且他们一出去就挣了钱，比在所里收入多出好几倍。这可是实打实的，中专生怎么样？你大本怎么样？研究员副研究员又怎么样？你们敢出来吗？这些东西别看细微，都发生在生活的根部，是不可或缺的动力。所长曾茂朝看出来了，与其所里的人到别的公司干，不如所里办个公司。既是大势所趋，又能聚拢人心，稳定队伍。身在干部局的柳传志也正有此意，两人一拍即合。

柳传志在所里的才干、人望都是曾茂朝颇为欣赏的。实际上“四人帮”垮台不久柳传志就已显示出一些别才，那时科技人员可以业余时间创点收，干点私活，有了所谓的“星期天工程师”。那时有个杂志叫《八小时以外》，言外之意八小时以外是自己的时间，“四人帮”时期可不是这样，一切都是国家的，连业余时间也是国家的，所以那本杂志特受欢迎。事实上这也是拨乱反正的一个节点，即人民群众生活开始走向正常，个人被允许有了一定自主空间。柳传志得风气之先，开始把自己做的成果拿出去推广，他所在的室做磁带存储器，过去都是上交，现在也可推广到别的单位用，挣的钱大部分交所里，一部分交给室里头，一部分就留给自己了，生活得到改善。业务大部分是柳传志拉来的，这事别人干还真不行，柳传志的对外交往能力得到大家的认可，自然也就有了相当的话语权，在协调利益矛盾上他也表现出让人认可的才能。利益是最不好协调的，牵涉到很深的人性，柳传志这方面的天赋有目共睹。妻子龚国兴早就看出这点，柳传志已经憋坏了。柳传志实际一直在找个人定位，个人出路，他曾想调到专利局，但曾茂朝舍不得柳传志，可院干部局也看上了柳传志，这回曾茂朝拦不住了，也不敢拦。

问题也在这儿，你是干部局的人怎么回所办公司？他们会放吗？干部局是专管干部的，曾茂朝哪敢叫板！柳传志一笑，自有办法，让曾茂朝只管去干部局要人，肯定放。曾茂朝半信半疑，不知柳传志有何锦囊妙计，想象不出。但是试探着向局里要人，果真就是放了，曾茂朝问柳传志施了什么法术，柳传志还是笑而不答，只说这是秘密。

人事调动是那年代最复杂的事，曾茂朝不知道柳传志有什么办法能让干部局放虎归山，心里没底，但还是试着打了报告。而这期间柳传志已胸有成竹地考虑和谁一起办这个公司，谁来当头儿，也就是总经理，开始串通所里的人。柳传志认为自己从干部局回来做头儿不合适，毕竟是所里办的公司，自己已是出去的人，于是想到一人：王树和。王树和做头儿，他与张祖祥做副总，这样搭帮最有利最合适。做事不能以自己为出发点，你合适了，事情未必合适，得有胸怀，该让得让。王树和是所科技处副处长，是柳传志敬重之人，且由一个副处长做公司总经理，公司也相应有某种地位。这点至关重要。（公司刚成立仅八个月，王树和便突然抽身离开了公司。当时对公司和柳传志打击很大，公司正处于艰难时期，不知路在何方，不过客观上也为柳传志腾出了空间，这是后话。）

柳传志找王树和谈得最多，那时想说服一个人下海并不是一件容易的事，平时说说可以，发发牢骚，但真要放下自己手里的本职工作，特别是放下职务可要掂量掂量，但柳传志说服了王树和。接着是张祖祥，张祖祥是计算所第八研究室的副主任，计算机专家，既是计算所办的公司，当然少不了计算机专家，是计算所的专家那就是全国的专家。当时正有中关村的公司想把张祖祥挖走，被柳传志及时按住了。柳传志第一次找张祖祥谈办公司的时候，从兜里拿出一盒“大前门”的烟来，平常他们都抽两毛几的烟，“海河”什么的，“大前门”的烟那时是三毛四的，那时只要是一拿出这烟来，就是有事了。

班子搭好，便是招兵买马，虽说“两通两海”已将中关村的科技人员搅得人心思动，技痒难忍，但真要下海也往往是叶公好龙。柳传志把王树和与张祖祥拉下水影响很大，一个副处长，一个室副主任，无疑也是柳传志的人事战略，然后再凭着三寸不烂之舌与自己的人脉，一番紧锣密鼓的串通，说服，动员，到 1984 年底，竟纠集了所里的十几个人，曾茂朝所长大笔一挥给了 20 万元开办费，公司正式开张。所谓开张，没有锣鼓，没搞任何仪式，就是公司可以免费使用计算所的传达室，一间小平房。多少年后——即使是在北京五洲大酒店收购 IBM 那天，面对全世界的闪光灯，柳传志也没忘记那间幻觉般的小平房。回忆起来像幻觉，当年可不是幻觉，不再是传达室的小平房腾空后，空空荡荡，满是灰尘。公司在灰尘中召开了第一次全体会，而会议的第一个议程是搬运桌椅，打扫卫生。一通暴土扬尘的忙活之后，大家在三个长条凳上坐下来，没有任何人有专门的办公桌椅，总经理、副总经理也没有，就是三个长条凳。

会议第二个议程是公司干什么。既是科技公司，当然要做科技，但这只是方向，20 万元的开办费不可能马上用到科技开发，当务之急是赚钱，如果不赶快挣钱，人吃马喂 20 万元很快就会花光，到时散摊子，大家真要再回所里不是件容易事。虽然说好万一公司垮台大家还可回所，所里仍保留着大家的位子，但好马不吃回头草，这一出来就是断腕，实际是回不去了。

大家七嘴八舌，集思广益，虽然具体干什么不知道，但有一点是知道的，那就是干什么挣钱就干什么，先赚了钱再说，有了资本再说。这是那时公司通行的办法，而且时代也具备赚钱的条件：拜许多年计划经济所赐，整个80年代是短缺经济时代，物质匮乏，商品经济不发达，很多就算是日用品的东西你就是有钱也买不到，不是要本就是要票，这样的情况下，要是谁弄到什么就可以赚上一笔。倒卖钢材吧，这样能挣大钱，谁有路子？还是小商品吧，这样稳妥，占用资金不大。电子表怎么样？对了，旱冰鞋现在很新潮，哎，听说运动裤衩好卖，得了，冰箱彩电现在最缺了，谁有路子？大家议论纷纷，全是这个。柳传志也是如此，他不是神人，无法超越时代，柳传志派出精干人员四下打探，寻找商机。

功夫不负有心人，经过周密侦察，终于发现，在遥远的江西省的妇联工作的一个妇女手里有一批彩电要出手。

赚钱的机会终于来了，每个人心中都是一部狂想曲，没有什么比想象挣到钱更让人兴冲冲的了。当然了，根据柳传志办事稳健缜密、万事都要留一手的一贯做事原则，必须反复叮嘱办事人员，一定要先验货，再给钱。于是属下带着领导的嘱咐，很快来到了江西，惊喜地看到了那批彩电。没错，眼睛看得真真儿的，赶快汇钱，晚了就让别人抢先了。钱一汇过去，彩电却神奇地失踪了。江西妇联的那位大姐原来是个职业骗子，那批展示的彩电是个障眼法，就像“二战”盟军让好莱坞弄了许多假坦克让希特勒在加莱看走眼。20万元的开办费一下折了14万元，还剩6万元。这迎头一闷棍太狠了。因为太狠了，也就激起了柳传志内心一种莫名的东西，一种很硬的东西。而这东西过去是柳传志缺乏的。柳传志发热的脑袋一下清醒下来，意识到自己的经验是办公室的经验，甚至是科学院的经验，关起门来自己算老到的，出了门差远了。以前是游泳池现在是大海，以前是蝶泳、自由泳，现在只是蛙泳。蛙泳不好看，不出彩，但是长久，在大风大浪中唯有像自身一样坚实的蛙泳才长久，才永远不会脱离自身。大海是柳传志经常想到的景象，尽管事实上他一生很少去海边，不过他后来凝视自身就已经够了。

20 万变 6 万还给了柳传志一种东西，那就是彻底，既然已输得差不多只剩下条裤衩，那也就没什么可再输的，为把窟窿堵上，柳传志亲率员工摇身一变成了卖小商品的二道贩子：带领员工在计算所门口摆摊卖电子表、运动衫。这当然是一件十分丢人的事，在外面赔了钱，跑到家门口讨饭，脸往哪儿搁？但柳传志就这样黑着脸干了，是的，我输到家了，但我还在干，这就是彻底。卖电子表挣不了几个钱，但就像一种宣言。从现在起没什么可输的了，那就只有赢了，一点一滴地赢。而且说到底也是堂堂正正，劳动所得，汗水所得，不丢人。

这就是那种很硬的东西，硬中有邪，说到底又邪得非常正。

那时“两通两海”——四通的万润南，信通的金燕静，京海的王洪德，科海的陈庆振都已是中关村的风云人物，产值做到上千万，而柳传志在卖电子表。那时没人知道柳传志，知道一点的也是听说他做赔了，在卖电子表。

公司 11 个人中有 6 个人抽烟，工资都不高，抽不起好烟，公司来了客人连根好烟都掏不出，羞于出手。公款买烟招待客人既不恰当，也不自然，比如特具体的是怎么往外掏烟呢？现从抽屉拿吧，不合敬烟的规矩，因为本来敬烟是很私人的，不分你我，拉近关系，你从抽屉里拿算怎么回事，那不就成了公事公办？要不公款买了，每人口袋里装两包，一包自己的，一包公家的？公司的三个领导商量来商量去——别小看这个细节，很日常的。

戒烟吧，柳传志说，打今儿起我不抽了，说到做到。

柳传志丢掉烟头，踩灭了。从此再没抽。王树和与张祖祥犹豫了一会儿，也灭掉了烟。他们把烟扔到窗外。有人开玩笑说，一个人连烟都能戒了，还有什么干不了？有几分道理，也可说是正得发邪之一例。

曾茂朝没有追究王树和、柳传志、张祖祥的责任，这样布下的一支精兵出师不利，让人痛心，但曾茂朝仍认为这是一支精兵。他们卖电子表，就让他们先卖吧，这是一种砥砺，置之死地而后生，只要种子不死，一旦生出来就会强大。

不死就是生——终于，这支精兵迎来了一次机会。中国科学院进口了500台IBM电脑，准备配给各家研究所，听到这个消息以后，柳传志和后来也是大名鼎鼎的李勤直扑科学院设备司，他们的确不是卖电子表的，就像一支军队不是种田的，他们对电脑比对电子表敏感得多，有一种天生的敏锐与兴奋，如同将军听到了战争的消息。他们天天跑去游说，争取，磨破嘴皮子，韧劲十足，志在必得。一支能绝境求生的精兵还有什么能阻挡他们？他们拿下了这500台IBM电脑。

确切地说，是把这500台IBM电脑的验收、培训、维修业务揽到手中，也就是说从设备司得到1%的硬件备份，给各个研究所讲课，讲完课后把机器交付给对方，机器以后有了什么问题他们来维修。500台电脑堆满了两间房，场地狭小不能把电脑一字排开验机，只能腾出一间房子验机，其余人马搬到另一间办公。一批电脑检验完毕，装箱后搬走，送到各所，再验下一批。王树和、柳传志、张祖祥身先士卒，蹬着装满电脑的三轮车吃力地前行，女员工在后面推，挥汗如雨，一趟一趟，是联想的“爬雪山过草地时期”。

或者也是中关村的“爬雪山过草地时期”。与硅谷不同，中关村至少在初期与技术创新没多大关系，主要是生意经，商品买卖，运输工具简单，主要是三轮车。如果说美国是汽车轮子上的国家，那么80年代初中国就是自行车轮子或三轮车轮子上的国家，三轮车作为运输工具非常普遍。特别是北京南城，天桥，蹬三轮的，几乎是宣南的标志，平民市井的象征。谁也没想到80年代中关村成了另一种天桥，科学家、教授和工程师们蹬上了人力三轮，究竟是一种进步还是一种倒退那时还真有点看不清楚，围绕着“骗子一条街”也颇多争论，而三轮车无疑增加了负面印象。但三轮车也的确非常方便，一个人即能操纵，机动灵活，甚至不受交通规则限制，一次统计，什么车胆儿最大，几乎一致认为三轮车胆儿最大。三轮车最随心，最像人的性格，特别是中国人的性格。不管怎么说，三轮车为中国的起飞立下汗马功劳，以至现在许多开宝马奔驰的人还留有蹬三轮的习惯，这是没办法的事。

多年后计算所的胡锡兰还忘不了那一天往办公室窗下一瞥的情景：联想的一辆辆三轮车穿梭而至，二十来人把一大堆微机从三轮车上搬进院子，将近2000个包装箱浩浩荡荡，人拉肩扛，烈日下的柳传志、李勤，这两个日后中关村叱咤风云的人物当时挥汗如雨，衣服都湿透了，后来干脆光了膀子，跟天桥的板儿爷一模一样。胡锡兰是曾茂朝的妻子，也是计算所的研究员，可贵的是尽管看到了这“感人”的天桥式的场面，不久胡锡兰也义无反顾地加入到柳传志的队伍中。

他们最终也收获了超过他们预期的服务费。项目结束的时候，尽管扣除3%的成本，他们的所剩不超过500台IBM电脑总价的1%，但他们的努力特别是他们的劳动赢得了尊重，他们不光能卖电子表，也能像老北京三轮车工人一样卖力气，更能安装电脑，培训技术，维修调试——如果这不是一支精兵还有什么是？由于服务干得出色，科学院最终把原定的服务费由1%上涨到7%，于是“中国科学院计算技术研究所新技术发展公司”，联想的前身，在1985年赚到了70万元。这是联想的第一桶金，它结束了他们卖电子表的决绝的精神练兵时期，“电视机骗局”所密布的阴霾一扫而空，他们终于可以运用知识与名副其实的技术赢得利润了。他们爬过了雪山，走过了草地，历史也在此时展现出方向。

手记五：历史

《中关村笔记》有两个贯穿的人物，一个是冯康，一个是柳传志，这个选择本身代表了我对中关村的看法。他们天然构成了中关村的基石与厦宇，甚至可以互映，有多深的基石就会有多高的大厦，从大厦的高度可以看到基石的深度。当年科技人员下海，办公司，冲击的是科技体制，而不是科学本身。中关村的概念绝不仅仅是高科技企业，企业家——现在一提中关村似乎就是这样。中关村有着百年的教育资源，有清华、北大、北航、北理工等30多所国家重点大学，有200多个国家级研究院所、工程中心、国家重点实验室，如果认为中关村只是高科技企业或企业家，那就太小看中关村了。

联想至今保留着中国科学院30%的股份，与当年周光召院长号召的“把总数不超过20%的研究人员集中于基础研究，让大多数人去搞应用科学研究，把科研成果转化为产品，投向市场”无疑是一种并非完全巧合的对应。且不说这是对基础科学与黄金分割理论的认同，从象征意义上也恰如其分。每每提到周光召院长，柳传志都会从企业巨子固化的表情中呈现出一种梦幻的有如时光的东西，并油然生敬。柳传志特别强调周光召与科学院对联想的作用，没有当年周光召“黄金”般的改革，与科学院一贯的开明放手支持，就没有联想。不要强调我个人，要强调一下科学院和周院长，30年了，是时候了，柳传志说。

采访柳传志感觉像面对一部中关村完整的历史，没有偏颇，充满理性，智慧，温和，明晰，平易又深远。很难想象他曾光着膀子、蹬着三轮车在大太阳下挥汗用力，难以想象竟然是天桥式的三轮车为中关村立下汗马功劳。中国的超幻往往就体现在一个人不同时段的样子，似乎不是同一个人，但又是。

同一个中关村，又有天壤之别。

冯康构图（2）

冯康学派之尚在久

1

冯康晚年，老骥伏枥，致力于哈密尔顿辛几何算法的开创性的研究，这一领域有诸多传人，现任中国科学院数学所所长尚在久便是其中一位。

1988 年，25 岁的尚在久考取了冯康的博士。尚在久还清晰地记得入学的第一天，中科院计算中心研究部一位主任带他去冯康家里拜访的情景。那是个晴朗的午后，阳光洒在中关村的单元楼中，虽然不是老北京的胡同景象，但依然有鸽子飞翔，哨音掠过，听上去十分嘹亮。他们从现在的软件园区（原计算中心，1998 年机构改革，四个数学类研究所整合成立了数学与系统科学研究院）走到冯康的家。

1988 年商业气氛已经很浓，即便是大学校园里也是到处都在谈论倒买倒卖的事，正是全民皆商之时，很少有人能安下心来读书。

冯康当时住在黄庄小区的 809 楼 4 层，四室一厅。这是所长楼，新落成不久，算是中国科学院最好的房子了。吴文俊先生住在二楼，对面楼的同一位置是杨乐。尚在久以前没见过冯康，但在硕士研究生期间，看到过陈省身主编的一本叫作《21 世纪的中国数学展望》的书，其中列了好几个重点方向，计算数学方向即是冯康主持的。冯康当然大名鼎鼎，是中国计算数学的学科带头人，考上冯康的博士，现在又去先生家里，让尚在久既激动又紧张，不过见到冯康，紧张与激动完全消失了，因为很快便被冯康本身的精气神吸引，忘记了紧张。

冯康个子很小，但精神很好，坐在沙发上炯炯有神，谈话声音洪亮、干脆，不是平时随便说说话，聊聊天，而是抑扬顿挫，自然大气，气场很足。几句话便有感染力，一般人初次见面就会被他吸引。一个多小时的谈话，尚在久感觉像做梦一样。这是大师的家，大师的殿堂，四居室。那也是尚在久第一次见到四居室的房子，觉得数学就该是这样的环境，人与环境是一体的，如同神庙。冯康问尚在久都念过一些什么书，大学的老师是谁。冯康竟然知道给尚在久上过拓扑学课程的内蒙古大学的陈杰教授。陈杰教授原是北大的教师，解放前在四川大学毕业后，到中央研究院工作，跟随陈省身做研究。1957 年北大支援内蒙古大学建校，陈杰去了内蒙古大学，是建校元老。陈杰曾说到冯康的有限元方法是很系统严密的数学理论，是一项了不起的成果。尚在久讲到这些，冯康很愉快。

冯康介绍了将来跟他读博士做什么，特别讲到辛几何算法。冯康实际上在 20 世纪 70 年代中期，还没“解放”时，就开始思考动力系统的计算问题：动态的问题，数学上随时间发展由微分方程来描述，是一种研究这类问题的长时间的计算方法。当年的有限元方法为平衡态问题提供了一整套基本的计算方法，比如说鼓的牛皮表面的应力计算，比如说弯曲的板在达到平衡时的形变，等等，这是典型的平衡态问题。通常情况下，平衡态的问题在给定精度范围，有限元能够给出较满意的计算结果。但是，冯康对尚在久说，很多重要的动态问题，如水波的运动，天体长时间演化的动力学状态，这些本质上具有某种守恒性质的动力学问题还没有一套好的计算方法。如果计算相对短的时间，现有的算法能够对付，但是如果计算的时间足够长，则大多数常用的算法都不灵了。而对这类守恒性动力学问题，研究其长时间的演化行为是极其重要的。

冯康一直在调研、思考解决这种问题的计算方法，1984 年在北京双微会议（即陈省身先生发起的“微分几何和微分方程国际研讨会”）上冯康首次公开提出哈密尔顿系统的辛几何算法，那是他多年来调研、思考的结果。冯康认为辛算法只是第一步，但这个方向非常重要，有非常广阔的发展前景！冯康说得非常干脆，掷地有声，不容置疑，尚在久受到很大鼓舞，看清了自己的方向，跃跃欲试。“冯康先生就是有这个能力，他很快就能把你调动起来，并且很清晰，有一般人很难具有的感召力。”尚在久回忆说。

2

尚在久的读博生活就这样开始了，冯康喜欢这个来自内蒙古草原的质朴的脸上挂着一层风霜的年轻人，在冯康看来他真是一块璞玉，一块难得的好材料。冯康悉心指引路径：从李雅普诺夫的运动稳定性讲到动力系统的结构稳定性，又讲到著名的 KAM 理论，即由著名数学家柯尔莫哥洛夫（Kolmogorov）、阿诺德（Arnold）和莫泽建立和完成的哈密尔顿系统拟周期解的理论，其最初背景是太阳系的稳定性，在物理和力学的其他很多方面也有重要应用。冯康想证明辛算法的稳定性，认为这种稳定性应该在KAM理论的框架下研究。那时冯康已在辛算法的构造和计算机实验方面做了大量的工作，数值实验表明辛算法比传统的非辛算法，在计算哈密尔顿系统的动力学问题方面有明显的压倒性优势。其中一个很重要的问题是：是否有一个严格的理论证明这种优势?

从计算数学来讲，算法的稳定性和收敛性是两个最基本的问题。冯康与弟子讨论：比如说画一条曲线，本来是个圆，圆的最基本特点是一条封闭的不自交的曲线，算法的稳定性是说数值计算结果大致也差不多是个圆，计算机图像显示不一定严格地就是一个圆，但起码应该不能离开这个圆的周围太远。收敛性基本上跟算法的精度有关，一个相容的算法（满足最低精度要求）一般都是收敛的。冯康说，收敛性跟稳定性是密切联系的，稳定的算法基本上都是收敛的，但是收敛的算法不一定稳定，这就是这两性的关系。冯康为尚在久确定了研究方向，并明确了题目："你要把辛算法的稳定性证明了，这就是你的博士论文的题目。"大师如何带弟子，至此十分清晰。

冯康进一步指引弟子，提示辛算法的稳定性要在什么理论框架下建立，那就是：KAM理论。连理论背景都有了。这有点让人想到武侠小说最有魅力的地方：奇遇之后，传授心法与武功秘籍。冯康传授完"基本心法"又给了尚在久一些材料，材料大部分是冯康自己在图书馆复印的，好几篇是俄文材料。冯康甚至把进度都给尚在久安排了，要求尚在久在那年的元旦以前跟自己讲一遍给他的题目。

尚在久一头扎进了先生给的材料，就像扎进了武功秘籍，进去后尚在久发现阿诺德的那几篇俄文的文章非常不好读，跳跃性太大，包括很多在天体力学方面的应用更难。尚在久很想集中精力地先把KAM理论弄清楚，把定理的证明看懂，至于这个定理的相关的比如在天体力学方面的应用可以先不管。有一天尚在久找到先生，说这个材料内容太多了，一时难以都消化，问有没有简略一点的。没过几天，冯康便给了尚在久一个单篇文章，是意大利几个天体力学家写的，刚刚发表才不过五年。而俄文的阿诺德的文章是 1963 年发表的，意大利这几位学者把 KAM 理论做了一个简练清晰的证明，证明的思想还是柯尔莫哥洛夫的，适合研究生看。尚在久很快就读完了全文，用了不到两个月的时间。

这中间尚在久还参加了每周至少一次的讨论班。开始，辛几何和辛算法尚在久都还不懂，师兄汪道柳在讨论班上已侃侃而谈辛算法。

参加讨论班的学习过程不到两个月，12 月份，冯康问尚在久念得怎么样了，尚在久说念完了，大概可以讲讲了。很快冯康便安排尚在久在讨论班上主讲 KAM 理论。尚在久一共讲了四次或者五次，每次都讲了两个多小时。KAM 理论的证明很长，冯康让尚在久讲得细一点，慢一点，具体证明过程的每一步他都仔细听。讨论班在老计算所的五楼，就是当年冯康指导计算导弹原子弹卫星的地方。最后一次讲完以后冯康非常满意，他很少称赞人，但称赞了尚在久。

冯康当时具体敲定："你的博士论文的题目就这么定了：《对哈密尔顿系统的辛算法证明相应的 KAM 理论》。"

论文题目一定，尚在久便更细致、更踏实、更准确地做这个方向的研究了，同时也更广泛地研读相关的文献。1990 年差不多年底的时候，尚在久关于 KAM 理论的论文结果出来了，大功告成。

这期间当然也遇到种种困难，但很少找先生。有了难点，尚在久一般是先打电话约先生，然后去先生家。冯康总是很有兴趣很耐心地听学生讲难点，听的过程中会突然说"你等等"，然后就跑到书房，找到一本书，"你看看这本书的这部分内容，也许能对你有帮助。"往往是尚在久拿回书去，发现书上做了密密麻麻的笔记，写得也仔仔细细。有时一本书有些重要的地方作者不会仔细推断，冯康经常给补齐，且补得很细致。这对尚在久的论文帮助很大，几乎所有真正的困难都是这样克服的。

冯康对弟子的指导既宏观（确定方向）又具体。尚在久开始证明辛算法 KAM 理论的时候，原来想用柯尔莫哥洛夫先同定角频率的思想，结果做了一段时间行不通，便改用阿诺德的方法。但是阿诺德的文章不怎么好读，另外阿氏的一些估计不严密，太粗糙，尚在久用不了，因此尚在久必须自己给出更严格更精细的估计。虽然不能否认阿氏的方法还是有用的，但是过程晦涩。尚在久有一次跟冯康聊起阿诺德带来的这个困难，冯康说就是这样，作者常常是在思考的过程中体现他的思想，过程的复杂体现思想的复杂，过程的晦暗也会给思想罩上一层阴影。冯康后来又给了弟子一本“秘籍”，那是 1967 年阿诺德和法国数学家阿挽茨合著的《经典力学的遍历问题》，最初版是法文，后来翻译成英文。这次冯康没有把整本书都给尚在久，而是只给了与弟子的问题有关的那部分。那部分是一个附录。那本书里面有好多附录，尚在久记得有三十几个附录——冯康给了尚在久的是第 32～34 三个附录的复印件。附录里面有很多批注，阿诺德的证明不详细部分冯康做了很多补证，到现在尚在久还保留着这份材料。

“就是这样的指导过程，”尚在久后来回忆说，“非常的具体，不是让你自己从头摸索去，而是这些都是他读过的，他走过的路，留下许多宝贵的探索经验，可以拿来就用，所以我非常佩服他。你想，这些东西他真正读过，但是他还号称他还没读懂。他没懂的意思是什么？就是他没做这方面的研究。实际上他懂得很！这非常重要，后来我自己带博士也是学这种方法，有的还行，但大部分不成功，因为我的水平比冯先生差得太远，读的东西也没有冯先生那么多。冯先生本来是做计算的，有些书不是他的专业方向，但他还是读得那么细。现在我们做研究的很多人，一般跟自己的研究课题离得远的就不仔细读了，需要的时候往往直接引用。冯康不是，他思考得非常广，而且还细。”

尚在久的博士论文就是这么写出来的，论文证明了哈密尔顿辛算法的 KAM 理论，冯康非常高兴，多年心愿由弟子完成了。冯康推荐弟子带着论文去意大利国际理论物理中心参加一个研讨班。因为文章太长，冯康就让尚在久写个摘要，要求用英文写。尚在久花了很多功夫写摘要，修改了很多遍，自己觉得比较满意了才拿给先生看。冯康第一遍从头到尾拿着念，尚在久坐在先生旁边，冯康读完，说还不错，尚在久也很高兴。之后冯康便提起笔开始修改，一会儿说这里用这个词更恰当，一会儿说那个句子应该那么改。改完词以后改句子，改完句子又调整段落，最后几遍下来根本就不是原文了。尚在久的小得意荡然无存，对老师也更佩服了。

3

1991 年元旦过后，尚在久开始考虑毕业去哪儿，考虑结婚成家。尚在久打算博士一毕业就结婚，他女朋友在内蒙古工作，结婚后尚在久便想把妻子调到自己身边。那时调动工作很难，但听说做博士后家属容易调动。有一天尚在久跑到冯康家里讲这个事，准备读博士后。但冯康那时已经把尚在久上报，留计算中心工作。冯康便给计算中心人事处处长邵毓华打电话，问博士毕业留中心工作家属能不能调动，邵处长说按规定可以调动，但要排队，至少要两年。冯康问能不能再快，邵处长详细解释前面排了几个人。

没办法，冯康问尚在久能不能等两年。尚在久说还是想做博士后，做博士后妻子马上就过来了。冯康没马上同意，但有一天在讨论班上冯康突然把尚在久留下，聊起博士后之事，跟尚在久说，这样吧，你自己先去找一找，看看哪个地方招博士后。尚在久自己谁也不认识，其实当时尚在久不懂，冯康这么说一是同意尚在久的想法，二是他是准备给尚在久推荐的，但要让尚在久自己先去尝试。

尚在久自己试的结果是到处碰壁。有一天冯康把尚在久叫到家里，告诉尚在久已给他写好了一封信，放在这个信封里，“你把这封信交给数学所科研处的处长徐叔贤教授，我已给杨乐院士打过电话了，杨乐院士交代把信交给徐教授”。信没有封口，尚在久把信看了，说不出的感动，想到先生怎样苦心，眼眶都有些红。一共写了一页半纸，是手写的。那年数学所的博士后有很多申请人，都很有实力，但是只录取了 4 位，北京大学的两位，浙江大学的一位，再有一位就是尚在久。北大的两位其中一位是刘培东，当过北大数学系主任，还有一位是丁同仁先生的学生，读完博士后第二年就去美国了。那时尚在久的论文还没发表呢，甚至还没整理出来，这样就做了博士后，没有冯康的推荐是不可能读博士后的。

1991 年 9 月尚在久在内蒙古结婚，10 月份回到北京时，已到数学所博士后流动站报到了。数学所分给了尚在久一间 15 平方米的小房子，算是安了家。小屋附近有个地方现在是中科院图书情报中心，当时有一片空地，空地上有一排小平房，其中有一个房子是新华书店。尚在久的小屋子就在书店的北面，他有时出来会顺便到书店翻书看看，结果有一天在书店碰到了冯康。冯康正在那儿翻书，是一本很厚的大开本的书，硬皮精装，不是数学方面的。数学方面的书在那个小书店没那么高规格的，尚在久的印象中应是《资治通鉴》这一类的书。尚在久与先生热情打招呼，两人在书店聊起来了。冯康对弟子原来就住在这儿有些惊讶，甚至有些好奇，主动提出来要去弟子家看一看。

师徒二人穿过空场，来到尚在久的 15 平方米的小屋，尚在久给先生沏了杯茶，两人聊起来。时值秋天，天气还不冷，阳光和煦，十分安静。尚在久给先生倒的茶，先生很快就喝光了，尚在久续水，先生又喝了，再续，冯康说不用了，够了，把那杯水喝得干干净净的。一般人喝茶不会喝得那么干净，但冯康喝得干干净净，茶叶留在杯底。

冯康平时总是中山装，戴一顶蓝帽子，像工人，或工人干部、技术员。那时已流行西装，夹克，猎装，女装更是多样化，裙子，甚至吊带太阳裙，健美裤，但时代无论怎么变，冯康却一成不变，装束还停留在70年代。

尽管他的房子变了，却好像和他无关。

尚在久清楚地记得一进门是一个大厅，大厅实际上隔成两部分，南边是冯康自己真正的书房，北边基本上就是个饭厅，从饭厅穿过去是卧室，洗澡间。讨论班一般在南边书房里，书房和饭厅中间有一个推拉门，可以关上，平时是开着的，上讨论班一般没人就开着了。整个房子南北向，冯康自己的书房在东南方向，靠南的窗户和书房中间围了一圈沙发，书房中间的沙发另一边还有一部分，厅就分成两部分，那边冯先生有一个办公桌，上面有一台电脑，一台打印机，讨论班上随时打印文章出来给弟子们看，基本上是办公区。沙发另一边是讨论班上课的地方，靠东北一个角摆着一个小黑板，可随时在上面写东西。挨着小黑板那边又有一个小门，里面有一个小屋子，是冯先生一个小书房，从没有任何学生进去过。东北角又有一个很小的储藏间，尚在久做论文时经常去先生家请教问题，冯康或者跑到他那间小书房里去找，或者在那个小储藏间里翻，往往会找出一本书或者一篇文章之类的相关材料给弟子。这就是他家的布置。

尚在久见过冯康不常露面的夫人，夫人一看就让人觉得她年轻时很漂亮，个头也比较高，是那种挺精干的样子，很有气质。平时一般上讨论班时都是夫人开门，开了门点个头就又回到她房间了。

冯康偶尔不得不穿上西服，那完全是另外一个样子。那通常是在国际场合，那时的冯康好像穿越了时空，置身于世界的数学家中大师派头毕现，仿佛别人都是衬托，比之蓝色中山装简直不像同一个人，而越是在国际场合，冯康内在气场表现得越充分。

1992 年，冯康主持了一次比较大的国际会议，来了很多外宾，都是国际有名的数学家，教授，基金会官员，个个都气度不凡，风度翩翩，冯康更是神采奕奕，几句话便压住场，下面便鸦雀无声。他不要翻译，直接用英语，声音磁性，干净，并且不乏幽默感。肃穆的场面像突然化了一样响起笑声。那是一次欢迎晚宴，在颐和园古色古香的听鹂馆，冯康的话语庄重又幽默，主宰了整个古雅高端的场面。如果说穿中山装戴蓝帽子的冯康脸上无论如何还多少带有“文革”时受冲击的裂纹，那么这时完全变了，从里到外都充满了国际化的魅力。

冯康甚至在 20 世纪 70 年代还没“恢复工作”，还带着历史问题，就开始思考动力学问题，在 70 年代那样封闭的时代就跟踪上这个问题，证明了一个科学家的超越性。伟大的人物都有对时代的超越性，哪怕时代再非常，再封闭，他们也会超越。这个领域在力学和数学方面的研究即使到了 21 世纪的现在，也还是很热闹很活跃的，仍然处在世界数学与物理的前沿。

尚在久参与这一研究，是这一成果的骨干力量之一。时至今日国际上哈密尔顿系统的辛算法，以及他在这个基础上发展出来的更广泛的动力系统几何算法，在数值积分领域，都是一个主要的研究方向。在有限元之后，“哈密尔顿系统的辛几何算法”是冯康的第二项重大成果，这个成果在 1997 年获得了国家自然科学一等奖，尚在久是参与者之一。

4

但是，回想起来，尚在久记得读博士时冯康并没有对他细说为什么选择哈密尔顿系统辛几何算法这样的研究方向，只是随着时间推移，前景才越来越清晰。就如走了一段山路之后，风景开始出现，路径开始出现，太多的路径，但是你已看清属于自己的一条。冯康前行，后面或左右是“冯康学派”的弟子。哈密尔顿系统中，其数值轨道是不是也长久维持周而复始不断往复的状态？尚在久证明了这样的结果。这是一条路径。无源系统成功构造了保体积算法——有段时间冯康在讨论班上不断提到这个问题，这又是一条无人走的路径，尚在久踏入这条路径，在数学所做博士后的头一年的冬天解决了这个问题。

冯康一直在思考这个问题，他自己也在构造，在研究。许多次冯康在讨论班上强调：一方面辛算法有一套生成函数的构造方法，但对保体积系统，找不到合适的生成函数，这是一个难点。第二个难点，冯康从辛几何方面来论述、认识这个难度。保体积映射可以把一块东西任意形变，但是辛映射不行，它不能把一块东西任意变形，这是著名的格洛莫夫刚性定理。这就相当于一个骆驼你要是只保证体积不变，那么这个骆驼可以穿过任何一个细的管道，而只要管道足够长，把骆驼拉长了压细了就能穿过。或你在墙上画一个不管多小的眼，骆驼都能穿过去，但是如果这个约束还要让你满足辛结构，那就不一定能穿得过去了。就有一个最小半径，如果这个眼的半径小于这个半径，则它就穿不过去了，这是辛结构的刚性，冯康从这个方面论述。第三个难点是，有无穷多有理函数可以生成辛算法，但是没有有理函数可以生成保体积算法。

冯康提得多了，尚在久就自然琢磨这个问题。跟先生一起搞研究尚在久非常踏实，不用怀疑，先生说的问题都是重要问题，事实上大家也都是这样，只要是冯康认为重要的问题，大都不怀疑，因为当时已经看得很清楚：这些问题在当时的世界上也都是前沿性的问题，国外的数学家也在做，但是没有冯康这个级别的带头人。

后来有那个叫马克拉赫兰的新西兰教授，是国际上这个领域重要的一位，研究水平很高，但他也是到了 1993 年才提到保体积算法的构造问题，而早在 1990 年冯康便经常提经常讲。还是 1993 年，加拿大的菲尔茨研究所举办了一个活动，是著名数学家马斯顿组织的，马斯顿也是菲尔茨研究所的所长，活动上马克拉赫兰和美国洛斯阿拉莫斯国家实验室的斯柯沃合写了一篇综述报告，列举了一些问题，其中一个问题就是构造保体积算法。这个报告 1996 年发表了，但是冯康 1990 年就提出了这个问题，1992 年就做出来了结果。

1990 年的一天，冯康把尚在久和尚在久的师弟葛忠两个人叫到家中，他们坐在靠南窗的那个沙发，冯康坐中间。冯康拿着笔记本，本上写了很多东西，拿着这个笔记本给两个弟子讲，可以说是耳提面命（冯康这个本子现在保存在数学院的展览馆里面，代表着永恒的冯康）。冯康当时给两个弟子讲构造保体积算法问题的背景、来源，它的数学理论，已有的结果，他的思路，以及他遇到的难点。特别举了一些例子，讲的都是三维的问题。讲完以后说："你们回去想想这个问题，这个笔记本你们可以拿走。"葛忠先把笔记本拿回去了，看完以后尚在久接着看。

那天，尚在久回去之后，憋在家里一个星期没出门，他能感到此事重大，是先生殚精竭虑考虑的课题，先生已讲得非常清楚，三维的例子更是印象深刻。尚在久把这个三维的例子摆在那儿看，好几天一点思路也没有，但是不停地琢磨这个问题。有时候即使看电视，眼睛虽盯着电视，脑子里仍想着问题。尚在久的爱人有时说你这是做研究呢，还是在看电视呢？数学家就有这个特点，陈景润撞电线杆虽然夸张，但不是没有道理。"因为人不能老盯在那儿算，总得想，想的过程有时候需要调节调节，"尚在久说，"比如看看电视，而眼睛盯着电视脑袋里面却想别的呢。此外眼睛看到的东西，有时候能给你产生意外的联想。"

结果有一天正是这样，尚在久盯着电视，盯着盯着突然就有了一个想法。他把摆在那里的那个三维的无源向量场，拆成几项，每一项其实就相当于一个哈密尔顿向量场。这样就可以把无源系统写成两个哈密尔顿系统的叠加，这两个哈密尔顿系统不是耦合的，不是在同一个辛空间上的，但是每一个哈密尔顿系统在自己的辛空间上可以构造辛算法，每一个辛算法都是三维空间的保体积算法，那天这个结果就这样出来了！

尚在久非常兴奋，立即开始计算，算了一个三维的，从头到尾算出来了。三维出来了，任意维数的就很自然了，N 个自由度就比三维更多，有 $N-1$ 个两两不耦合的哈密尔顿系统，每一个哈密尔顿向量场都能由给定的无源向量场算出来，问题就解决了！

尚在久兴奋得当即跑到计算中心——坐落在软件园区网络中心的那个大楼找冯康！那天正好开中日计算数学会议，尚在久去的时候会议还没结束，他就在外面等。等会议一结束，人们都出来了，冯康在后面，尚在久三步并作两步跑进去到先生跟前就讲，保体积算法他构造出来了。

冯康当时有点不太相信，但眼睛一下又亮了，相信了。

没有不相信弟子的道理，从弟子眼睛里他已看到了结果。尚在久当时就把他算的那个笔记拿着给冯康看，现场看，冯康看得也很兴奋，不住点头，边看尚在久边给先生讲——讲了主要思路，一下就清楚了。其实很多事情就是一层窗户纸，科学也一样，数学也一样，甚至文学也一样，就像通常人们说的“窄门”。冯康一下看懂了，这个问题冯康自己研究了很长时间，就差关键的一点提示，因此非常激动，非常高兴，对尚在久说：“你回去仔仔细细把整个推导和最后的格式写出来！”

是的，尚在久还没把最后的算法格式与公式写出来，就急急忙忙跑来了！或许“隔代亲”就是这样，高兴了就不管不顾。冯康还要接待人，来了许多外宾，师徒俩这时也就几分钟时间，但几分钟说的却是如此重大的问题！尖端的问题！前沿的问题！

这一年冯康已经 71 岁。

尚在久写好整个推导与格式及最后的公式后交给了冯康，那周的讨论班冯康在小黑板上写满了字，公式，宣布尚在久的结果，细致地做了介绍。

冯康鼓励弟子百尺竿头更进一步，事实也的确如此。“冯康学派”在哈密尔顿辛几何算法领域出了好几项成果，尚在久有两项；葛忠有一项：对一般非线性情形，不存在保能量的辛格式；唐贻发有一项：多步法里没有辛算法。多步法是轨道计算里面非常重要的一个成果，因此人们应用得很多。那段时间也是在讨论班上，冯康不断地提到这个问题，唐贻发才有一个很大的突破：证明了在多步法里，只有一个本质上是单步法的辛算法，其他都不是。

另一个重要的成果是冯康自己的。冯康自己提出来一个形式向量场和形式相流的理论，也就是那一段时间他正式提出来动力系统几何算法的构想。原来哈密尔顿系统辛算法，保体积算法，还有冯康自己完成的接触系统的接触算法，等等，都是针对特殊系统构造保持特殊结构的算法。正是基于上述各种保结构算法的构造成功，冯康有了动力系统几何算法的整体构想。那段时间，在讨论班冯康讲得最多的也是这个构想，包括形式向量场和形式相流的理论。当时，第一批国家攀登计划项目于 1992 年立项，冯康主持的项目是大规模科学与工程计算的方法和理论，其中第一个课题就是动力系统几何算法。这是国际上最早的提法，后来西班牙的桑兹舍尔纳教授于 1996 年提出几何数值积分（geometric numerical integration），现在西方流行的国际公认的名词，至少比冯康晚了四年。

冯康的动力系统的几何算法里有一个理论叫形式向量场和形式相流，目前国际上很时髦也公认的叫法为：向后误差分析理论。“冯先生去世得早，后来这个领域很多被西方学者主导了。但是这个领域很多基本的工作是冯先生课题组和中国学派完成的。”尚在久说，“我们课题组很多工作完成得很早，但是论文发表得晚，有一些是以会议论文的形式发表的。我们的工作很超前，即便是1991年、1992年、1993年那段时间的工作，我们都很超前。那时只有两个重要的原创性工作：龙格-库塔辛算法和针对特殊系统（能量函数是动能加势能）的向后误差分析理论是属于外国人的。前者归功于瑞士的拉萨格尼、西班牙的桑兹舍尔纳和苏联的苏利斯，后者归功于日本的Yoshida。而一般系统的向后误差分析理论则是由冯康完成的。公正地说，在90年代初期，冯康的讨论班在国际上是这个领域最前沿的。”

5

尚在久读博士三年，博士后两年，五年当中冯康的讨论班他一次也没落过，冯康在世时他也没感觉到什么特别，就是心里很踏实，很骄傲，因为能非常清楚地看到冯康就是方向，就是世界前沿。他们每个人也都是，他们随大师一同突进，环顾世界，非常清楚自己的位置。但是冯康突然去世，尚在久和讨论班的团队心里一下子没着没落，没了支撑，甚至没了方向。

“这么多年，我非常孤独。”尚在久说。

“回忆他的时候很多，”尚在久说，“跟他在一起的点点滴滴，到现在（20多年后）还非常清晰，还经常梦见他。

“那时候忽略了太多的东西。”

数学家的眼睛通常是宁静的，此时依然宁静。此时没有比这宁静更感人的，甚至无法描述这宁静，当然也无法计算，似乎数学家有着特别的情感方式。

冯康去世前尚在久与导师有过一次旅行。尚在久回忆这段旅行像描述一次无比清晰的梦境。1993 年 6 月，冯康去西安交大讲课，尚在久作为助手跟随，在西去的列车上，冯康问尚在久是否来过西安，没等回答，便讲起往事。许多年前冯康曾到过一次西安，但是没有出站就匆匆离开了。那是“文革”期间，尚在久说，冯先生被关在牛棚里，当时很害怕，从牛棚跑了出来。在牛棚很害怕，跑出来更害怕，冯康对弟子说，去哪儿没有目的，因为是临时跑出来的，完全是没有目的地跑，是一种疯跑。跑到了西直门，从西直门看见火车来了，也不管去哪儿就赶快上了火车。很快火车就开了，半夜到一个车站火车停了，冯康下来一看，原来已到呼和浩特站，便坐在呼和浩特站想去哪儿，一路也没想清去哪儿，后来想往南走，还没怎么想清楚去哪儿西边又过来一列火车，也不管是去哪儿的赶快上去，觉得只有上车才安全，在车站每分每秒都是危险的。车是从兰州过来的，要么就是去兰州的，总之上了火车之后，就去了山西方向。风陵渡武斗，又下车随便上了一辆什么车，然后就到了西安。看到了城墙，但仍然没有出站。盲目地在中国大地转来转去，却一直没有出站，最后转到了苏州，这里是故乡，才停下来。在苏州隐藏了一个星期，有一次站在苏州中学前面发呆，想起很久很久以前在这儿上中学，回忆往事。可能是来的次数多了，有一天他的后脖领子突然被人抓住，听到背后大喝一声：我们找了你好久了！他被押解回京，他感谢抓他的人，不然他已准备自杀，冯康逃出牛棚以后就被通缉了，就有人一直在寻找他，他当时虽不知道，但能感觉到，事实上专政队的年轻人等于救了他一命。

在西去列车上，冯康第一次向弟子讲起往事。冯康讲完课后离开西安，尚在久又在西安待了一个星期，完成了导师讲完课的后续工作，7 月 12 日回到北京，当天晚上便去冯康家。冯康那时正在筹备 8 月份在香山举行的世界青年华人数学家大会，非常忙。冯康非常重视青年华人数学家大会，会议收到很多投稿，他以 70 高龄每一篇都亲自看，不舍昼夜，从里面挑选人做大会报告。尚在久印象最深的是冯先生对杨振宁的一个学生非常看重，那个学生叫邓越凡，冯先生说邓越凡的文章极其好，是研究碳-60计算问题的，很有未来。又说到计算数学优秀的年轻人大都集中在这次世界青年华人数学家大会了。

"现在看来确实如此，现在华人计算数学家里，50岁左右做得出色的人绝大多数都参加了那次会议，那是一次真正的盛会，恐怕多少年没有过那样的盛况了，那个会我也参加了。"尚在久回忆那个晚上，那个晚上他在先生家待到很晚，除了谈到数学家大会的筹备工作，汇报了西安交大暑期班学生的考试情况，还谈到了与先生合作的一项工作，已经完成了，要撰写成文，讨论具体怎么写，离开先生家时已经夜里一点了。尚在久记得临走冯先生又谈到了美国著名数学家 Peter Lax 院士推荐他当美国科学院外籍院士，以及国际有限元大会邀请做大会报告的事，都是高兴的事，也是大事，先生很少有那么愉快的时候。

这是尚在久最后一次见到先生。

7月13日凌晨从冯康家出来之后，那段时间尚在久基本都是待在家里，好多天没出门，一直准备撰写论文和香山会议的报告，突然，有一天中午，尚在久的师弟从长沙打来电话，告诉他冯先生住院了，挺严重。尚在久大惊失色，自己竟然一点不知道，马上到了北医三院，先生深度昏迷。先生洗澡摔倒，颅内出血。尚在久在三院待了整整一夜，与尚在久在一起的还有余德浩、汪道柳，三个人一直待到天亮也没见先生醒来。

冯康在医院抢救了一个星期，中间醒来过一次两次，但是都很短暂。"先生突然去世，我们很茫然，那时我们都还很年轻，还立不起来，先生去世后没有了核心，讨论班缺了顶梁柱，缺了战略方向的指引者，这是中国计算数学的一大损失，也是世界数学的一大损失。"

尚在久至今回忆起来，一切仍都历历在目。

并且，眼睛依然意味深长的宁静。

手记六：冯康学派

理论、实验、计算，已经成为当今世界科学活动的三种主要手段。特别是计算，是20世纪后半叶才发展起来的最重要的科技进步之一。冯康不仅是中国计算数学无可争议的奠基人与开拓者、播种者，不仅在有限元方法、自然边界元方法、哈密尔顿辛几何算法上对世界做出贡献，还带出了一大批计算数学学者。以冯康为核心的这批学者与群体被公认为“冯康学派”，为世界数学界所瞩目。“冯康学派”中至少可以举出这样一些重要名字：黄鸿慈，石钟慈，崔俊芝，林群，袁亚湘，秦梦兆，张关泉，王烈衡，余德浩，尚在久，汪道柳，葛忠，唐贻发，朱幼兰，桂文庄……先不论他们各自在计算数学领域的贡献，这之中仅院士就有五位，又有多人曾经担任过数学所的所长、副所长，这样的学派不要说在中国，就是在世界上也不多见。

MS－2401

横滨

1986 年，横滨。王缉志接到电话：父亲王力病危。电话不是家里打来的，是国内公司打来的。父亲身体一直很好，尽管高龄，却很少生病，以至一开始听到电话那头说父亲住院，王缉志没太在意。但接下来，电话让王缉志完全从工作中醒转过来。

“你父亲病得很重……就是说……可能等不到你回国了。”

莫不是已经——王缉志不敢多想，一身冷汗下来。

电话那头是公司总裁，总裁态度鲜明，如果需要，他可以中断工作，立刻回国去见父亲最后一面。总裁这么说意味着公司的重大损失，事实上现在不能停下来，王缉志深知这一点。

王缉志没有立刻表态，沉默片刻，挂上了电话。

玻璃窗外，樱花开放，横滨的夜景并不奢华，却另有一种梦幻感。来日本之后一直紧张工作，哪儿还都没去过，倒是做梦梦见一次与父亲游三溪园。三溪园是夜赏樱花的一个有名的处所，坐落在山手附近的一个山丘上，高地上建有一座中国南北朝式的三重塔，每年一到赏樱季，数不清的人们涌往此处，一睹樱花与古建筑交相辉映的魅力。特别是夜晚来临，樱花掩映，灯光柔和，置身在樱花园中有如梦中，而对只在梦中见到三溪园的王缉志来说更是梦中梦。紧张工作之余王缉志还真曾想有机会与父亲一游三溪，一睹传说中的夜晚的樱花，特别是鲁迅先生有文章提到过“上野的樱花”，父亲作为语言学家非常推崇鲁迅先生那篇文章的开头，专门讲过那篇文章开头的语义结构。

另一座山

王缉志是北京大学教授、语言学大师王力先生的四子，虽家学甚深，王缉志却没有子承父业，在 16 岁的时候，考入北京大学数学力学系，是当时班里最小的学生。因为作息时间不同，王缉志没住在北大家里，搬入了集体宿舍，住在了 28 楼。房间朝北，推开窗户就可以看到燕南园自己的家。那时的燕南园可谓卧虎藏龙，冯友兰、马寅初、林庚等大师会聚于此，当时在青年教师中流传着“奋斗三十年，住进燕南园”的说法。

王缉志生于 1941 年，四岁时本该上幼儿园了，他却不愿和年龄相仿的小朋友混在一起，做小学教师的母亲只好把王缉志带到小学一年级的课堂上。一年以后已经念完小学一年级的王缉志参加了小学二年级的入学考试，毕竟只有五岁，考题的难度超出了五岁孩子的掌握范围。当时考试有规定，不会写的字可以在方格纸上画圈圈代替，王缉志就认真地在每一个方格里画上了圈圈。当时王力先生就在玻璃窗外看着神奇的儿子认真答题，还以为儿子答得挺不错的，殊不知王缉志一直在方格子里画圈圈。王力不仅没有批评儿子，反倒看到毕竟只有五岁的儿子的机智与从容。当然，也没予以鼓励，有些异禀既不用鼓励，也不用批评，最好自然而然。这样的分寸，也只有王力这样的父亲能把握，每每回忆起来王缉志都觉得是幸事。谁能说画圈儿不是王缉志人生的一个隐喻？

父亲因为忙，很少教育孩子，主要是身教。事实上王缉志对于父亲的记忆几乎是抽象的：一个固定的伏案工作的背影。晚上，燕南园 60 号小楼父亲专有书房的灯亮到几时永远不知道，从早到晚，从睡去到醒来，灯，永远亮着，好像父亲不睡觉。小时王缉志对此觉得特别神奇。灯下，是层累如山的父亲的专著。一年一年，书房里父亲的书在增加着，如同某种岩石发育着，即使动荡的十年浩劫也少有中断。《汉语史稿》《汉语音韵学》《汉语诗律学》《古代汉语》……无尽的汉语言工程由一个背影慢慢完成。这一切与王缉志选择的偏门——数学（相对于语言学数学是多么的偏）却看起来毫无关系。倒是和画圈儿有关？圈儿是“零”的概念，而“零”的概念又不仅仅是一个数学问题，事实上是一切问题的问题。

相反相成，谁能说这不是另一种影响？

既然父亲已是一座高山，那就成为另一种事物。

特别有趣的是，另一种事物，最终，绕了一大圈仍与父亲有关，与语言文字有关，王缉志偶然也是必然地宿命地在另一座山上呼应了父亲。

相对于一代语言学大师的父亲，这山不高，却足够特殊。

殊途

1963 年，北大数学系毕业的王缉志被分配到了中科院心理研究所，数学与心理学有了联系，看起来是一种很奇怪的分配，或许是一种人生的暗示？从纯数学转向人文？无法解释的事从来就具有隐喻作用。只是尚未真正入得心理学的门，那场“史无前例”的运动开始了，心理学被批判为“伪科学”，心理所也因此被划为要“斗批散”（斗争、批判、解散）的单位。1969 年，中国科学院决定将心理所的全体职工除老弱病残者外一律下放到五七干校去，“一锅端”了，28 岁的王缉志被下放到湖北省潜江县的科学院干校。直到 1971 年 2 月，王缉志才离开湖北干校回到北京，被分配到位于丰台区北大地的冶金仪表厂当工人。比起从数学到心理学，这次专业转向更不可思议，哪称得上专业，实际等于零，又回到小时画圈儿时。

如果非要说有“意义”的话，那就是王缉志的人生之线偶然地触及了冶金系统，仪表厂虽小，隶属的冶金部系统却很大，这样一来王缉志作为知识分子，大学毕业生，就有机会随着系统上升，不久调到了冶金部自动化研究所搞计算机，因此际遇也才有了他后来的发明。没有“文革”，王缉志会待在心理所，成为一个无关紧要的心理学家，“文革”让他改道如同河流改道，由五七干校而仪表厂、冶金部，而自动化研究所、计算机研发。以王缉志的数学专业，他迟早会接触到计算机，只要接触计算机，以他家学的敏感无疑会转向文字。

真正有意义的是，当年，也就是 1957 年王缉志考大学的时候，父亲王力不同意王缉志学数学，当然也没要求儿子学语言学，而是让王缉志学计算机。王缉志坚持了自己的数学选择，但多年以后，在计算机这一专业方向上，父亲的愿望与王缉志的道路神奇地融合。这才是意义之所在，这里无论多神秘都是理性，都在人类的范围之内。

那几年在冶金部自动化研究所期间，王缉志接触了大量国外先进的计算机知识。从 1976 年开始，他又有幸在全国重点项目“武钢一米七热轧工程计算机控制”研发工作组里工作了三年，这三年是他计算机知识和技术提高最快的三年，尤其是对大型工厂的实时控制操作系统有了更深刻的了解和认识。不久王缉志又被派往上海，着手宝钢二期工程的筹备工作，同各国的计算机专家进行了长达一年的技术引进谈判。那段时间，几乎每天王缉志都要和不同国家的工程师进行交流，那时国外的计算机技术很先进，对王缉志而言和外国工程师交流几乎就是听他们的技术讲座。同时交流都用英文，因此王缉志的计算机知识水平和英文水平都有了飞速的提升。父亲虽是语言学大师，一部《古代汉语》是全国古汉语教学的通用著作，文科学生可以说无人不知王力的《古代汉语》，但王力却对完全不相干的计算机有种关注，对儿子的工作时有过问。

同归

1979 年当王缉志成为研究所计算机应用研究室中一个小组的负责人时，正值国家刚开始进口微机，王缉志所在的小组也考虑购买一台微机。此时某种必然已不可逆转，这里有来自父亲的，有来自数学的，有来自难以说清的主宰，总之王缉志一步步走近人生的核心地带。经同事介绍，王缉志认识了澳籍华人邝振琨先生。邝振琨在澳洲有一家叫 DATAMAX 的公司，DATAMAX 机问世时，IBM PC 还没出来。当时邝振琨介绍给王缉志的机器是 DATAMAX 8000，该机所带的软件有文字处理软件 WordStar、试算表软件 CalculStar 和数据库软件 dBASEⅡ等。这台带有文字处理软件 WordStar 和 MailMerge（邮件合并）功能的微机，让王缉志大开眼界。

不久，王缉志用 DATAMAX 8000 主机和 TeleVideo 终端，加上一台伊藤忠的打印机，凑成了一套价格相对便宜的微机系统。因为是自己攒的系统，需要自己去做有关的驱动软件，王缉志便开始认真阅读打印机的说明书，突然发现这个打印机的打印头由 8 根针组成，通过软件指令来控制每一根针的动作，属于由点阵组成图形的打印机。国内当时所用的字符打印机，只能打 abcd 这样的英文字母。而显然，这种针式打印机在操作上要灵活得多，因为从理论上讲这种打印机可以打出用点阵组合成的任意图案或者文字。

这个理论发现，历史性地落在王缉志身上，是数学的作用？父亲的作用？计算机的作用？对文字敏感的作用？应该说都有，甚至缺一不可。如果王缉志没有对语言文字那种基因式的敏感，他能一下子洞见那种发现吗？王缉志激动异常，血液沸腾，连夜按“可以打出用点阵组合成的任意图案或者文字”，编了一小段程序，然后在打印纸上打出了“冶金部自动化所”七个汉字！这是破天荒的，汉语的天荒，从来没有过！

这个成功让王缉志兴奋不已：能打印七个汉字，就意味着原则上可以打印所有的汉字。也就是说，让电脑处理汉字不再是遥远的事了。

这件事王缉志告诉了父亲。

王缉志还记得当时父亲的表情：凝重。

一如古老青铜器般的凝重。

目光也如青铜器具里的火。汉字，汉语，汉文化之火，千年之火。

且无比神奇，父亲的直觉竟然成真了。

这都寓于凝重之中了。

当然，能打印七个汉字，只是解决了原理问题，要让这套微机系统能用汉字处理各种应用，则要解决一系列的实际问题。首先，要有汉字字库才能使打印机真正打印汉字。但是，到哪里去找汉字字库呢？只能自己动手做。

王缉志在用与父亲不同的方式研究文字。

而方式相同也并非王力期待的。

王缉志从家里拿来了一副围棋，把塑料棋盘布往桌上一铺，动员全小组的人都一起来做，一个人用棋子摆放汉字点阵，另一个人把该字形用16进制数来编码，再有一个人把该数据录入电脑。用这样一种原始的方式进行数字化处理，就像某个阶段你必须用马车拉着火车头，人多势众，哼唷嗨唷。连续工作了一个多月，终于做成了一套包括国标一级汉字的16×16点阵字库。

这些已不是《古代汉语》的作者王力所能理解的。

也用不着理解，他的使命已完成。

有了汉字字库还不够，如何把汉字文章输入电脑又成为关键。需要汉字输入法，当时国标一级汉字是按汉语拼音的顺序排放的，如果从工作量来考虑，研制拼音输入法是最容易实现的，王缉志又开始研制拼音输入法。这没什么难的，不久一个简单实用的拼音输入法大功告成。但是汉字有许多同音字，用拼音输入法就要解决选字问题，这就需要能够看到拼音输入的汉字。能看到，这非常的关键！这就需要终端，需要屏幕，而这已是准电脑，准PC。

可当时的终端即屏都是英文字符，根本显示不了汉字，而且一般只能显示80×24个英文字符。人生的核心地带总是一环扣一环，环环都是挑战，都是创造，都是天才的铸成。王缉志既然已经开始了创造发明之旅就不可能停下来，特别是如果前面都已是对的，后边就没道理解决不了，事物自身的逻辑一旦产生就什么也不可阻挡。王缉志被逻辑推着，是自己又不是自己，有一天终于又想出一个办法：把一个字符M当一个点来用，用屏幕上的16×16个M来组成一个汉字，这样一来，虽然一屏只能显示四个大大的汉字，但总算以一种最原始的落后方法解决了汉字录入问题。如果有人到王缉志这个位置可能比王缉志解决得更好，问题是没人到了王缉志这个位置，某种意义上王缉志站在汉字的最突出位置。

解决了这一系列问题后，王缉志已经完成了第一台中文的电脑输入与输出系统。而他实际应用的第一案例也是自动化所里财务科的报表，他把中文财务数据录入电脑，用 dBASE Ⅱ 处理，并打印出第一份整齐的中文报表！

这是一个了不起的成就，意味着太多东西，意味着汉字跨越了数字化的千年鸿沟，从王力到王缉志隔着五千年。谁又能说王缉志不是子承父业？谁又能说王缉志不是另一意义上的语言学家？中华文明奇迹般地过渡到现代文明，并且还要过渡到未来。这是世界上唯一过渡到现代的古老文明，连续的、未中断的、还在发展的文明，诺贝尔文学奖得主、诗人聂鲁达 20 世纪 70 年代来到中国，面对长城发出了这样的感叹：许多文明都消失了/你依然存在。但如果不能将汉字数字化，如果最终只能拼音化，拉丁化，这个文明将会真的出现巨大的鸿沟，而鸿沟的另一端意味着什么？现在父子隔着鸿沟手握在一起，或者说拥抱在一起，这个文明就是一个完整的又是新的文明。而文明之幸就是这样来的，这难道不是一种命运的垂青吗？当然，不是王缉志一人在做汉字数字化工作，但王缉志与父亲的鸿沟相握是最有意味的。而更有意味的是，父亲孕育了王缉志，不仅在身体上，也在神秘的精神上。

不负当年属望殷

时代有许多岔口，人们走对与走错的时候差不多一样多，或者有时候在一些节点上走错的时候更多，一个国家如此，一个人也如此。但具体到王缉志，具体到那段关键的时间，王缉志的每一步都神奇地走对了。

正当王缉志解决数字化中文输入输出系统研发时，时代的变化发生在了他的四周。中关村出现了陈春先创办的华夏硅谷研究所，王洪德的京海公司成立也颇引人注目，四通也即将成立，一批人走到了时代的海边没有停留，义无反顾地脱离陆地，走向远方。有了中文输入输出系统，王缉志忽然发现自己也到了海边，也有脱离传统陆地的可能，但有些犹豫。下海可不是那么容易的，习惯了陆地，即使站在海边也觉得陆地强大无比，而海洋则充满不确定性，充满危险。

那么，能不能在冶金部自动化所框架内成立一个公司呢？做一个体制内的改革试点？王缉志向领导谈了这一想法，但被“大陆”拒绝，无论怎样争取最后都没通过。下海，有时候也是无路可走，也是感到自己有在水里的本事，看别人游觉得有什么不能，于是开始考虑自办公司，如何筹集资金。正当这时候，四通公司向他静静地打开了一扇门，时间王缉志记得清清楚楚——1984 年 5 月 16 日。四通公司在中关村注册成立，同年 9 月门市开始营业，这一年的六七月份，王缉志进入了四通公司，任总工程师，成为四通初创时期的主要成员之一。

11 月，王缉志正式向冶金部自动化所辞职。

那时无论多小一个单位都是国家的，单位意味着国家，人也是国家的人，辞职意味着同国家割断了联系，国家不再管你，这不仅是生存问题，也是心理问题，精神问题。辞职意味着真正的“断奶”，王缉志虽然毅然决然，但“心理”上仍然不好受，而且不知道家人会怎么看自己，比如母亲，特别是父亲！父亲可是国家的名人，他的儿子要辞掉“国家”，父亲会不会反对？没想到父亲不但不反对，还非常开明，父亲的“单位/国家”观念反而淡得多，毕竟父亲早年有着很长时间的“个人”意识，反而是王缉志一直生活在“单位/国家”意识里，某种意义上一直还是“未成年”，现在倒有些成年的恐惧。

父亲王力挥毫给王缉志写了一首七律，如同送给他的“成年礼”：

不负当年属望殷，精研周髀做畴人。
霜蹄未惮征途远，电脑欣看技术新。
岂但谋生足衣食，还应服务为人民。
愿儿更奋垂天翼，胜似斑衣娱老亲。

“愿儿更奋垂天翼，胜似斑衣娱老亲。”这是王缉志没想到的境界，父亲看得更远，不仅向前，也是向后，因为父亲是过来人，是历史。父亲有相当长时间不是“单位人”，是一个有主体的个人。王缉志把父亲的墨宝拿到琉璃厂荣宝斋裱好，挂在家里的墙上，从此这首充满历史感的诗成了王缉志的座右铭。

1985 年初，四通从日本伊藤忠公司引进了 1570 型彩色打印机。为了公司的生存，王缉志把还没完成的汉字终端的开发暂时放在了一边，带领一个开发小组，为伊藤忠公司的 1570 型打印机做汉卡。比起汉字终端开发工作，这个工作容易得多，很快就完成了，而就在做这些工作的同时，四通发现大多数购买电脑的单位都是拿电脑配上一台打印机，来打印合同和报告之类的公文。当时购买一套这样的电脑系统要花费近五万元，利润空间可观。鉴于当时的市场情况，如果四通能够开发出一款价格在万元以下的能完成打字和编辑任务的机器，不仅将提升市场上此类产品国有品牌的竞争力，也可以产生巨大的效益。

MS－2400

时机成熟，四通开始考虑开发中文文字处理机。摆脱了“单位人”身份的王缉志如鱼得水，开始了自己的道路。由于日本也是使用汉字的国家，在日本的市场上已经有各种品牌的文字处理机在销售。能不能从日本现有的文字处理机中，选择一种性能价格比好的产品，把它的日文汉字字库换成中文字库，把日文输入法换成中文输入法，而文字编辑功能不变，这样是否就可以很快地推出四通的中文处理机产品？但王缉志发现，这个想法虽然很好，却经不起现实的检验，因为日本的文字处理机都是热转印式的，对纸张和室温的要求高，色带价格很贵，而且还不能打印在蜡纸上。这显然不适应当时国内的打印需求。

四通公司决定借助日本企业的帮助，重新开发一种真正适合中国国情的机器，打印机芯采用击打式的打印头，这与王缉志的中文输入研究完全一致，王缉志的研究与中国特点、市场需求天时地利地走到一起。而且自己来开发自主知识产权的机器，更有利于公司长远的自主发展。最终四通与日本三井物产选择的日本 ALPS 公司商定了一个合作开发方式：四通方面王缉志负责总体方案的设计，ALPS 负责选择打印机芯和液晶显示屏，进行硬件设计并提供 BIOS 接口。四通方面进行软件设计，并最后进行生产。

四通的产品开发小组由四个人组成，负责总体设计的是王缉志，同时王缉志还负责文字处理软件的开发和拼音输入法的开发。开发工作从 1985 年的 8 月份开始，王缉志的设想是：既然能在 WordStar 上实现英文编辑功能，那么也一定能在此基础上实现中文编辑功能。为了更接近中国市场的需求，王缉志开始从受众的角度设计产品，将新产品的受众群定位为初中文化程度，在屏幕提示、编辑和打印命令上出现的说明文字以及使用说明书都要尽可能通俗易懂，绝不使用电脑术语。虽然王缉志并未接触过消费心理学，但他在中科院心理研究所的工作经历使他在理论上懂得一切基础的心理，因此从后来的角度看王缉志在 MS－2400 的开发设计上，已经有了一些“从用户使用角度出发”的消费心理学的味道，有很多工作在现在看来，甚至已经超越了工程师的设计范围而涉及了营销领域，事实上这也正是四通打字机日后在市场上取得辉煌成功的一个重要因素。

另外特别值得一提的是，那时国内绝大多数人还不习惯什么文字处理，为了市场宣传方便，消除多数人对电脑的天生恐惧心理，作为一个前“心理学者”，王缉志决定给该产品起名叫中文电子打字机，产品的名称定为“四通 MS-2400”：M 代表三井（Mitsui），S 代表四通（Stone），24 是打印头的针数，00 表示第一代。为了要全方位贴近中国市场的需求，王缉志还拒绝了四通公司有些人提出的在机壳上标外文或者设计一个洋商标的主张。

1986 年的 3 月份，王缉志携开发小组到日本横滨 ALPS 公司去进行最后调试工作，计划在日本工作三周，每周七天、每天从早到晚不停地工作 16 个小时，为的就是能够在有限的时间内，最快地将机器调试成功。三周很快过去了，但机器仍未调好，如果这个时候回国探望父亲，调试工作就要夭折，而之前所花的人力、物力和时间都等于白费，而且……这次没调好，下次……就不知道要等到什么时候了；可是如果不回去……

愿儿更奋垂天翼！

王缉志给家里打了个电话，将自己是否回国的决定权交给了母亲，如果母亲让他回国，他会立刻动身。电话无比沉重地通了，王缉志心怦怦跳，祈祷上天保佑父亲，保佑了父亲他也可以在这儿完成重要的工作。母亲接的，上帝保佑父亲还在住院……王缉志先长出了一口气……说实话他已想到葬礼……王缉志突然有个预感，他不用回国了……当然，父亲的病非常重，发病时起先是发烧，大家都以为是感冒，谁知住进医院之后才发现情况严重，是白血病，病情恶化很快。

“我知道你在日本的工作很重要，如果那里的工作离不开你，你就不必回来了，北京有你的弟弟和妹妹在。”母亲说。

王缉志可以暂时不回来了，留在日本把开发工作做完。

以工作事业为重，是王家的传统，从小王缉志就记得父亲和母亲不会轻易因身体不适而请假，一般有小病都会坚持上班，而王缉志上小学上中学的时候，不管是肚子痛还是有其他不舒服的症状，母亲都是要求他尽量坚持上学。根据这一残酷的原则，王缉志留在日本继续做开发，是必然也是自然的选择。就这样，王缉志带着对父亲强烈的挂念，与全组人员昼夜奋战，终于调试成功。

四通 MS-2400 中文电子打字机诞生了，打印机飞快地打出了一页页清晰的中文样张，机头发出的嗡嗡的蜂鸣声像世界上最好听的音乐。王缉志作为研制了中国第一台中文打字机的专家，一夜成名。MS-2400 推出后的第一年就卖出了 7000 多台，也就是实现销售额 7000 多万元！这一成绩当年中关村无人可比。至第二年产品定型，升级版的 MS-2401 更加完善，增加了软盘驱动器，可以不限制文章的打印长度。同时更为重要的是，MS-2401 上增加了液晶屏的面积，有了 PC 的味道。而之前的 MS-2400 的液晶屏只能显示两行共 20 个汉字，到 MS-2401 则已能够显示五行每行 40 个汉字。当时 PC 机普遍还在采用五英寸的软盘驱动器，3.5 英寸的软盘驱动器刚刚问世，王缉志就决定要在 MS-2401 上采用这种小驱动器，这一超前的构思事后被证明是完全正确的。另外 MS-2401 上还采用仿宋、楷、黑等四种汉字字体，对存放字库的 Mask ROM 也提出了更高的容量要求。MS-2401 是一款成熟的产品，以至日本合作方的一位工程师这样评价王缉志：日本人可以把产品做得很好，但是我们没有创造性，你们中国人有创造性。三井公司的评价则是：MS-2401 的技术即使在日本的同类产品中，也是先进的。在四通的发展史上，MS 系列文字处理机是举足轻重、具有决定性意义的产品，它同时也是 20 世纪八九十年代中国办公自动化设备领域最早的民族品牌之一。这个产品从推出之日起，一直销售了十余年。截至1996年底，四通MS系列中英文文字处理机累计销售近30万台，销售收入突破30亿元人民币，让中国的IT界在20世纪80年代中期就有了自己的名牌。

4月12日，当MS-2400中文打印机打出了一页页清晰的样张，蜂鸣声像交响乐一样响起，当同事沉浸在欢乐之中，王缉志回到北京，一下飞机，没有回家，直接从机场到了北京友谊医院，父亲住在那里。王缉志的眼睛模糊了，那时一代语言学大师王力神志竟还清醒，他握着远方归来的王缉志的手，目光殷殷，幽远，是父亲的目光，但也不全是；也是文字之光，语言之光，殷商之光——甲骨与青铜之光。尽管已不能说出完整的句子，但老父亲还是讲着什么，声音异常清晰。正是这种清晰的东西支撑着父亲等候儿子的到来，生命不熄，火在燃烧。出国前，王缉志曾经给父亲讲解过文字处理机的工作原理，父亲始终不解，想象不出，王缉志本来想搬一台电脑到父亲面前边演示边讲解，一来开发工作太忙，二来想到反正很快就会有产品出来，等产品问世后拿着产品再讲岂不更好，谁知道此时产品真的开发完成的时候，父亲已到生命最后时候。讲了半天原理，父亲依然不解，但露出了微笑。

带着微笑，父亲走了，如同文明的微笑。

13天后，在四通成立两周年的那天，四通MS-2400中文电子打字机正式面世。这台打字机，把微机时代的中文输入输出变为现实，一举改变了中国人在机械打字机时代完全失语的局面。那天，前来祝贺的宾客盈门，掌声贺词不绝于耳。看着这一切，王缉志想到的却是父亲的微笑。

尽管不解，但是笑了。

是的，父亲的笑不仅仅是欣慰。

许多年后王缉志还在回想父亲的微笑。

手记七：另一种家学

王力是中国语言学教授，王缉志实现了中文打字，两者有什么联系吗？我试图在这两者之间建立内在联系。当我把这一想法告诉给王缉志，王缉志有些惊讶，错愕，他从没想过自己的打字机研究和父亲王力的语言学有什么关系。在北三环太阳宫王缉志的寓所，阳光从一整墙的落地窗照进来，正好是风后，没有雾霾，阳光像海边一样分外明亮，以至王缉志的惊讶都分外明亮。但是当我说："王力先生当初建议你学计算机，你却学了数学，可你最终又回到计算机上，并且用计算机搞起了文字。这中间难道没有什么联系吗？"话一说完，分外明亮的阳光立刻出现了一股幽暗气氛，是王缉志凝神的目光发出的。王缉志没再否定我，但也没肯定，不过看得出来他在深刻地思索，或者，与其说是思索，不如说是回忆。

"你的研究，难道不是另一种家学？只不过不同于通常的家学，但其中的曲折不也更有意义吗？更是某种宿命？"王缉志先生在谛听，甚至差不多是用眼睛在谛听，让我从王缉志的眼睛中几乎看到王力先生的影子。"你说的可能有点道理。"王缉志最后对我说。临别，王缉志把我拉到客厅一端看王力当年给他的赠诗，我看到墙上已发黄的立轴上王力的真迹。王缉志送了我一本前不久再版的王力的《汉诗音律》，一本薄薄的但有着历史分量的小册子。

王缉志郑重地签上自己的名字。

千年之约

归去来

王选登上火车，怀揣北京大学的录取通知书，离开上海，向北京飞驰的时候，绝对想不到七年之后，自己会病若游丝，像“死神”的影子一样被人背回上海。这是 1962 年秋天的事情。背他的人是他的北大同事，当同事将他送到家，不禁长长出了口气，仿佛为一路没出大事而庆幸，甚至没在王选家多待一会儿，仿佛多待一会儿便会有什么事似的，只简单交代了几句，便匆匆离开。

母亲见到瘦骨嶙峋、呼吸艰难的儿子，落泪了。这哪是七年前的儿子？那个翩翩少年？王选也第一次眼睛潮湿，望着母亲，一句话也说不出。在北京，王选从没有流过眼泪，甚至没有多少痛苦的感觉，只是麻木。但是看到母亲，枯涩的眼睛一下被陌生的泪水蒙住。他太瘦了，以至眼镜都显得很大。

七年前，王选考上北京大学数学系，那年北京大学数学系录取了200多人，都是各地的数学尖子，年龄最小的马希文只有15岁。王选17岁，也是偏小的。四年后王选以优异成绩留校，在无线电系任助教。

1960年冬天，像许多地方一样，北京大学食堂副食品奇缺，即使像馒头、米饭这样普通的主食，也从晚餐中消失了。也像所有人一样，王选的晚饭只有三碗稀粥，外加一小盘黄酱。两年前王选参加了北大“红旗计算机”的调试工作，“红旗机”由张世龙教授设计，在确定了主要设计原理和设计思路之后，张世龙大胆地把具体设计任务交给了自己的得意门生王选。设计工作不易，调试工作更是繁难，王选常常半夜起床到机房接班调试机器，到第二天吃午饭时，才跌跌撞撞地跑到食堂去吃饭。有一天吃饭途中发现身穿的蓝上衣不知怎么竟变成了铅灰色，他也没多想，当时脑子全在“红旗机”上，进饭厅前又猛然想起一个调试数据，惟恐忘了，连忙掏出钢笔记在了手心上。钢笔有点不大对劲儿，似乎细了一圈儿，直到把笔插进衣兜里，一抬脚迈进食堂，一阵哄堂大笑才把王选弄醒：他穿了别人的衣裳。王选就是这样一个工作起来痴迷的人。本来特别需要营养的时候，别说营养了，不饿都做不到。

从1959年春天起，为节省时间，王选干脆把行李搬到了实验室，晚上睡在办公桌上，天亮之后把铺盖一卷，接着画图搞设计。一天三个单元，他从早上7点半一直干到晚上11点。晚上11点至12点是阅读外文资料、了解国外计算机动态的专用时间。到1959年夏天，初露锋芒的王选经过近一年的奋战，终于胜利完成了“红旗机”的逻辑设计。然而，就在王选为“红旗机”取得初步成果而高兴的时候，一个非常意外的消息传来：在反右倾斗争中，张世龙和另外两名北大教师被指为“以党内专家自居的右倾机会主义分子”。

张世龙受批判之后即下放农村劳动。临行前，把调试“红旗机”的重任交给了王选。此前两年，已经有一个不幸的消息，王选的父亲在上海被扣上了“右派分子”的帽子，那以后王选便颇有些寡言少语，现在说话更少，唯有近乎反常地拼命工作，终日面对机器。1960 年那个时候，王选在五分钟之内能喝下三碗滚烫的稀粥，饶是如此，在毫无吃相的人中王选已算是有点吃相的了。

雪上加霜的是，这年 11 月王选刚刚领到手的 20 多斤粮票被人偷走了，这下连粥也喝不成。万般无奈，沉默寡言的王选开始开口：跟食堂借粮票，分期偿还。王选身高 1.73 米，即使在北京这样的地方也不算矮个，正年轻力壮，不过 22 岁，本来口粮就不足，现在又得按月偿还意外的粮债，因此不得不把每天的口粮标准降到八两。

饥饿和劳累终于把机器般的王选打垮了，王选得了浮肿病。

张老师托付的“红旗机”调试工作也停顿下来。一个“机器”坏了，另一个也会坏，似乎就是这样。王选也由此做出一生中的一个重大选择：由硬件设计转向软件。但不放弃硬件。尽管不放弃也得暂时放弃，浮肿让王选离开机器，他拖着沉重的脚步从图书馆借来苏联科学家叶尔晓夫写的《快速电子计算机编制程序的程序》，饿着肚皮研读起来，其间还看了一本详细介绍 SOAP 汇编语言的资料，以及 FORTRAN 的一些文章。他逐字逐句研读，在心慌、心悸中另一种思路却也洞然打开，此刻他才觉得开始真正了解计算机。

同时也开始了解自身。如果说日后王选发明了汉字激光照排系统，结束了千年基本未变的印刷传统，让历史千年等一回，等到了王选，王选被誉为“当代的毕昇”，这一切便最早源于这次饥饿中的转型。

但是不到一年，也就是到了 1961 年的夏天，不但浮肿尚未消失，一场来势汹汹的不明内科疾病又袭击了王选，就如同计算机内部的软件被摧毁。王选持续低烧，胸闷，憋气，呼吸困难。到医院透视，发现肺部有浓重的阴影，但阴影的性质是什么，大夫们个个面面相觑，谁也不敢确诊。于是只能临床进一步观察。观察期间病情继续恶化，血压升高，尿中带血，白细胞已经下降到 3000 以下。医生开出了一张张的紧急处方，但任何药物对王选都没有效果。

谁也搞不清王选的怪病，大夫们观察了多天之后还是无法确诊。最终北医三院勉强最先做出初步诊断：红斑狼疮。这是一种典型的自身免疫性疾病，一般侵犯皮肤，也可转变为系统性红斑狼疮，损害内脏。光听这病的名字就已吓人一跳，医生们还提出了一些匪夷所思的禁忌，比如王选不能随便到室外接触阳光。

一个不能接触阳光的人是什么人呢？

无异于洞穴中的人。

阴天时总可以出屋吧？王选绝望地自语。

不行，医生说，就是阴天也得戴帽子才能出屋，还要带宽檐帽子。王选那时多么需要阳光，心想见不到总可以看看户外，可身体竟虚弱到这种地步，竟然连户外的一丝阳光也不能见，王选不知道命运到底在说什么。

王选后来有了一顶宽檐的帽子，本来就有点怪的病人显得更怪了。王选不过才 24 岁，但自我感觉上像个老人。不，连老人也不像，他瘦得像灯杆。如果那时有机器人，王选几乎就像不吃不喝的机器人。1961 年王选躺在宿舍床上，生还是死成了问题，既是一个形而下的问题，也是一个形而上的问题，一个莎士比亚的问题。

病休吧，王选选择了回上海，同事背他上了汽车，然后是换乘火车。那几年对王选的母亲来说堪称祸不单行：王选的父亲一生奉公守法，为人清白，偏偏在大鸣大放时说了几句话，被戴上了“右派”的帽子；最小的儿子王选本来留在北大当上老师，让老人感到安慰甚至喜悦，没承想被人背回来，这还是王选吗？几年时间到底发生了什么？父子两人一个成了“右派”，一个几乎只剩一把骨头。

父与子不能比较，但却是映照。

王选每月只能拿 37 元的劳保工资，这点钱不够看病吃药，只能节省，量力而行，维持最低限度的治疗。24 岁就吃劳保，基本相当于废人。无奈之中，王选把童年时代养成的京剧爱好捡了起来，一边欣赏京剧唱片，一边习惯性地研究起京剧来。研究是王选的习惯，本能，接触什么就研究什么。尽管多年后再没显露，但王选事实上是京剧的专家，有极深造诣。当然，京剧绝不是王选的方向。

如同北京一样，上海的医院也对王选的怪病一筹莫展，而且特别麻烦的是王选的病历还在北京，忘了带过来。这难不倒王选，王选决定自己写，他根据每次看病的记忆写了一份详细病历，他把自己的病史及几家医院的诊断，甚至化验结果都汇总起来，整理出一份与医院一模一样的病历。

大夫见到病历，非常惊讶，问王选是否在医院工作？王选告诉医生自己是搞计算机的。那时很少人知道计算机，大夫颇为惊讶，也搭上王选瘦得惊人，便说：一看你就是受过专门训练的。就差说王选是机器人了。上海医生对机器般的王选毫无办法，张世龙老师途经上海看望了王选，回京后，噙着眼泪告诉北大同人：王选吃一顿饭都得休息两次，身体非常虚弱……看样子，希望不大了。

母亲说，你的病就是累的，好好将养一定能好起来。王选苦笑。母亲找了一个老中医，带王选看，开了长期的药。母亲亲自抓药，熬药，变着样儿给王选做各式饭菜，积毕生经验使出了浑身解数，王选奇迹般地有所好转，起码是很明显地摆脱了死亡的阴影。看来死不了了，王选看着镜中的自己说。

1963年春天。春天是生发的季节，何况王选这么年轻？王选凭自身的生命力，有一天居然能起身，离开病榻，能扶着病榻缓缓走几步了。这期间无论在病榻上还是缓慢走动中，王选脑子始终没闲着。因为能走动了，告别了京剧，脑子又在计算机上。实际上潜意识就从没离开，王选一直在考虑计算机的体系结构问题，以及高级语言编译系统问题。前者是硬件系统，后者为软件系统。当时即使在西方也还没流行“软件”一词，直到1964年才出现了software一词。王选想的是通过深入研究计算机高级语言的编译系统，进而提出新的计算机体系结构。换句话说，他想通过研究软件来研究硬件结构，搞清楚软件对硬件的影响。

接触过计算机的人都知道，机器语言是目前计算机能直接接受和执行的语言。它由二进制码“0”和“1”组合而成，难编、难记、难读、难改。后来的符号语言则用符号代替了二进制码，但仍具有机器语言的缺点。高级语言则比较接近人们的自然语言和数学语言，它与机器语言相比较，就直观多了。而且易写、易读、通用性强。但是，计算机不能直接识别高级语言，必须把高级语言翻译成机器语言才行。这种翻译高级语言的程序，就称为“编译程序”。

也是这年春天，当过王选辅导员的陈堃銶回上海探亲，看望过王选。王选称陈堃銶“小先生”，对陈堃銶说想熟悉软件。夏天王选给陈堃銶写信，再次提出想要有关资料，陈堃銶当时在计算数学教研室搞程序设计，于是托人从美国找到ALGOL 60资料给王选寄来。王选写信还有一个目的，看看陈堃銶的反应，做了推断之后写了第二封信，是一封“含蓄”的求爱信，要求“保持关系”云云，第一遍陈堃銶没看懂，第二遍才似乎懂了，当然没想到。陈堃銶不免一笑，这么一个病入膏肓的人居然还有这想法。

ALGOL 60在当时是相当复杂的高级语言，王选以惊人的毅力，气喘吁吁，逐字逐句地弄通了每一个细节，因为身体被大大消耗，常常不得不停下来，在床上躺上几天让京剧流贯自己。京剧代替陈堃銶，像是充电，虽然陈堃銶并没接王选的丘比特的箭，但一方面也没明确拒绝，像什么也没发生一样。差不多是在床上，王选攻克了 ALGOL 60 高级语言系统，之后王选的身体像得到超能，奇迹般有了很大恢复，可以自理了，甚至可以上街了，可以拥有外滩的阳光了。王选凭栏远眺，想念北京，此时的北京有了新的内容，一个和他“保持关系”的人。

1964 年，得到“爱”的超能，王选开始进行 ALGOL 60 编译系统设计，在桌面上堆满了草稿纸，完成了初步设计方案后便寄给了北京的陈堃銶，再由陈堃銶带领几名学生进行深入研究。翌年身体进一步好转，可以骑车了，王选产生了回校参加科研工作的愿望。这年 ALGOL 60 编译系统也被正式列入北大科研计划之中，陈堃銶把这一喜讯写信告诉王选，王选辞别父亲母亲，回到北大。

陈堃銶：我们结婚吧

因为 ALGOL 60 编译系统，王选和陈堃銶似乎天作之合地成为一对搭档，如同两个人玩一个大型“游戏”，两个人也像是系统或“游戏”中的人。在当时的中国他们非常超前，与世界保持着某种同步。王选善于选择科研方向，确定战略总体方案，陈堃銶擅长软件方面的总体设计。只要王选的初步方案一出台，她就能非常麻利地编好程序，制订出很好的调试方案。她编制出来的程序，精确可靠，很少发生错误。王选不赞成一般硬件直接执行高级语言的方案，而是直觉地主张寻找编译和目的程序运行中的瓶颈问题，如下标变量的处理，子程序的调用。王选与陈堃銶过了一关又一关，崭新的思想与设计源源不断涌现。

正当王选成功研究出了新的高级语言编译系统，内心刚刚热起来——内部的“软件系统”（神秘疾病）得到完全的修复，“文化大革命”开始了，一切都停下来。王选和北大教职员工一起下乡劳动改造，系里倾巢出动，王选走到半路就病倒了。事实上他还非常脆弱，身体根本经不起高强度运动。到医院一查，低烧，肺部又出现了阴影，跟1960年的病症一样，必须卧床。

大串联开始，每天有十来万人来北大串联，走廊都住满了红卫兵。高音喇叭日夜吼叫，不要说病人了，正常人也难以忍受。不得已王选只好搬到远郊昌平县的十三陵分校，住在四楼的一间宿舍里。分校环境虽说好多了，但王选重病在身，甚至连下楼买饭的力气都没有。

陈堃銶每个周末会来看望王选，每个星期只有这天情况稍有改善。通常一进门陈堃銶便收拾房间，清理一周来的脏衣服，带来一些吃的。王选看在眼里，甚至没有感动，只有麻木。一个看到死亡的人是不会有感动的，更不消说想法。王选病情一天天加重，低烧不退，呼吸艰难，不时需要大口深呼吸，自理能力每况愈下，几乎已下不了床。王选感到来日无多，想回上海，像上次一样回家——这儿总非归宿。但现在不像四年前，火车上挤满了串联的红卫兵，每节车厢都像蒸腾的热罐头，他这样怎么能在路上，谁又能送他？再有父亲在家挨斗，家已被查抄，自己这病鬼回去母亲怎么办？这一切都让王选麻木。

甚至冷漠，内心已关机，只等机身凉下来。

这天，陈堃銶再次来到王选身边，没像以往收拾房间、清理脏物，而是看着王选，对王选平静地说：“我们结婚吧，我们回北大。”

王选怔了好一会儿，火重新燃起，在冰冷中燃起。

“真的？”他问。

“真的。”

像计算机语言，编程的语言。

这语言无比真实，而还有什么比真实更有温度。

王选一下坐了起来，一如起死回生。

泪水涌出。

陈堃銶比王选大一岁，1936 年生，上海人，1957 年毕业于北京大学数学系，比王选早留校一年，王选一直称她“小先生”。别看只差一岁，也有姐弟恋的味道，师生恋的味道。金庸先生笔下的杨过、小龙女虽为艺术想象，却也并非空穴来风。何况那时还没有这本书，书中的存在早已于现实中存在。

1967 年 2 月 1 日，在北大红六楼三层一间十平方米左右的房间，陈堃銶与王选结婚。是间北房，推开窗可见到水面。没人理解陈堃銶怎么会嫁给一个行将“过世”的人，此人形容枯槁，呼吸艰难，走路打晃儿，一阵风似乎就能给刮走。在这个意义上，这反倒有种千古一恋的味道，是另一种千年等一回，似乎冥冥之中呼应着毕昇之后的千年：另一个毕昇就在二人之间。

但一切都还为时尚早。

1969 年备战，疏散，一纸搬迁令，陈堃銶再次为房子奔波。

最后找到勺园对面一个叫“佟府”的小院，院里有三间平房，迁走了一家，陈堃銶带着王选搬进了乙 8 号。这是一个古色古香的小院，虽破旧却也有种阳光很古老的味道，很适合王选。王选有点像这个院子，站在阳光中特别像。

陈堃銶有种说不出的满意，满意后又流泪。

1969 年底，北大协助研制一台每秒运算百万次的计算机，名“150 机”。王选重病，无缘参加。陈堃銶是搞软件的科技人员，又做过大型软件系统，被当作主力从乡下劳动地点调回本校，参加研制。这样一来，王选对陈堃銶说，咱俩有一个人参加就行，然后把自己几年来的想法整理出来，让妻子拿到研制小组去。

王选的同事马秉锟家庭出身好，根正苗红，一开始就参加了“150机”的研制，常来看望王选，他从来不怕什么“黑五类”的牵连，也从不把研制组制定的种种保密之类的禁令放在眼里。有一次马秉锟来看王选，一进门就皱起眉头，原来是“150机”出了问题：国产磁带质量不过关，再加上磁带机的质量也不好，当时采用的纠错码只能纠正一行信息中出现的一位错。

王选听了倒来了精神，仿佛内心的主机一下启动，决定一试。没有计算机，就完全用手工对几百种编码方案进行筛选论证，低烧依然没退，但已经无所谓了，每天从早到晚，竟也撑下来了。虽然躺在床上耗尽精力，常常如废电池一般，但只半个月不到，王选惊人地在床上设计出一种方案。该方案只需附加八位有效信息，就能纠正16位中的双重错误，经过王选反复论证，绝对可靠。这天王选把这一方案交给了马秉锟，马秉锟天天期待着，立刻把方案交上去，却不敢说是王选设计的。因为若说是王选设计的，就是“阶级斗争新动向”。

王选的方案很快就应用到“150机”的磁带上，而且一举成功，大大提高了计算机的可靠性。这是一项匿名的创造发明，陈堃銶偷着笑。多年后这个秘密才被揭破，那已是20世纪80年代。

东方，西方

1975年，岁月不饶人，王选已38岁，接近不惑之年，时间也在他脸上刻下了比别人更多的痕迹。因为喘息，甚至在两肋有深纹。别看只有38岁，王选几乎有一种特殊年龄，不老，但也不年轻，身体虚弱，但眼睛放光，自有了陈堃銶后再没熄过。甚至有时亮得出奇，似乎把全身的火焰都集中在了自己的眼睛上，比如工作时，查阅资料时。当然，由于过分集中在眼睛，别处也有时更显虚弱。换句话说，他能调动全身的火焰，但却只能拆东墙补西墙，无法达到整个身体的平衡。然而，正是这样一个拆东墙补西墙的身体却灵敏地感觉到那个时代最重要的东西、革命性的东西：

1971 年，英特尔研制出世界上第一块四位字长微处理器 4004；1974 年英特尔再度推出比 4004 快 20 倍的微处理器 8080；同年美国 MITS 公司利用 8080 设计出世界第一台微型电子计算机，预示着革命性的微机时代的到来。然而，计算机是西方人发明的，建立在英文基础上，对中国而言简直是另一星球的事，高不可攀：古老的已经使用了几千年并且还在使用的象形文字汉字，能进入微机编码吗？显然不可能——这几乎是一种常识的常识；很多人认为汉字太落后了，已经是人类之外的文字——这也是微机时代到来时许多所谓有识之士普遍的共识。但王选不这么看，至少把这看成挑战。他是干什么的？就是为解决这事而来，他的奇妙而晦涩的身体这么多年来在一种特殊的运行中，已拥有了某种东西，而这东西仿佛就是上帝为汉字文明准备的。

1974 年春暖花开时，北大有了一台电子计算机，不想闲着，这朵“微机之花”不能总是含苞欲放，应该开出点什么，于是决定用计算机把学校的管理工作抓起来。一天学校组织一大批人分头到学校印刷厂、物资部门及财务部门进行调查，陈堃銶参加了调查。之前的几个月，确切地说是 1974 年初，陈堃銶得了晕眩症，类似美尼尔，时常发作，天旋地转，无法再给学生上课，不知道是否受到王选病体的“影响”，教研室不再安排教学任务，让陈堃銶管些杂务，管管资料，对付教学之外的一些活动。这让人不由得想到王选的状况，有人开玩笑：这两口子真是天生的一对，是夫妻相，夫妻病。陈堃銶也因此参加了对印刷厂的调查了解工作。在印刷厂，事情就是这么凑巧，这么宿命，陈堃銶意外地了解到国家有一个关于汉字信息处理技术的重点科研项目，代号为“748 工程”。回到家陈堃銶将这一消息告诉了王选，王选嗅觉非常灵敏，越是病人嗅觉就越灵敏，内心仿佛得到某种如同计算机内部的指令，突然感到某种沉默已久的“主机”启动，听到了嗡的一声。事实上多年来他一直在为内心的某种主机工作，此时王选眼睛放光，似乎也看到了陈堃銶眼睛放光，从此两人眼睛里多了一种东西。很难说是激光或者类似的东西，反正是只有他们俩相视时才有的东西。

“748 工程”总共包括精密汉字照排系统、汉字情报检索系统、汉字通信系统和汉字终端设备等内容的研究。王选认为精密汉字照排系统最为关键，这是书刊编辑排版工作的专用系统，对已延续了五千年的汉字意义重大，这是一场跟上世界文明潮流、使汉字不致被排除在外的革命。陈堃銶了解到在“748 工程”中，已有五家单位在研制精密汉字照排系统，这五家分别是上海印刷技术研究所、中华印刷厂、北京新华印刷厂、清华大学计算机系、中国科学院自动化研究所，这五家都实力雄厚，并且还有诸多合作伙伴。

这是国家工程，与独立的个人无关，更与病人无关。

但王选一眼便看到这五家单位的致命缺陷，王选准备单干。

主机一旦启动，王选进入了从未有过的计算机般的工作状态，以个人之力查看了大量资料：世界上第一台手动式照排机是 1946 年在美国问世的，第二代是光机式照排机，第三代是阴极射线管照排机，如今已发展到第四代激光照排机：字模以数字化点阵的形式存储在计算机中，输出时，用受控制的激光束在底片上直接扫描打点。西方从第一代机发展到第四代机，经过了漫长的 30 年。五家单位包括背后的专家群，当然也知道这个进程。但王选一人单挑五家，单挑国家工程，他不相信这种事情能靠协作、集体完成，这是个人的事，或者天才的事。反过来在许多人看来，王选的个人行为无异于天方夜谭，堂吉诃德战风车。甚至这堂吉诃德不但疯，而且病。

精密汉字照排系统的方案，其创造性、先进性和可行性是能否研制成功的关键，上述五家恰恰在这三个方面都存在着严重的缺陷；王选很想告诉他们——第三代西文照排机已在西方大量推广，第四代机也正在一些技术先进的国家加紧研制，中国的五家单位，你们选择的是二代机与三代机，即使费了九牛二虎之力研制出来，又有多大价值？此外，王选想说，更重要的一点是，五家在汉字字形存储方面采取的全部是模拟存储方式，而不是数字，模拟存储方式能解决存储和输出等技术难关吗？但如果一个多年的“病人”告诉他们这些，他们会改变吗？不要说改变，面对这样一个说话都上气不接下气的人，即使五家单位的“专家群”不把王选看作堂吉诃德，也会把王选看作一个货真价实的病人。

但王选不是堂吉诃德，某种意义上也不是病人，而是天才。

是孟子所说的天将降大任的那种人，甚至有过之。

王选的目光掠过第一代、第二代和第三代照排机，直接瞄准了国外正在研制的第四代机——激光照排机。王选知道（好像那五家单位不知道似的）最早开始研制激光照排机的英国蒙纳公司（Monotype 公司）对四代机刚刚进入试制阶段，尚未形成商品；日本虽然搞出了第三代照排机，但功能很不完善，仅能勉强应付日文中的少量汉字。这是挑战，也正好是机会，跟在别人后面往往是集体的行为，是一致的看得清的行为，也是平庸的行为，这便是王选和五家单位的区别。在这个意义上说，创造性很多时候不来自集体，相反很多时候集体会内耗掉遮蔽掉其中的天才。很多时候，个人即意味着自由，而创造性的工作与自由直接相关，创造怎么少得了自由呢？这是一对天生的孪生姐妹。千年以前，宋代毕昇发明活字版印刷术是个人行为，在这个意义上无论如何我们个人化的行为太少了，在印刷术上千年后继无人。世界从20世纪40年代起，古老的印刷术便融合当代的机械、电子、光学等先进技术成果，把照排技术发展到了第四代。这种技术与计算机相连，组成编辑排版系统，取代了铅字（泥字），实现了书报自动排版，大大提高了生产率。目前激光照排机直接制版的前景事实上更加诱人：激光束直接打在感光版材上，经自动处理后即可直接胶印；底片的显影、定影及制版等一系列工序都可以免除，劳动生产率还将进一步提高。但是在毕昇的故乡中国，却仍在按照1488年德国古登堡的办法：以火熔铅，以铅铸字，以铅排版，以版印刷，仍停留在500年前欧洲中世纪的"铅与火"时代。王选直接延续宋朝的个人创造精神，挑战世界。其实，就根本而言，王选谁也没挑战，他挑战的是自己。

当然，把古老的象形文字——常用字3000字以上非常用7000字以上——融进电子计算机，时间跨度达千年，谈何容易？况且汉字印刷用的字体、字号又特别多，每种字体起码也需要7000多字，每个汉字从特大号到七号，共有16种字号。如果考虑到不同字体和不同字号在内，印刷用的汉字字头数高达100万字以上。因此，汉字点阵对应的总存储量将达200亿位。这是一个吓人的天文数字，难怪五家单位的五个技术专家群在一起做。即使毕昇活在当世，他能应对吗？

能，这就是王选的感觉。事情常常就是这么吊诡，正常人觉得不能的时候病人觉得能。必须找到一种方法，对汉字信息进行大大压缩，这是关键的第一步。王选唯一担心的是自己的身体，灵魂过分强大，身体往往不堪使用，他的身体能支撑他吗？自从确立了"战风车"的目标，王选常常整夜整夜不睡觉，坐着研究不行就躺着研究，幸好有陈堃銶，简直就是他的另一半，他们太一样了。两个病人的能量绝非两个正常人能比的，因为爱是一种化学反应，是那个时代最大的正能量。陈堃銶早已习惯了王选，两人奇迹般地完全达到兼容，甚至很多时候他们就是一个人。王选着了魔似的拿着字典，查报刊，在床上翻来覆去、苦心孤诣研究浩如烟海的汉字：字形的特点，规律，没有规律的规律，没有逻辑的逻辑。不能按西方的逻辑分析，那样永远走不通，中国文明有自己的奇怪的逻辑。

但是说怪也不怪，不过是自成体系。只是要用这种自成一体的体系思考出一种规律性的东西，西方性的东西，即计算机性的东西，老实说当时整个中国恐怕也只有王选与陈堃銶这样奇迹的组合才能做到。为什么说千年等一回？为什么说双重的千年等一回？就是这个意思。中国文明要过计算机这个坎就需要千年等一回。王选与陈堃銶不是通常的过日子，而是过事业，生活得再简单不过，但他们慢慢归纳出汉字的横、竖、折等规则笔画：它们由基本直线和起笔、收笔及转折等笔锋组成；归纳出撇、捺、点、钩等不规则笔画：它们都有一定的曲线变化。有一天躺着的王选气喘地对陈堃銶说，能不能想办法对这些笔画进行统计，看看能否选出一些典型的笔画，供整套字合用，然后，再研究怎样用更少的信息描述它们？这样说的时候，汉字或中国逻辑已然隐现，陈堃銶非常敏感，更有女性对空间想象的本能，认为可行。打毛衣，织帽子，这些陈堃銶也是要做的，而这也是一种空间能力。陈堃銶从印刷厂找来字模，将字模稿上的一个个汉字字形放大，放在坐标纸上，再描出字形的点阵和统计笔段，就像毛活的图案，发现横、竖、折的基本部分比较固定，变化的是头和尾。而头和尾的样式不是很多，因此可以挑选出若干个供所有字合用的典型。但撇、捺、点这些不规则笔段，笔画变化太多，很难挑出几种可供所有汉字合用的典型。

王选拿着一张张字模稿，辗转反侧，寤寐思服，也正在此时，慢慢的，在汉字古老的逻辑中，亦即中国的逻辑中，王选的西方逻辑——高等数学，发挥了作用：两者神奇地几乎不可能地在融合，在对接，在交互。而融合点正是用类似数学拓扑学的“轮廓”来描述汉字字形：用折线轮廓逼近汉字字形，然后在轮廓上选取合适的关键点，再将这些点用直线相连，成折线，用折线代表汉字的轮廓曲线，只要点取得合适，就能保证文字放大或缩小后的质量。

这就是王选想到的：数字与汉字的结合。

无论古老汉字多么桀骜不驯，还是被数学描述了。

然而，在进行字形变倍实验时笔画出现了粗细不均，特别是横、竖、折这类规则笔画最甚，明显影响了文字质量。为了保证笔画的匀称，需要对这些笔画进行特殊控制。王选与陈堃銶粗略统计，汉字中规则笔段的比例占差不多一半，一套七八千字的字模会包含几万个横和同样多的竖，但分类后可能就只有几十个类型的横和竖了——王选精密的脑子运行到这儿，一个绝妙的几乎自动生成的设计又一次形成了：他气喘吁吁，上气不接下气，分了几次才把想法说完：

“我们可以用参数方法描述规则笔段，就是把笔画的长度、宽度、起笔笔锋、收笔笔锋、转折笔锋——横肩、竖头、竖尾，还有，笔画的起始位置等用参数编号表示。其余撇、捺、钩、点不规则笔段仍用轮廓表示，这样不但可以保证字模变倍时横、竖、折等笔画的匀称，解决文字变倍后的质量问题，还可以使信息进一步大大压缩……”

王选起来喝了一大口水，躺下来，接着说：

“另一方面，由于我们可以实现不失真的变倍，不必把所有的字号压缩信息都存到计算机里去，可以只选择其中一两种有代表性的字号，放大或缩小变出别的各种字号，这样就能达到更高的压缩倍数！”

陈堃銶不但在家帮助计算，还把压缩信息拿到系里计算机上进行各种模拟实验。陈堃銶惊讶地发现，这种“轮廓加参数”压缩信息表示法，达到了信息最大限度的节省，使汉字信息存入计算机的问题迎刃而解！

陈堃銶把这个消息告诉了喘息的王选。

自己激动得也有点喘。两人的目光完全一致，是激光。

两人马不停蹄，又设计了压缩信息的紧凑形式，陈堃銶用黑、宋、仿、楷四种字体的十种字号，以及长宋、扁宋、长黑、扁黑等点阵的总存储量与压缩后的存储量相比，发现总体压缩倍数达 500 多倍。到了最关键时刻，即如何使存入计算机的压缩信息还原成字形点阵。陈堃銶白天还要去上课，王选就一个人或坐或卧或在屋子中转磨，或在床上辗转反侧。有一天陈堃銶刚回来，王选大声说，我想出办法啦！由于声音过大，停了好半天才说：“我们，可以用数学公式的推导，推导出一个压缩信息复原的递推公式！”

两人马上按王选说的验算，得出的结果惊人的漂亮。试验了一批字，无论放大缩小，完全一样，分毫不差，毫不变形。数字与汉字，东方与西方，两种不同的文明在王选的身体里以科学的方式融合。谁能想到，这种融合竟然选择的是王选这样一个病体？谁又能想到上天又送给他一个仙女？

确如爱因斯坦所说，上帝是微妙的。

前夜

1975 年 5 月，王选写出了“全电子照排系统”的建议手稿，提出采用数字化存储和高倍率汉字信息压缩技术，并采用小键盘输入。当时北大数学系的负责人黄禄萍先生看到王选的手稿很是惊讶，认为“兹事体大”，由他主持了一次方案介绍会。那次会议北京大学无线电系、校图书馆和印刷厂都派人参加了。王选写的方案本应由王选介绍，但是他身体太虚弱，平时都不停地喘粗气，说话困难，何况上台面讲话？以王选的性格硬撑行不行？也行，但报告人如此虚弱，会不会让人怀疑方案本身？但陈堃銶认为这是王选展示自己的一次机会，很难得。不过两人商量来商量去，王选最终还是决定自己不出面，由自己的另一半陈堃銶介绍。关键是不能因为自己的虚弱让人怀疑方案，而陈堃銶完全可以代表自己。此外一个长期吃劳保的人大家都习惯了，王选不去也好，或许还能增加一重神秘的色彩，健康人做不到的事一个病人却做到了，这不神奇吗？如果王选出面反而不会有这种效果。两人对此进行精密计算，陈堃銶把手稿打印出来，交给了校领导。

会议开得果然如他们所料，方案精彩，人们议论纷纷，特别是印刷厂的人将方案带回印刷厂，引起印刷工人强烈反响："嗨，听说了吗？无线电系有个病号想出一个绝招。不用检字，不用铸铅，一按键盘就能排出版来！""真的？那咱搞印刷的可就成神仙喽！""这病号不是在说梦话吗？""哪能呀！人家是在大会上正式宣布的……"工人们的反响很快传到王选的耳中，王选靠在床栏上兴奋得连连搓手，异常激动，以致双颊泛起红晕。尽管是病人的那种红晕，但无疑也是一种前所未有的生气。这生气在王选 1954 年 17 岁负笈北上时有过，1959 年以前也还有过，此后这是第一次。

王选的方案在北大领导层通过，"全电子式自动照排系统"被正式列为北大科研项目。学校决定从无线电系、数学系、物理系、中文系、电子仪器厂及印刷厂等单位抽调人力，组建研究班子。一个病人，一个长期吃劳保的人立起一个项目，带起了一个群体，也算是当时北大的一个传奇，神秘效果比王选预料的大得多。

王选的方案传到四机部“748 工程”办公室主任郭平欣那里，郭平欣是计算机专家，那时正好已意识到五家单位汉字字形模拟存储问题很大，而数字存储才符合技术发展潮流。郭平欣敏锐地意识到，王选的研究成果属于汉字信息处理的核心技术，如果真有突破，意义重大，前途未可限量。

但那是 1975 年，是“文革”结束的前夜，北京大学并没形成真正的科研学术气氛，一些人也不认可他这个吃劳保的病人，除了数学系，王选所寄予了厚望的无线电系、物理系、中文系大都反应冷淡。只有数学系派出两位教师，其中一位还是陈堃銶，另外是一个年轻人。从 1975 年夏天到 1976 年底，科研班底始终没能完全组织起来。即使已经调来的人对计算机也不熟悉，要重新开始，而真正懂计算机的只有王选和陈堃銶两个人。

不过王选与陈堃銶早已习惯了个人方式，有时相视一哂，继续他们的家庭式研究。上次呈交的手稿仅仅是一个设想、一个粗略的计划，要使计划落实，首先得使方案具体化，就如他们每天对自己的具体化一样。

每天，王选趴在桌子上，戴着眼镜，同时用放大镜分析汉字字形规律，进行繁杂的统计和比较。更多时候趴在床上，或侧卧在床上，随时依据身体的状况调动自己的身体。多年来这些都已不在话下，没有他不能工作的地方，就这样王选精确地计算着汉字不同笔画的曲率变化，再分类合并，进一步提高压缩汉字信息的数量。这种拓扑学性质的工作使王选成为完完全全的汉字专家，且是与历史上所有汉字专家不同的专家，划时代的专家。汉字字形五千年来可以说没有真正的研究者——汉字是一种科学，谁曾这样想过？

即使从没人认为这是科学，也要将它变成科学！

这就是王选要做的。

事实也是这样：没有科学进入不了的事物。而科学已成为王选的本能，他的存在的方式，以及理由。由科学的视角审视汉字，非王选莫属，特别是还有神奇的另一半，上天派来的陈堃銶，就更非王选莫属。身体不好，但也没更坏，似乎也是科学止住了某种东西。

经过几个月的奋战，王选以惊人的智慧和顽强的毅力，终于探究出汉字造型的奥秘，使庞大吓人的汉字字形的信息量骤然压缩成了五百分之一！那么被大大压缩了的汉字信息，能否精确地复原？为此王选在发明了高倍率压缩方案的同时发明了一种巧妙的复原办法。除此之外王选还发明了一种失真最小的文字变倍技术，使汉字字模具有“七十二变”的本领：能胖能瘦、能高能矮、能大能小。王选像魔术师一样，运用神秘的数学利器，使庞大的汉字字模队伍缩减成五百分之一后，终于能自由自在地跳入电脑之中，可隐可现，随时听从主人的召唤，为汉字精密照排系统的研制，扫除了最大的障碍。

1975 年 9 月，王选的高倍率字形信息压缩技术和字形的高速还原技术进一步成熟。陈堃銶将此带到系里实验室用于实践，通过软件模拟出了“人”字的第一撇。

“人”字的第一撇，看起来多么简单，婴儿都能写。但那是用笔写，如今王选和陈堃銶通过软件模拟出来，堪称石破天惊的第一笔！这个“人”字的一撇甚至具有隐喻的意义，在我们的文明中第一次以如此科学的方式出现，而王选与陈堃銶身体力行地建构着这个“人”，包括全部的内涵。

王选是一撇，陈堃銶是一捺，刚好是一个完整的“人”。

更是一个大写的“人”。

此后王选和陈堃銶又做出了“方”和“义”两个完整的字，都取得了惊人的成功。这两个字如同他们生育的“子女”，它们向世界表明：汉字与数学不可思议地融合了！中国文明与世界不可思议地融合了。

王选和陈堃銶一生没有孩子（似乎也是宿命），而汉字就是他们的孩子。他们的确不是常人，如果不来自外星也是来自某种使命。1975 年一般人还不知计算机为何物，即使知道也想不到其对汉字的意义，两个病弱之人就已经奇迹般地超前地为未来工作着，在这个意义上他们真的有外星人的特征。

1975 年 11 月，一次规模空前的照排系统方案论证会在北京宣武区北纬宾馆拉开了序幕。“748 工程”之“精密汉字照排系统”项目连同 100 多万元的科研经费，都已下达并发放给了北京出版局和北京新华印刷厂，论证会由这两家主持。会议在北纬宾馆连续几天举行，先是方案介绍报告会，再进行分析论证。

这实际上是一次比武大会，全国各地研制汉字精密照排系统的单位带着各自方案和成果相聚北京，登台献艺，比拼方案。会议除了概括介绍了日本的照排系统外，还介绍了前面曾提到过的国内五家研制方案。

北大派出王选、陈堃銶参加了会议。这次王选必须参加，不容争辩，这次会议太重要了。王选与陈堃銶为会议准备辛劳多日，晕与喘，在北纬宾馆的房间因为忽略不计反而有种奇异的效果，像一种和声，仿佛少不了似的。他们志在必得，拿出了最新成果：一个用字形信息压缩方案，加以软件还原、宽行打印机打印的“义”字。

“义”字由两张宽行打印纸拼接起来，展开有五六十厘米见方。之所以选择“义”，是因为这个字的压缩信息简单，却又包括了撇、捺、点三个不同笔画。

与会的科学院自动化所介绍了正在研制的飞点扫描三代机方案，新华印刷厂介绍了与清华大学合作的二代机……五家单位都介绍完，陈堃錸和王选上场。他们俩一个晕一个喘，王选认为晕眩不妨事，比喘息好，别人不会听出来，还是把介绍的任务交给了陈堃錸。陈堃錸如入无人之境，如在云中，但声音异常清晰，是一种超现实的，天使般的声音。

与其他单位相比，北大方案新颖奇特，大放异彩。其中的高倍率信息压缩技术，及汉字点阵还原技术轰动了会场。掌声、欢呼声此起彼伏，气氛空前热烈。用会议主持人的话说，北大把技术人员全部给俘虏了！

但是，请注意，这是技术人员的掌声。

出版界的人对此有点一头雾水。出版界人的头脑由于长期接触的都是二代机的机械原理方案，对王选、陈堃錸这两个“天使”级人物以及他们冷不丁冒出来的数学方案（过去完全没听说）能否变成现实深表疑虑。尽管一同来的北大技术人员用计算机展示了模拟实验的结果，但那些守旧头脑仍认为北大的方案只是一种离奇的幻想。

出版界的人权重很大，王选的方案竟然遭到淘汰。

获得的科研经费可能也消失。

他们太需要科研经费了，事实上他们是在没有科研经费的情况下做科研的，一个人还只有劳保工资。为查找资料，王选拖着病体乘 331 公共汽车奔波于北大与位于和平里的中国科技情报所之间。北大到情报所车票是二角五分，少坐一站就可以节省五分钱，每次王选都提前一站下车，步行到情报所，为的是节省五分钱。别看王选还不到 40 岁，差不多每次上车都有人给他让座，如果没人让售票员就会喊：“请哪位革命同志给这位乘客让一下座?”王选坐下后淡淡地道谢，不是不热情，实际是无力气。而走那一站地，王选得歇上好几次，得时常扶着电线杆子站一会儿。无论多么衰弱，王选没有乞怜的样子。他并不觉得自己老，事实上也不老，他戴着很大的黑框眼镜，扶着树，注视前方。或许应该有王选扶着树（电线杆缺少美感）望着情报所这样一张油画，只是不知谁能画出王选此时的样子？

很遗憾，我们缺少这样的画家。

事实上也缺少这样的作家。

王选的科研并没停下来，发生什么都不可能停下来，科学探索有功利的一面，也有无功利的一面。事实上后者更体现科学本身，人性本身，人生来就是要探索这个世界的，探索未知的，在未知中探索自己，并完成自己。

陈堃銶对王选说："下次还是你介绍吧。"

王选说："不是介绍的问题，我们没问题。"

可笑的是这一年年底，反击"右倾翻案风"，所有人都要参加，本就人员稀少的"会战组"也要参加运动，工作完全停顿下来。王选对陈堃銶说："我的编制虽在无线电系，但我是'吃劳保'的全休病号，没人管我，就是管我也不去。"那时王选已经很硬气，不知哪儿来的一种硬气，反正已经有了一种无所畏惧的东西。这种东西过去只体现在他的科学探索上，现在已体现在他的整个人的精神气质上。的确，1975 年，1976 年初，时代，人们，已多多少少都有了一点这种硬气。不独王选，这种硬气不久就体现在天安门广场上。

王选对陈堃銶说："所有政治活动我都不参加，不用参加，正好我可以集中精力完善方案。"

1976 年在王选这里的大事记是：高倍率汉字信息压缩技术、高速还原技术及不失真的文字变倍技术都已经相当成熟，汉字笔画的处理，压缩信息，高速还原，文字高倍方法都有突破。经过反复验证，在中文系协助下，王选做了大量的文字实验，每种技术都用了多种方法来试验，从中选出最佳方案。

王选在完成这些令世人惊叹的发明时，还完成了另一项创新——多级存储器的调度算法。至此研制“汉字精密照排系统”的重大技术难题事实上已在“文革”结束前夜，被王选全面突破。

北纬宾馆会议之后，新华社作为二代机的最大用户，通过一个阶段的试验发现问题很大，不仅速度慢、灵活性差，而且故障重重，根本无法满足新闻纸的印刷要求。这是王选早就料到的，事实上也曾指出过。四机部“748 工程”办公室主任郭平欣一直没有放弃王选的方案，在种种失利后，经过一番更为详尽的调研，对北大王选的方案他已深信不疑。

没有什么铁板一块的东西，裂缝多了就会分崩离析。

1976 年 6 月 11 日。郭平欣主任、国家出版局副局长沈良、“748 工程”办公室的毛应、张淞芝及新华社的一干人，来到北京大学计算中心观看王选、陈堃銶的模拟实验。既是官员又是计算机专家双重身份的郭平欣一声不响地注视着宽行打印机输出的字样。郭平欣挑了十个字，分别是：山、五、瓜、冰、边、效、凌、纵、缩、露，后来又加了一个字：湘。这是行家挑的 11 个字，从简到繁，包括了汉字的主要结构与笔画，能打出这 11 个字就能打出所有的字，出报就没问题了。郭平欣目光苛刻，挑剔，像最严格的主考官，一个字一个字、一笔一画地仔细观看。每个字都由两张宽行打印纸拼接而成，规范漂亮，笔锋光滑，虽然放得很大，但几乎看不出有失真的地方。更重要的是，郭平欣要求一个字只要压缩在 1 K，也就是 120 字节以内就可以了，而实际上压缩倍数比这要大，结果却比期待的还要好。郭平欣严格地笑了，换句话说他的严格还挂在眉梢上，但却满意地笑了。郭平欣与喘息的王选和眩晕的陈堃銶及其他操作人员一一握手，让王选保重身体。

1976 年 9 月 21 日，“四人帮”崩溃前夕，在郭平欣的建议下，张淞芝手书了一个通知，把“748工程”中的汉字精密照排系统的研制任务正式下达给北京大学。经电子工业部副部长批准，郭平欣亲自签发了这个通知。之后郭平欣又亲自出马为王选联系了协作厂家，为日后的正式投产准备好条件。

至此，中国印刷术第二次革命终于艰难地拉开了帷幕。

高峰

汉字信息高倍率压缩是一座高峰，王选逾越了之后，第二个高峰就是要解决高精度的输出装置。当时王选唯一能借鉴的，只有三代机的阴极射线管输出装置，它可以把一页版面扫描在荧光屏上，在底片上曝光。这样不但输出速度快，而且能同时输出黑白图片和照片，但制造这种显像管和扫描电路的技术复杂，对底片灵敏度的要求也非常高，这个方法后来被王选否定了。

王选与陈堃銶继续寻找，了解到邮电部杭州通信设备厂制成报纸传真机，并已投入实用，报纸清样可以在北京通过传真机传送省市制成底片，再制版、印报，这是个线索。但传真机用的光源是录影灯，输出质量受到了很大限制，还是不可行。科学探索就是这样，不断地试错，不断地证伪，不断地在黑暗中前行。王选从文献上得知，美国戴摩（DYMO）公司正在研制第四代激光照排机，不过因技术没过关，没能成为商品，这是个打击。但很快王选与陈堃銶在一个展览会上见到杭州通信设备厂的传真机，心有灵犀的他们一下被吸引了：这种报纸的传真机幅面宽，分辨率高，对齐度好，王选一下想到激光照排系统，一个念头冒出来，对陈堃銶说：“如果把报纸传真机的录影灯光源改为激光光源，不就变成激光照排机了吗？”但光学上王选是个外行，必须找个内行问一问。回到学校，王选立即请教本校物理系光学专家张合义："你看，能不能把传真机中的录影灯光源，改为激光？并且，把分辨率从原来的20线每毫米提高到24线每毫米？这样大概就能进一步提高输出质量，不仅满足出报要求也能满足更高的出书质量要求，你觉得这可能吗？"张合义的回答是肯定的，王选惊喜异常，脸上再次泛出红晕。

因为王选眼睛放光，张合义眼睛也开始放光，陈堃銶注意到了，同样放出"激光"，三束光线交叉，是时代最奇异的光。

王选立即着手激光输出控制器研究，这是个难题，但已没什么难题能挡住王选。王选的身体居然进一步恢复，虽然依旧喘，但精力充沛，坐着的时候已比躺着时候多，走路也不用扶墙，陈堃銶对眩晕也已习以为常，什么也不妨碍。王选在陈堃銶的凝视下设计出了"挑选式读带写鼓"方案，为加快复原速度，还设计出了"按索引取一行字模压缩信息读入磁心存储器"方法。但内容存量放不下一张报纸仍是最大的问题，王选手捧《光明日报》终日冥想，有一天眼睛再放异彩，终于想出了"分段生成字形点阵并缓冲"的高招。

但新问题又出现了（事情往往如此）：用杭州通信设备厂滚筒式传真机改装成的照排机，滚筒的转速不能太快，结果每秒钟仅能输出15个字。速度太慢了！速度成了关键问题，怎么才能提高输出速度呢？困难不断，灵感不断，灵感与困难伴生，王选的生命能量这段时间达到了顶峰：他那有节奏的喘息已不是病态而是某种音乐，某种不可或缺的生命伴奏，这种能量的生成是任何人都没有的一种天赋！1976年，11月，深秋，火红的柿子挂上枝头，北大的阳光仿佛宋代的阳光，一派澄明，古老，永恒，一天，随着移动阳光，又一个灵感突然闪进王选脑海：如果把一路激光改成四路激光在滚筒上扫描，输出速度就可以提高三倍！

这是一个天才的想法，或者说，一个天才的动机。

当然，只是动机。但动机有时不就是天才吗？

伟大的音乐最初也只是源于一个动机，伟大的小说也是，许多伟大的初始的东西都是一个动机。那么剩下的不过是一道道关口，王选深知，困难已不在激光输出控制器，而在于光学系统。

几天以后，王选参加声讨“四人帮”大会，在办公楼前碰到了张合义。张合义这年秋天也参加了“748 工程”会战组，专门负责激光输出，听到王选天才的想法非常振奋。张合义是一位理论功底深厚、操作能力很强的光学专家，经过短暂的思索之后，当即肯定四路激光平行扫描的设想可行！

分手之后，张合义很快就把方案设计出来了。张合义运用光导纤维耦合的办法，保证四路激光准确定位。四路激光平行扫描方案，使输出速度果真就像王选想的，提高了三倍：从原来的每秒钟 15 个字，一下子提高到了每秒钟 60 个字，完全达到实际应用标准。

王选致力于突破一个个硬件难关，陈堃銶则像是一个方面军的指挥员，为研制排版软件绞尽脑汁，四处奔忙。这位体态娇弱、智力过人的女性可以说是中关村——当然也是中国——第一代计算机软件方面专家，承担着激光照排系统中大型软件的总体设计。当时美国和日本的排版软件大都是只能出毛条，再用毛条拼成版面，只有极少数的排版系统能整页输出、自动成页、自动添页码。陈堃銶设计软件目光瞄向国外最新水平，不但要整页输出、自动成页、自动加页码，还增添了联机修改的功能，以便在荧光屏上显示出修改后的小样。

1976 年底，王选写成了《全电子式精密照排系统》及《全电子式汉字照排系统后处理部分》，陈堃銶设计了其中各个部分软件间及软件与硬件（非常像王选与陈堃銶）之间接口的数据结构，并设计完成了书版的批处理排版语言，将排版程序分解为两次扫描，至此，汉字激光照排系统的总体设计方案基本形成。王选/陈堃銶绕过了二代机和三代机在机械、光学等方面的巨大技术困难，大胆选择了别人不敢想的第四代激光照排。西方从铅排到激光照排，其间经过一代手摇照排，二代光学机械照排，三代阴极射线管照排，王选/陈堃銶一步跨越了西方走过的40年。

这是一个病人吗？不，是两个病人，两个病人做到的。

上天没选择那五家单位，包括五家单位的专家群。或许上天让五大单位的专家群分别走上歧路，把天上的路径留给了两个相爱的病人？或者他们的病也是上天赋予的？不，如果非说是，也是一种悲天悯人。但谁又能够悲天悯人？当然，这是一种迷思，这种迷思不符合科学——不符合精密的软件字正腔圆，硬件细至毫颠，但迷思依然会在读者身上存在，因为有些东西的确不可思议。

迷思还有，王选做了如此多的工作，那时却还是一个吃劳保的人，拿的还是劳保工资。因此，当新的一年到来之际，1977年元月，王选意外地领到了100多元的补发工资。直到这时所有人才觉得是一件怪事，不过这也的确不能全赖单位，王选与陈堃銶在电子计算机上是明察秋毫的专家，但他们也一直忘了王选已可以找领导申请中止劳保工资，改为正常工资，最终还是单位想到了这点。

王选拿着100多元的工资，怔了半天。

说实话，他已习惯了劳保工资，甚至身份。

绝唱

1979年7月27日清晨，阳光灿烂，未名湖湖光潋滟，北京大学汉字信息处理技术研究室的计算机机房感受着湖水折射的双重光线，同时洋溢着紧张而又热烈的等待气氛。身穿白罩衫的工作人员一声不响地围在样机四周，用期待的目光注视着神秘的样机，没有人走动，更没有人说话，只有计算机键盘不停地发出轻巧的嗒嗒的敲击声。转眼间，只见从激光照排机上输出一张八开报纸的底片。两个年轻人忍不住挤了过去，只见装有底片的暗盒被拿进暗室，于是，年轻人又拥在暗室门口焦急地等待着，不断有人喊：好了没有？

暗室的门终于打开了，人们争先恐后，抢着看那张刚刚冲洗出来的大底片。

王选满面通红，使劲儿抑制着心跳与喘息。陈堃銶在他旁边，留心着底片也留心着王选，虽然自己时有幻觉，仿佛感受着三重阳光。底片从一个人手里传到另一个人手里，赞叹声与欢叫声此起彼伏。这时候，报纸的样张终于印出来。“汉字信息处理”六个大字，赫然占据着报头的位置。横竖标题错落有致，大小十来种字体，再配上精心安排的表格、花边，使版面美观大方，端庄悦目。人们欢呼雀跃，庆祝自毕昇之后千年的诞生。

1979 年 8 月 11 日，《光明日报》头版头条通栏标题：“汉字信息处理技术的研究和应用获重大突破。”副标题是：“我国自行设计的计算机——激光汉字编辑排版系统主体工程研制成功。”

报纸还在头版编发了评论员的文章和小报的照片。

人们知道了王选，王选一夜成名。

没人知道陈堃銶。没人知道陈堃銶做了什么。王选后来不知道自己名声怎么那么大，不知道名声怎么都集中在自己身上。王选声名最显赫的时候，有记者采访王选，王选突然说起妻子。那时王选荣誉等身，摘得了第14 届日内瓦国际发明展览会金牌奖、联合国教科文组织科学奖、国家最高科学技术进步奖；担任了“三院院士”：中国科学院院士、中国工程院院士、第三世界科学院院士，还身兼全国政协副主席、九三学社中央副主席。

王选忽然对记者说："我的妻子，陈堃銶，那时我负责系统和硬件，她负责整个软件的设计。有十多年，她是整个软件的负责人，在这个项目里头她的贡献和我差不多，也是激光照排的创始者。你们为什么不报道她?"

记者说人们习惯聚焦一个人。王选说："这是不对的，事实不是这样。唐三藏取经，九九八十一难，这是我们一同取的经。我总觉得我剥削了她：两人的荣誉加在了一个人身上。"

1980 年夏天，陈堃銶的软件的核心部分全部调通。计算机激光汉字编辑排版系统成功地排出了样书——《伍豪之剑》。全书只有 26 页，但字形优美清晰、封面古朴典雅，这是用国产激光照排系统排出的第一本汉字图书。该书从文稿输入、编辑排版、校对修改到加添页码等一系列工序都是在计算机控制下自动运行的。没有动用一个铅字，也没有经历铅排所必不可少的检字、拼版、打纸型、浇铅版等一系列烦琐的工序，更没有熔铅、铸铅这类有毒作业。

它是中国印刷史上第一次完全甩开铅作业，用激光照排系统印成的图书。王选和陈堃銶望着那本色彩雅致的淡绿色样书，再次长长地舒了一口气，脸上都露出了胜利的健康的微笑。方毅副总理接到书，抑制不住喜悦心情，爱不释手地翻看了样书，又把样书带到中央政治局，分赠给了每位政治局委员。这些貌似平凡的绿色小册子，向中国最高领导层传递了一则重要的信息：北京大学有一位名不见经传的年轻助教，已经在首都引发了一场划时代的汉字印刷术革命！

邓小平也没有忽略这一信息，当即写下"应加支持"的批示。1980 年 10 月方毅带着邓小平的批示来到北大，向王选及全体研制人员表示了衷心的感谢。陈堃銶在全体人员中笑，王选向副总理欲言又止，又看了一眼陈堃銶。

回到家后陈堃銶对王选说：

“行了，就这么定了，以后不要提我，就是你一个人。”

王选咕哝：“是我们两人。”

“两人太复杂了，”陈堃銶说，“我们还分吗？”

是的，两人不分，当初陈堃銶嫁给王选自己便消失了。

王选也消失了，他们变成一个人。

任何一个人都是他们俩，尽管外人不知。

1980 年 10 月，香港电子计算机学会和国际中文电子计算机学会在香港怡东饭店主办了 1980 年国际电算机学术会议。来自美国、加拿大、日本、韩国、联邦德国、丹麦、中国、中国香港与中国台湾等国家和地区的专家学者约 100 多人，聚集一堂，交流电子计算机处理汉字资料的经验和学术成果。王选随同中国电子工业部的一个代表团前往，团长是钱伟长教授。

王选没出过国，他的英语是靠听电台自学的，那次是他第一回在大庭广众之下用英语讲话，身边又没陈堃銶，非常不安。结束 15 分钟讲演时，他忐忑不安地甚至又有些喘地说：“我的英语讲得不太好，请原谅，谢谢大家！”

1985 年 5 月，中国计算机界、新闻界和出版界 100 多名专家，出席了国家经委主持的鉴定会。专家们对华光Ⅱ型计算机——激光汉字编辑排版系统进行了严格的测试和审查，之后郑重宣布：王选的“华光Ⅱ型激光编排系统”是我国研制成功的一项具有国际先进水平的重大科研项目，开创了中国印刷技术发展史上的新纪元。

1986 年 4 月，华光Ⅲ型系统参加第 14 届日内瓦国际发明展览会，为中国捧回金牌。1987 年 5 月 22 日，《经济日报》印刷厂的激光照排车间诞生了世界上第一张整页输出的中文报纸，在明亮的照排车间里，人们再听不见铸字机单调乏味的咔咔声，打字机的隆隆吼叫声，再也看不见毒雾弥漫的熔铅炉，以及乌黑的排字架。原来的检字姑娘现在身穿雪白的罩衫，坐在显示屏幕的前面，轻巧地按动电钮，以每分钟130～150个字的速度把文稿输入电脑，再由组版员组版，转瞬间标题和正文安排妥帖，组成漂亮的版面。如果对组好的版面不满意，还可以通过键盘随意增删修改，直到满意为止。之后组好的版面输入激光照排系统的主机，输出一张跟报纸版面一模一样的胶片，然后把胶片送到制版车间，制成PS版或树脂版，置入印刷机之后，即可以大量印刷了。排版出报过程变得如此轻松，在那个年代，如果不是亲眼所见，令人难以置信。

1988年底，北大对原有激光照排系统进行了重大改进之后，推出了新Ⅳ型汉字激光照排系统，并正式命名为北大方正电子出版系统。到1993年，方正系统销售额已达4亿元人民币，1995年，方正集团的营业额已高达25亿元。1995年11月6日，晚上6点30分，联合国教科文组织在巴黎总部举行了隆重的颁奖仪式，副总干事巴德兰先生向王选颁发了荣誉证书、奖章和奖金（没有陈堃銶王选感觉很虚幻，不知为什么妻子陈堃銶不能站在一起），巴德兰先生在授奖前的致辞中，赞扬王选教授主持研制和开发的中文计算机照排系统引起了中国报业和出版业的一场技术革命，为科学技术的应用与发展做出了卓越的贡献。王选从巴黎载誉归来不到三个月，1996年1月29日，又代表北大方正集团到人民大会堂参加了1995年度国家科技奖颁奖大会，北大方正电子出版系统荣获一等奖。这些奖，荣誉，都包含着另一个人，但是没人知道。

王选觉得自己剥削了妻子，但陈堃銶很固执。

2000年10月6日王选在一次病后写下遗嘱：“人总有一死。这次患病，我将尽我最大努力，像攻克难关一样与疾病斗争……我说过，我一生有十个重大选择，其实我最幸运的是与陈堃銶的结合，没有她就没有激光照排……一旦病情不治，我坚决要求‘安乐死’，我的妻子陈堃銶也支持这样做。”

王选早已看透生死，条件好了也全然不享受，他习惯了节约，俭朴。20 世纪 90 年代身为三院院士、方正控股有限公司董事局主席的他，仍然住在北大分配的一套 74 平方米单元房里，家具主要是书柜，地上铺着地板革。他把大部分奖金、奖品都捐献了出来，小到钢笔、笔记本、高级手表、照相机，大到数千、上万元的支援抗击非典、救助海啸灾难捐款。2002 年王选用国家最高科学技术奖奖金和学校的奖金共 900 万元，设立了“王选科技创新基金”，支持年轻一代不断创新，攀登科技高峰。2005 年，一生病不离身的王选，病情恶化，病魔引起的巨大疼痛时刻啃噬着他。

他腿肿得厉害，行走困难，很难出席公务活动，但仍强忍病痛，尽最后的力气，写下了《自主技术产品出口的若干思考》《试谈科研成功的因素》《要有超过外国人的决心和信心》等两万余字的文章，就像当年做科研一样。

当得知科技部副部长要到方正集团考察“网络出版项目”时，王选吃过止痛片，拖着就要分崩离析的身体来到集团，对科技部官员讲：“创新型的企业要有自主创新能力，企业的技术发展与政府支持分不开。网络出版代表印刷业未来的方向，很希望能够得到科技部的大力支持，使这一技术像当年的激光照排一样，在新的技术革命中，起到主导作用。”

这是王选最后一次来办公室，最后一次公开露面。

王选说：我从 55 岁开始，一年戴一个院士桂冠，一下子成了三院院士，成了权威。我发现人们把时态搞错了，明明是过去时，搞成了现在时，甚至以为是能主导将来方向的将来时。我 38 岁的时候，在电脑照排领域的研究在国内处在最前沿，在国际上也可以称得上十分领先，创造了我人生的第二个高峰，但是那时我是无名小卒，说话没有分量。我 58 岁时成为三院院士，却离学科前沿更远了，靠虚名过日子。我一辈子牢记杰出的物理学家、1904 年诺贝尔奖获得者瑞利的话，60 岁以后不对任何新思想发表意见，他认为 60 岁以后思想已不活跃，可我们有的已年近耄耋的院士前几年在报上发表言论说，我国不用建信息高速公路，中国没有这么多信息。这位院士的专业与信息领域差了十万八千里，完全不搭界。院士对自己不懂的领域讲话要慎重，不能随便表态。

王选很少说话，说则没有任何虚言。

2006 年 2 月 13 日，王选辞世。

同年 3 月 9 日，中国印刷业为这位使中国从“铅与火”一下跃升到“光与电”时代的时代巨子，举行了隆重的追思会。追思会开了四个半小时，有 20 位各界人士在会上踊跃发言。会上人们最为期待的还是王选院士的妻子，北大教授、博士生导师陈堃銶能来参加。

但陈堃銶没来。许多人不解，猜测不出为什么。其实如果理解陈堃銶当初为什么嫁给已病入膏肓的王选，或许就能猜出点什么。

早在 1981 年，陈堃銶也得过一次重病，差一点面对死神。久病的王选从没为自己的病慌过神，这次却为陈堃銶慌了神。陈堃銶手术，王选坐在手术室外面的长椅上，一分钟一分钟地计算着时间，再不想什么激光照排的事，他只要妻子。作为一个几乎没有私生活、全部时间都交给科研的人，王选睁大双眼盯着手术室的门一眨不眨，似乎想要望穿手术室大门。

陈堃銶的病让王选一下子找不到自己了，仿佛失去了通灵宝玉。

王选从来很少回忆往事，但这次回忆充满了他：这么多年他关心过陈堃銶的身体吗？因为久病，他习惯性地不关心自己，也习惯性地不关心别人，仿佛病是太正常不过的事了，是家常便饭。很长时间他甚至忘了当年陈堃銶是怎样嫁给自己的了，好像再没想过，但现在想起来，眼泪哗哗地流出。

他听见陈堃銶对他说——

“王选，我们结婚吧！”

“什么？”

陈堃銶说：“结婚。”

王选首先想到的甚至不是自己的病。

“我父亲是‘双料’黑帮——‘右派加反革命’……现在正挂牌批斗，将来会连累你。”

陈堃銶说：“我爸爸也戴着一顶‘历史问题’的帽子。”

“我病成这样……”

“所以才要结婚。”

陈堃銶在学生时代酷爱音乐，1959 年，电台播放贝多芬《第九交响乐》，她家没有收音机，就跑到别人家窗外，站着听到曲终。婚后王选却没和陈堃銶听过一次音乐会，陈堃銶真的变成了另一个自己。

像软件和硬件的结合，但硬件对得起软件吗？

王选泪流满面。手术室的门终于打开了，王选愣愣地像是在外层空间，问大夫：“大夫，怎么样？”大夫半开玩笑地责怪王选说，“她太瘦弱了，连她身上的癌细胞都营养不良，没了扩散的野心。”

谢天谢地，王选一下子好像回到了地球。

王选完全放下了“硬件”的习惯，悉心照料“软件”陈堃銶，每天往返于医院和家中。连“癌细胞都营养不良”让王选惭愧，王选向别人虚心请教烹调，不愧是搞科学的，他很快便科学般地准确地掌握了烹调的技术，每天两次骑车去医院送菜送饭，顿顿菜都有新招：清蒸甲鱼、糖醋鲤鱼、干煸鳝鱼丝……新鲜蔬菜更是一顿不缺。每次他一进病房，病房满室飘香，大夫们对陈堃銶说："病人里面就你吃得最好！"陈堃銶身上插满了输液管和导液管，不能随便翻动，每顿饭都是王选精心喂，一口一口地喂，有时喂着喂着，陈堃銶流下泪水。

晚上，王选和衣睡在从邻居家借来的一把躺椅上。

陈堃銶最终没参加王选的追思会，但是发来了短短的致函：

"按照王选本意，他只想悄悄地离去，不愿为他举行任何仪式和活动，以免浪费大家的时间和精力。但现在社会各界纪念他，并给予很高的评价，我想他若地下有知，定会感到当之有愧。"陈堃銶这么说也没人怪陈堃銶。

因为也只有陈堃銶能这么说。

陈堃銶大概不愿和别人一起追思，王选只属于她个人。

但也可能并非完全如此。

手记八：千年装置

非虚构写作，某种意义上有点像从事装置艺术，两者用的都是真实的材料。换句话说所有的局部都非常真实，现实。装置艺术是近二三十年才发展成熟起来的艺术，现在看任何一个美术展览都少不了忽然就映入你眼帘的装置艺术。装置艺术有点像雕塑，但完全不是，更不像绘画，它首先是一种实物，比如易拉罐，旧自行车，旧机器，烟灰缸，牙膏皮，集装箱，总之是实物——生活中的任何东西都可以做成装置。这样一来它的每个局部都非常真实，如真实本身，但整体又是陌生的。局部是一种东西，整体是另外一种东西。比如易拉罐，人们再熟悉不过的东西，但易拉罐组成的空间结构却是陌生的。局部与整体不一致，整体体现了局部，但主旨体现了另外的东西，也就是艺术家主体的东西。

非虚构写作显然要求局部与整体一致，但在发挥作者的主体性时对装置是否可以有所借鉴呢？换句话说，对一个公众人物（大家都熟悉的“实物”）能否用同样的材料，写出不太一样的人？写出陌生感。从结果看，陌生感来自于人物，但某种意义上实际上来自于作者。王选是公众人物，事迹广为人知，但我试图表达出“我”眼中的王选。这个“我”眼中的王选一方面来自王选本身：王选的病与成就密不可分，自毕昇以降堪称“千年等一回”。同样与陈堃銶的爱情也是“千年等一回”，震古烁今，堪称爱情经典。那么两个“千年等一回”之间有什么联系呢？夹在中间的疑难病又有着怎样的意义？

王选太神秘了，但过去的王选神秘性远远不够，我看到了王选的神秘性，我必须把王选的神秘性写出来。我的艺术表现力不够——但这是另一回事——我要说的是，我首先必须要这样想，这样认识王选、猜测王选、勘察王选、“装置”王选。我不能说描述了最真实的王选，真实是没有止境的，但我保证“我”能提供出真实的深度。真实，一定程度上是创造出来的，表现为创造者的主体性。创造并不等同于虚构，也不专属虚构，这一点，非虚构与装置艺术有着异曲同工之处：真实不仅来自客体，也来自主体对真实的认识。

感叹王选，用装置艺术的方式写作或许更易接近王选。

联想中国（2）

汉卡

历史有时会做出自身的安排，当公司需要方向的时候，就有了方向，比如需要核心技术与竞争力，需要重要技术基石“联想汉卡”——倪光南出现了，而且出现得那样“历史”。倪光南后来接受记者采访时说他和张祖祥从1962年在119机一起倒班工作时就是亲密无间的战友了；和柳传志曾是1974年至1975年“五七干校”的同学，又同在一个研究室。王树和原在研究所业务处工作，是倪光南的老上级，所以彼此之间都能充分信任。

柳传志与倪光南最初并不熟悉，1974年到“五七干校”劳动时他们两个住同一房间才熟悉起来。劳动之余谈起现实感悟，迷惘人生，两人许多看法一致，颇有共同语言，劳动之余的关系也比在北京的研究室亲密许多。倪光南身体不太好，时有发烧，体力很差，但发烧 39 度照样坚持打场，吃东西时苍蝇在旁边嗡嗡叫也满不在乎，那时起柳传志就觉得倪光南和自己一样是能吃苦的人，倪光南也不加掩饰地表示出了对柳传志许多方面的欣赏。比如柳传志讲故事的能力就让倪光南折服，有一天晚上，熄了灯，大家躺在床上，柳传志给大家讲电影《基督山恩仇记》。倪光南读过大仲马的这部名著，对故事情节了然于胸，本不会对电影故事有什么兴趣。但柳传志将整个电影讲得绘声绘色，将近两个钟头倪光南听得津津有味，对柳传志的文学功底和表达能力佩服不已。

柳传志听说倪光南记忆力好，能够背得出麦克斯韦方程——那可是无线电基础里的一个基本公式，非常长，长得令人生畏。有一次柳传志和几个人想考一考倪光南，便假装不会这个方程，特谦虚又有点使坏地向倪光南请教："我说老倪，你能写出麦克斯韦方程吗?""干吗?"倪光南警惕地看着柳传志，柳传志使劲忍住笑，"你能不能写一下，我实在记不清了。"倪光南当即提笔写起来，除了前面常数项没写，剩下的全部都写了出来，一丁点儿差错也没有。柳传志一下服了，觉得此人可畏。从倪光南身上，柳传志看到自己的差距，无论如何自己没有倪光南的记忆力。记忆力强是一种才华，不能不相信这点。

而事实上，1985 年的倪光南和 1984 年的柳传志一个样，内心也有一种怀才不遇、有劲使不出来的憋闷感。作为一个在计算机领域造诣相当深厚的研究人员，倪光南取得过很多科研成果，一项研究完成了，很高兴，接下来写个报告，交给领导，领导看了以后再把成果报告给上一级领导，直到上报给国家。国家就给倪光南发个奖，但是奖发完了，却没人把这些成果应用于实践生产，然后这些成果就被锁进保险柜里，像"坐监"一样。自己的成果坐监，自己也像坐监一样，日久天长不知道坐了多少年了。

不过，如果下海就是卖电子表，蹬三轮，倒小商品——倪光南也决不会干这种事，这是倪光南的不同。柳传志可以干，彩电被骗之后，除了违法，没什么柳传志不能干的，这是柳传志与倪光南的区别。不过公司有了第一桶金之后不用卖电子表了，不用倒小商品了，当然蹬三轮还是免不了，人力三轮车是那时中关村下海科技人员的主要运输工具，这点和当年天桥的板儿爷没差别。不过有别人蹬不会让倪光南蹬的，倪光南要来公司那可是个宝，会把他“供”起来。而且现在公司这第一桶金还是有些技术含量的，是和电脑打交道，此时迎请倪光南，包括他手里的最新研究成果——汉卡，是时候了。

那时在国外个人计算机已有10年历史，比尔·盖茨提出的“让每一个办公桌，每一个家庭都摆上电脑”在美国已成现实。爱德华·罗伯茨开创了全世界第一家“螺丝刀公司”，把微处理芯片和一堆乱七八糟的零件装进一个金属盒子，电脑组装业的时代便开始了。在中国，至1984年已有11万台个人计算机，几乎全都来自IBM。计算机正在进入中国人的生活，可惜从诞生至今，中国的个人计算机只能在英文环境中运行，即使在中国的土地上也没有一台计算机能够识别中文。语言成了天然障碍，让机器能够“识别汉字”成为包括倪光南在内的无数中国科学家孜孜以求的目标。

毫无疑问，汉字或汉字系统是桥，没这个桥普通中国人就无法进入另一个世界，就会被挡在世界之外。倪光南的“汉字系统”被人们恰如其分地叫作“汉卡”，因为它包括三块由若干集成电路芯片组成的电路板和一套软件系统。三块电路板之间以扁平电缆相连，字库中则永久地储存着所有标准汉字，当你在键盘上键入一个汉字的时候，控制系统便将你要的汉字翻译为计算机可以接受的数码，再把数码传到字库中与之相关的地址，然后把它读入处理系统、进入存储器中，再送到显示器或者打印机上，变成一个由点阵组成的汉字。那时中国人手上的“汉字系统”已有十几种，其原理和运行过程大同小异。

倪光南的汉卡是当日中国众多汉字系统中的一种，其与众不同之处在于它的“联想功能”。倪光南的汉卡“联想功能”把两字词组的重复率降低50％、三字词组降低98％，四字以上的词组几乎没有重复，汉字录入的速度由此提高了至少两倍，很显然，“联想”的概念导致了“汉字系统”的划时代的进步。柳传志知道了这种神奇的东西，当即预感到这是一个改变中国的机会。

有的人不是珍珠，不能像珍珠一样闪闪发光，但他可以是一条线，把那些珍珠穿起来，做出一条光彩夺目的项链来。这是柳传志的人生经验，他深知自己的价值所在，他当仁不让地说：我想我就是那条线。柳传志心目中的一颗绝对不可或缺的珍珠就是倪光南。

这天柳传志、王树和与张祖祥来到了计算所主楼322房间，这里是计算所汉字系统研制组办公室，倪光南坐在靠窗的一张桌子前。柳传志他们满脸不太自然的笑，这是真诚的、过分的、求贤若渴的、寒暄的、假装轻松的笑，这笑几乎是混乱的。当然，不能单刀直入，先闲扯了些别的，比如LX 80汉卡进展如何了，夸了半天这个汉卡，最后才进入正题：邀请倪光南加盟他们公司，并承诺倾全力将LX 80汉卡推向市场。柳传志是讲故事的好手，自然也是说服人的天才，他的体魄，宽怀，逻辑和激情，甚至他的笑、眼神让人无法拒绝他。而真正厉害的是他的话能够直插人的内心，没有这个本事个人再有魅力也是白搭。不过话说回来，有这个本事但缺少外部魅力也往往难以成事，人有时会失败在外部的细节上，而这两者在柳传志是分不开的。

不光汉卡，柳传志对倪光南说，我们保证把你的一切研究成果都尽快变成产品。大型计算机的研制，倪光南洒过汗水；国家级科研成果，倪光南取得过；中科院重大科技成果奖，倪光南也拿过数次。但是这些成果至今还躺在奖状上，一直没有成为产品，这是最让倪光南感到遗憾的，也是这个国家的遗憾。当时倪光南嘴上没说，但却是他的致命心结。

并不存在传说中的柳传志“三顾茅庐”，事实上倪光南当时就没犹豫，接受了柳传志他们的邀请。当然，从大势上说，也是时势到了，无论从国家层面还是陈春先、王洪德到柳传志个人层面，都是一种势，没有这个“势”，倪光南甚至不会有“怀才不遇”之感。而柳传志的过人之处便是他的缜密、滴水不漏，总能多看出几步棋，他告诉张祖祥：咱俩还要再去倪光南家一次，倪光南看起来问题不大了，关键是他太太。柳传志说：太太工作做不好，倪光南也不会来。这是人生经验之谈，是懂得生活的人，懂人的人。而一个洞悉生活的人，没什么是他洞悉不了的。别以为科学家不懂人，科学家一旦懂了人不得了，加上一层“科学”很可怕的。在柳传志身上便体现出这种“可怕”。果然，当柳传志与张祖祥两人又来到倪光南位于和平里的家中时，发现倪光南的太太的确是个“问题”，两口子为此发生了争执，柳传志与张祖祥的到来恰逢其时。答疑解惑不用说了，柳传志不但懂男人心理，也懂女人心理，再次凭三寸不烂之舌说服了倪光南的太太。

倪光南的加盟，意味着汉卡的加盟，联想有了方向。

柳传志得到了自己希望得到的总工程师。那年冬天特别冷，大雪纷飞中，在一间只有十来平方米的办公室，在原汉卡基础上，倪光南的改进型“联想一型汉卡”的研制铺开。这是公司的希望所在，核心所在，柳传志满足了这间办公室所需的一切，柳传志非常清楚，当时的中国电脑界面临三种选择，一是研制完全运行于汉字环境下的电脑，与世界主流机型绝缘；二是将汉字技术植入软件中，但在硬盘只有 16M、内存只有几十 K 的电脑“黑暗时代”，运行速度既慢，操作又烦琐。似乎只有软硬结合一路才是唯一正途，而联想式汉卡不仅是汉字输入法，事实上也是由硬件支持与软件结合而成的汉字系统。倪光南的开发组 1985 年春天推出了第一块联想一型汉卡，尽管在今天看来颇为臃肿拖沓，但在当时却以其突破开创了一个新时代。一型汉卡之所以丑陋是因为要赶时间，市场不等人，所以把工作量减到了最小。一型汉卡是只丑小鸭，但是没有它，也就没有以后的二型、三型……当年 10 月，联想一型汉卡通过了中科院的鉴定，第二年 1 月在北京举办的汉字系统对口赛上，联想汉卡夺魁，成为轰动一时的新闻。那一天，为求保险，倪光南亲自上机操作。为保证汉卡顺利生产，顺利卖出，柳传志对公司进行了重新布局，抽调了公司的精华，组成了 100 多人的团队专门为汉卡服务。“精华”们都很卖力，玩命地生产，拼命地推销，终于在 1987 年迎来决定性的胜利。这年联想汉卡销售了 6500 套，拿下了国家体育委员会、农牧渔业部、国家统计局、黑龙江省财政厅和税务局，还附带售出至少 1000 台外国微机，让公司的财富迅速积累起来。工商局的年终审核表明，公司已经拥有 7345 万元销售收入、550 万元流动资金、400 万元固定资产，给政府纳税 347 万元。联想汉卡投放市场三年多，共销售了二万套，创产值 6000 万元，1988 年联想汉卡荣获国家科技进步一等奖。联想公司也因为这一核心技术产品，正式高歌启航。

百万罚款

汉卡火了，却面临意想不到的罚款，而且是巨额罚款。那时，产品半死不活或者奄奄一息，没人来管你，但是你的产品一旦火了，红透半边天，就会每天高朋满座。各种检查的，各种关系拉赞助的，拉广告的……这天谁也想不到物价局的人也来到公司，声称联想汉卡定价过高，是牟取暴利行为，违反了国家价格政策，当场开出罚单100万元。

凭什么？柳传志质问，心头火起。

公司哗然，员工们纷纷表示不服，抗议，要求召开新闻发布会，让媒体来评评理，以便讨个说法。员工们群情激愤，柳传志倒冷静下来。

“你们想干什么?”柳传志反而眼瞪员工，然后转头对物价局的官员笑脸相迎，打发走了物价局的人。为了企业的利益，柳传志压下内心的不平。柳传志知道事情一旦闹大，即使最终占了理也会后患无穷。

但是100万元真是太过分了，柳传志四处找人托关系，几次亲自到物价局局长办公室拜访，却不得见，不是说出去开会，就是干脆说不在。最后总算通过各种关系打听到一位局长的家，一个晚上带着一位女下属小心翼翼地敲开局长家的门。局长一家人正在吃饭，柳传志与女下属来得不是时候，也没想到局长家吃饭这么晚。或者吃的时间太长了？唉，也搭上那天是星期天，局长又好两口酒。没办法，也只能进去，100万元可是纯利润，一年下来几千万元的销售额，利润也不过就这么多。进去之后本该柳传志先讲话，但柳传志却一句话说不出来，只是无所适从地垂着两手，站在一边，当然也有“装”的成分。柳传志的性格太宽阔了，在困难面前没有他不具备的东西，他的身上浸透了中国的现实或者也可以说文化。这种场合还是女人行，女下属向局长点头微笑，柔声地陈述。毕竟是家里，不是办公室，柳传志的样子“可怜”，女下属及时“卡位”，情况果然有缓，局长答应考虑减轻罚款。后来柳传志再带着女下属来局长办公室，办公室也让进了。到过家拜访和没到过就是不一样，物价局最终给减了40万元，罚了60万元。

这实在是个不小的成绩，多半年的利润回来了。

柳传志有句名言，叫作“你得明白自个儿是谁”。

这话不是很提气，但是很现实，与“大丈夫能屈能伸”的实用主义观点类似，谈不上高尚人格。但这话又是对的，特别是如果现实的就是对的。

拼命三郎

技术上有了方向，该赚的钱还是要赚，否则怎么支撑技术开发与推广？是“技工贸”还是“贸工技”，联想内部不是没有过激烈争论，事实上，联想后来的发展壮大，证明了柳传志的“贸工技”总体战略是符合实际的。这就像当年中国革命是走“以农村包围城市”的道路，还是“攻打城市夺取政权”，柳传志的“贸工技”深谙马克思主义与中国实践相结合的战略精髓。

但生意场如战场，尽管有过被骗 14 万元的惨痛经历，1987 年柳传志和李勤在一次 300 万元的巨额交易中再度被骗。许多年后说起这段经历，柳传志记忆犹新，具体日期都记得一清二楚：“1987 年的 4 月 20 号，我们在香港的合作伙伴在 IBM 拿到一个单，如果在 20 号的时候，我们能够打 100 万美元到对方那里，我们就可以拿到 40%的折扣，所以我一定要争取在 4 月 20 号以前把钱打过去。李勤跑科学院借钱，贷款，在得到 18 个领导的签名之后，终于拿到 300 万元。我这边到深圳找进出口公司，经人介绍认识了一个广东人，他声称自己很有把握来替我做进出口。尽管被骗过一次 14 万元，我还是没有很好地接受教训，所以还是很相信他，听了他的话非常高兴，然后这边李勤就把 300 万块钱打给了我，我就将 300 万块钱给了这个广东人。广东人说在 4 月 10 号左右，一定会将钱打到香港去，已安排好了。”

柳传志很高兴地回了北京，留了一个同事在深圳等信儿，这个同事是个工人，思想比较憨直，想等到广东人把钱打到了香港后再通知柳传志，结果一等二等根本就没影了，等柳传志再打电话到深圳时，同事已经找不到那个广东人了。柳传志当场眼冒金星，急红了眼，坐了飞机便奔往深圳。找了同事，马上打电话找这个人的公司，公司说这个人不在，很多天前就不来上班了！这样一说柳传志就紧张了，想方设法打听到他家在什么地方，晚上柳传志带着同事到了他们家门口去蹲守，其行为简直就像被雇用讨债的人，根本不像一个公司老总。确实，柳传志拿砖头拍那人的心都有了。结果那晚上广东人没回家，没等到，万一他连家都不回可就麻烦大了。蹲了一夜的柳传志最后是一身冷汗回到住所，无法想象这 300 万要是没了怎么向公司交代，怎么向科学院交代！幸好第二天广东人打电话来了，原来他家里人还是通知了他。

几天后柳传志终于见到广东人，见柳传志两眼发红，一副要拼命的样子，便笑道，我只不过把那 300 万元挪用几天而已，你不也是国家的公司，何必这么急呢？说是这么说，要不是找到他的家，在这儿像黑社会的人似的蹲守，说不定这钱就没影了。这个钱后来就追回来了，后来经过千辛万苦，机器也买回了北京。因为进价很低，机器卖得非常好。

“可是等我回了北京，那是三个多月后，”柳传志说，“跟李勤在一块儿开庆功会，大家很高兴，可说着说着话，李勤‘哗啦’就突然躺在地板上了。这是他心脏病第一次发作，心房纤颤，由于是他负责的贷款，这次就把他吓出了毛病。其实我们都一样，都吓出了毛病，等到李勤住了一段医院，病情稳定以后，轮到我得病了，也是突然身体不适。因为当第一次听说 300 万块钱打过去就没有了的时候，我被吓坏了，有时一到夜里两点就被吓醒，然后心就狂跳不止，接着后半夜就不能再睡，一直就是这个样子，直到事情办成，钱找回来后心依然狂跳不止。后来我就住到海军医院，当时人家形容我有点像《追捕》里的‘横路敬二’，说话都有点语无伦次。这件事现在我说得很开心，实际当时的情景确实是非常吓人的。像这种事情后来我是经历得非常多的。”

柳传志所言不虚。一个人成为传奇有的是因为单一的一个特点，有的是因为复合的特点，正如湖的神奇与河流的神奇不同，湖水明澈澄静，河流多变，因势而形。柳传志是后者，难以想象柳传志这样霸气的男人会声泪俱下，撕心裂肺，但在与“香港中银”的合作中他便有过一回。

联想与“香港中银”合作，虽有利润分配的协定，不过是口头之约，没有形成白纸黑字。“香港中银”是中资公司，上面一纸任命更换了总经理，新上任的总经理不知道前任有所约定，业务结算时对一笔两万美元联想应得收入不认账。“一定是搞错了。”柳传志对那边说。“一点不错，”人家回答，“你们的就是这么多了。”两万美元对初创的公司来说可是一大笔钱——平时公司的人省吃俭用，一分钱掰八瓣花，连烟都戒了。柳传志急得直奔香港，然而无法通关，只好在深圳停下来。不敢去住大宾馆，沿街寻找小客栈，终于在红岭北路的拐角上找到了一晚只要八块钱的店，爬上三楼，和几个陌生人住在一个房间。夜晚，柳传志睡不着，想起许多创业的辛酸事，心潮起伏，爬起来给“香港中银”的合作者写了一封信。信中叙述了与“香港中银”合作的种种艰难，述及自己一个 40 多岁的中年男人如何给一个体委的毛头小伙子拍马屁，自己听着好辛酸，而自己公司的一位女同志，为了拿到生意上门恳求人家，敲门的时候手都要哆嗦半天；另一个下属，也是 40 多岁的人了，为了拿到一单“进口许可证”，发烧 39 摄氏度还跑出去，从上午 9 点到下午 5 点，在北京城的东西两个对角跑了两个来回，等到终于拿到“进口许可证”的时候，腿一软从五楼滚到四楼，摔得遍体鳞伤；还是这个下属，为了到机场迎接“香港中银”来的贵客，冒雨赶出门，舍不得花钱坐出租车，就在水里蹚着走向公共汽车站，一失足掉进窨井里，水没头顶，差点淹死了……大家这样节衣缩食，拼死拼活，连尊严都不要了，还不是为了公司的这点利润吗？柳传志写着写着，泪流满面。不写光想想还好，一写就忍不住了，同时清晰地知道这是背水一战，去不了香港，却到了深圳，不能白到，他全凭这封信了。这是表演吗？当然不是，但也含有动机，而动机中又含有那么深切的伤痛，一切都渗透到笔端……柳传志难以扼制伤痛，不禁想到妻子远在北京得了甲亢，此时，正躺在友谊医院的手术台上做手术，他也顾不上去看……

柳传志的信果真起了作用，“香港中银”新任老板从没听说有人会为生意如此卖命，什么都不顾，甚至好奇地到内地调查了一番，结果惊人地发现柳传志说的句句是真。感叹之余，把两万美元如约付给了柳传志。

说起来，柳传志写情书恐怕也没这么倾注过感情，是的，不错，是真情，是事实，但他也是一个会使用这些的人。柳传志相信人心都是肉长的，他有一种信念，没这种信念的人，绝不会“使用”痛苦，相反会包得很深。

三步走

1987 年，尽管 300 万元险些被骗；尽管两万美元合同款到不了账急得在深圳写信；尽管年底又来了一个 100 万元的物价局罚款；尽管身体出现了各种症状，头晕、多梦、尿频，接着是失眠，日夜脑子停不下来，闭着眼像睁着一样，就算睡着了一小会儿也会突然惊醒，满心恐惧，心跳不止，住进了海军医院；尽管在海军医院被确诊为神经系统紊乱，美尼尔综合征，但这一年算下来还是取得了巨大的成绩。三年前下海时他曾向周光召院长夸下海口，说三年之内要把生意做到 200 万元，三年后的今天做到 7000 多万元，光向政府纳税就是 347 万元，更不要说固定资产已达 400 万元，流动资金 550 万元。想到这些，病榻上的柳传志又开始心潮起伏，他本想好好休息，不想公司的事，但脑子根本停不下来，不要说睁着眼，就是闭着眼也全是公司的事，柳传志自称这是自己“非人”现象之一种。

1987 年，联想面临着无数种选择，柳传志不能不想，即使躺在病床上头晕目眩也得想。他不想谁想呢？别人想了又有什么用？想是柳传志的命；每一个选择都可改变联想的历史，朝另一个方向发展，产生不同的结局。无疑电脑或围绕电脑肯定是未来公司的大方向，“非人”柳传志很清楚，一种选择是显而易见的：继续推广汉卡。但市场毕竟有限，且汉字软件系统正在开发，汉卡的终结是迟早的事；二是开发自主品牌的电脑，虽然有利可图，但一无资金二无实力，而且也暂时不可能得到电子工业部的生产许可；三是代理国外电脑，积累资金，建立销售网络，了解最先进的技术，为创立自己的电脑品牌打下坚实的基础。

病床上的思维往往特别清醒，特别清晰活跃，较之办公室更有一种透明的冷静的东西。病不会使人脑子发热，更不会让人绝望，某种意义上说医院正是希望之所。不然你来医院干什么？有时，有些重大决策在医院进行反而更好。事实上这次住院也的确为柳传志平添了一种“超人”的东西。因为差不多正是在海军医院这些日子，柳传志形成了后来被证明极正确的联想“三步走”的战略。人就是这样，往往是绝处逢生，而绝处“生”出来的东西往往特别有生命力，日后也往往特别强大，以至会长成与原来自己基础不相称的大事物。

柳传志一方面曾萌生退意，一方面又生出了新的东西，看似矛盾却是一个天然的统一体。柳传志的想法是，第一步：在境外比如在法国，办一家贸易公司，比如叫“法国联想”，这样，可以获得在国内无法获得的代理资质（那时国内实行“代理许可证”制度，只有一些国有大企业才有此权利，中关村民营公司多是与境外合作才能拿到货，或者走私，“两通两海”的信通就栽在这上面，金燕静锒铛入狱，让中关村太多的靠所谓“走私”赚钱的公司一时风声鹤唳），而过去与境外公司合作代理，通行规则是中间商留下至少 15%的折扣，自己境外办公司，自由控制订货渠道，就能把那 15%赚下来。

柳传志的第二步战略是，将公司业务由贸易领域延伸到生产领域，大规模地进入个人电脑的整合行业，在此基础上开发自己的电脑；第三步是进入香港股票市场，成为一家上市公司。这是个清晰的蓝图，能有这样清晰的蓝图，在纷乱的市场可不容易，所谓雄才大略，至少大略是指这个。30 年，中关村的大多数公司都消失了，长盛不衰的有几家？做到联想这样的全球公司又有几家？

“大略”的三步走的第二步最关键，最富谋略，体现了柳传志的敢想、敢干、敢以蛇吞象的气度与野心。多年后柳传志收购 IBM 全球 PC 业务并非没有“前科”，事实上这第二步就是一次蛇吞象的经历。

1987 年的秋天是好秋天，哪年都好，但是那年似乎特别好，柳传志出院不久，再次南下来到深圳——境外电脑荟萃之地，回到北京的他带回三款电脑，交给总工倪光南领导的科研小组测试。研究人员一致认定其中一款名叫 AST 的兼容机质量最优，价格也便宜。

柳传志决定离开 IBM，和 AST 公司签订代理协议。不是柳传志不喜欢 IBM，太喜欢了，但那时还不敢想吞 IBM，但想到了吞 AST。当他拥抱 AST 时，就已经打定主意，未来取而代之，美其名曰：踩着巨人的肩膀前进。

注册了香港联想，联想很顺利且再无障碍地开始代理 AST 电脑。那时候中国电脑市场上只有四五个美国品牌，倪光南给 AST 电脑配了联想汉卡，AST 电脑在中国市场上大行其道，时常脱销。AST 在美国原只是一家小企业，因为联想而获得了成功机会，曾一度成为中国电脑市场中的霸主。当时电脑价格高得惊人，利润很高。这还不是最重要的，最重要的是与 AST 的合作对联想电脑的发展意义重大。通过代理销售 AST 电脑，联想了解了电脑的内部构造、微处理器和各种组件之间的关系，培养了一批联想的工程师队伍，为联想 20 世纪 90 年代大举进军电脑领域奠定了基础。

1989 年，总工程师倪光南在香港联想一间狭小的实验室里埋头设计联想自己的“286 样机”，与三个助手一起熬夜，希望继汉卡之后再创辉煌。倪光南小组将 AST 电脑差不多研究透了，自己的“286 样机”准备在市场上一试身手。那时个人电脑在美洲、欧洲、大洋洲，甚至在东亚的日本和韩国、中国台湾和香港，都已如雨后春笋，柳传志他们必须加快步伐。柳传志把战场选择在香港，用 1000 万港元收购一家香港公司的股份，以这家公司为生产基地，开始主机板的设计和制作，决胜的制高点是“微机主板”和“整机组装”。主机板是微机内部包含若干集成电路芯片的电路板，其复杂性在于，它包括了计算机内部几乎所有重要的部件：中央处理器、数据存储器、显示卡，以及一套总线和接口。倪光南迷恋硬件，设计板卡正合其胃口。

香港联想的负责人吕谭平与倪光南磨合得不错，倪光南最初不愿使用韩国和中国台湾生产的元器件，喜欢用美国件，吕谭平就耐心告诉倪光南做企业和做研究不一样：不用台湾元器件，怎么跟人家拼价格？还有一次，吕谭平对倪光南说，在商业界，用最好的元器件，做出最好的产品不能算成功，用最便宜的元器件做到最好才算成功。作为商人，吕谭平让倪光南明白，必须将成本降低到极限，如此才可保持利润的最大化。研究用的元器件差一点没关系，只要核心和原理正确就足以开发出新品。只要产品保证质量，用户觉得满意，便算是成功。倪光南设计板卡时，问题自然是接连不断地发生，解决了一个问题又产生另外一个问题，因为没有一套系统性的测试，这是太正常的了，而正是倪光南与吕谭平一起制定了联想

QDI（板卡）的第一个测试标准。

与此同时，AST 看到联想把汉卡插在自己的机器上也挺高兴，AST 把联想当作最可靠的伙伴，深信自己当初把中国市场的独家代理权交给联想是难得的明智之举，以至不惜牺牲其他销售渠道。对于北京联想与香港联想南北两个联想珠联璧合的垄断货源的行为，AST 听之任之，甚至觉得再好不过。在 AST 看来只要把 AST 微机卖出去就 OK，却不知道柳传志这个病床上的合伙人雄心勃勃地已暗地张开大嘴，吐出“信子”：柳传志正在把代理 AST 获得的利润拿去弥补自制板卡的亏损，还投入 1350 万元用来开发“联想电脑”。

当然，即使 AST 知道了联想在干什么，也不会把联想电脑当回事，因为两者相比太不成比例了，它不会相信联想电脑这条小蛇会吞了自己这头大象。大象从来是自信的，而且有理由自信。大象与蛇究竟相差在哪儿呢？相差在是两种不同的事物，相差在一个没思想，一个有思想，而且还特别敢想。

1989 年 1 月 30 日，“联想集团”在新落成不久的海淀影剧院召开了成立大会。柳传志在会上告诉他的员工：从 1984 年到现在，联想的累计营业额已经过亿元，固定资产超过了 5000 万元，有 360 名员工，16 个子公司，2 个研发中心，3 个生产基地，遍布全国的 34 个维修站，最重要的是，联想已设计出自己的电脑品牌联想 286。成立大会事实上也是一次誓师，誓师之后倪光南研究团队设计出的 286 电脑准备参加德国汉诺威国际博览会。

1990 年 3 月，“联想 286 电脑”通过检验，并获得了第一年生产 5000 台的生产许可。已经掌握了 AST 电脑市场控制权的柳传志这时候环顾左右，决定开始行动。这一天阳光明媚，春暖花开，柳传志把公司所有的销售人员集合起来，由李勤副总经理在大会上庄严宣布："我们已经下定决心，不再推销AST 286的机器，要把自己的产品推到市场上去!"

这像是一次揭竿而起的举事或起义，凡举事或起义都具有保密性质，柳传志、李勤的高层决定也有这个性质。过去习惯了销售AST的人不知怎么回事，有的面面相觑，有的一脸茫然，有的觉得大势不好，只有少数知道秘密的人小声地交头接耳。

李勤接着说："我们只留一小部分继续支撑AST，联想的主力队伍全部转向联想电脑的生产、采购和销售……大家放心，我们的'联想286'功能上完全可以取代甚至超过AST微机……"李勤说完这话，本来有些犹疑的销售人员这时一片欢呼。事实上联想是在搭AST的顺风车，是金蝉脱壳。那次会开了四天，是联想销售历史上少有的长会，因为要统一思想，统一战略，改旗易帜。市场习惯了老产品凭什么接受新产品？凭的是联想286的运行功能与AST的286不相上下，而价钱更加便宜。

但便宜多少好呢？这事得好好商量商量。

四天的会，柳传志一天不落地参加，认真听取各方意见，自己也拿出意见但像一般意见一样经受讨论。大家的共识是，那时中国没有别的优势，只有价格优势，四天的会不仅为那一次"易帜"定下了制胜理念，也为后来联想一路攻城略地定下了理念。会议结果是，先有一个过渡期，不能一下把AST丢了，稳妥起见自己的机器做好了，AST这块肥肉也没有丢，为上局；自己的做好了，AST丢了，为中局；自己的没有做好，反而把AST丢了，是下局。稳妥，缜密，大胆，始终都是柳传志行事风格，这一风格也渐渐传染给整个高层，成为整个公司的一种风格。一个公司像一个人一样，这个公司就成了。联想286电脑开发进入样机最后调试阶段……最后一阵子，倪光南急得满嘴起泡，带上样机急奔机场……大年初一刚回到北京便和十几位同事一清早扎进测试室，不分白天黑夜地赶……他们知道，假如赶不上3月份汉诺威的国际博览会，就会损失半年时间。

汉诺威国际博览会是世界计算机行业最高规格的博览会，从3月10日开始的10天里，40个国家的3300个展团在汉诺威展示最完整的办公室、信息和通信技术。对于制造商来说，汉诺威国际博览会因其特别地位而成为新产品、新系统进入世界市场的大门。联想携286电脑和1套随机软件、诊断盘和测试卡、XT微机、联想FAX传真通信卡参加了交易会。在电脑厅，联想提供的电脑达到了世界主流微机水平，较之中国台湾和香港地区的同类产品，性能优越，价格低廉，为期10天的博览会降下帷幕时，首次在国际市场亮相的联想电脑一举获得来自欧美等20多个国家客商的订单：整套电脑2073台，主机板2483块。

1990年5月，公司将200台“联想286”送到全国展览会上，一炮打响。一个星期以后进军北京计算机交易会，拿到12478568元的订单，在220家参展的计算机企业中成为最大的赢家。这期间柳传志在公司迎接了美国DEC公司副总裁一行，美国客人对柳传志六年来的成绩啧啧称羡，柳传志却不敢得意，只是有一种难以言传的欣慰，一种对自己的感动。他知道，公司做成了，有了方向，有了自主品牌。但它只是块基石，若想建成联想大厦，还有很长一段路要走。

手记九：所有的影子

从《毛选》四卷学到的，多于从《孙子兵法》中学到的。在融科资讯联想控股全景视野的办公室，柳传志如是说。无论空间、时间还是话语本身都让我感到多少有些惊讶，有种穿越多种时空之感，本来有些恍惚，但又瞬间理解。因为我也是读过《毛选》的，那个年代“四卷雄文”谁没读过？雄文中有关三大战役的部分对于小时喜欢打仗的我，是最迷人的部分。三大战役的军事思想举世公认，柳传志当年躺在海军医院构想联想“三步走”战略，显然得益于《毛选》四卷。《毛选》第五卷是后来的事，已经粉碎“四人帮”，之前更长时间是“四卷雄文”在手。所以时间虽令我有些恍惚，但立刻穿越，并心明眼亮。历史就是这样，总有人能从中得到馈赠。的确，从柳传志身上可以看到他所经历各个时代的影子，而他在影子的中心，统率着所有的影子。

联想的创业历史，像许多历史一样，可以说危机重重，九死一生，同样它的每一次进步却又都是在战胜了最严重的危机后取得的。联想最困难的时候，摇摇欲坠的时候，往往又是最敢想的时候。困难，危机，事实上刺激了想象力、梦想力，柳传志在病床上之时，甚至在萌生退意之时，“三步走”的构想也在诞生，梦想借鸡生蛋，取而代之。这看似矛盾，却又符合危机心理机制，即梦想机制。没有最大困难，哪儿来最大梦想？困难是梦的温床，有太多的困难证明有太多的梦，“联想”是梦想的近邻，虽一字之差仍提示着联想、柳传志是一系列梦想的产物。“三步走”当初几乎是白日梦，但回过头看这是怎样宏大的梦、精准的梦？据说哈佛大学攻读 MBA 的学生，要在两年中学习几百个案例，联想便是其中之一。

同样，我也非常欣赏凌志军对联想的评价：联想的真正与众不同之处，在于它掌握了与旧体制相处的方法，同时又以惊人的坚忍、耐心和技巧与旧体制中的弊端周旋，一点点地摆脱桎梏，走向新的世界。

王码

1962年8月的一天，晕头转向的王永民坐火车到了北京。这个农村娃考上了炙手可热的中国科技大学，当时南阳没有火车，他只能坐汽车先到许昌。那天到许昌时已经是下午4点，火车是第二天早晨7点出发，中间有15个小时。王永民也从没到过许昌，哪儿都不敢去，在火车站摊了张报纸席地而睡。这之前他甚至没见过火车，没见过城市、楼房，对远方有梦想又紧张不安，不知北京啥样。王永民瞪着一双农民的眼睛，懵懵懂懂、眼花缭乱地到了北京。

王永民住在中科大宿舍楼7号楼421房间，找到中科大不容易，好不容易找到了，找到具体房间更不容易，房间都是极相似的。王永民慌慌张张端着茶水瓶子去开水房打开水，回来以后坐到自己桌边，突然发现自己的行李不见了，什么都没了，不禁大惊失色，仿佛做梦一样。这怎么可能呢？在家乡绝对不可能，这城市怎么这样？他大惑不解，不知道为什么。他掐自己，感觉自己的确存在，但房间又让他生疑，生幻，房间根本无法证实他的存在，因为他的东西没了，东西是他存在的证明，但房间否定了他。他又不敢乱动，怕出去了连这房也找不回来。直到有人来，告诉他这是 8 号楼不是 7 号楼，他才如梦方醒，原来自己走错了房间。

这件事让王永民刻骨铭心。这种经验与智力无关，生活在乡村的人，往往是有“初心”的人，而还有什么比初心更保有一种对事物的敏感甚至是过度敏感呢？但敏感又是许多事物的源泉，在这个意义上初心是一种难得的天赋。当然，也是痛苦的天赋，有人始终走不出这种痛苦。

许多年后，历经世事沧桑，王永民回到生活的原点——南阳。经历了“文革”离乱，一事无成后，几乎宿命地回到原点，回到了初心。当然，此时已不是原来的初心，而是经历了 20 年的初心，初心虽伤痕累累，但依然单纯。

王永民当年在北京中国科技大学学的是无线电激光专业，在四川工作多年一直与科技多少有些关系。后来回到老家南阳，感觉自己这辈子算回家了。在老家南阳他在地区科委工作，负责一些具体项目，就是一个小公务员，看起来一生也不过如此了。与上大学时的雄心相比，判若两人。有时虽然还回忆一下当年的老师，如华罗庚、严济慈、钱学森、马大猷，但已如消失的梦一样。

时值 1978 年，日本人发明的汉字照相排版“植字机”很流行，南阳也引进了一台，但这台机器有个不小的毛病，汉字输入时不能校对，一出错就得重新照相制版，非常麻烦。怎么可能不出错呢？不断地出错，于是地区川光仪器厂花九万元做出了“幻灯式”键盘来解决这个问题。负责这个项目的王永民觉得这个“幻灯式”键盘有点可笑，便问川光仪器厂的总工程师：谁能记住 24 个幻灯片每个胶片上究竟放的是哪 273 个字，你的姓在 24 个幻灯片中的哪个胶片上？虽然是平静地发问，但也正因为如此，总工更感到一种仿佛居高临下的压力。总工被激怒了，将王永民列为川光仪器厂不受欢迎的人，甚至下了逐客令。

键盘这事很具体，以王永民中科大的背景对此同样有点居高临下味道，在王永民看来这不是什么大问题。王永民要解决键盘问题，可问题事实上并不在键盘，而在首先要找到一种好的输入方案才行。

王永民的想法得到科委支持，因为好像也不是什么重大的科研项目，所以只批给 3000 块钱。王永民跑到上海、苏州、杭州的科委情报所，翻阅国内外相关资料，当时能够看到的输入法有王安 99 键的三角编码法，而大键盘则是各种各样，有单字的大键盘，也有主辅键的大键盘——一个键上有九个字，这边有九个辅键用来选字，这个方案当时比较流行，中国科技情报所用的就是这种主辅键方案。王安的方案是拼音，但音读不准，且不认识的汉字怎么办？

王永民由浅入深，发现一方面这根本不是一个小问题，往大处说这涉及汉字革命，另一方面他直觉地认为自己在这方面能有所作为，仿佛命定一般这问题属于他。王永民找到了《英华大辞典》的主编郑易里先生，讲了自己的想法，两人相谈甚欢，涉及了拆字、编码、输入，仿佛谈论着某种武功秘籍。这次晤谈王永民收获甚大，使自己过去的科学背景融入浩瀚古老的汉字领域，同时又始终有着科学的目光，科学的思考，这非常难得。这位中科大的高才生直到此时才感到了属于自己的科学的曙光。是的，这曙光不是每人都能有的，或者说能碰上的，因为某种意义上它来自每个人自身。他甚至把郑教授请到南阳，让郑教授住进了南阳最好的宾馆。

郑易里教授的汉字编码是 94 个键方案，有一张字根图，王永民就地取材，雇了十几个小姑娘，把《现代汉语词典》中的 11000 个汉字全部抄到 11000 张卡片上，根据字根图编码。编完卡片一检查，竟有 800 对重码，而且，该方案还要分上下档键，等于 188 键。这非常失败，根本无法操作，但这次失败并非没有意义，就像常说的失败是成功之母，王永民彻底了解了汉字，并且知道方向是对的：一切的关键是压缩键位。王永民告别郑教授，开始了自己的旅程。

经过日夜的艰苦努力，沿着确定的方向，138 键、90 键、75 键、62 键……1980 年 7 月 15 日，王永民把键位压缩到了 62 个，重码只有 26 对！至此，王永民已接近成功。1980 年在湖北武汉召开了一个汉字编码会议，王永民在会上公布了 62 键方案，引起会场轰动，被评为国内最好的 4 个方案之一。

编码做好了，王永民开始着手集成电路。画电路图，电路机壳设计，这些是王永民的强项，多年没一试身手了。1981 年王永民的键盘设计好了，并且通过了鉴定。但将要投入使用时，发现键盘缺少编辑功能键。设计功能键，这完全是另一种思路，颇伤脑筋，即使设计出了还得匹配对接得上，焦头烂额的王永民一天幡然醒悟：为什么要自己做功能键，如果能用原装键盘上的功能键该有多好？以前，只想着怎样把标准键盘上的功能键搬到汉字键盘上来，现在为什么不能把汉字搬到标准键盘上去呢？

这是个重大思路！又是一道属于王永民自身的曙光。

有些曙光，你不走那么远是看不到的。

王永民站在了前无古人的地平线上，那时身后也无来者。标准键盘中间有 48 个键可用。62 键和 48 键也不过就是一步之遥，王永民想：如果能把 62 键变成 48 键，那么，就可用电脑标准键盘了，就用不着费尽心力设计什么新的键盘了。键盘的路走到头了，而许多人还在路上，因此也只有王永民这时候能够幡然醒悟：放弃设计键盘思路，就在原键盘上做文章。

试问，如果不是到了 62 键，只差一步之遥，王永民能做此想吗？

62 键方案变 48 键方案首先要解决重码问题。王永民找来 0 号描图纸，横向排 150 个字根，纵向排 150 个字根，第一位的编码字全都填在第一张纸上，第二位的编码字填到第二张纸上，第三位的编码字填到第三张纸上，然后把三张纸摞在一起，放在玻璃板上，下面用六个日光灯照射……这样所有的GB字谁和谁重码，谁和谁不重码，谁和谁相容，谁和谁不相容，谁和谁相关，谁和谁离散，全都看得一清二楚。原来改动一个字根，要把一万来张卡片全翻一遍，而使用这种方法，很快就能知道：哪些字根能放在一个键上。

实现了48键，王永民又做成了40键。

接着又向终极的26键冲刺……

1983年8月28日，王永民发明的《二十六键五笔字型汉字编码方案》创造了计算机汉字输入技术的奇迹。9月27日，《光明日报》头版头条报道了这一重大发明。

发明成功了，推广又得从头做起，从零开始。这本不该是王永民的事，他的任务就是发明，但王永明又一个人上路了。王永民就是这样一个人，从来不怕从头开始，从初心做起。1984年，王永民带着一台PC机来到了北京，在CC DOS作者严援朝的帮助下，将王码五笔字型移植到了PC上。王永民在府右街135号中央统战部的地下室7号房间，一住就是两年。一天七元房钱，他都出不起。但是推广五笔字型必须在北京，推广的方法是一个部委接一个部委地讲五笔字型，虽然不少部委在自己的机器上移植了五笔字型，但大批人员需要培训。王永民到处去讲，免费讲，谁要他去他都去，中午有饭去，中午没饭也去；讲三天行，讲五天也行。又是一颗"初心"打天下，住在北京府右街135号地下室两年，王永民一共100多次到有关部委、大学推介自己的五笔字型输入法。正当王永民在地下室受穷的时候，DEC掏出20万美元购买了五笔字型专利使用权。1987年3月6日，王永民从地下室搬到了中关村远望楼宾馆，王码电脑公司成立，同年五笔字型获1987年中国发明展金奖。1992年，王码公司收入达到1000万元。

而王永民初心不改，依然经常打的上班，保持着乡村朴素本色。

1994 年 4 月的一天，王永民打“面的”到位于中关村试验区大楼的公司上班，当司机得知王永民是去王码公司时禁不住跟王永民聊起来：王码公司可有名了！王码是上亿元资产的大公司，公司的老板坐的是凯迪拉克。王永民问司机：你认识吗？司机回答：我不认识，只听说是位河南来的发明家，很有本事。

王永民告诉司机：我就是王永民。我没有凯迪拉克，一辆桑塔纳开了六年，大修去了，我常常打的。怕司机不信，王永民用的是正宗河南乡音，北京的面的司机见多识广，看了王永民一眼，明白是开玩笑，没太当回事，也没反驳，只说您真逗，说话声音还真像。王永民却是认真的，递过去一张名片。北京的面的司机就是这样，为人痛快豪爽，一扭方向盘，立刻把车开到路边停下来，双手握住王永民的手，激动地连声说：我太荣幸了，我太荣幸了！做梦也没想到我这面的会拉您这样的大老板，拉的真是大老板，大发明家！

司机没有开玩笑，虽然他爱开玩笑。第二天，这位家住石景山的司机带着老婆孩子到王码公司，还带来一封信，信中还夹着十元钱。他在信中说：尊敬的王教授，您是名人，您还坐面的，真了不起！您使我改变了对有真本事人的看法。十元车费还给您，我永远记住您，向您学习！

王永民的初心同样得到了老百姓的回应。

感动了别人，更坚信了自己。

手记十：汉字精神

五笔字型无疑是中关村的一个节点，当年，20 世纪 90 年代初电脑刚刚兴起，在我的印象中，不会五笔输入就等于不会用电脑，电脑与五笔字型是不可分的，它们简直就是一起到来的。那时刚有瀛海威，还没有新浪、搜狐、网易，那时上网不是主要的，主要是文字处理。即便如此已觉得非常现代、神奇，当我用键盘敲出第一个字时我觉得一下跨越了五千年，成为一个真正的现代人。我相信这样的感受不只我一个人有，代表了许多人。当时虽然已有了拼音输入，但一点不新鲜，我觉得拼音与书写从根本上是两回事。五笔字型和我们小时候学写字的原理差不多，都是一笔一画，把汉字拆成一个一个字根，颇有点"国粹"的味道。神奇之处也正在这里：在电脑上可以"写"出古老的汉字，这点足够神奇。

汉字是中华民族独有的文字，是中华文明的象征。在日常生活中，我们时时处处都能见到汉字的身影，可以说只要有中国人的地方就一定有汉字。王永民五笔字型输入法的历史意义在于，相比其他输入法，它更能保留汉字精神及其原始气息（笔画），不仅如此，它还冲破了当时国内汉字形码快速输入须借助大键盘的思想束缚，首创了26键标准键盘形码输入，与西文键盘同步。很难想象今天我们使用的PC机上另配上一个汉字大键盘，王永民的发明避免了中国PC键盘的畸形。

现在许多人依然坚持用五笔，世界上著名的微软、IBM、惠普、CASIO等公司，都购买了王码的专利使用权。五笔字型也在改进，在数字化。特别让人欣喜的是近年王码又有了重大创新，其发明并设计的"王码键字通"是"数字王码+电子字典+光学鼠标"三合一的原始创新，内装王码芯片，可以简繁照打能互换，汉英互译会发声，处理简繁汉字27533个，完全符合国家GB 18030这一强制性标准，体现着汉字的活力，汉字的精神。

我一直在用五笔，我清楚地知道Y代表一点，G代表一横，J代表一竖，W是单立人，从抽象的拉丁字母，到具象的原始笔画，再到完成一个古老的汉字，这个综合的过程在具备拉丁字母“工具理性”的同时，保持了原始的感性，体认了中国文化的包容性、再生能力，有时真是让人惊叹。

冯五块

多年以后的2000年，10月10日，午后，网络时代甚至可以具体到几分几秒，14∶41∶47，如果这时冯军走在中关村大街上，或者开着车，停在中关村邮局和海龙路间的路口等红灯，他多半会看见颐宾楼“轰”的一声消失，看到一团灰色烟尘腾空而起：颐宾楼——这个中关村早期的标志，刹那间告别了中关村。

事实正是如此，冯军在烟尘中看到一个时代消失。

这样的消失在中关村数不胜数，在中国也一样，许多消失让人来不及怀旧，新的消失又发生了，前几天是四海市场——修建四环，中关村消失了一大块，四海拆了，四海就曾位于现在四环的马路当中——现在化作一股烟的是颐宾楼。杂乱无章的四海也就罢了，颐宾楼可是中关村一座标志性的时代建筑，到中关村如果没见到颐宾楼（事实上想见不到都很困难），等于没到过中关村。

颐宾楼建成的初期，中关村还没有什么值得骄傲的建筑，北面只有四海市场。20 世纪 80 年代四海市场雏形已现，到了 90 年代中后期四海市场除了临街最大的几个门脸被海信、八亿时空、国合电脑等一些当时的二线品牌电脑所占据外，更深的胡同里面则分布着数量众多的盗版光盘小店。这里还可买到收音机、音响，淘到古典音乐 CD、打口带、盒式录音磁带，有些外壳还分氧化铬、金属壳，是那时别处买不到的东西。当时，四海环境很杂乱，和后来的城中村差不多，有一天这里还出过人命：一个为某品牌电脑守夜的老大爷被害，丢了上百条内存条和几十块硬盘。“冯五块又来了。”这是四海市场与颐宾楼装机老板的口头禅。那时候即使发生了守夜老人被害这样的耸人听闻的事，市场一片恐怖的神秘气氛，瘦弱的冯军也没停止每天提着键盘、机箱，穿梭于四海市场与颐宾楼的 100 多家客户之间。冯军根本不关心老头的谋杀案，只关心手里的键盘与机箱，之所以停下不走，是因为客户正在饶有兴味谈论谋杀案，冯军也只能有一搭没一搭地听着，小小门面或柜台里的客户也有一搭没一搭看一眼机箱，说机箱不好，接着谈论谋杀案，冯军二话不说就来到另一间门店。第二天换一款再重来一遍。机箱的品种很多，有二三十种，冯军一天抱一款机箱给客户看，每天都是新的。

一开始，流动的冯军时常被赶出去，冯军没任何不好意思，他想他们这么赶我，肯定也赶别人，他的竞争对手（提包小贩）也会被他们赶出去。有一天，他们相信了他就不会再接纳别人，这种客户他一定要拿下，一旦拿下今后维护起来省心。这就是冯军的逻辑，这是 1993 年。

“看一眼，今天的最新款。”冯军将机箱杵到了老板的眼前，满脸堆笑。这家冯军已来问过好几次了，装机老板无法再不理冯军。

“你这东西还不错，什么时候我的用户需要，再找你吧！”

冯军不听这句中关村套话，就像对谋杀案不感兴趣一样，他站着不走。他知道，他走了就没机会了，另外，老板既然搭了话就说明有机会了。

冯军眯着眼睛对老板说："如果有客户要，他看不见货，怎么可能要?"装机老板笑了，答应冯军可以将机箱放下代销。

代销就是东西先放这儿，卖出去了再给钱，每个摊子都压上货，冯军没这个钱，而且他拿货也都是先付了钱，凭什么给别人就先压着？他必须拿回现钱才可以周转。他站着不走。他说："我只赚你五块钱。一月之内，你卖不出去，我保证退款。你看，我每天都来，不会跑掉的……"

冯军的诚恳与直白是打动人的，另外主要也是中关村里没有傻子，事实上冯军的机箱与报价出现的一瞬间，几乎所有的摊位老板都被冯军手里这种既优质又优价的货品所击中。接下来的事，顺理成章。留下机箱，留下联系方式，冯军也得到最想得到的现金。尽管对于那些"道行很深"的攒机一族来说，那点现金微不足道，但对冯军则是致命的流动资金，他每回给人现金，才能拿到质优价廉的货。

"真的，我就赚你五块，包退包换。"

他说的是真的，这人无假，可信，没一点虚。

每到一个摊位他都这么说，不厌其烦。

于是"冯五块"的名字不胫而走。

这是一种信念，有信念的人不是常人。尽管冯军和他的竞争对手，那些像他一样提着机箱、手拎键盘的人看上去毫无二致，那种满脸堆笑、谦卑甚至有过之而无不及，但他仍然不同。那种满脸堆笑中的平静与坚忍，别人没有。

稍有阅历或观察力的人就会发现冯军朴实的脸上写着"教育"二字，这是他那个层次的人也就是他的竞争对手们没有的，因此他的对手尽管有人学他，甚至恶意地比他卖得还便宜，只赚四块，三块，也还是竞争不过他，挤不走他。此外除了“只赚五块”，他还有与此相称的别的东西，比如每天换一款，面对同样的老板。“看看，今天的新款。”这也是他的口头禅。

冯军是西安人，漂在北京底层，几乎与卖光盘、打口带的差不多。但事实上冯军是清华的学子，1987 年自西安育才中学以总成绩第一名考入清华大学土木系。他心高气傲，不太喜欢这个系，大一时想转到建筑系，兼顾艺术创作，但是没成功。建筑系是清华顶尖的系，没转成对冯军打击很大，他不想未来仅仅做个土木工程师，未来太清楚了他不喜欢。大二的时候开始往城里跑，到有名的秀水街为做生意的外国留学生做翻译，每小时挣五美元；大三时学国际金融贸易，为出国做准备，大四时托福考了 630 分，却没出成国，因为交不起五万元的培养费。可以看出，整个大学四年冯军都在决绝地寻找人生与未来的出口，1992 年 8 月冯军正式从清华大学毕业，尽管内心坎坷，时时碰壁，但在别人看来，名牌大学毕业绝对是天之骄子，他可以分到北京一个响当当的单位，旱涝保收、衣食无忧，成为一个工程师。比如北京建筑工程总公司就等着他去，而且一报到就将被派到国外工作，到马来西亚，这是许多人求之不得的。但听到此冯军反而毫不犹豫地起身走了。这事儿撞到冯军的伤口上，冯军的父亲曾经援外八年，1992 年回国不久就去世了。八年的援外，冯军日思夜想父亲，十分孤独，到头来父亲回来一病不起。冯军毫不犹豫拒绝了北京建筑工程总公司。

从北京建筑工程总公司出来，冯军口袋里只有 26 元钱，他跑到了中关村，决定做个体户，从最底层干起。1992 年，中关村的名声并不太好听，离“中国硅谷”的名声相去甚远，“骗子一条街”绰号倒如雷贯耳。相比于选择国企，冯军混迹于“骗子一条街”与此简直天壤之别，但梦就是这样：具有超现实超常规的特点，幸好人类有梦，否则实在太乏味太让人绝望了。没有这样底层、勇敢、大胆、决绝的梦，社会怎么可能有一种神秘的推力，哪儿有后来的冯军？是的，那时还什么都看不出来，而神秘就在这里，看出来了还叫梦或梦想吗？那时的中关村虽有一些声名鹊起的公司，像早期的“两通两海”，以及后来的联想，但街面上更多是贩卖盗版软件、光盘，出售水货与电脑散件的二道贩子，像个大集市。里面很多人选择这一职业并非发展中关村的 IT 产业，或者是挑战自己，而是因为这一看起来高端的产业，实际有很多低端的机会可以糊口。

既然到了中关村，总得有个落脚之处，冯军租不起门脸，也租不起柜台，就在别人的一个六平方米柜台里摆一张桌子，占三分之一面积，却付给了人家二分之一的租金。这个人是冯军的同学，二分之一就别说，让你挤进一张桌子已经算很不错了，生人谁会让你挤进来？那时无论在四海市场还是在颐宾楼，租个摊位可不容易，有钱都租不上。有了这一落脚之处，冯军开始采货，进货，当然不能坐等散客，这样能挣几个钱？冯军虽然初入市场，但野心很大，他瞄准的是柜台、门脸，这才是他的客户，他要给他们供货，建立自己的客户群。彼时绝大多数柜台店面都在做电脑配件生意，一般键盘、机箱的利润在十五至三十元，由于机箱沉，不易搬运，许多店铺不愿做这样的生意，正好给冯军留下机会。冯军知道要想挤进市场只能做别人不愿做的生意，这个他不在乎。

冯军开始给他的客户送货，每天骑着自行车，一手夹着机箱，一手握着车把，同时车后还夹着键盘，七扭八歪地避让着行人，有时一不小心撞在别人车上，即使摔倒的一瞬间还在拼命用身体保护着机箱。有时撞到人身上，使劲给人赔礼道歉，如果撞得不重，别人又看他浑身包括车上“全副武装”的样子，咒骂他两句，放他一马也就过去了。无论刮风下雨，烈日炎炎，三九寒冬，冰天雪地，冯军穿梭在颐宾楼与四海市场之间的客户中，任劳任怨。那辆自行车“除了铃不响剩下哪儿都响”，是冯军从一个民工手上买来的，一看就是偷的。后来业务多了，冯军不骑自行车了，也没卖，就是扔在路边上了，算是还给失主吧。除了成本，每个机箱、键盘，别人赚十块二十块，冯军坚持只赚五块，并且总有新款，慢慢地店铺老板认可了冯军，“冯五块来了”，开始人们这么说有些轻慢，但是当许多店铺发现冯军已是他们稳定的供货商，他们不再小看他。

冯军改骑了三轮车送货，当然不是新三轮，是一辆二手三轮车。不过这次不是从民工手里买的——民工还真没卖三轮的，而是从正经旧车行买的，这次他问心无愧。虽然用三轮车拉货拉得多了，但也有麻烦，三轮车一次可载四箱键盘和机箱去电子市场，去四海还好，去颐宾楼得把车停楼下爬楼，但他只有两只手，一次只能搬两箱上楼，剩下的就只能放楼下车上。但是没人看着怎么行？东西多半会丢的，顺手牵羊人们就会拿跑东西了。这可让冯军犯愁了，临时雇人看着也不放心，谁知雇的人是什么人？会不会反而一下给你蹬跑了？很冒险的，此外就算靠得住也还要多一份花销。冯军没有雇人，车到山前必有路。

冯军把东西卸下，车锁好，然后提着两箱东西搬到能看到的地方，折回头再搬另外两箱。东西凑齐了，如是反复，再搬两箱到能看到的地方，折回头搬另两箱。就这样非常原始，将货物从一楼搬到二楼，再从二楼搬到三楼，把键盘、机箱一一送到店面的客户手中。

这是一种什么样的方法？

一个人来来回回，满头大汗，浑身湿透。

满脸堆笑，旋即赶快回望，奔向货品。

“只有人类能这样搬东西——”

2000年秋天的那个下午，冯军看着化作烟尘的颐宾楼，看到当年自己的影子，他没有把车开过去，拐了弯儿。拐了弯儿脑子里还是烟尘，烟尘中还能看到那个爬楼者。

那个负重者。不过八年时间。一切都太快了。

中关村太快了，他也太快了。

他应该停一停吗？但这个思绪随后就被一个写字楼内的谈判冲得无影无踪。连颐宾楼也忘得一干二净，他很快就习惯了没有颐宾楼的中关村。

手记十一：底层的精神

中关村历史上，早期的王洪德与中期的冯军都体现了某种力量，“王五走”与“冯五块”颇具意味地齐名。两者向度不同，内涵不同。现在的人们难以想象计划经济时代人都是被计划的，人才单位所有制，不能自由流动。换一个单位首先要单位同意，然后是单位与单位之间商量，所谓“商调”。现在不同了，不同开始于王洪德，这是“两通两海”王洪德之意义。冯军已是受益者，完全自由，自主选择，一个人在大海中游泳。在个人生存中，冯军创造了自己的生存宝典：“我只赚你五块钱。”别小看这一句话，看起来比“五走”简单，就是一句生意经，实际包含了人性的基本准则：诚实、信任，并把这两点上升为信条，具有伦理学的基本意义。做生意必须赚钱，但我告诉你赚多少，后者让买卖之间的界限消失了，瞬间达成了人性原则与商业原则同体的契约精神。这并非冯军所创，中国传统小本生意一直是这样，将诚实与信用作为信念，化为人性。冯军的信念是传统的延续，最终让冯军取得了无法阻挡的成功。与诚与信必然相关的是吃苦精神，必然诞生那种劳动精神，那种在楼梯上来回一步步挪动货物的精神。

冯军本是清华大学的高才生，与冯军干一样活儿的人大多数是来自安徽、河南的农民，彼时中关村的CPU批发生意60%以上都由来自安徽霍邱县冯井镇的农民把持。与这些人混在一起，让这些人认可绝不是件容易的事，冯军必须从里到外撕下原来的大学生的自己，让自己真正像村里人一样。刚刚打进四海市场，那些摊主，不论大小都是爷，冯军见人就点头哈腰，赔笑脸，说好话。“冯五块”的绰号里可以看出某种对冯军的讥笑。但冯军毕竟是大学生，正因为到了底，立于底，甚至给底部的人垫了底儿，因此他也给最底部注入了高端的东西：那就是知识、伦理、善——善是最高的智慧。

冯军推销的键盘、机箱都是“小太阳”品牌，经过两年的努力，他的诚信，他的“只赚五块”的信条，击败了许多人，光是“小太阳”键盘每个月的销量就达到三万只，占了中国北方市场的70%份额。此后，在中关村冯军是第一个将彩显、机箱、键盘品牌统一起来的人，统一都叫“小太阳”，后改为“爱国者”。“爱国者”名满天下。2008年9月25日，中国“神七”发射成功，“神七”舱里记录并存储大量数据信息的录音存储装置，就是由冯军的华旗爱国者提供的。冯军不仅以“冯五块”的精神走在大地上，而且还上了天。

冯康构图（3）

冯康学派之袁亚湘

“我叫袁亚湘，‘亚’是因为排行老二，‘湘’是由于来自湖南。我曾是农民，而且从心里一直自认为永远是农民。五岁上学，11 岁休学一年，在家放牛。15 岁高中毕业后回村当农民。我很想当个诗人，可惜没有天赋。18 岁考上湘潭大学，四年后考上中国科学院计算中心研究生，1982 年 11 月起，在剑桥大学应用数学与理论物理系攻读博士，师从 M. J. D. Powell 教授。1988 年回到中国，在中国科学院计算中心工作。我研究非线性最优化，工作还算努力。爱打桥牌，现在有时也打。我不善于管理，也不想当官。但受命运的捉弄，曾管理过一个所，现在是无官一身轻，带带学生，想想数学，写写文章，悠游世界，不亦乐乎……”

以上是袁亚湘风趣的自我介绍。百度的介绍就显得正襟危坐得多：袁亚湘，中国科学院数学与系统科学研究院研究员，副院长，中国科学院院士、发展中国家科学院院士、巴西科学院通讯院士、美国工业与应用数学会会士（SIAM Fellow）、美国数学会会士（AMS Fellow）。现任中国数学会理事长、国际运筹联盟副主席、亚太运筹学会主席。在非线性优化计算方法、信赖域方法、拟牛顿方法、共轭梯度法等领域袁亚湘做出了突出贡献，在非线性规划方面的研究成果被国际上命名为“袁氏引理”。

袁亚湘的自我介绍有一种云淡风轻、优哉游哉，须知袁亚湘的这个自我介绍是为2011年评选科学院院士提供的简介。有人拿袁亚湘与冯康比，但事实上这就像拿古龙与金庸相比，袁亚湘让人想到西门吹雪，冯康则是侠之大者，一代宗师。冯康为数学而生，一生只关注数学秘密，袁亚湘一手拂尘，一手扑克亦成为大家。两人看起来如此不同，但有的东西又是相同的：那就是师徒的心性都已走得很远，不能说一骑绝尘，但他们的内心旁人实在无法窥其堂奥。两人在年龄上落差很大，简直是两个时代的人，但时代又让他们穿越在一起。

20世纪60年代，当袁亚湘还是一个放牛娃时，冯康已是中国“两弹一星”最神秘的幕后英雄之一，同时独立创始了有限元，成为世界级的数学家。在同一时空，他们一个已是武功盖世，一个牧羊乡间，但时间却让两个遥远之人越走越近，时间似乎安排着一切，到这位乡村少年18岁考上湘潭大学，21岁毕业，冯康已近在咫尺矗立在玉树临风的少年面前。

袁亚湘原要留校任教，按理对一个放牛娃，一个农民的孩子，留校当大学老师已是梦中的事，但已闯入数学王国的袁亚湘此时满眼星辰，要进入更广阔的天空，准备报考研究生。当时学校面对这个天才有两派意见，学校最高领导认为湘大毕竟是小天地，把他留在学校会辜负他的天才。但数学系主任不舍，数学系缺人才，两派意见最后合成一种意见：袁亚湘可以考研，但要考就考中国最厉害的老师，最厉害的老师就是中科院的冯康，否则就不让考。

系里小算盘是：冯康全国就一个，是最难考的，你袁亚湘虽说在湖南是最好的，但放在全国那可就难说了，湘潭大学怎么能和清华北大比？不要说和清华北大比，就是湖南大学也比不了，那么你考不上不就又回来了？可谁也没想到袁亚湘考了中科院第一名，直面冯康。

袁亚湘到了北京，中科院，中国最高的科学殿堂，如同唐三藏一行到了雷音寺，他与冯康师徒二人见面，完成了时代穿越，一老一少，惺惺相惜。冯康对袁亚湘来说已顶了天，但袁亚湘没想到恩师的天不是他预见到的天，恩师的天要大得多。冯康说：亚湘，你不要跟我学了，你出国吧，去剑桥吧。

袁亚湘蒙了，在报考研究生填表时，表上有一项是“你愿不愿出国”，袁亚湘填的是不愿。你为什么不愿出国？恩师问，袁亚湘反问：您觉得我该不该出国？尽管蒙，这个反问是相当聪明的。恩师点头：你当然应该出国，“国家闭关多年，需要人到国外见识，学习。不过，亚湘，你要出国，就别学有限元，要学有限元，就别出国”。1982 年，这话是如此绝对，豪迈，完全世界视野，既看清中国的需要，也不妄自菲薄，冯康的意思是你要学我这行当，就用不着出国，我这儿就到头了。那时中国有几个科学家敢说这话？同时这又是怎样的胸襟？放着自己的研究生不带，送出国去，除了大师谁能做到？仅此一点，30 年后回忆起来，袁亚湘仍对冯康折服不已，感叹此种胸襟难得。

那时科学院的自主权很大，自己拿出钱于 1982 年选了 30 多个研究生，准备送出国做不同方向的研究。这 30 多个研究生组成了一个班，叫作“出国预备生班”，预备了近十个月，其间主要是补习外语，袁亚湘是其中之一。

尽管并没跟导师学有限元，但袁亚湘也视冯康为恩师，预备期间有一次由华罗庚与冯康共同邀请的英国剑桥大学的数学教授鲍威尔访华，冯康会见时把袁亚湘引见给了鲍威尔教授，为日后袁亚湘负笈剑桥埋下伏笔。果然，十个月后鲍威尔教授成了袁亚湘的导师。高手找高手，大师找大师，冯康把国际上最牛的人请来，把自己最出色的学生推荐给他，如此高举高打，焉能不出人才？

冯康以“飞鸟”的国际视野为袁亚湘确定了研究方向，“现在国内数学领域的‘优化’问题相对比较弱，但‘优化’将来会很有前途，所以，你要学这个方向”。现在看来冯康的确有着“飞鸟”的战略眼光，所谓“优化”就是今天最热门的“大数据”（Big Data）核心要解决的问题，而30年前冯康就洞悉了未来。一个国家有这样的人，是国家之幸。

大数据就是把所有信息整合起来处理，最后以最优化的方式服务人类。21世纪以来，特别是进入2012年以来，大数据一词越来越多地被提及，人们用它来描述和定义信息爆炸时代产生的海量数据。数据决定着未来的发展，大数据时代对人类的数据驾驭能力提出了新的挑战，也为人们获得更为深刻、全面的洞察能力，提供了前所未有的空间与潜力。在商业、经济及其他领域中，决策将日益基于数据和分析做出。这将是一场革命，庞大的数据资源使得各个领域开始了量化进程，无论学术界、商界，还是政府，所有领域都将开始这种进程。

袁亚湘说，优化（Optimization），是应用数学的一个分支，主要研究在给定约束之下如何寻求某些因素（的量），以使某一（或某些）指标达到最优的问题。这类定式有时还被称为“数学规划”，譬如，线性规划。许多现实和理论问题都可以建成这样的一般性框架。比如设计飞机，那飞机的翅膀设计成什么形状，也是优化问题，不能拍拍脑袋就这样了。为什么现在世界上飞机都这个样子？就是那个翅膀已经被科学家优化了。通常在马路上开着车都很颠簸，但坐着飞机飞到天上根本就感觉不到，跟没动似的。为什么？就是科学不断进步不断优化。伴随着计算机的高速发展、大数据时代的到来和优化计算方法的进步，规模越来越大的优化问题更加重要，并且具有了最为科学的预见性。

袁亚湘与冯康相差了 40 岁。“这就有点像一个家庭中爷爷跟孙子，”袁亚湘亲切回忆此种情形时说，“按道理林群院士、石钟慈院士跟冯先生接触得更多，是另一辈，但是中国这个传统就是儿子辈怕老子辈，林群、石钟慈他们很怕冯康，但我不怕，‘隔代亲’，冯康跟我什么都聊，像与孙辈聊天，充满呵护，我也什么都敢说。”的确，这是中国的特殊情形，或者说中国文化中特别富于人情味的一点。人性与人情还不同，人性中很多时候不含人情，但人情中一定包含人性。这也是中国文化的超越性。（当然，必须看到人情有时也抑制了人性/理性，时有变异。任何时候都不能盲目自豪，需要甄别，互补，才能发扬光大。）

袁亚湘到了剑桥，师从鲍威尔教授，其间与冯康保持着密切通信联系，不断汇报自己的学业进展、剑桥数学的研究动向……袁亚湘不负恩师冯康厚望，三年拿到博士学位，又在剑桥工作了三年。要不要在剑桥工作，怎么工作，这些决策都是袁亚湘跟冯康写信沟通的。冯康鼓励袁亚湘在剑桥工作，这样可以更深入地了解英国的计算数学的研究，将在国外最前沿的方法带回国内，同时也可将所学付诸实践。

袁亚湘在剑桥工作期间，冯康到英国访问，顺便去剑桥看望了袁亚湘。袁亚湘陪先生游览了剑桥的三一学院与圣约翰学院。剑桥郡本身是一个拥有大约十万居民的英格兰小镇，小镇有一条河流穿过，称为“剑河”（River Cam，又译“康河”）。剑河两岸风景秀丽，芳草青青，架设着许多设计精巧、造型美观的桥。剑桥大学本身没有一个指定的校园，没有围墙，也没有校牌。绝大多数的学院、研究所、图书馆和实验室都建在剑桥镇的剑河两岸。扑面而来的融于自然中的历史人文气息让师徒二人时时发出感慨。冯康谈到早年学英语的经历，1938 年苏州中学的校图书馆被日本轰炸机狂轰滥炸，图书满天飞，烧毁的烧毁，散失的散失，但就是在这样的情境下冯康在灰烬之中拾得一本英语残书——《世界伟大的中篇小说集》，便在残垣断壁中津津有味地阅读起来……

散步的时候，冯康谈到筹建国家重点实验室的事，准备为此一搏。国家重点实验室是国家科技创新体系的重要组成部分，是国家组织高水平基础研究和应用基础研究、聚集和培养优秀科技人才、开展高水平学术交流、配置先进科研装备的重要基地。国家重点实验室的主要任务是针对学科发展前沿和国民经济、社会发展及国家安全的重要科技领域和方向，开展创新性研究。实验室应在科学前沿探索研究中取得具有国际影响的系统性原创成果；或在解决国家经济社会发展面临的重大科技问题中具有创新思想与方法，实现相关重要基础原理的创新、关键技术突破或集成；或积累基本科学数据，为相关领域科学研究提供支撑，为国家宏观决策提供科学依据。实验室科研用房应集中，并拥有先进适用的仪器设备和完善的配套设施，仪器设备统一管理，高效运转，开放共享。

国家重点实验室物理方面很多，化学方面也不少，人们认为数学不需要“实验”，一直没有，这是短视，甚至盲视。冯康向国家提出了申请，如果没有冯康的战略眼光，冯康的威望，当时很难想象能建立数学类的国家重点实验室。在这个意义上说，冯康是这个至今在国际上颇有影响的数学类的国家重点实验室的缔造者。1988 年，袁亚湘一回国，便投入到筹建中国计算数学国家重点实验室的工作当中，成为冯康的主要助手和实验室创建者之一，负责起草了许多文件。实验室光采购设备就花了几百万美金，在当时是个天文数字。

20 世纪 80 年代末到 90 年代，已是快 70 岁的人了，冯康还在不断地学习，不断求知，不断创造。袁亚湘经常看到冯先生。袁亚湘印象最深的是一到周末老头就挎着个书包去图书馆，是那种帆布的书包，还不是部队那种，就是那种深蓝或藏蓝色的，就像普通人买菜所用的那种，反正一看就是帆布包。1982 年冯康还没成家，孤身一人，最常去的就是图书馆。他踽踽独行，背个书包……

冯康学派之余德浩

余德浩是冯康带的第一个博士，1962 年考入中国科技大学，受教于关肇直、严济慈。1978 年考入中国科学院计算中心，师从冯康，先读硕士，接着是博士。从知道冯康，到在中国科大学冯康编的教材，到决定报考冯康的研究生，中间经历了“文革”，一晃快 20 年了，冯康在余德浩的心中一直巍然屹立，高山仰止，且有种神秘感。那时冯康已从计算所到计算中心当主任，数学所在北楼，计算中心在中关村东楼，余德浩找到计算中心报了名。余德浩心里一点底也没有，冯康不像关肇直，关肇直是亲自教过自己的先生，可以直接登门拜访，对冯康他却不敢。左思右想，回到密云自己所在的工厂，挑灯给冯康写了一封信，介绍了自己的情况。没想到很快冯康就回信了，至今余德浩还记得那是一个很小的信封，是一个旧信封翻个面改的，重复使用。余德浩想象着一位大数学家将一只旧信封拆开的情景，然后又粘好，写上地址、名字，封好。那时旧信封翻用倒也是一个常见的行为，但冯康也如此余德浩没想到。信笺也很小，是一种便笺，有中科院计算中心字头。信中冯康告诉余德浩：“我们是严格择优录取，这点没有什么可以改变。”

这样说有两个意思，一是提到关肇直也没用，二是也不会有任何人任何事影响录取，唯一就是看你的本事。这样最好——是余德浩最高兴的。

初试、复试，一关一关，尽管紧张但也坦然，一切顺顺利利。初试没见到冯康，复试见到了，前面坐着几位主考老师，冯康坐在中心位置。复试的最后成绩：余德浩第一。收到录取通知单，余德浩心里一块石头彻底落了地，十几年的蹉跎岁月终于要结束了。

跟冯康读书主要是讨论班形式，每周都有讨论班，然后是冯康在别处做做学术报告，让弟子跟着听。再有就是开会，包括去外地，像去厦门、桂林等全国许多地方开会，带着他的硕士生博士生去。此外，冯康经常接待外国同行，或来访或学术交流，冯康也总是让弟子跟着，把弟子介绍给外宾认识。这为弟子未来出国深造、交流、访学，都埋下了非常好的伏笔。

1978 年刚刚改革开放，国内的文献资料比较少，一般科学家跟国外交流也比较少。但是冯康的地位与国际威望使他跟外国交往的机会多一些，那时冯康经常出国访问，或者外宾来访找他，双向交流自然越来越密切。当年美国数学家代表团来访，法国数学家代表团来访都是冯康接待，他可用外语直接交流，三言两语三五分钟就让外宾惊讶，虽然身体瘦小，但魅力与气场很大，外国同行往往见他一面会留下深刻的印象，因此他的学生也跟着受益。中国的数学，当年就是因为有像华罗庚这样，冯康这样的大师，虽然闭关锁国多年，但外宾一接触就觉得中国还是有水平的。比如美国数学家代表团回去跟美国政府汇报介绍说，中国数学，尽管经历了“文革”，水平还是不错的。余德浩记得美国代表团特别提到了有限元，提到中国在与世界隔绝的情况下完成了有限元。而法国数学代表团的一个院士，大数学家，跟冯先生一见面马上就成了朋友，对有限元的评价相当高，打心眼里佩服。冯康除了学术水平高，他的语言能力与善于表达也起了至关重要的作用。

余德浩刚考上研究生的时候，冯康就给了余德浩一大摞足有几十本的外文版的文献、参考书。除了英文的，还有德文、法文等。余德浩原本是学俄语的，但俄语资料少，主要都是英文、法文、德文、意大利文。这些资料很多都是冯康出国弄回来的。冯康水平高，翻一翻就知道怎么回事儿，学生看起来就困难了，英语余德浩后来还凑合，德语、法语、意大利语就得查字典。余德浩在研究生期间在“二外”又学了一年法语，学了一年德语，不学不行，不学那些书他没法看。这样下来，余德浩受益匪浅，后来他给自己的学生也准备了许多外文资料，对学生说有些东西看不懂也不要紧，看不懂跳过，拣有用的看。有可能现在不理解以后就理解了，现在不知道有什么用，但以后用着了，起码就知道有哪个文献去哪儿查。念研究生不是念本科，一本书不用从头到尾都要看懂。这些既是余德浩的体会也是经验之谈，而这一切又都源自冯康。

余德浩大学学的专业是应用数学，后来学的是计算数学，冯康叫余德浩跨两边，应用数学和计算数学。如果再细分的话，其中一个叫微分方程数字解法。微分方程数字解法有各种各样的方法，冯康的领域或特长叫有限元，但当时叫边界元，冯康把它归在一类，叫“有限元边界元方法”，余德浩主要搞的就是这个方向。而有限元边界元方法里头有数学理论部分，也有计算方法部分。数学理论部分可以归于应用数学，计算方法部分就是计算数学，所以冯康让余德浩跨两边。

余德浩知道有限元冯先生做了很多，学生再做也做不到多高，所以冯康让余德浩跟他一块儿做边界元。余德浩做时还没有一篇边界元方面的文章，1986 年冯康发表了第一篇边界元方面的文章，很短的一篇文章，就是在那个基础上，余德浩把边界元作为了自己的硕士论文来做。论文做出来后，跟冯康联名在“中法有限元讨论会”上宣读了该论文。同时在《计算数学》杂志上发表了论文，当时，这份杂志是冯康刚刚创办的一个英文版的计算数学方面的杂志。

在中法有限元讨论会上，冯康是会议主席，中法双方举办的这个会议有两个主席，在北京开的是第一届，冯康把余德浩带去参加这个会议。在那个会议上，冯康的主报告，就是师徒二人联名的论文。框架是冯康给的，具体的演算部分是余德浩做的，冯康最后润色改定。那次中法会议冯康最后一个发言，是那个会的压轴戏，主报告，一个小时。由于是联名，又是余德浩的硕士论文，等于冯康在国际场合推出了余德浩，当时影响非常大。报告以后，讨论时有提问，有些问题是冯康叫余德浩回答的。那个会除来了一些法国教授，美国也来了一个教授，日本和意大利也各来了一个教授，《中国大百科全书》里把那个会议都写进了词条。

1984 年余德浩念博士的时候，冯康的研究方向转到了哈密尔顿系统的辛几何算法上去了，边界元后面的工作就都由余德浩来做，等于再次给学生创造了一个很好的学术机会，给学生腾出了研究空间。

20 世纪 70 年代末 80 年代初，冯康住的房子很小，后来房子大了，有了一间房专门放书。余德浩还记得冯康房子很小的时候地上到处都摆着书，床底下床边上都是书，一摞一摞的，甚至就连床上也摆的全是书。余德浩记得到导师家都没有坐的地方，只能站着跟导师说话，导师呢，拨拨书，坐在床边上，两人就像在图书馆中，确切地说，在图书馆深处。冯康不像一个家的主人，更像是书中的主人公，或者冯康就是书。

冯康对研究生非常严格，余德浩做了研究生后，计算中心有老研究人员很佩服余德浩的胆量，因为一直传说“冯康的学生很难毕业”。当时中关村 87 楼集体宿舍楼里住着一位精神失常的中年人，就是冯康“文革”前的没能毕业的老研究生。余德浩为此总是有点紧张，尽管感到老师对自己特别好。

1985 年余德浩取得博士学位，冯康建议余德浩出国，开拓国际学术视野。冯康亲自为学生在英文打字机上打了两封推荐信，一封是给美国的一位教授，是一位参加过中法有限元国际会议的美国有限元专家，是国际上有名的教授。一封是写给德国洪堡基金会的。洪堡基金是国际上最著名的基金，每年向大约6000名具有博士学位、年龄不超过40岁、成绩优秀的外国科学家提供奖学金，使其有一段较长的时间在德国进行科学研究工作。选拔委员会由100名各学科的德国科学家组成，在德意志研究联合会主席的主持下负责对申请者进行选拔，不分国别，也没有专业限制。80年代初给中国名额还不多，一年所有学科也就十来个人。当时公派学者到德国做访问，国家出钱是一个月600马克，德国的其他一些基金会有的是1000马克，洪堡基金会每月2400马克。余德浩刚去时是2400马克，不久就涨到了2700马克。在德国访问的学者包括留学生，都很羡慕拿到洪堡基金的人。

1987年余德浩在德工作访问期间，冯康应洪堡基金会邀请来到德国访问、讲学半年，这年冯康结婚，本来要带夫人，但夫人因故未能成行。洪堡基金会为冯康准备了一间办公室，供冯康进行专门研究。余德浩夫妇见到冯康，邀请冯康到瑞士一游，三人一起坐船，照了很多照片，去了日内瓦、洛桑、伯尔尼。非常神奇的是，冯康在伯尔尼的一个小山坡上遇到了多年未见的姐姐冯慧。两人一个上山坡，一个下山坡，远远的谁也不知道谁，但是走着走着，就像穿越了时光，两人走近了，停下，一个是姐姐，一个是弟弟！两人不禁百感交集，都已是老人，多年未见，在异国他乡碰上，像两颗行星对接。

冯康完全不知道姐姐在欧洲，虽然姐姐知道他在德国，但不知道他到了瑞士。冯慧是叶笃正的夫人，叶笃正那年是世界气象协会的会长，在日内瓦开世界气象学会议，冯慧去美国看儿子，从美国回来绕道欧洲与叶笃正会合，本来是去日内瓦，到了瑞士后顺便想到别的城市转转，就来到了伯尔尼，冯康也是顺便到了伯尔尼，都是顺便，仿佛冥冥中安排的“顺便”，你从这头，他从那头，两个人相遇，相视。他们在小山坡上聊了一二十分钟，便又分开了。余德浩给他们拍了照片。此后冯康见到熟人包括外国人都常说到这个“小概率事件”，他非常兴奋，不但跟余德浩要了照片，连底片也要了去。

冯康学派之唐贻发

在冯康学派中，唐贻发算是最不出名的一位，仅仅是一名研究员，既不是院士，也没当过所长、副所长。百度上的介绍也很简单：1987 年复旦大学毕业，师从冯康院士，先后获得硕士、博士学位。研究方向：动力系统的几何算法。主要学术成果：在“多步辛算法存在性”“辛算法形式能量及其应用”“非线性 Schr dinger 方程、含时 Maxwell 方程辛计算”方面获得有影响结果。条目很少，也很简单，但学术上很重要。

唐贻发从小就热爱数学，中学时就确立了当数学家的志向，大学考到了复旦大学数学系。还在上学时唐贻发就见过冯康，1985 年冬天，冯康来复旦讲学，讲的是“哈密尔顿系统的辛几何算法”，冯康讲完了，复旦教授蒋尔雄和柏兆俊都分别向冯康提了问题，问题与回答高深得大家都听不大懂，蒋尔雄老师总结冯康报告，认为“观点高超，给人全新的感觉”。唐贻发发现冯康讲着讲着就用手摸自己口袋，摸了半天。柏兆俊问冯康是不是想抽烟，冯康回答是的。

1987 年唐贻发复旦大学数学系毕业，决定报考中国科学院计算中心研究生。冯康已经退居二线，不再担任计算中心的主任。1987 年 4 月，冯康再次应邀去复旦大学讲学，彼时研究生考分正好已经出来，唐贻发也得知自己已经被计算中心录取，但导师未定。唐贻发的班主任鼓励唐贻发去见见冯康。唐贻发尽管考了第一名，还是有点不敢去。班主任打气说你一定要去找他，即使他不选择你，也会给你建议一位导师，那也是很好的事情呀。

那天下午，是个难得的好天气，在复旦大学招待所，唐贻发壮着胆子去见了这位已是67岁的数学权威。出乎唐贻发意料的是，自己此前的紧张完全多余。唐贻发对冯康多少进行了研究，一开始问起“有限元方法”，冯康便笑了，对唐贻发说，尽管招生广告上他的研究方向依然写着“有限元方法”，但他现在的主要精力已经放在“哈密尔顿系统的辛几何算法”，他在该年度有可能招一两名这方面的硕士生。唐贻发表示愿师从冯康，问可不可以，冯康干脆地说了声“可以”，接着又说了这样一句：“你们复旦大学数学很强，计算数学也很强。你们的学生素质挺不错的，很欢迎你们到中科院读研。”接着问唐贻发：“你想跟我做这个新的方向，你的物理力学背景怎么样？有没有流体力学、弹性力学这些方面的基础？”

唐贻发只是在大一大二修过普通物理，刚刚才又修了一点理论力学，但冯康并没有失望，兴致未减，“我向你推荐一本书，就是Arnold的*Mathematical Methods of Classical Mechanics*（《经典力学的数学方法》），这实际上是一本研究生教材，挺好的，你认真读读”。整个见面过程只有二十来分钟，尽管唐贻发感到将来要学的东西还是挺多，很难，但冯康富于感染力的话让他感到很大的鼓舞。而且唐贻发注意到，冯康自始至终根本就没关心自己考了第几名。至于数学大师Arnold的那本《经典力学的数学方法》，限于当时的条件，唐贻发竟然一直没有找到。

几个月后唐贻发来北京正式入学，成为冯康的研究生。冯康送给了弟子一本《经典力学的数学方法》，并在第一页上签上了他的名字。快30年了，唐贻发对这本《经典力学的数学方法》记忆犹新，他还记得当时怎样认真研读全书的情景，书上列的习题他几乎全做过，读得都有一些磨损，尤其是书的外层，许多裂开的地方都拿质地好的白纸和胶水粘上了。

冯康极其欣赏 Arnold——弗拉基米尔·阿诺德，其人被公认为是 20 世纪最伟大的数学家之一，当过国际数学联盟副主席。20 世纪 60 年代前后，阿诺德专注于哈密尔顿动力系统的研究，是 KAM 理论的创立者之一。KAM 理论是动力系统中最深刻、最困难的理论之一，其背景是太阳系的稳定性这个悠久的老大难问题。与此同时，阿诺德还发现了一个极其重要的现象，现在称之为“阿诺德扩散”，大意是，在那些稳定的岛屿——不变环面之间，可能存在一些幽灵般的轨道，以近乎随机的方式极其缓慢地漂移，但“阿诺德扩散”的机制至今仍不清楚。阿诺德的工作是绘制了一幅复杂系统的典型画面：有序运动与无序运动交错共存，不管在哪一个量级或层级上，一定会有不可预知、难以控制的信息隐藏在深不可测的黑暗地带。大约也是这个时期，阿诺德对理想不可压缩流体的运动方程给出了一个非常优美的刻画。他把这个方程看做是保体积微分同胚组成的无穷维李群上的测地线方程，清晰地揭示了流体运动内在不稳定性的几何根源。阿诺德有一个有趣的观点认为，数学是物理学的一部分，物理学的本质是几何。其名著《经典力学的数学方法》就是用辛几何的框架，给经典力学来了一次脱胎换骨的转化。这本书被称为“几何力学的《圣经》”。

1988 年前后，冯康与阿诺德在苏联、法国都有过交流。唐贻发还记得早在 1988 年夏天冯先生从欧洲访问归来，自己正好完成在中科院研究生院一年的基础课学习回到所里，见到冯先生带回了阿诺德有关“辛几何”方面的讲稿（不是书是讲稿），冯康让他的研究生们马上复印，人手一份。冯康比阿诺德大 17 岁，尽管年龄上有较大差距，但二人是有些渊源的。早在 20 世纪 50 年代，冯康在莫斯科 Steklov 研究所（相当于中国的中科院数学所）研习过两年，他的导师是 Pontryagin（庞特里亚金），一位传奇的盲人数学家，也做过国际数学联盟副主席，稍晚弗拉基米尔·阿诺德也进入了 Steklov 研究所学习，导师是 Kolmogorov。Kolmogorov 与庞特里亚金年龄相仿，是 Steklov 研究所几十年的同事，也都是国际著名的数学家。1988 年冯康欧洲之行途经莫斯科，最后一次见到了自己的导师庞特里亚金，也见到了阿诺德。

唐贻发跟了冯康六年，一些生活细节历历在目。因为有时帮忙拿信件之类，唐贻发多次碰到冯康用餐，冯康生活非常简单，保姆常常给他做的就是鸡蛋油菜加上一小碗饭，仅此而已。他以前对于钱是没什么概念的，但有一次居然问唐贻发："小唐，这个月的工资发了没有?"这是冯康有了夫人之后。

"跟他在一起，"唐贻发说，"一些很简单的事情会让人悟出做人的深刻道理。有一次一位西班牙马德里大学的学者 Vazquez 教授来访，冯先生请客，在北海附近某个小餐厅吃饭。除了冯先生、Vazquez 教授，还有我们课题组的秦孟兆老师和我。"当时唐贻发是一位年轻的学生，是第一次和恩师吃饭，也是第一次和外宾一起用餐。当餐厅的招待问唐贻发想点什么时，唐贻发脑子一片空白没有主张，说了声随便，"要不就和前面的老师一样吧"。这个时候，冯康严肃地对他说："哎，你想要什么就要什么，不要把自己交给别人!"当着 Vazquez 教授的面，话很重，唐贻发永远记住了这句话。有意思的是后来唐贻发两度赴马德里大学，与 Vazquez 教授一起工作。

1988 年冬天，唐贻发仔细研读了阿诺德的可积哈密尔顿系统稳定性 KAM 理论的完整证明，随后在他的硕士论文中将可积哈密尔顿系统的 Liouville 定理应用于三轴椭球面上的测地流。在对周期运动情况所进行的数值模拟中，唐贻发发现同样是二阶精度，不同于单步的中点格式（1984

年冯康发现它对哈密尔顿系统是一个辛格式），两步的蛙跳格式。当唐贻发把这个情况报告给冯康和秦孟兆的时候，两人都感到意外，但冯康很快接受了这个结果，并在一周一次的讨论班上说："现在看来，我们（指他和葛忠）原来那样去解释蛙跳格式是一个辛格式是不对的。"就是在那次讨论班上，唐贻发问："那么，冯先生，您觉得应该如何去定义蛙跳格式甚至线性多步格式的辛性？"

这是对老师的挑战，而大师从不需要唯唯诺诺。

甚至在饭桌上，冯康就给唐贻发指出过：挑战是科学本身应有之义，科学本身即是一种灵魂，但没有挑战就没有灵魂。冯康一生都在挑战。

那天冯康当即在黑板上写出了唐贻发的定义："用步推算子来定义，把多步法看成是步步推进的同一个算子，多步法是不是辛的就看该算子是不是一个辛变换。"

在冯康的激励之下，在对周期运动情况所进行的数值模拟中，唐贻发一鼓作气地证明了："在冯康新的定义之下，不仅蛙跳格式，而且所有线性多步格式都不是辛格式。"这是一系列大胆的质疑与证明。30 年后，唐贻发还记得那天他从下午 5 点多钟用过晚餐后，在宿舍一直忙到凌晨 1 点彻底解决问题的时刻。第二天早上，唐贻发准备向导师报告，问在哪天，冯康让弟子下午就去他家，在讨论班上讲。这次唐贻发讲的时候，发现先生在认真做笔记。这是唐贻发跟冯康读研究生六年在讨论班第一次见先生记笔记，也是唯一的一次。唐贻发的确讲得不错，有突破。此后在导师的指导下，唐贻发完成了第一个研究工作。研究所得结果经过进一步推广，相关论文《多步法的辛性》在 1991 年初完成初稿，1993 年初正式发表在美国的国际刊物 *Computers and Mathematics with Applications* 上，引起欧美同行的广泛注意，人们在不同的学术交流场合会谈论起"冯康的定义"和"唐贻发的定理"。

《多步法的辛性》也成为 1994 年唐贻发获得去美国 Los Alamos 国家实验室工作机会的引线。从 1991 年有人把尚未发表的《多步法的辛性》的论文初稿带到瑞士日内瓦大学，并交给了国际著名数值分析专家 Wanner 算起，Wanner 的学生 Hairer 在这个专题上花了相当长的时间和相当多的精力，直到 2008 年实质性地推广上述结果（发表在中国人主编的国际刊物 *Journal of Computational Mathematics* 上)，同时借此不断完善了由 Hairer 和 Wanner 自己于 1974 年提出的 B-级数理论。

唐贻发在辛算法上取得的这个成就，完全是在冯康指导和激励下取得的，“冯先生前行，带着我们探路，那个过程现在想起来还是那么美妙”。除此唐贻发还另有感叹，“不仅数学，让我震撼与永远望尘莫及的是先生的语言能力。他不仅通晓六国语言，而且说起话来特别富有感染力，感召力，用现在的词儿，也可以叫‘霸气’——是让你心服口服的‘霸气’，征服力。80 年代末 90 年代初电子邮件还不是很通行时，我记得有一次他的好朋友 Lions（曾任国际数学联盟主席、法国科学院院长）给他发传真，用的法语，我亲眼看到冯康也用法语回。冯先生曾对我说，他年轻时候在中央大学（南京大学前身）学习的时候，酷爱数学，在图书馆里拿起感兴趣的外文数学书就放不下，有时太投入，竟然忘记了这是公共书就在上面做起了推算和评论。不但看数学书他还看外国原文小说，托尔斯泰，莎士比亚戏剧……他的修养、霸气、语言能力，和读过大量外国文学名著不无关系，苏联数学家有阅读朗诵文学名著的传统，冯先生承继了这一传统。”

手记十二：铜像永远屹立

1980 年，中国科学院增补学部委员（后改院士），冯康与冯端以及他们的姐夫叶笃正同时当选，科学界一时传为佳话。冯端是物理学家，像冯康一样早年毕业于苏州中学，就读于中央大学。叶笃正是中国现代气象学主要奠基人、中国大气物理学创始人。1980 年，当这三个人一同步入会场，科学界以掌声表达了某种震撼，一门三院士，堪称院士世家。

1993 年，73 岁的冯康还在科学探索上踽踽独行，孜孜以求，考虑把有限元和辛算法结合起来。1998 年美国数学家 Marsden 和他的团队建立了“哈密尔顿偏微分方程的多辛算法理论”，这一新算法，恰恰应了冯康的构思——“把有限元和辛算法结合起来”的构想。冯康的构想至今还在启发着后人，他的铜像屹立在数学院由他开创的计算数学国家重点实验室门口。

站在冯康的铜像前，感觉他一直在瞩望着中关村。

瞩望着东方，世界，人类。

联想世界（3）

价格大战

1995年深秋，当康柏电脑宣布降价13%～25%，IBM两周之内做出了坚决的反应，把其系列电脑降价20%，惠普电脑动作稍慢，但也在11月1日发布了全球的新价格，这时候，已是“场上选手”的联想电脑感到了一种“以其人之道还治其人之身”的寒气。联想成为新的选手靠的是价格撒手锏，一再压低成本，压低价格，一路骁勇善战，过关斩将，直杀到康柏、惠普、IBM面前。现在这些资深的大咖出手了，年轻的联想一下被逼到了墙角。不过，联想电脑已不是一次两次在墙角了，甚至习惯了墙角的位置。康柏和IBM这些无可争议的“世界电脑之王”，这几年突然发现自己要对付一个年轻气盛、生命力极其顽强的对手，这个对手打不死、挤不垮，而且不仅打不死，一旦缓过来还主动冒出来叫板。

康柏和IBM宣布降价不久，1996年元月，被逼至墙角的柳传志便看上去几乎是自杀式地宣布：联想旗下的“奔腾系列”电脑全线降价，特别是其中的入门级“75 MHz”售价9999元。这是当时全世界电脑市场上第一款万元人民币以下的“奔腾”，被当时的媒体叫作1996年中国个人计算机市场的“一声晴天惊雷”。

说是“惊雷”一点也不夸张，这个新的价格一出现在市场上，就在全世界电脑制造商中引起强烈不安。但是与以往不同的是，过去电脑市场上的价格战都是外国厂商特别敏锐，这一次他们却有点莫名的迟钝，一动不动，毫无反应，摸不准中国人这样玩命降价到底要干什么，这还是生意吗？生意总要赚钱呀，这还能赚钱吗？倒是中国厂商最先接招，一窝蜂做出反应：4月10日，同创电脑宣布其“奔腾75 MHz”售价9700元；4月12日，方正宣布把“奔腾75 MHz”降至万元。4月15日，浪潮宣布把奔腾系列降价20％～30％。

柳传志的爱将——主管联想电脑销售的杨元庆天天盯着各地销售人员送来的报告，期待着这一回消费者会跟着联想走，在胜负未分之前心里不免紧张。而这时候联想的仓库里还有一大批“486”呢，便开始赔本抛售。“奔腾”都万元以下了，“486”还能卖多少钱？杨元庆的盘算是以“奔腾”的成功来弥补“486”的亏损。这样风险很大，如果一击不成，联想就会损失惨重。结果出乎意料，万元以下的“奔腾75 MHz”的订单像雪片一样哗哗地飘到了公司，降价的第一个月联想电脑的日产量超过1000台，更为神奇的是他们的“486”也连带着销售一空，没有了库存，不仅以盈补亏，而且还有500万元的净利润，整个公司欢呼雀跃。这一仗打得干净漂亮，载入联想的史册。

而直到那年夏天，无论是康柏、IBM，还是惠普，眼看着由联想发起并引领的“中国电脑联军”的大举反攻，却意味深长地没有任何反应，一直不可思议地按兵不动，不可思议地仍把“486”卖到15000元，“奔腾”的价格则在2万元以上。或许他们不知道中国市场上究竟发生了什么事？或者莫非外国厂商在酝酿什么更大动作？种种迹象表明这是非正常的。其实什么也不是，杨元庆第一次发现原来外国品牌的决策机制也有不灵活、比较慢的时候，特别是在非正规作战的时候，在不按常理出牌的时候。兵者，诡道也，这方面中国有的是经验，一部《孙子兵法》渗透到中国人的基因、灵魂里。

杨元庆得到柳传志的真传，既然一击而中，那就绝不给对手喘息机会。事实上联想的决战计划是一个连续的行动，柳传志坐镇中央，十年征战，五十而知天命，此时AST已不在话下，联想已将巨人肩膀踩于脚下，特别是下一代年轻干将已完全能独当一面，杨元庆、郭为、孙宏斌，个个都骁勇善战。一代统帅下面必有一代名将，否则统帅也难称得上统帅。柳传志异常欣慰，江山有待，不过十年，联想已借AST崛起，敢和康柏、惠普、IBM叫板，杨元庆等甚至立誓不出三年超过康柏、惠普、IBM，成为中国第一。这些年轻人比自己还要野心勃勃，柳传志颇感欣慰。战功赫赫，骄兵悍将，必会滋长另一面：桀骜不驯。年轻将领不同于张祖祥、李勤等老一代将领，柳传志爱之过甚也有兜不住的时候，孙宏斌就是一例，柳传志不得不“痛下杀手”，这是后话。

1996年，这年的11月，杨元庆发起第四次“降价战”，把最前沿的“奔腾133”也拉到“万元以下”，全国各路销售商高奏凯歌，留下了联想历史“四战四捷”的传奇。那一年只有陈绍鹏分管的广东市场形势一度不明，那可是电脑市场的最前沿，颇不易攻取，但是后来也出现了曙光：陈绍鹏和正道公司的总经理曹能业签下了分销协议，类似使其签署城下之盟。曹能业的公司规模可是不小，而且极其不同寻常的是，曹能业本是康柏的代理商。曹对康柏以及外国厂商面对中国市场变化多端表现得僵硬迟缓有诸多不满，对联想的“四战四捷”却知之甚详，如数家珍，满心都是对联想微机的信任。陈绍鹏与曹能业签下“分销”协议（等于联想又收获了一大批代理商），两人坐在同一辆车上出了广州，向珠三角进军，一路高奏凯歌。最迟从1997年开始，所有人都看出了联想的两大贡献：一是挽救了国产电脑的颓势，反败为胜；如果没有联想在1994年、1995年和1996年的努力，中国的个人计算机市场或许真的被外国品牌彻底垄断了。二是杨元庆在微机事业部营销方面大刀阔斧的改革，建立了高效率的分销体系，将产品的方向直指家庭用户，联想微机事业部的“四战四捷”，把联想电脑的销量提高了101％，市场占有率也超过了10％，在中国市场上成为第一。

1998年5月，联想第100万台电脑走下流水线，联想为此举行了大规模的庆典。这台电脑可以说是中国民族信息产业历史上的一座丰碑，具有不同寻常的意义。杨元庆已不满足在惠普学到的东西，开始屡屡地创出新招，策划了在全国范围内为联想“找朋友”的活动，把每一个10万台的用户都找来参加庆典。庆典在新世纪饭店办得轰轰烈烈，柳传志记得那天是5月6日，他讲完话，政府官员宣读完贺词，之后杨元庆宣布将一台装载着奔腾Ⅱ处理器的“天琴959型”电脑赠送给了英特尔公司董事长格鲁夫先生。格鲁夫在讲话中表示，要将这台电脑珍藏在英特尔的博物馆里。散会后，杨元庆和公司的高级经理、员工一起吃饭，饭桌上，他们由这100万台电脑谈到了1994年的艰难，谈到了1996年的转机，谈到了1997年的辉煌，想想这几年来的酸甜苦辣，都不由自主地流下了眼泪。1998年9月联想与IBM签署在软件领域全面合作的协议，与用友公司建立了战略伙伴关系，以合约方式向世界著名调查公司IDC购买市场报告，购买了金山公司30％的股份，成立了华东、华南、东北、西南总部。这一年柳传志被美国《时代》杂志评为“全球25位最有影响力的商界领袖”

之一，排名第十四位。

代理制

如果价格大战（低价）是撒手锏的话，那么没有一个先进体系的保证，孤立的撒手锏不仅没有功效反而会杀伤自己。前面几次提到的“分销”概念便是撒手锏的保证，正是分销让撒手锏屡试不爽，无往不胜。

讲到联想成功的秘诀，必须说说分销了。毫无疑问，惠普是第一个把分销概念带到中国的外国商家，当联想成为惠普公司覆盖全球销售网络的一部分时，由人及己，年轻将领杨元庆看到了“代理制”的整个面貌，进而也看清了分销的商业秘密。彼时还是1992年，杨元庆不在微机事业部，而是在CAD部。CAD是计算机辅助设备部的简称，实际上当时杨元庆主要是代理销售惠普公司的绘图仪。杨元庆从惠普绘图仪的销售中，看到了除去零售、批发之外的另一种销售模式：代理和分销。这种销售模式有专门的销售渠道，有特定的顾客群，而稳定的代理商和相对同定的销售渠道则组成了一个庞大的销售网络。这非常重要，体系销售的功效是呈指数增长的，缺少体系的销售永远是散兵游勇，做不大。杨元庆那时认识到他所带领的CAD部实际上是惠普庞大的销售网络中的一个环节，而惠普以这种模式组建了自己的全球销售网络，以最少的人力占据了最广大的市场，赚取了尽可能多的利润。杨元庆从中受到了启发，开始构想以联想为中心的销售网络。

杨元庆走马上任CAD部总经理的第一个月，便与中关村的一家公司签订了代理分销合同。这家公司承担分销惠普绘图仪的责任，而联想CAD部将营业额的3%返还作为回报。这是中关村第一份模仿性的代理合同，无论是对中关村还是对联想都有着非同寻常的意义，因为从此中国

IT业诞生了真正意义上的分销商。开始的时候，人们因为对“代理”“分销”感到陌生，对许诺的诸多好处将信将疑，但是有了第一家，就有第二家，这种销售理念传播很快，不久联想CAD部将有意向代理的商家召集到一起，召开了一次小型的代理商会议，虽然参加的人不多，但是对杨元庆和联想来说意义重大。因为正是从这次会议开始，杨元庆形成了新的营销理念。正是后来将这种模式用于联想电脑的销售，从根本上改变了联想电脑的命运。杨元庆以这种分销的销售模式使得CAD部的销售业绩持续上升，到1992年底比上一年增加了一倍，1993年又比1992年增加了一倍。

正是因为杨元庆在1991年到1993年负责CAD部短短两年时间里所取得的辉煌业绩，让他引起了柳传志的注意，使柳传志在联想电脑最紧要的关头，提拔他做了微机事业部的总经理，将联想电脑的未来也押在了这个年轻将领身上。1994年，杨元庆就任微机事业部总经理，对事业部大刀阔斧进行改革，第一个动作就是复制“惠普模式”——从直销转变成完全的代理制。

未选择的路

杨元庆后来经常回忆他走过的偶然也是必然的道路。1988年，杨元庆记得自己在中国科学院的自动化研究所一边写作毕业论文，一边构思他的未来。那时他只有24岁，为自己确定的理想是到美国去拿一个计算机博士学位，然后到大名鼎鼎的硅谷找一份工作。许多同学已在硅谷扎下了根，让他非常羡慕，他们召唤着他。20世纪80年代末，一个名牌大学的理工生如果选择待在国内，会被认为是匪夷所思的，因为绝大多数人都会选择出国。上海交大那时有三分之二的同学在国外，硅谷的同学比北京多得多；科技大学更不用说，有时候还没毕业教室里的人就走得差不多了。从自动化研究所到美国硅谷的距离虽然并不远，坐飞机也就是十几个小时，然而在去硅谷之前，杨元庆还是需要先找一份工作，一方面留学需要资金，一方面自己的专业特别是英语还没完全过关。他需要一块跳板，首先想到了中关村。

1988 年联想从来自全国的 500 个应聘者中公开招聘了 58 名员工，杨元庆只是其中之一。联想公司是国内知名的高科技公司，与杨元庆专业对口，但当公司公布他的工作岗位时，他觉得有点不可思议：公司给他的职位是销售业务员，推销别人的产品。虽然学习了七年的计算机专业知识没有用上多少，但是杨元庆从销售中学到了新的东西，那就是：效益来自市场，市场来自服务。多年后当杨元庆成为联想集团的高层管理人员时，他提出的经营理念之一就是要把联想做成“服务的联想”。他最终没去硅谷，留在了中关村，很难说这是一种偶然还是必然，很难想象如果杨元庆去了美国会怎样，正像美国诗人弗罗斯特所写：

黄色树林里分出两条路
可惜我不能同时去涉足
我在路口良久地伫立
向着一条路极目远望
直到它消失在丛林深处
但我却选了另外一条路
它荒草萋萋十分幽寂
……
也许多少年后在某个地方
我将轻声叹息把往事回顾

一片树林里分出两条路

我选了人迹更少的一条

……

——弗罗斯特《未选择的路》

内部事务

1996年，正当杨元庆发起第四次“降价战”，就连“奔腾133”也拉到“万元以下”，联想电脑超过康柏、IBM在中国市场占有量居第一的时候，一天晚上杨元庆接到公司命令，让他到集团“505”会议室开会。以往都是柳传志打电话给杨元庆，这次是总裁室打的。“命令”很突然，并且非同寻常，要求杨元庆带着他的全体高管——那些能征善战的骁兵悍将一同前往。

“505”会议室是公司最重要的一个房间，公司几乎所有重要决定都在这里做出。不知道发生了什么，会议室空气紧张，只有杨元庆略感到什么。杨元庆和他的骁勇战将坐在铺着深绿绒布的长条桌的一侧，别人都有说有笑，嘻嘻哈哈——那阵子战绩辉煌，有理由高兴，唯杨元庆若有所思。忽然大门洞开，柳传志、李勤和曾茂朝三人严肃地走进来，表情严峻，目不斜视。

李勤、曾茂朝分坐两边，柳传志在正对面的椅子坐下，连句寒暄也没有，上来就是一通劈头盖脸的斥责，把除了杨元庆之外的所有人都说蒙了。柳传志一改以往的从容不迫、稳当大气，简直是失控地发飙了，这是从来没有过的。柳传志斥责微机事业部居功自傲，不顾周围人的感受，说这话时目光慢慢直逼杨元庆，毫不留情地说你不要以为你得到的这一切都是理所当然！你的这个舞台是公司领导顶着巨大压力给你搭起来的，这点你明白吗？要是明白，就应该在各种力量的矛盾中，和大家和衷共济，逐步确立你的地位，争取更大的舞台，更大的天地。你不能一股劲地只顾往前冲，什么事都来让我柳传志讲公平不公平。你毫不妥协，要我如何做？柳传志目光严冷，扫着其他人，又落在杨元庆身上。

杨元庆脸一阵青一阵白，一句话不说，低着头，手心发汗。

柳传志说到最后，当场宣布两项决定：第一，杨元庆一年内必须做出几件妥协的事情来；第二，刘晓林即刻调赴企划部就职。

杨元庆终于忍不住了，可只说了一句“我们一番辛苦，没有想到……”就再也说不下去，眼睛血红，泪水滚下，失声大哭。满屋子他的手下都傻了眼，一方面被柳传志天威吓傻，一方面又与杨元庆感同身受地委屈。刘晓林赶快表态，完全服从公司领导的安排到企划部去工作，然后替杨元庆辩解，说杨元庆每天殚精竭虑，有时候固执己见也是为了公司利益。柳传志不理睬刘晓林的说辞，只是把眼睛盯着杨元庆，没因为杨元庆的失声痛哭有任何表情松动，相反在等杨元庆表态。杨元庆喘息着，慢慢平静下来，擦掉眼泪表示接受批评。

三位前辈起身离去，把一帮年轻人扔在了身后。

会散了，年轻人不愿回家，一起出去散心，从中关村走到白石桥，后来又进了旁边的一个小饭馆，喝喝酒，说说话。年轻人长年在沙场上征战，攻城略地，已不像同事，倒像兄弟，他们为杨元庆鸣不平，为部门鸣不平。

当晚杨元庆心绪难平，一夜无眠。

柳传志也一夜难眠。

渡尽劫波

1990年春天，柳传志召开了一期干部培训班，表面上是要大家想想“联想到底要办成一个什么样的公司”的问题，实际上柳传志要解决企业发展部经理孙宏斌的问题。在开班的讲话中，柳传志谈到了震动全公司的企业部自己办的《联想企业报》，批评企业部经理孙宏斌以自我为中心的思想严重。此前柳传志从《联想企业报》上看到了宣扬企业部经理具有诸如聘人、裁人、任命分公司经理的权力等提法。培训班上柳传志坚决地说，企业部不能有自己的章程，只能有总裁室批准下的管理制度。

但孙宏斌并没感到危险的来临，甚至对批评颇不以为然。孙宏斌功勋卓著，企业部在公司也地位显赫、非同寻常，应该说孙宏斌有理由骄傲。培训班结束后柳传志去企业部给孙宏斌及其下属训话，孙宏斌正好不在，柳传志先是肯定了孙宏斌的成绩，但也批评管理上有帮会成分，缺少“大船”意识，而有“造小船”的潜在意识。结果让柳传志吃惊的是，刚说到这里，下面便有几个人站起来说，柳总，我们不是帮会，你说我们有帮会成分，能不能具体说一下？我们直接归孙宏斌领导，孙宏斌骂我们爱听，这与总裁何干？柳传志真没想到。

一个人说完了，便有另外的人跟上，秩序一时混乱，会议也就无法持续，竟是戛然而止。柳传志非常吃惊，意识到问题性质已经不同，仰天长叹。

叹什么呢？叹自己不完全是一个帅才？

事情发展到这一步不是别人的问题，是自己的问题。必须当机立断，痛下杀伐，否则对公司将大不利。企业部如此犯上，说明了什么？自己太宽怀了事实上反而会害了下属，这是严峻的一课，很及时。

柳传志找来孙宏斌，要孙宏斌把那几个下属开掉，试试水。

我不能开除他们，孙宏斌说。

果然如此。柳传志已不意外，柔和地对孙宏斌摊牌道：小孙，你是要我，还是要他们几个？这话相当厉害，一竿子到底，口气上很亲切，还是过去的“战友”，却是最后通牒。

孙宏斌说：我要他们……

过了会儿才解释道：我要是把他们开除以后，我在这个部门威信何在？我没法管了，我干不了。如果他们真有问题，我肯定会开除他们。

又说：我对他们评价不坏，你并不了解他们，他们不过是给你提了点意见就被开除恐怕不合适吧？你再想想。

孙宏斌比杨元庆来联想早，1988 年就到了公司。那时柳传志忙着香港的事务，他在提着 30 万元港币到香港成立合资公司之前，特意对北京的几位管理层负责人发了话：联想从现在开始不仅要大量招聘年轻人，而且要大胆提拔年轻人，提拔错了不是错，但是不提拔、不培养是大错。柳传志着眼联想的未来，于是一大批刚刚毕业不久或者还没有毕业仍在实习的年轻人加入了联想，随着联想的飞快成长他们也飞快成长，从 1988 年到 1990 年出现了一批“娃娃官”，其中分量比较重的是杨元庆、郭为，第三个便是孙宏斌。

1990 年，孙宏斌被破格提拔为联想集团企业发展部的经理，主管范围是他在全国各地开辟的 18 家分公司。这个过程，联想的老人们没有参与，分公司的头头脑脑基本上都是孙宏斌任命，因此孙宏斌在分公司拥有很高的威信。但是联想集团分公司除了听从孙宏斌的管制，同时应该协调好与集团各个部门的关系，且后者比前者更重要。然而集团管理层发现集团对分公司正逐渐丧失应有的权威，管理层开始向柳传志报告孙宏斌的情况。最后以一纸孙宏斌权力太大、结党营私、分裂联想、联想要失控的理由将柳传志从香港请回了北京，也才有了那期干部培训班。柳传志回到北京之后马上进行了调查，发现问题确实不是空穴来风：外地分公司的人由孙宏斌选任，财务不受集团控制，甚至有人希望孙宏斌带领分公司独立出去。柳传志开始并没把这事看得太重，虽然孙宏斌有些失控，但他也确实是不可多得的人才，柳传志相信如果将孙调到自己可监控的范围之内，自己有办法让他成熟和聪明起来，如果他继续不识抬举，再对付也不迟。孙宏斌也是一个棱角分明，个性顽强，江湖气浓重的人，这柳传志不是不知道，而柳传志的一个信条就是：如果有两个人可供选择，一个是平庸的好人，一个是能干但有毛病的人，他不会选择前者，而会选择后者。甚至，柳传志宁愿找一个人看着后者，也要用后者。用危险的人是一种本事，柳传志这样以为。

孙宏斌超出了柳传志的想象，再爱才如命，自己也必须检讨了。

孙宏斌拒绝了柳传志，第二天，孙宏斌的企业部在北大勺园餐厅开会，听说要开除人，属下情绪激烈，群情激愤，孙宏斌喝了酒也十分激动。有人说应该卷款走人，有人说赶紧独立，把货款转移走。

企业部毕竟还是联想的，还不是孙宏斌的一统天下，有人将此事报告给了尚未痛下决心的柳传志。

柳传志最后一次召见孙宏斌。孙宏斌企业部办公的地方在中关村大街，与四通在同一栋楼里，以往有什么事都是柳传志到企业部，这次柳传志没有，而是传令孙宏斌到科学院南路老联想办公楼来。孙宏斌到来的时候，柳传志并不知道孙宏斌的几个下属也尾随到了总部，双方都有准备，只是各自不知对方做了准备。总裁办公室只有柳传志一人，没有其他元老，一对一，紧张，张力十足。孙宏斌推门进来，阳光瞬间射入，随着门关闭，又瞬间消失。

让人想到《教父》的某个场景。

中国的现实什么都不缺，但却缺失在文艺作品中。

柳传志直言不讳，告诉孙宏斌，他已经知道勺园餐厅聚会的事情。孙宏斌也毫不隐讳地承认。

“不过这不是我的想法。”孙宏斌说。

“我已经领导不了你，你单干吧。”柳传志说。

柳传志让孙宏斌随便挑一个分公司，愿意去哪个都行。

“不必了，我走。”孙宏斌说。

两人都够义气，也够江湖。语言背后有太多东西，两位谁都知道不是说的这么简单，答应与拒绝都不简单。但不管怎么说，柳传志已仁至义尽。

4 月 7 日下午，柳传志出手，集合企业部全体人员宣布：开除“勺园发难”最激烈的两个人，封存企业部下属的分公司账号，请公安局的人保卫公司安全。柳传志亲自任企业部经理，孙宏斌即刻离开原职，到业务部去。

这是类似“紧急状态”下的决定。会场气氛肃杀，已宣布被开除的人同企业部所有人一样，把胳膊抱在胸前，以一种姿势朝着柳传志。室内香烟缭绕，许多人吸烟。孙宏斌大喝一声：把手放下！抱着的手放下了。又喝一声：把烟掐了！又都一同灭了烟。又喊：起立！都起立了，像斯巴达方阵。

不能不佩服孙宏斌的“带兵”能力，能把一个部门带成像斯巴达方阵一样，整个集团绝无仅有，也难怪他成绩斐然，战功卓著，心高气盛。

当然，这是最后的辉煌。

第二天柳传志再次得到密报，企业部有人打算“卷款潜逃”，提醒柳传志防范。柳传志已了解到，孙宏斌领导的下面的分公司掌握着至少

1700 万元的资金，倘若“卷款而逃”的事情真的发生，必将置公司于巨大财务危机和信誉危机之中。柳传志向中国科学院保卫局报告了情况。显然，这件事已经不再是公司内部的纠纷，有触犯刑律之嫌，因此柳传志又向公安局和检察院报了案。同时派出 20 多个人星夜兼程，分赴各地查封分公司账目。这些日子联想专门为柳传志请了一个身材高大的小伙子做贴身保镖，时刻不离左右。

一切准备停当，这天集团继续开会。孙宏斌还在为自己辩解，嘴硬，一直到听到“停职反省”的决定之后，被带出公司。开始是在西苑宾馆，至少有两个人看着。孙宏斌能吃能睡，看守孙宏斌的人并非完全开玩笑地对他说：看来你还真是个人物，还吃嘛嘛儿香，呼呼大睡。

孙宏斌说：“我是累的，天天都累，难得清闲。”

几天后，孙宏斌的几个人得到消息，来到公寓楼。看守者和拯救者手持家伙对峙，一场冲突就要上演，孙宏斌站在房门口厉声呵斥下属，要他们马上离开。

下属听话，默然离开。其中一个回到公司依然不服，此人虽来自南方，却有着北方人的野性，开口闭口黑道白道，如何如何，甚至扬言要把内部的叛徒“卸掉胳膊”。此种狂嚣之徒本不该柳传志亲自解决，但他激怒了柳传志。柳传志的性格中什么都有，大正似邪，大邪似正。第二天柳传志便主动地于中关村马路边上拦住了扬言者，柳传志虽然没穿黑衣服，但身材魁伟，依然颇有一种老大的味道。他对被拦住的人说：“你要弄明白，邪不压正，从现在起，公司任何一个员工出了事，我就认准了是你干的。”那人把脖子一横，翻了柳传志一眼。

柳传志说，你少给我来黑道那一套。你以为我是谁？我问你，你在街上走，忽然有个自行车把你撞了，你觉得这有可能吗？撞了以后，你们打起架来，然后你们两人一起进了派出所，然后那个撞你的人很快就放出来了，你在里面还得受一点苦，这有可能吗？你在外面走路，有三个人黑天白天跟着你，你害怕吗？那人越听脸越白，当即表示要离开联想，不再掺和任何事。

柳传志当时说完甚至有点后悔，这是干吗呢？

但当时就是有一股劲儿，一股要把邪亲自压下去的劲儿。

有点像拼命，而干企业就是要拼命，各种拼命。

1990年5月28日，一清早，孙宏斌被北京海淀警方刑事拘留。10天后正式逮捕，案由为挪用公款。公安调查发现孙宏斌曾将公司的资金转移到另外一家公司，且数额不小。孙宏斌辩解说自己绝无"化公为私"的企图，只是因为公司财务制度僵化，手续复杂，才要留下一笔流动资金，以便为公司做生意时"用着方便"。检察机关也的确没有发现任何证据显示孙宏斌对这笔钱有贪污迹象，但尽管如此，擅自挪用公款也已构成法律问题。1992年8月22日，在海淀看守所经过漫长的27个月后，孙宏斌接到了法院的刑事判决书，他因挪用公款13万元被判处有期徒刑五年。

叱咤风云的孙宏斌变成了一个囚犯，他住的牢房最多时住了30多个人，他见识了另一个社会。每天的生活就是划掉一个日子，一天一天地划，因为他是清华大学的硕士——那时硕士还少，特别又是清华的硕士——人们惊异他会进来，因此他在号子里面挺受尊重，也学了不少黑话。四年后，1994年3月27日，孙宏斌刑满释放，走出监狱的大门时，他看到了自由世界的第一抹阳光。

在监狱中他得到的一切是：平和、冷静，像个哲学家一样思考问题。他出来后没有在北京逗留，没有与那些期盼和他见面的人喝酒、聊天，讲述监狱中的生活。他已告别过去，当天就回到了天津。在狱中他就想好将来出去做房地产代理。办执照时费了一番周折，不过这难不倒他。公司名字最终确定为"顺驰"，英文意思是姓孙的人的公司。还是在孙宏斌走出监狱前，孙宏斌就与柳传志在监狱外见了一面。那次监狱里的一名教官派孙宏斌出去买个电脑软件，孙宏斌找了个人与柳传志联系，说是想见一面。

四年了，柳传志也没忘记孙宏斌，在新世纪饭店楼顶上一家川菜馆，柳传志见了孙宏斌。没带任何保镖，没做任何防身准备，四年没见，两人相视片刻，目光里两人之中既没有总裁，也没有囚犯，只有时光与人。孙宏斌告诉柳传志自己准备做房地产代理，柳传志平淡地问孙宏斌有什么优势，孙宏斌同样平淡地将自己的想法说出。酒打破了某种东西，孙宏斌也说出了自己的悔恨，碰了一下柳传志的杯：我原来有一个误区，我如果不那样做，就不是我了。喝了一口，看着当年自己的顶头上司：后来再想想，才觉得情况不是这样，其实你不需要改变你的性格，你只是要把环境分析得清楚一点，把事看得更明白，就有可能不至于把事情搞糟。柳传志轻叹，碰了一下孙宏斌的杯。孙宏斌说，三年十个月的牢狱生活里他天天在想这件事，现在有机会见面可以说说了。

听上去像是道歉，又像倾诉。像是渡尽劫波仍是亲人。

这是不可思议的场面，无论在柳传志还是孙宏斌的一生中都绝无仅有。两个人一个才 30 出头，一个已年过 50。柳传志对孙宏斌感叹地说，能在监狱里面挺过来，不容易。“宏斌，你记住我说的话，以后，什么时候你都可以对别人说，柳传志是你的朋友。如果需要什么帮助的话，我个人，包括李总，包括张总，我们都可以提供，入点股也行……”

但孙宏斌婉拒了柳传志，也婉拒了所有愿出钱帮他东山再起的朋友。他要从零做起。果然，没几年孙宏斌便东山再起，在房地产市场做得风生水起。柳传志佩服孙宏斌，孙宏斌是个山峰，也是险峰。

柳传志看得清楚明白，他不惧险，但尽量避险；他欣赏华山，也曾亲临，但更愿坐在泰山上。

致杨元庆

往事记忆犹新，大风大浪之后，柳传志对年轻人更加怜惜，孙宏斌之过其实也是自己之过，是内心深深的痛，那样的事不能再发生了，特别是柳传志准备将联想的担子将来交给杨元庆。

得把有些话说给杨元庆，于是深夜披衣提笔：

元庆：

来香港后，虽然任务繁重，但对你的情况仍不放心。自我检查后，觉得这几年和你沟通少，谈的都是些你要解决的具体问题。客观原因是你和我都忙，主观原因是没有特别注意我们之间沟通的重要性。我想利用边角或休息时间写信给你，用笔谈的方式会比较冷静。但我也不想很正式，只是拿起笔想到哪儿就写到哪儿，还是自然感情的随意流露，未必就逻辑性、说理性很强，一次谈不完，下次接着再谈。我喜欢有能力的年轻人。私营公司的老板喜欢有能力的人才主要是为了一个原因：能给他赚钱，有这一条就够了。而国有公司的老板除了这一条以外，当然希望在感情上要有配合。谁也不愿找个接班人，能把事做大，但和前任关系不好。开句玩笑，找对象如果对方光漂亮（相当于能力强）但不爱我，那又有什么用？

联想已经是一番不太小的事业了，按照预定的计划将发展到更大。此刻不对领导核心精心加以培养，将来就一切都是空话。那么我心目中的年轻的领导核心应该是什么样子呢？一要有德。这个德包括了几部分内容：首先是要忠诚于联想的事业，也就是说个人利益完全服从于联想的利益。公开地讲，主要就是这一条。不公开地讲，还有一条就是能实心实意地对待前任的开拓者们——我认为这也应该属于“德”的内容之一。在纯粹的商品社会，企业的创业者们把事业做大以后，交下班去应该得到一份从物质到精神的回报；而在我们的社会中，由于机制的不同则不一定能保证这一点。这就使得老一辈的人把权力抓得牢牢的，宁可耽误了事情也不愿意交班。

我的责任就是平和地让老同志交班，但要保证他们的利益。另一方面，从对人的多方考核上造就一层骨干层，再从中选择经得住考验的领导核心。另外，属于“才”和“德”边缘范围的内容是，年轻的领导者要凭他的无私，和他对自己的严格要求，以及对他的伙伴的大度、宽容，自己有卓越的领导能力，还能虚心地看到别人的长处，不断反省自己的不足……应有一系列优良品质使人心服。你知道我的“大鸡”和“小鸡”的理论。你真的只有把自己锻炼成火鸡那么大，小鸡才肯承认你比他大。当你真像鸵鸟那么大时，小鸡才会心服。只有赢得这种“心服”，才具备了在同代人中做核心的条件。当然在别的国有企业，都是上级领导钦定企业负责人，下面一般都是心不服的，所以领导班子很难团结。我如果不提前考虑这个问题，而像一般国有企业一样到时候再定，也不是过不去，只不过在联想进一步发展时，可能在班子问题上留下隐患。

我是希望向这个方向去培养你的。当你由CAD部调到微机事业部，并在当年就把微机事业部做得有显著起色时，我的心中除了对事情本身成功的喜悦以外，更有一层对人才脱颖而出的喜悦。在你开始工作后不久，诸多的矛盾就产生了。我是坚决反对对人的求全责备的。如果把一切其他人得到的经验硬给你加上去，会使得你很难做。我们努力统一思想，尽量保证环境对微机事业部的支持。事实证明了你的能力和不达目的誓不罢休的上进精神。当事情进展到这一步，我应该更多地支持你发展优势，同时指出你的不足，注意如何能上更高的台阶。而你在这时候，应该如何考虑呢？我觉得应该总结出，自己真正的优点是什么？自己的弱点是什么？到底联想的环境给了你哪些支持（这能使你更恰如其分地看待自己的成绩）？主动向更高的台阶迈进要注意什么？当我心中明确了将来作为领导核心的人应该具备的条件以后，我对你要做的事是：

（1）加强对你的全面了解。你自己也要抓住各个机会和我交流各种想法。不仅是工作上的，应该包括了方方面面的。（2）加强和你的沟通，使你更了解我的好处和毛病，性格中的弱点，“后脑勺”的一面，这才能产生真正的感情交流。（3）互相帮助。但更多的是我用你接受的方式指导你改正缺点，向预定的目标前进。

以上的部分我是用了星期六的一个钟头和星期日的一个钟头写的。马上我又要外出了，我想信就写到这里。下面是我想从你那里得到的信息：（1）你是不是真有这份心思吃得了苦，受得了委屈，去攀登更高的山峰？（2）你自己反思一下，如果向这个目标前进，你到底还缺什么？等你回了信后，我再接着写。我还从没有用这么多时间给年轻人写过信。

好吧，就此搁笔。祝你如意！

柳传志

同样一夜无眠、心绪难平，杨元庆第二天来到办公室，意外地看到柳传志给他写的这封长信，再次心绪难平。只是这次与之前的不同，是一种经久不息的说不出来的东西，是理解、感动，对自己的重构。后来的许多年，杨元庆一直将这封信带在身边，时时打开看看。在孙宏斌事件后，柳传志的人生境界提高了一大层，如同武功修炼到了一个“光明”的进境。

手记十三：泰山

柳传志经历了孙宏斌，选择了杨元庆，这中间有着极大的跨度，将柳传志的性格与胸襟差不多撑到最大，几乎什么都有。正因如此，柳传志居高临下地“狠狠”教训了杨元庆，落点之准，塑人之深、之正，完全是泰山气象。是在经历了华山之后，对泰山有了更深的认同。然而有时就是这样，你必须先经过华山才能了解泰山，认知泰山，正如必须通过别人才能更深了解自己。没经过孙宏斌这样的华山，很难端坐于泰山。从20世纪80年代走到今天，长盛不衰的大公司并不多，海尔当然是一个，长虹是一个，万科也是一个，新东方是一个，但它们的传人似乎都没像杨元庆这样顺理成章，广为人知，已完全跻身企业家行列。接班人问题从来不是小问题，而是一种文化，最体现一个人的修为与境界。有人是华山，有人是泰山，有人二者兼而有之。

有趣的是中国有个企业家组织就叫“泰山会”，是中国民营科技实业家协会主管的一个非独立法人机构，由知名企业的CEO或董事长组成，成员包括联想控股柳传志、四通集团段永基、阿里巴巴马云、万通集团冯仑、泛海集团卢志强、远大空调张跃、信远控股林荣强、巨人集团史玉柱、百度李彦宏等十几位，柳传志任会长。这是个异常低调的组织，但影响力巨大，崇尚泰山文化，弘扬传统文化精神，追求泰山的伟岸与高度、雍容与大气，其中，无疑柳传志起着相当大的作用。

KV300

1996 年王江民打了一辆黄色“面的”来到中关村，开始对计算机病毒展开攻击。这种攻击看上去与身体无关，相当前卫。计算机当时还是新事物，病毒就更是，更没人想到有人对病毒无情攻击。

王江民三岁时患小儿麻痹症，腿部残疾。

“我只知道自己下不了楼，一下楼，就从楼顶滚到了楼梯口。”

因为下不了楼，小时的王江民每天只能守在窗口，看大街上熙熙攘攘的人群，看不远处的自由市场，看有轨电车、汽车、自行车，有时拿着一张小纸条，一撕两半，将身子探出窗外，一捻，就往楼下“放转转”下去了。

小学一年级的时候，王江民的那条本就残疾的不方便的腿，又被骑自行车的人轧断了一次，好在不是好腿，再遭一劫倒也无大碍，王江民也只有庆幸轧的是坏腿。有一次王江民站在小桥上，看河里的鱼，被过路人不经意轻轻一碰就一头栽到了水里去。那种时刻王江民感觉自己特别轻，曾梦想练一种轻功，可惜没有别人碰怎么也轻不起来。后来王江民随家人到了烟台，在烟台海边礁石上钓鱼，他那么喜欢海，没经验，涨潮了，他却回不到岸上。很快大海覆盖了他，一如小儿麻痹覆着他的内心，那会儿两者同一。王江民不会游泳，拼命往回挣扎，真急了，头竟也能扬起来，连水带气呼吸几口，竟然潜回岸上。他又看到了大地、落日、云，仿佛重生。更为不解的是，虽然饱尝了苦涩海水，肚子与海倒好像有了某种共同点，因为里面也全是水，但也从此学会了游泳。

会游了，这对他意义重大：几乎没有什么事是不能做到的。

残疾不应是一种思维，要反残疾而行。

从此他开始反对自己，腿不好不能爬山他偏喜欢爬山，不能学骑自行车他偏要骑，不能干什么偏干什么，有些项目甚至比常人干得还好，他常常摔得鼻青脸肿，眼冒金星，但是某种爆发力与速度惊人。

> 小儿麻痹，又称脊髓灰质炎，是由脊髓灰质炎病毒引起的一种病，表现为弛缓性瘫痪，不对称，腱反射消失，肌张力减退，下肢及大肌群较上肢及小肌群更易受累，但也可仅出现单一肌群受累，或四肢均有瘫痪，如累及颈背肌、膈肌、肋间肌时，则出现梳头及坐起困难、呼吸运动障碍、矛盾呼吸等症……

王江民反对这一切，且看上去卓有成效。不仅身体上，智力上的反对显得更加激烈，还是在小学四年级、年仅 11 岁时，王江民就无师自通攒出了双波段八个晶体管的收音机、无线电收发机，以及电唱机，是 20 世纪 60 年代初的小无线电人儿。

但是初中毕业后，却没有工厂愿意要他。就算白干，不要工资，人家都不愿意接收，没人愿要一个残疾人，仿佛人们避他惟恐不及。

那年代管残疾不叫残疾，叫“残废”，毫不客气。很多人都是阶级敌人，要无情打击。“残废”不说有罪也基本是社会垃圾。王江民不怨社会，不觉得社会无情。无情是正常的，那个年代。但恨小儿麻痹，恨脊髓灰质炎，不明白这样一种病毒怎么可以将一个好端端的人变得如此扭曲、变形?

当然，什么也拦不住王江民，压迫深、反抗重，别的先跳过去不说了，单说 1989 年。王江民从事开发工控软件，他开发的软件（无师自通）机器因为常常感染病毒不能正常工作，用户就认为王江民开发的软件不行。那一年国内首次报道界定了病毒，而在此之前王江民就发现了“小球”和“石头病毒”，只是之前没有人指出那是病毒。一经定义为病毒，王江民有种本能的敏感，自身的病毒解决不了，机器上的病毒也解决不了吗？难道病毒是自己一辈子的宿命？带着种种与别人不同的心理，王江民使出浑身解数向病毒开战。王江民特别带劲，比没发现病毒之前还带劲，他觉得自己为此而生。

王江民先是用 Debug 手工杀病毒，然后是写一段程序杀一种病毒。这时已进入 20 世纪 90 年代，王江民第一次编程序杀的病毒是 1741 病毒，杀一种病毒他就在报刊上发表一篇文章，公布这段杀病毒的程序。那时 IT 精英大都是二十郎当岁，年轻气盛，一口英文，高学历，高智商，几乎是互联网定制的一代，所谓“新人类”，与以往不同的人类。王江民是个异数，正因为是个异数，王江民与年龄无关，与时代无关，他自己独立运行。事实上难道霍金不是我们时代的异数吗？王江民无论年龄气度也都是个异数。

但异数不是偶然的，与非同寻常的苦难有关。

王江民手到擒来写了许多程序，杀了许多病毒，甚至于感到自身的体内也清爽了许多，自身也越来越像一台不断被治愈的机器。写多了杀毒程序，王江民觉得这些各自独立的杀病毒程序用起来很麻烦，就把 6 个杀不同病毒的程序集成到了一起，命名为 KV6，后来发展到 KV8、KV12、KV18、KV20。

王江民开始参加计算机学术会议，他的到来多与病毒有关。那时中国人遇到的计算机病毒都是外国人编出来的，而所谓病毒也大多是程序员的恶作剧，不会真正破坏数据，对付起来相对简易，改过来就行了。后来中国人编的病毒出来了，非常厉害，全无幽默感，不是闲得没事恶搞一下，而是完全冷血，毫无背后的表情，完全是无表情的恶，而且最主要的是能真正地破坏数据。如此一来病毒世界大乱，以恶易恶，比着谁恶，第一代病毒设计人员被病毒杀死了。

到王江民第二次参加计算机学术交流会时，病毒问题已是满城风雨，一些专家们的论调改成了“计算机病毒现在越来越厉害了，研究计算机反病毒不能随随便便研究，研究反病毒软件，最后总要卖，如果卖，难免出现前面放病毒、后面卖软件的恶性循环，情况难道不是如此吗”？换句话说，反病毒专家可能正是病毒制造者。人们狐疑的目光投到王江民身上，开始从另一角度看。

的确，某种角度上看，王江民更像一个病毒制造者。

或者更像“病毒”。

这是王江民从没想到过的悖论。

无论是国外，还是国内，王江民在会上面无表情地说，不可能发生反病毒的人编病毒的事情，从心理学上讲不可能，从法律上这是犯罪行为。而且，王江民说，能够杀病毒也不见得就能编病毒，编病毒要考虑到方方面面的问题，比反病毒要复杂得多。王江民甚至承认反病毒的水平不如编病毒的人，通常人们认为正相反。

我是小儿麻痹患者，我会制造小儿麻痹病毒？（王江民没说出这句话，说出来让他痛苦，不说也同样，但还是没说。）

的确，存在少数这样的患者。

但王江民不是，他的一生都不是。

一生都在反对，包括反对已形成的自身。

有一年，王江民收到了武汉大学篮球教研室寄来的变形病毒样本，这种病毒很奇怪，王江民第一次遇到，也是中国第一次出现的变形病毒。这不可能是一个反病毒专家能造出来的，不，不可能，除非有个人像他自己一样疯了，王江民对这样的病毒并不陌生，虽然从未见过。

王江民用了一周的时间也没杀死病毒，用传统的杀病毒方法根本不行，这让王江民着迷。甚至，说句实话，他并不真的希望自己找到方法，他愿自己一路都失败下去。当然，同时他又竭尽全力，智慧呈指数增长。他战胜了病毒，如同战胜了自己，最终找到了“广谱过滤法查毒”，后来又掌握几个变形病毒样本，在理论上归纳出了变形病毒的特性。王江民开创了独特的“广谱过滤法”，收效明显，并写成论文，论文获得了全国性的优秀论文奖。

王江民的 KV 系列杀毒软件虽然凶猛，但也和其他杀病毒软件一样存在反应滞后的问题。当病毒刚出现尚未蔓延开来，能不能在报纸上一个星期公布一次新病毒特征码，让 KV 用户自己升级？这接近防疫措施。王江民将自己的病毒防疫想法连同开放式、可扩充的 KV100 软件一起寄给了《软件报》，为它还起了个名字，叫“超级巡警”。《软件报》认为这是一个很好的想法，1994 年 7 月 15 日首次发布了《反病毒公告》。

KV100 在《软件报》上一炮打响，在没有 Internet 和光盘传播的时候，报纸的《反病毒公告》发挥了巨大的作用。很多单位的主管要求计算机管理员把每一期的报纸都剪下来，把新病毒特征码加上去。王江民如同防疫站的首席科学家，声名鹊起，令人信赖。

王江民第一次通过朋友介绍和华星公司接触时，华星公司开始还没特别意识到 KV100 的巨大价值，有一天一家国外大公司在中国分公司的 20 多台电脑突染病毒，硬盘启动不了，如同脑瘫，脑中风，“口眼歪斜，一声不语”，静得像死人一样。公司员工都傻了，几亿元的合同打印不出来，急得要命，四处找人杀毒救急，包括找到国外最先锋的反病毒软件清毒都没有解决问题。没法子，该公司召集外国技术支持的计算机公司开了一个会议，承诺谁帮助解决了这次问题，以后的硬件就从谁那儿买。作为该公司硬件供应商之一的华星公司长途电话打到了王江民这里，同时还请了一个美国反病毒专家，开价两万美元。王江民来到北京这家外国大公司时，正碰上美国专家在查解病毒。

作为“备胎”，王江民在休息厅等了一个多小时，几次上厕所，身体不便，服务人员不知是否要上前扶助，王江民当然拒绝，他从不要人搀扶。特别是王江民现在已今非昔比，名声在外，即使坐在轮椅上，他的气度也是世界一流的。那时霍金已来过中国，其复杂的机器人般的风度已为人接受、崇拜。王江民虽然身体不稳，但自内而外都有一种气度，一种奇特的修行来的自信。其实这类人全世界都一样，身体反而成为他们的符号，抽象的符号。

帅气的美国专家此时一点也不帅气，在里面一个劲儿地咆哮：“NO! NO! Format（格式化）! Format!”最后气急败坏地出来，与王江民正形成某种对比。王江民让人信赖，似乎反而是他的超常所致。当然，当时的气氛也很紧张，王江民对机器进行的每一个操作都被身旁站着的记录员记录在案。

王江民很快判定机器感染的病毒是火炬病毒，这个病毒发作只抹去硬盘分区表，不破坏数据。10 分钟，王江民让病毒已经发作的机器，重新启动了起来，20 多分钟，王江民指导该公司的人把 20 多台机器上的病毒全部清除干净。华星公司当场留下了 20 套 KV100，并开始接受转让，销售 KV100。

之前 KV100 已转让很多家，为了避免 KV200 的市场混乱，王江民决定由自己统一发放激光防伪，统一市场，统一价格。这是很高明的举动。尽管如此，王江民清楚这种方法不可能彻底解决防伪的问题，为了捍卫自己的权益，王江民用升级的办法争取了主动：等硬盘分区表修复技术成熟后，王江民把 KV200 升级到了 KV300。也就是升级为 KV300 这一年，王江民乘着那时风行北京的一辆黄“面的”进军中关村，以 50 万元的资金注册了自己的公司——江民公司。

不同于别人，王江民有备而来，资金虽然不多，但凭成熟技术吃饭，足以创业。当然，王江民的样子本来也与众不同，只是他的成熟与声名足以让人忽略他的不同。在北京向病毒宣战与在烟台还是不同，北京，中关村，辐射全国，是全国的。到中关村没几天，王江民就注意到中关村商家喜欢“拼货”，就是多家经销商联起手来加大进货数额，求一个好的批发价格，王江民乘时跟进，将批发价定得很诱人，两个“拼货”的大单子下来，就挣了 100 万元。这在烟台是不可能的，中关村的舞台太大了，到中关村仅一周他便旗开得胜。

问题不在于销售，还在于病毒。或者病毒本身已不是问题，而在于病毒延伸出来的挑战问题。比如，王江民反病毒，中国的那些写病毒的人、制造病毒的人也在想方设法对付王江民。著名的“合肥 1 号”病毒作者在王江民刚到中关村不久，便向王江民下了战书：居然将 KV300 解密，把“合肥 1 号”嵌入到了 KV300 之中，然后把带有“合肥 1 号”病毒的 KV300 解密放到了 BBS 上传播。病毒在 1997 年 1 月 1 日发作后，“合肥 1

号”病毒作者马上就在网上大肆宣传KV300中藏有病毒。制病毒与反病毒不在幕后，已到了台前。魔道之争吸引了业界的高度关注，绝顶之上的“华山论剑”真实地出现在IT江湖上。这是华山之约，王江民也如同温瑞安笔下四大名捕之“无情”，虽残疾，但风驰电掣，武功诡异盖世，一招便将“合肥1号”制伏于IT业的华山之巅。

如果说这种时不时的挑战还算正大光明，还算正常，那么接下来王江民便有些哭笑不得了。王江民把“合肥1号”病毒杀了之后，“合肥1号”的作者开始旁门左道，完全不像一个大侠的作风，马上在网上跳出来说：为什么只有王江民能杀这个病毒，而别人杀不了？那是因为王江民自己编了这个病毒！这个病毒应该叫KV300病毒。此人摇身一变，把自己说成了王江民，如同混世魔王。这位混世魔王一边叫嚷，一边又炮制出了“合肥2号”病毒，这是最难解最厉害的Joke病毒，它有无数次变形，几乎把加密学上的所有加密手段都用上了。王江民头疼了三天，用破解密码的方法才把它杀了。

混世魔王们恼羞成怒（当然不止一位），紧接着又出现“上海1号”病毒，“上海2号”病毒，“上海3号”病毒。王江民指尘轻舞，所到之处这些病毒随之消隐。KV300上海技术中心马上就收集到了病毒的样本，王江民立刻就把它杀了。“上海2号”把病毒发作的显示信息改成了KV300C，但还没有离开上海市就被王江民消灭了。接下来“上海3号”干脆把病毒发作信息写作王江民的汉语拼音字母“wangjiangmin”，恶心王江民，王江民把三个病毒归纳了一下，出了一组反“上海病毒”的广谱代码，这之后再没有出现“上海4号”病毒，因为这个病毒的作者所写的病毒格式，再怎么改，再怎么花样翻新，也逃不出王江民那一串《葵花宝典》般的“广谱查毒代码”。王江民完全封死了“上海病毒”的老巢，说白了就是杀鸡取卵，绝了你的后。

王江民狠，这点王江民毫不掩饰。

幸好这种狠出现在王江民身上。

2010 年 4 月 4 日上午 10 点左右，王江民突然辞世，享年仅 59 岁。

有人说上帝的电脑中毒了，所以带走了王江民。上帝想跳太空步了，所以带走了迈克尔·杰克逊；上帝想看《地坛》，带走了史铁生……

手记十四：疾病与创造

最早杀毒软件用的是 3.5 寸的软盘，电脑还有软驱，现在已没有了。那时候我记得有许多杀毒软件，有瑞星，KV300，金山，卡巴斯基，360，电脑管家是太后来的事了。我用过许多种，比较多的是瑞星，但有一天，我记得特别清楚，我的一位同事忽然给了我一个软盘，说是 KV300，杀毒杀得特厉害。一听这名字就特厉害，果然用起来也厉害，从此记住了 KV300。

杀毒软件无疑是中关村的一个节点，而人们对病毒也有着太多记忆，可以说有了电脑不久就有了病毒，电脑与病毒似乎天然地同在。不过最初的时候，当我听说电脑还有病毒很不理解——电脑怎么会有病毒？

当时我完全不知道最厉害的杀毒软件 KV300 是一位残疾人做出的，不知道这个人一生都在与身体中的病毒作战。无法证明脊髓灰质炎病毒与电脑病毒有什么关系，或许根本没关系。但疾病与人类创造力显然又有着复杂的精神关系，这不完全是题外话。在中关村这样的舞台上怎么可能没有疾病与创造的关系？王选是这样，冯康是这样，王江民也是这样。

当然，深入探讨就不在这里进行了，留给读者吧。

Internet

1995 年 5 月或 6 月，北京海淀区白石桥路口竖起一块广告牌：中国人离信息高速公路还有多远？向北 1500 米。这条路通往中关村，颐和园，被中关村人称作白颐路，广告牌所在路口是白颐路的起点，自然也是中关村概念的起点。

这是中国第一则互联网户外广告。广告牌向北 1500 米，便是由中国互联网先行者张树新创建的中国第一家网络公司：北京瀛海威。这一年中国共有四万名网民通过瀛海威登上了 Internet，实现了与世界互通互联。“信息高速公路”这一概念在当时非常新，也非常时髦，表明世界日新月异。它源自于托夫勒所著《第三次浪潮》，这部书在 20 世纪 80 年代风靡中国，里面提到了未来社会是信息社会。现在信息社会的雏形已通过瀛海威呈现出来。

王志东也是在这一年上网的，但不是在瀛海威，而是在美国的时候。在加利福尼亚已闻名世界的硅谷，他在网上整整泡了三天，被网络世界迷住了。在网上，世界的速度如此快，世界是平的，时间上也是共时的，甚至时差也不再有什么意义，第三次浪潮，新浪潮，就在眼前，他已置身其中。

王志东那时正处在十字路口上，去美国之前有两件事让他颇受刺激，一是结识了美国投资银行家罗伯森的中国助手冯波，一是结识微软的唐骏。冯波当时的一句话让王志东脑洞大开：四通利方其实不是一家中国的软件公司，而是一家总部设在中国的国际软件公司。这话别人听来那时可能还一头雾水，却一下点醒了王志东：他要按硅谷的模式办公司。

后来成为微软中国公司总裁的唐骏，当时是微软总部 Windows NT 开发部门的高级经理，见到王志东时则说：我们现在正在做一个引擎，一旦我这个引擎做好了，你的“中文之星”就没有必要存在了，到时候微软视窗中文版和英文版会同时发布，你过去是打时间差，以后没有时间差了。

王志东以“中文之星”名满天下，事业正在顶峰，是“二代中关村人”中最有影响力的风云人物。唐骏的话让如日中天的王志东看到了末日，无异于给他判了极刑，这非常残酷。但唐骏是实话实说，没有掖着藏着，当然，也是居高临下，有恃无恐。王志东明白唐骏不是代表个人，而是代表微软，过去王志东一直紧盯微软，迅速成名，现在微软要把他甩掉了。

王志东生长于中国南方水乡，17 岁考入北大无线电系，大学二三年级他就开始在校外攒电脑，写软件，收入超过他的老师。王志东的故事就是从写软件开始的，那时校园诗人受到尊重，诗人们在写朦胧诗，当时北大有海子、西川、戈麦等诗人，王志东则在另一片领域像哪吒闹海一样兴风作浪，以写软件蜚声校园，仿佛另一个时代的人。除了诗歌，当时软件是最前沿的东西。有一天有个陌生人带着刚刚购买的北大电子排版系统和一台计算机找到王志东，告诉他这两个东西不兼容，北大的软件工程师们也无能为力，其中有的工程师还是王志东的老师。王志东三下两下，没费吹灰之力便破译了软件密码，略加修改，兼容的事大功告成。电子排版发明人王选得知此事，又惊又怒，以为自己的密码泄露，派人追查。当得知破译他密码的人居然是一个学生，反而颇有些惊喜。

20 世纪 80 年代，中国计算机技术的当务之急是建造一个成熟的中文操作环境。第一代软件工程师在这个领域的一系列发明，把中关村迅速变成计算机时代的一面旗帜。但是直到 90 年代初技术的基本途径仍然是把外来软件程序加以“汉化”，其作用类似于把一本英文图书翻译成中文，但是因为软件本身的更新速度快捷无比，令中文操作环境备感头疼。当时那些长于“汉化”的程序员们，最怕搭载着新鲜功能的英文操作系统突然出现，这意味着，他们原来煞费苦心“汉化”来的旧版软件，又将白费功夫。

王志东加入了王选的方正团队。王选给了王志东极大自由：完全可以不上班，就在家办公，也没多少硬任务，完全沿着自己的兴趣发展。王选是个爱才如命的人，特别是对奇才，因为他自己就是奇才。他知道奇才的困难，把王志东当成了年轻的自己，年轻的自己过了九九八十一难，他不想再让奇才过自己过过的苦日子，不自由的日子，要让王志东完全自由。

90 年代微软的“Windows 95”横空出世，统治了微机世界。王志东一直关注这一新事物，他承认，在自己解开的无数软件里只有“Windows”让他感到震撼。有一天王选对王志东说：“你有本事改我的东西，你敢不敢把微软的东西也改了？”

其实不用王选说，王志东也在琢磨这件事。

本来就很宅的埋在电子世界里的王志东，接受了王选的激将法后，从此更是大门不出二门不迈，打印机终日作响，不分昼夜，这种拼命劲也很像当年的王选，但当年王选那么拼命却吃不饱肚子，饿得浑身浮肿，以致患病。王志东营养没问题，吃的更不用说，身体有无尽的能量。时代，时代真是不同了。打印机吐出来的程序一层层铺在地上，房间渐渐成了打印纸的世界，白色的世界，油墨的世界，更是数字的世界。王志东席地钻研，每天就生活在这个世界里。就像关在自我设置的未来世界里，或说是天堂囚室都未尝不可，王志东就是这样在一个人挑战强大的微软，巨无霸的微软，与其说他属于王选，不如说他更属于比尔·盖茨。当然首先应该感谢王选，是王选给了他以孤独为王的条件。而盖茨给了他目标，高度，难度。中关村有一种个人的精神，个人挑战时代，个人挑战命运，个人挑战历史，这种挑战构成了中关村的神话。事实上中国埋藏着巨大的个人力量，只要有条件——甚至不必充分的条件就会释放。

差不多 70 天后，也几乎一身白的王志东走出白色世界，而身后却是一派白色的狼藉。像一个白色的行为艺术家，王志东手上拿着“Windows 1.0”的中文版“视窗 1.0”。

他改写了微软，挑战成功。这就是中关村，这就是王志东。尽管这个成功无法在市场上应验，无非是把 Windows 的英文变成中文，就像翻译了一本大书，谈不上什么原创。但这一成功仍是革命性的：跟上了微软的步伐，换句话说跟上微软也就跟上了世界。问题也在这里，王志东的“视窗 1.0”惊世尚未过去，中关村已出现了微软的“视窗 2.0”，等王志东拿出汉化后的“视窗 2.0”，大街上又来了“视窗 3.0”。总这样亦步亦趋吗？市场不认马后炮。

这个问题必须解决，必须与 Windows 同步。此时王志东已满足于孤独，决定以自己为中心创造，就像硅谷的那些才子们。时代不同了，孤胆英雄已无必要，王选非常理解，天高任鸟飞，放走了王志东。王志东创建了“四通利方”，决心解决“马后炮”问题。王志东再次进入白色的世界闭关，继续别人眼中的行为艺术。几个月闭门不出，苦思冥想。但这一次却毫无进展，毫无门道，有一段时间他濒于绝望。但是苍天有眼，对王志东这样的挑战者总会照拂一下。那一夜，梦中忽有一道电光石火划过，王志东惊醒，一屁股坐将起来，望着想象中的苍穹：啊！对！就是这个样子！

他跳将起来，打开计算机，飞快地写下一个小程序。王志东的想法是，不再篡改“Windows”的内部程序，而是只把自己的中文平台从外面挂上去，如同中国坊间武侠小说里的一种武功叫“蝎子倒爬城”，他把自己的新程序叫作“陷阱技术”。这是他的“核心思想”，带有原创性。简单地说就是他在“Windows”程序上切开了一个缺口，当信息数据跑到这里时，就会掉下来，而他预先设置的中文平台，则会张开双臂拥抱这些数据，把它们转换成中文，然后送回原来的地方，让它们按照既定流程继续运行。

这是一个神奇的世界，是那个时代诗人难以想象的世界，很少中国人能进入到这里，这是某种宫殿，王志东进入到这里当了一回自己的王。王志东同期的校友诗人海子曾设想“做自己的王”，最终以山海关卧轨的方式进入黑暗王国，王志东却科幻一般地在微软“Windows”的核心建立自己的宫殿，成为只有一个人的王。而那个“陷阱”，或者说“挂钩”的小程序总计不超过60行，是个很小的“宫殿”，但它深深地嵌入了微软的内部，正应了计算机软件世界里的箴言：最简单的就是最好的。当夜，王志东把它拿到“Windows 3.0”上，一举成功。

他意识到这是一个了不起的创举，堪称伟大，于是激动不已，东方渐白仍无法入眠，毫无睡意，他仿佛同太阳一起升起，自己对着自己说：从来没人做过这种外挂啊，全世界都没有，我就是唯一。

唯一就是王。

第二天他又把它拿到其他各个版本上，百试百通，百试不爽，甚至还可以兼容各种型号的显示器和打印机，这又是他没有想到的。从王志东开始，个人计算机的“中文平台”从此成为一个独立程序，亦叫“外挂程序”。从此王志东和所有软件工程师，再也不必煞费苦心地亦步亦趋地篡改人家的程序。王志东给自己的发明起了个不中不洋的名字，叫“BDWin”，即“北大视窗”。

这是一个人对微软的叫板。

全世界没有第二例这样的“一个人”。

王志东的外挂程序“中文之星”一经推出即在国内得到迅速普及，加速了中国的电脑应用，创造了辉煌的社会效益和经济效益。据说“中文之星”第一个月就赚进 90 万元纯利润，据说它的横空出世，让比尔·盖茨也大吃一惊，感叹中国有这样的奇才。微软的高层评论说，“中文之星”至少让微软的产品提早五年进入了中国市场。“中文之星”标价虽 680 元一套，但因为挂在“Windows 3.0”上特别好用，所以买家也不嫌贵。

微软忍受了王志东三年，到 1995 年，微软等进入中国的速度和力度都比想象中的大，微软决定以后 Windows 中文版和英文版会同时发布。唐骏提前告诉了王志东。这一告知中有许多不言而喻。

王志东明白。

王志东也明白自己作为一个程序员的生涯应该结束了，没必要再像堂吉诃德一样跟微软玩了，他应有更广阔的天地。

这也是“不言而喻”的一部分。

王志东远走美国。他想起了冯波的话，四通利方不是一家中国的软件公司，而应是一家总部设在中国的国际软件公司。他要走硅谷公司的创业之路，要去找风险投资。那时中关村还没人知道什么叫风险投资，而王志东虽然知道一点，也是极其肤浅的。

那时中关村有类似的投资行为，但不叫“风投”，也没有“天使投资”的概念，但事实上当初王志东与中国第一代程序员、时任四通公司总工的严援朝创办四通利方公司时，便得到了这种投资。在关键人的牵线搭桥之下，王志东见到了四通总裁段永基，凭着自己的才华与传奇，成功说服了段永基为他未来的软件公司也就是后来的四通利方提供了500万元港币的“天使投资”，无一分钱投入的王志东占了新公司20%的股权。段永基还答应了王志东3个额外的条件：新公司有自主的人事权，四通不派一人进入；新公司只做软件；员工尝试配股权。

由于一直没能物色到总经理人选，两个月后作为创始人的王志东在严援朝的支持下，亲自出任四通利方总经理。成立之初公司在中关村西南部的万泉小学租用了一栋小楼，由于地处偏僻，王志东不得不在附近各个路口挂上公司的指示牌。公司的主要业务是以“中文之星”为核心开发中文软件平台Richwin，第一个版本的Richwin于1994年3月20日被开发出来，但仅仅一年之后微软Windows中文版进军中国的钟声便敲响了。

这钟声是终结或终结者的钟声。

世界总有一些圣地，比如耶路撒冷，比如麦加。

如果现代也有圣地，那就是硅谷，至少对王志东而言。

然而首次硅谷之行王志东便迷了路，不得不打电话求助朋友报告方位，说是在第一大道。朋友很诧异，这附近哪有第一大道啊？他颇不服气，对着话筒字正腔圆道：“One Way！牌子上写的One Way！”也就在那时，王志东第一次接触互联网，在机场随手买来的杂志上就有账号，回到酒店连上了电话线，很容易地升级了本地操作系统，并从一个厂家的网站获取了最新资料。

在线升级现在看很普遍，王志东嗅到了不一样的气息，在硅谷的工程师为互联网亢奋欢呼时，他嗅到了这东西代表未来。从 1995 年至 1997 年找到第一笔风险投资，王志东三次来到硅谷，通过学习接触了解，他发现国外风险投资家绝大部分不了解中国，更不了解中国的 IT 业。

两年中王志东又花了很多时间和精力去说服风险投资，让风险投资去多了解中国、中国的文化、中国的经济、中国的政治。另一方面，王志东还要再回过头来说服国内的股东，让他们去接受风险投资的一些理念，之后还要说服公司内部的员工，让他们去相信风险投资的进入对公司的发展会非常重要，非常必要。这两年王志东差不多成了风险投资的理论家、中国问题专家，而王志东自己也学到了如何跟外国人打交道，学到了真正的硅谷模式、西方资本市场的规则。

也正是在这个过程中，王志东的想法越来越成熟，他决定跨越时空的间隔、文化的障碍，为全球华人建立一个共同的网络平台。这一举动的影响力超越了想象，那时台湾与大陆经济有往来却不密切，若论互联网产业，岛内处于技术输出阶段，一直领先大陆，突然间要由一家大陆公司创建全球最大的华人网站，几乎是不可思议的事。

为建起这个网络平台，四通利方收购了一家美国公司。当时这家公司有不少具有台湾背景的华人，台湾地区用户增长最快的网站便由他们设立。然而与风险投资商们的谈判异常艰难，投资商拒绝王志东对四通利方 1500 万美元的评估。然而就在王志东筋疲力尽认为谈判已毫无希望时，投资商有一天不知嗅到了什么，突然接受了他的条件。市场或资本也有幡然醒悟的时候，戏剧性的时候。

应该说最终是中国的巨大市场起了作用。

1997年10月，华登投资公司、RSC、艾芬豪国际集团为王志东的四通利方提供了总值为650万美元的风险投资。此次融资后，华登系占了四通利方大部分股份，而王志东的股份则稀释成13%。华登系的投资点是中文互联网，在资本方的要求下，到1997年四通利方已基本完成了互联网转型。然而，有一点让资本方不能容忍的是，四通利方相对落后的管理体制。此前四通利方已被媒体批评为“家公司”：王志东自任总经理，他的夫人刘冰主抓财务。在资本方的压力下，还在融资谈判时期，王志东即决定交出财权。

1997年1月1日，美国人马克被聘请为四通利方的财务总监，作为第一个进入中关村的美国人，马克的引进在中国业界引起轰动。在以后的时间里，王志东又在资本方的建议下，在他30多人的公司里设置了分管技术、销售和行政的3位副总，来分散原先掌握在总经理手中的权力。

四通利方开始大步向互联网转型，此时公司内部由留法学生汪延负责的利方在线已经运营了一年。利方在线经过1998年世界杯之后声名鹊起，并逐步转变为四通利方的主要部门。1998年9月26日，王志东在北京皇冠假日酒店，第一次见到了时任华渊中文网站CEO的姜丰年。这次会面成为催生“新浪”的直接原因。会面中，姜丰年与王志东两人一见如故，姜丰年得知四通利方也有访问量很大的“利方在线”，立即提议两家合并。王志东将一年前估值1500万美元的四通利方，重新估值为3000万美元，这一“天价”仍被姜丰年接受。

又经过九天谈判，10月27日，双方签约，华渊以1股换利方0.38股的形式，同意被四通利方购并。合并之后的新公司，由姜丰年出任董事局主席兼执行官（CEO），王志东出任总裁。在协议签完之后，姜丰年问王志东：“合并后的网站叫什么名字?”此时，姜丰年的策划人已经根据华渊的英文名称“SINA”的译音取名“赛诺王”，并且印刷品即将付印。王志东当时没有回答。第二天，一夜未眠的王志东告诉姜丰年，新网站的名字叫“新浪”。

因为“新浪”的办公室在美国，在香港、台北、北京、上海、广州，在很多地方，所以当时王志东的时间分配基本是每个月在美国硅谷那边待一个星期，香港待一个星期，北京待一个星期，剩下一个多星期的时间，就分配给台北、上海、广州、纽约、洛杉矶，基本上成了浪迹天涯的“空中飞人”了。正应了冯波所说，这不是一家中国公司，而是一家总部设在中国的国际软件公司。

这是一个梦，但实现了。从一个天才的程序员，到著名的新浪创始人，是一个怎样的梦？在这个意义上，中关村已不仅仅是中关村。

中关村也是世界。

手记十五：去日留痕

Windows 95，“中文之星”，新浪，三者既是记忆，又是当下，几乎本身就有穿越性质。而一个人同时与这三者有关，也算神奇中的神奇。对王志东来说时势造英雄一点不过分，那时微软 Windows 一推出，难题就摆在了中国人面前，如何让 Windows 中文化？这时时势需要王志东，结果就有了王志东，有了王志东将自己关了整整 70 天破解 Windows 的佳话，那 70 天王志东的世界变成白色的，满地白纸之中站着王志东，出来时拿着“Windows 1.0”中文版的王志东，也几乎是一身白。当时王志东的样子让人想到“西门吹雪”。如同 IT 界的西门吹雪挑战了微软，并且挑战成功，古龙的小说不是没有道理，生活中就有这种孤傲的人。

就是这样一个高手居然又创办了“新浪”，在瀛海威倒下之后让中国互联网再度崛起，大举前进，直到在美国上市。但中国IT人都不应该忘记瀛海威，它是先驱者，倒在了黎明前。但相信现在有不少写作的人，像我一样最早在网上推出作品也是在瀛海威。我还记得在白石桥路口瀛海威入网的情景，交了入网费，填写了家里的座机电话号码，买了调制解调器，回家后我的世界就变了。我清楚地记得那就是1995年，拨号，清晰地听到Windows 95界面"拨号图标"发出的节奏很快的拨号声。我上到了瀛海威的"咖啡厅"(聊天室)，进入了论坛的若干个栏目，其中居然有个栏目叫"网络文学"。那应该是中国大陆第一次使用"网络文学"概念，我也第一次把纸上的作品重新录入贴进了这一栏目。一年以后瀛海威做了一个"网络文学"光盘，名叫"去日留痕"，收入了我贴在网上的作品，至今我还保留着这张中国最早的"网络文学"的光盘，同样我还保留着那时的许多聊天的内容。当时我为自己取的网名叫"kefesi"。瀛海威停止运营后，1998年我沿用了"kefesi"IT名注册了新浪邮箱，现在这个邮箱仍可使用。

关于互联网的回忆太多了，真可谓"网"事如烟。2000年9月13日，我清楚地记得这一天，我的长篇小说《蒙面之城》在被传统文学杂志拒绝后登录新浪，开始连载，一个月点击量达50万次。50万次那时是天文数字，然后它又被传统大型文学杂志《当代》接受，并获得了2001年第二届《当代》文学拉力赛总冠军。翌年又获老舍文学奖长篇小说奖。传统文学与网络文学在我身上对接、交汇。人不能两次踏进同一条河，但我那时感觉一次踏进了两条河。

《蒙面之城》三个月后连载完，2000年12月15日15：26，我在连载后面贴上了《传统的寂寞——致新浪网友》一文：

——像当初预感的那样，这些天出版商找上门来，希望出版《蒙面之城》。不是一家，我有了选择权。我尊敬的阿来先生的《尘埃落定》曾走了 13 家出版社，历时四年，偶然被相中，证明是部杰作。但现在埋没的还有多少？13 家出版社加起来一共有几个人看了《尘埃落定》？几个人决定一部可能是杰作的命运。但这个时代过去了。当然，对于有些作家或作者仍可坚持过去的方式，遵循凝神与寂寞的感觉，历经时间沉淀，手中握有杰作，对公共空间不屑一顾。

——各有各的方式吧。

——有人问我有无稿费？我说没有。但我得到的远比稿费珍贵得多，我不是说现在就要得到稿费了，这毫无疑问，我是说在公共空间连载的日子里，读者的心情、平等的参与、批评与真知灼见，使我体会到一种彻底的平等、自由与互动的现代人际关系。寂寞文人在寂寞的时候满腹幽怨，一旦出位，就摆架子，要求仰视，得到补偿，这是必然的心理，甚至是官场的心理。事实上妾妇意识存在于我们每个被压抑与寂寞的人身上。

——公共空间——互联网正在教育我们，改变着我们。

——网上冲浪，机会均等，无怨无艾，交流自由，得失平常。理性不仅来自知识、学养、书本，也来自血液、习惯、日常。这种改变的深刻含义我认为不亚于启蒙、80 年代。更深刻的变化正在发生着。

——话扯远了，回到作品。我的另一个体会来自写作本身。我也一样在读网上自己的作品，也站在读者角度批判自己。我感到深深的不安。我看到自己所犯的错误，许多地方生硬、牵强、不合情理、不到位。我甚至有时停下后面的修改去弥补前面的缺陷，好像急于遮丑。一部长篇小说是一次历险，充满误区、岔口、俗套、积习、陌生界域以及力不从心。

——此外很遗憾的是，我发现原来的结局彻底不能要了，得重写，这使我相当吃惊。而我还没想出新的结局，连载已直逼城下。我看不到马格这个人的归宿，无法给他安排一个结局，就像我对自己的未来并无真正的把握。我曾想杀死马格，或让他自裁，但无论怎样精心策划都更像是一场谋杀或扼杀。那么还能有什么结局，他才 27 岁？至于“支线人物”更未及想好。好在这是公共空间，人们不仅看到创作结果，还看到创作过程，并且参与进来。我想这就是现代写作。

——我同样告诉出版商，作品还没完成，至于何时能完成，我也不清楚。

——我想，我主要想表达的已经表达了。但无论如何还是需要一个结局，哪怕是一个阶段性的结局。但仍不容易。感谢众多网友给予我的鼓励、批评、建议。我希望继续得到，以不断完善，有个可以接受的结局。我再加把劲吧，让我们一起来，届时我将把一个修改后的完全版打包放在新浪网上。

——这里我特别感谢的是网友 teeming 先生、阿lulu_500先生以及黑雪 01、玄武岩、wengjw123、iceburg15、wuhoya、泡泡茶、forrmb、zicq、麦齐尔、sflii、waiiya 等诸位先生。你们不懈的关注无疑将构成本书不可分割的一部分。

——感谢新浪提供的空间。

17 年过去了，它们仍在网上，仍要感谢新浪。

感谢王志东，感谢他的传奇。

感谢 22 年前，坐落在白颐路上的瀛海威。事实上我与中关村同样有着不解之缘，我是中关村的一部分，或者我们都是。

联想世界（4）

蓄势

2004年联想尽管蜚声世界PC市场，但收购IBM全球PC业务，许多西方媒体并不看好，一方面认为联想是“蛇吞象”，一方面认为“花钱买了包袱”。有媒体发问：“联想为什么要选择购买IBM——这个美国标志的但正在‘制造亏损’的业务？”还有报道甚至尖刻地指出：“穿上王子抛弃的外衣，青蛙就能变成王子吗？”

美国IT咨询公司首席分析师罗伯·恩德利甚至有点幸灾乐祸，称：“这宗交易是给惠普和戴尔两家公司的圣诞礼物，我从来没见过这两家公司如此兴奋。IBM即使在美国也是一个非常独特的公司，文化整合本身非常困难。惠普和康柏合并时调动了上千人的队伍参与整合事宜，联想显然并不具备同一水平的资源……”竞争对手戴尔公司董事长迈克·戴尔直言不讳地说："这将是一次失败的收购。我不看好这次收购，戴尔公司对 IBM 的 PC 部门丝毫没有兴趣……我并不认为联想收购 IBM 的 PC 部门和以前那些失败的并购有什么不同。"

事实上，在中国，人们听到这个消息也有许多怀疑。尽管联想在中国名声已经很大，但毕竟是关起门来说话，怎么能同全球巨无霸 IBM 相比，怎么联想就能吞了 IBM 的全球 PC 业务？吞得下去吗？甚至有人怀疑这是假新闻。

那时中国人习惯了外资外企进来，经常自豪地称世界 500 强多少已进驻中国，有多少大企业合资了中国企业，怎么联想就突然逆天了？不久柳传志有一次到北大 MBA 讲课，讲到收购 IBM 之事，下面也是一片怀疑之声，没人相信联想会收购成功，相信的只有三个人，其中有两个还是联想的学员。甚至收购的当晚中央电视台采访柳传志，主持人沈冰也一再问要是失败了怎么办？问得柳传志很无奈。那时的某种心态不无道理，人们首先是不习惯。

说起当初，事实上当柳传志麾下大将杨元庆乍一提出来收购 IBM 全球 PC 业务，柳传志也很惊讶，心理上也不习惯。那时杨元庆是联想的 CEO，柳传志是董事长，已不管具体经营。不过这等"逆天"的大事还是要柳传志拍板，他认为可以研究，但先不要做决定。杨元庆找来了麦肯锡、高盛两家公司进行了初步分析，认为可行。柳传志还是不放心，时代虽然发展到这步了，但如何迈出这一步还是要非常讲究。这不是平常的一步，是历史性的一步。历史有时就是这样，当它到来的时候许多人都不知道，只有极少数人在研究路径，与历史下棋。

柳传志召开了董事会，会上除柳传志、杨元庆作为提议人外，所有与会董事一致否决了收购案。否决并非没道理，主要是，一、买了 IBM 牌子后，外国人会不会认，人家还当是 IBM 吗？二、买 IBM 买的不是工厂，那边没有工厂，都是销售团队、研发团队，实际买的是人，当时IBM在全世界有40万名员工，光律师就有200多个，PC这块业务你中国人买了，人家都走了，不伺候你中国人怎么办？三、买完后中国人当领导，老外在中国市场决战的时候有些打法不错，但是你中国人领导，人家听吗？这三个问题是最大的问题。否决对杨元庆他们打击很大，他非常愤怒，向柳传志发问不抓住这个机会联想怎么发展？怎么国际化？不国际化怎么和对手竞争？这话也对。

杨元庆他们那么坚持，因为杨元庆知道科学院领导和老同事代表，这些董事其实主要还是听柳传志的意见。最后柳传志拍板：买与不买暂时不定，但是麦肯锡、高盛的进一步咨询可以进行，几百万美元咨询费可以付。这个决定至关重要，它显示了柳传志的某种性格：既照顾了大家不安的情绪，也为未来的行动埋下伏笔。

经过价格不菲的可行性分析，前两个问题有了解释，问题不大，第三个问题是五年后公司能否由一个中国人来进行管理。杨元庆做董事长这没问题，但董事长的作用没有CEO大，通常中国把董事长看成市委书记，CEO看成市长，实际在真正的治理结构中是CEO负责。但只能让杨元庆做董事长，先请老外当CEO，主要是怕一上来经验不足杨元庆折在里头，比如假定这个业务头两年做不好，外国人又不太听话，业绩不好，一般都是把CEO给炒了。在柳传志看来让老外做CEO，就是让杨元庆先看清楚CEO是怎么运作的，以退为进，即蓄势，就像柳传志后来办公室那头向后的牛。

IBM的老板想把他们原来的CEO留下，出任并购后的联想CEO，这也是当时IBM的条件之一，但后来柳传志经过调查，发现这个人不是一个能干的人，接触中也觉得此人比较平庸，于是就想换掉，在IBM高管里另挑一位。还是美国人当，没有质的改变，但没想到IBM的谈判老板大发雷霆，坚决反对。电话打到了柳传志家，柳传志开着免提，由 IBM 大中华区的总经理周伟坤现场翻译，同时柳传志的电话还开着另一条线，与自己美国那头的谈判代表保持着联系，实际是个电话会议。电话通了很长时间，美国人把换人的问题说得很严重，火气很大，明确对柳传志说：你要不用原 CEO，并购这事就甭谈了。周伟坤翻译的时候，把许多难听的话省略了。柳传志后来才明白过来，IBM 做这个事的时候，办公室政治起了至关重要的作用，一定是这个 CEO 是个棋子，进行了某种交换。但当时柳传志坚持换人，电话谈了几次，最后 IBM 的老板专门又叫周伟坤底下给柳传志带了一句话：这次你们先用，半年以后你们怎么处理跟我无关。柳传志明白了，同意了。这就是谈判，特别是跟美国人的谈判，往往就是这样。果然，半年后换掉了那个 CEO，没任何节外生枝。

阿梅里奥

第二个 CEO 是从戴尔请来的，原是戴尔的一个高级副总裁，叫阿梅里奥，是个犹太人，非常能干。应该说，一个 30 亿美元营业额的中国公司并购了一个 100 亿美元营业额的公司，是相当有挑战性的，管理起来有很大的难度。但此人个性很强，行事非常强势。另外，阿梅里奥是个典型的职业经理人，任期五年，如果他把公司业绩带到了一个新的高度，他就是美国最牛的 CEO，而公司每年的利润增长、公司股价将是衡量他的一个最重要指标，所以他把精力主要放在这个上面。但是这之后的几年，电脑行业里发生了巨大的变化，个人买电脑的增长量超过机构买电脑的增长量，而联想并购 IBM 的主打产品是 ThinkPad，是一个高档产品，主要是为机构所用。如果不开发出面对消费类客户的产品的话，那联想就没法跟惠普、戴尔竞争，所以一定要开发。但是要开发就要有投入，光 IT 系统的投入，支持个人消费电脑就得七亿美元，要花三年时间，别的不说，光是这七亿美元的钱从哪儿来？当然都得是从利润里边减。比如原来是五亿美元的利润，一年要花出 2.5 亿就得减成 2.5 亿，而且这么一做，公司本身的利润受到影响以后对股价也会有影响。作为职业经理人的阿梅里奥当然不愿意减利润往里投。

阿梅里奥坚决不这么做，当时的董事长是杨元庆，杨元庆努力说服，阿梅里奥完全不听。矛盾就此产生，杨元庆是对的，阿梅里奥也是对的——作为职业经理人。不得已杨元庆在董事会里边提出一个折中的要求，他亲自来做消费类电脑，让 CEO 做原来的业务。董事会有两个美国人，虽然份额比较小，但牌子比较大。阿梅里奥私下就找了美国老板介绍了情况，美国人一听，觉得这个杨元庆是胡闹，董事长怎么能直接做业务呢？就坚决站在阿梅里奥一边。柳传志虽然觉得杨元庆正确，但这样两军对垒，针锋相对，你死我活一向不是柳传志的作风。柳传志劝杨元庆，别这么愣，少安毋躁，静待时机。会上柳传志也没表现出支持杨元庆的态度，因为一旦表态，柳传志这么重的分量，矛盾就会变成了中国人和美国人的矛盾，再要把这矛盾往前推一步，扣一拧紧，后果难以想象，可能就是万劫不复了。

即使柳传志没表态，CEO 阿梅里奥也开始动作频频，有意无意地让公司里的一些中国骨干员工感到位置下移，而杨元庆又不好干预。联想的刘军和陈绍鹏这些高管，在柳传志的心目中都是可以培养为全面帅才的，但是阿梅里奥在向董事会汇报工作的时候，却把他们排除在最高 16 人名单之外，柳传志异常伤感，心里边掉眼泪，但是忍住了，他不能爆发，他知道一旦他爆发了，后面没法收拾。另外由于文化上的碰撞、摩擦，也使得许多中国员工那种主人翁意识受到很大挫败，不少人甚至离开了联想。

柳传志看在眼里，剑时时已准备出鞘，但要一击必中，没这样的把握他是不会出手的。这就是柳传志。能忍，忍得有时候让他觉得自己特冷酷。正好，差不多就到了 2008 年，金融危机出现，公司大亏损。危机就是机会，柳传志出手提出换 CEO。柳传志找到美国的两位董事——其中一家是 TPG 原始创始人，TPG 是美国排在前十位的大投资公司，也是创始合伙人——提出由杨元庆换下阿梅里奥，两位关键人物、美国董事认为杨元庆没有这个能力，但柳传志这次态度坚决，双方进行了一周不分日夜的交流。

美国人也是很固执的，最后柳传志亮出底线，说要不拿到股东大会讨论。美国人明白，中方股份占得高，真到那一步，对大家都不好。美国人最终提出解决办法：要求柳传志当董事长，他们才同意杨元庆当 CEO。

柳传志早在 2004 年已不再担任联想董事长，把棒交给杨元庆，创办了联想控股。柳传志很不情愿当这个董事长，联想控股的事正开启，千头万绪，但是他答应了。接下来就是找这阿梅里奥谈话，当时所有人都以为将会发生一场惊天动地的吵架，因为阿梅里奥嗓门大，性格倔，但也知道柳传志不好惹，柳传志能忍可一旦真怒起来势不可当，绝不含糊。谁也没想到谈话不到一个小时，两人手握着手笑眯眯地出来了。阿梅里奥宣布退出，不当总裁。

四张照片

撤换了阿梅里奥，杨元庆出任 CEO，柳传志出任董事长。这样一来柳传志在这个跨国公司真正建立了一个中西方共同融合的班子，柳传志让杨元庆按照自己的想法干，拿出相当的利润进行研发，开拓个人消费电脑，杨元庆不再仅仅是职业经理人角色，还是考虑长远战略的企业领导者。联想那时的国际化程度已经非常高，每年的营业额有 70%来自于海外，在160个国家和地区有业务，在所有这些国家和地区没有派一个中国人，全是国外的团队。2009年，中央电视台采访柳传志，说联想已到悬崖边上了，柳传志说联想就是我的命，我要义无反顾地复出。柳传志复出没干别的，就是抓文化，抓中国当代文化与西方文化的融合，抓价值观建设，抓思想，这非常重要。思想工作在国内行之有效，在国外也一样，柳传志相信。

每年联想都有誓师大会，柳传志与杨元庆一块儿去欧洲，参加欧洲团队的誓师大会。大会在法国开，都是欧洲经理级以上的人，到会有200多人。这一年不同寻常，董事长、CEO都是中国人，这个影响很大。按联想的规矩开会迟到是要罚站的，但跟外国人不能输出这个文化。柳传志到了会场，下面人坐得稀稀拉拉的，看着两位中国人，又正值金融危机，企业大亏，有种说不出的气氛。这不是在国内讲话，是种考验。柳传志明白，不要说罚站，你能讲什么？这些人会听你的吗？特别是联想亏损这么多，前景难料，说不定底下人已准备找出路。再有，你一个中国董事长，无非是讲一些中国式的说教，这种心理，很容易从人们的窃窃私语中，从眼神中读出来。柳传志环视了一会儿，没多说什么，在大屏幕上放了四张照片，一一讲解。照片讲完，下面鸦雀无声。

柳传志讲的第一张照片是当年联想办养猪场的事，1988年的时候，中国物价飞涨，联想怕员工吃不上肉，专门办了养猪场。计算所有个叫马金刚的工人是个山东人，公司就给了他十万块钱，让他到山东办养猪场，定期往北京运，分给联想的员工。第二张图片是八九十年代创业的那些老员工在欧洲旅游面带微笑的照片，这些退休的员工都有股权，拿着丰厚的退休金，非常快乐。第三张图片是联想的72家房客，是针对新员工的，就是90年代大学毕业生到联想来以后没房子，老的计算所的员工是有指标的，凭工龄能排上队，但新员工没有，于是联想跟中国银行协商，首创了有首付、有按揭、由联想贷款担保的模式，让 72 个新来的员工有了住房。第四张照片是年轻人在联想的发展平台……

柳传志讲完，宣布散会，没多说一句话。

柳传志用四张照片传递出联想“以人为本”的企业文化，这些故事发生在中国——“如果好好干，这些故事也会发生在你们身上”。

第二年柳传志再次来到这里，情况已完全不同，会议主持人是一个光头的小伙子，等柳传志进来时全场已经坐满，坐得黑压压的，整整齐齐，光头小伙子对走进来的中国董事长说：柳总，今天不是您等我们，是我们等您，我们都准时来了，有很多早就到了。主持人说完，全场响起热烈掌声。

柳传志笑容满面。

柳传志复出仅仅两个季度，联想业绩大幅攀升，到了年底翻了一番，不仅如此，员工的薪酬也进行了调整，过去阿梅里奥最关注的是他个人薪酬的调整，柳传志复出后，特别是公司好转后，将利好像胡椒面儿一样撒下去，所有员工都能有调整，换句话说，柳传志说到做到，所言非虚。实力与魅力，柳传志在两个方面同时赢得了国际化的联想，赢得了国外所有的团队。

杨元庆的作风也完全不同，阿梅里奥当 CEO 时非常强势，他想要在巴西做一个企业，是买还是自己建，他提出了自己的意见，然后让四十几个副总裁，在全世界的电话会议上提意见。那些副总裁，分布在世界各地，大多数根本不知道情况，能提什么意见，多半都说 Yes，然后阿梅里奥拿到董事会上说，我们希望花这钱买这个。像这样的事，柳传志一听就明白怎么回事，当然不批。

杨元庆当上 CEO，柳传志帮杨元庆重新建班子，完全是中国人的做法，联想的老做法，新班子九个人，除了杨元庆，四个中国人、四个外国人，都各居重要岗位。班子一个月在某一个地方聚上三天，或者在莫斯科，或者在巴黎，或者在新德里，或者在悉尼，或者在约翰内斯堡，总之在世界重要的市场上，一天调查市场，两天开会，大家多碰头，互相了解，共同研究公司往哪个方向发展，每个人有什么擅长。联想过去在国内就是这么做的，大家团结一致，集中智慧，这是典型的中国人的做法。杨元庆的新班子大家相互了解半年左右，几乎人人都知道了各自的特点，敢于说话了，每个人每一块的责任到哪儿，都非常清楚，跟以前的 CEO 做法完全不同。从这以后，偌大的公司完全像一个人一样，业绩大幅度攀升，以至翻番，联想的增长线远远高于同行的平均线。如今联想光卖电脑一项每年就有 480 亿美元的营业额，而中国的市场份额已接近饱和，占联想增长额比例也不多，主要的利润、营业额都来自海外。

在并购 IBM 全球 PC 业务之前，联想在中国市场虽是第一大计算机厂商，但是并不具备独特的核心竞争力，成本控制上比不上直销起家的戴尔，技术创新上又远不是以标新立异著称的苹果电脑的对手，通过整合 PC 鼻祖 IBM 的资源，联想一举完成了全球化的升级，经过十年打拼一跃成为行业内的全球第一，世界 500 强之一。另外，或许更为重要的一点是，联想并购 IBM 全球 PC 业务的成功，不仅是企业的成功，也是企业文化的成功，思想的成功，价值观的成功。中国不仅融进了世界，也为世界贡献了独特的人文经验。

手记十六:《蓄势》

柳传志蓝色全景办公室，有一小尊青铜艺术品，名《蓄势》。是一头青铜牛，精致，低调，总是处于全景落地窗的逆光之中。通常以牛为对象的雕塑都是“不用扬鞭自奋蹄”的奔牛，拓荒牛，《蓄势》的姿势非常罕见，不是向前，而是向后，缩姿，像拉满弓的箭。显然这是柳传志的自我镜像，是柳传志的创意订制，因为我从未见过。一头躬身的牛，与一头奔牛，哲学上显然不能同日而语，前者有着巨大的蓄势力量，引而不发，高度警醒，应该说是中国文化中最深湛的部分。

柳传志的阅读从《毛选》四卷出发（历史形成），后来十分广博，全球视野，经验与阅读的交互，在他身上形成了许多平易又深邃的东西。第一次采访，作为小说家我礼节性地送给了柳传志我的近作《三个三重奏》，没指望他会读。当然如果他读了我也不太觉意外，甚至觉得真有可能。第二次采访是一个星期之后，我已忘记书的事了，当我迈进融科资讯蓝色大厦时，我觉得自己太文艺了，完全打消了念头，结果柳传志真的读了。接待人员将我带到柳传志办公室，办公室没人，让我稍等，稍等时接待者告诉我柳传志读了我的小说，不仅读了还推荐别人读。柳传志从一个小门出来，满面笑容（显然听到在谈论我的小说，而且和第一次采访时的正经表情完全不同）走过来对我说，他已全部读完了我的小说，要先跟我谈谈我的小说，有几个问题“请教”，“请教”两字说得很有趣，有种妙不可言的东西。

真正让我惊讶的是柳传志的“请教”还真有些“专业”。《三个三重奏》近40万字的篇幅，即使在专业读者那里也被认为是一部先锋小说，形式小众，三条线索交织，构成立体空间，被认为是一部立体小说，普通读者读来会有一定障碍。此外小说主题不确定，人物性格鲜明但思想复杂，非传统的“非黑即白”，网上有读者称看不懂。柳传志的“专业”在于认为小说不仅“三重奏”，还有一重奏，在理清了三条线索之后，问我谭一爻是否也算一个重奏？没等我回答便说“你的小说应该叫《四个四重奏》”。艾略特已经有了《四个四重奏》，我不能再叫这名字，我对柳传志说。柳传志又谈到对小说主人公杜远方（一个国企企业家）的理解，赞扬我没把杜远方（包括他的罪业）简单化，甚至在能力上把自己与杜远方相比，毫不谦逊地说杜远方的本事他都有，说得十分大气，颇有惺惺相惜之口吻。然后谈及了小说语言，说语言不好的书他不看，看书他首先看语言。关于我的书谈了差不多半个小时然后才开始采访，采访变得异常轻松，仿佛我们已相识多年。谈完兴致不减，来到十八层一间同样全景的小餐室，柳传志说我写到了酒，请我小酌，继续闲聊我的小说。或许我应感谢那部小说，感谢书，说实话没想到像柳传志这样的企业家如此迷书，恋书，会被书改变。

侠之大者，自然容易跨界，不知为何想到这句话。有时候走在路上会忽然想柳传志会读一部先锋小说，还是觉得不可思议，中关村还有多少不可思议？如果说中关村是中国的缩影，30 年的变化不可思议，那么联想也可以说是中关村的缩影，30 年过来将自身变成世界，一样不可思议。而这之中还有多少细微的不可思议？在这个意义上，作为一个小说家，我还在门外。

还有太多的门等待人打开。

万物的指纹

光年

西班牙哲学家奥德嘉·贾塞特在《生活与命运》中说，你关注什么，我就能说出你是谁；你凝视什么，你就是什么。这样说多少有些夸张，不过像许多夸张一样，在允许范围内。如果说你凝视什么，心目中就会有什么，或许更确切。当鲍捷从外面走进来，或者如果在视频上，他走上讲台，你一眼就会发现他的眼睛与众不同。这种不同如果你不了解他，也不会觉得有什么特别，如果你了解他，则会认可奥德嘉·贾塞特的哲学。他的眼睛很黑，时而有点眯，类似近视那种，但绝不是近视，如果你了解他的话确会感到一种黑科技的东西。

黑科技待会儿再说。先说鲍捷，1983 年生人，可看他的眼睛不像 1983 年生的，眼光倒像有一光年那样悠长。在一个视频上，他说：2011

年 5 月 10 日，亚美尼亚的天文学家盖瑞特发现了一颗名叫 HD82943 的恒星吞下了它的一颗行星，其过程相当于太阳吞下地球。这颗恒星的体积也大体和太阳体积一样，它吞下的行星相当于木星质量的两倍。HD82943 恒星距离地球 78 光年……

他讲的时候你似乎可以看到他眼睛里无垠的星空，如果不是习惯性地眯一下你会觉得就在浩瀚的星空里，但一眯——相当于经过一光年——立刻把你带回现场。但事实上鲍捷研究的东西不是光年，而是一种完全相反的东西：量子点，一种头发丝的十万分之一的东西。无限远与无限小，又有着某种相关性——鲍捷说，正是通过无限小的量子点光谱，人们观测到了 78 光年外的恒星吞噬自己的行星。而一个经常盯着量子点光谱的人，盯着头发丝的十万分之一的人，他的眼睛无法不时时眯一下，就仿佛光年的变动。

黑科技

鲍捷，山西太原人，典型学霸，中学以后每年参加全国化学比赛，得奖，拿名次，保送上了清华大学化学系，但是当年清华大学还是让他参加了高考，看看他的全面实力到底如何，结果从未参加过高考复习的鲍捷总分数上清华仍绰绰有余。考试、竞赛只是令鲍捷更兴奋，更有一种巅峰状态，他认为这种状态是一种巨大的快乐。在清华读了四年后，鲍捷毫无悬念地出国，到了美国布朗大学读博士，越过了硕士，四年的 Ph. D（学术研究型博士学位，对其认识范畴的理论、内容及发展等都具有相当的认识，能独立进行研究，并在该范畴内对学术界有所建树）之后在麻省理工学院读博士后。博士阶段鲍捷做的是飞秒的激光，1 飞秒是 10 的负 16 次方秒，一个激光束的打开只有几个飞秒，在几到几个飞秒之间观察它们的分子振动，并捕捉它们。在麻省理工学院的博士后阶段，鲍捷开始进入到量子点研究，即另一种纳米材料，突进到这方面研究的世界最前沿。1 飞秒是 10 的负 16 次方秒，一个纳米是 10 的负 9 次方米，二者一个是时间一个是物质，却在无限可分之中有着必然的联系，甚至是一个问题。也就是说量子点集中了时间与物质双重的属性，这双重的属性就是量子点光谱。

2014 年 31 岁的鲍捷回到清华大学，在电子系做教授，博士生导师。他把在美国就开始做的项目带到清华，2016 年便上了中关村黑科技的名单。黑科技与日本动漫有关，也是网络新名词，一般是指远超现今人类科技或知识所能及的范畴，看上去违反自然原理的科学技术或者产品，如高达的 GN 粒子，幽能，暮光。后来用于形容靠近人身体的高科技产品，指高科技泛滥之后演变出来的更先进的技术以及创新、软硬件结合等，包括基于现有技术的改进升级和该产品的使用体验，它们不可思议，已在研究中，将出现在人们的生活中。目前上榜的黑科技有：飞行汽车，快递机器人，增强现实，智能头盔，马丁飞行包，诸如此类似乎不可能的事物，都被称为黑科技。最著名的黑科技的大师要算是两年前就任谷歌工程总监的科学家雷·库兹韦尔，此人拥有 19 个博士头衔，现在每天服用 150 片维生素补充剂，并且每周通过静脉注射各种维生素，营养补充剂，以及辅酵素 Ql0、磷脂酰胆碱，谷胱甘肽等物品药物，等待生命延续技术取得巨大进展，以获得“永生”的机会，其脸色已有金属的质感。雷·库兹韦尔预言，未来 15 年时间内计算机将超越人类，届时计算机将比人类更聪明。黑科技与我们通常所说的黑料理、黑煤窑、厚黑学完全无关，只是一种否极泰来的形容。

量子点

2016年6月，一篇题为《中关村里的黑科技——量子点：纳米材料领域的“新贵”》的文章登上 Internet，说的便是鲍捷从麻省理工带回来的量子点光谱项目到中国后进一步完善，准备进入商业操作模式，鲍捷也因此不仅仅是清华大学最年轻的博导、教授，还是 QDChip 公司创始人兼董事长。有趣的是这篇文章没有一点夸张的口吻，甚至有点给小学生科普的味道：用手机拍一下，你就能知道，一杯牛奶是否变质？今天的 PM2.5 的指数是多少？这是可能的，现在这种可能正在变成现实。实现这种可能的是清华大学的 QDChip 团队，鲍捷作为创始人、博导，带领团队采用了新型量子点纳米材料和纳米技术，制作出手机摄像头大小的可放在手机上的“量子点光谱照相”，让普通人可以随时随地对各种物品做出分析、鉴别、判断。事实上早在这篇黑科技报道的一年前，2015年7月13日，中央电视台新闻频道便以专题的形式报道了鲍捷的成果，两者时间不同，内容如出一辙。

那么这项量子点纳米技术配上随手拍的手机意味着什么？说起来还真有点黑科技的味道：意味着世界将变得真实，假的无处藏身。先不要说别的，先就拿真与假来说，在我们的日常生活中，我们逛超市逛自由市场买东西的时候，最常见的心理问题就是怀疑、狐疑：这东西真的假的？是否可信？有没有问题？真像说的那么好吗？超没超标？是不是转基因的？真的绿色吗？拿不准的情况太多太多了，上当时也太多，有时生工商部门的气，生监管部门的气，觉得人心不古。实事求是说，光靠监管部门管是管不过来的，更不要说是权力就有可能寻租交换产生漏洞。但如果全民监督呢？比如每个人“都可以随时随地，对各种物品做出物质分析、判断”，这是可能的吗？鲍捷提供了可能。

手机拍一下，你就知道矿泉水是不是真的，大米是不是洗白的，油会不会是地沟油，鸡蛋真的是柴鸡蛋吗？这么红的西红柿是否催熟的？能吃吗？嗯，这奶粉可是给孩子吃的，真的没有三聚氰胺了？红酒真的是拉菲吗？茅台吗？五粮液吗？手机拍一下，你就知道家具是否环保，房间的涂料是否绿色，新装的房子是否甲醛超标，有没有放射性物质？至于对收藏界，这技术简直是对全民的解放，你再不用担心打眼，买到假的、高仿的，不用去鉴宝栏目，不用四处找专家、高手，电视上的专家（本身都有真假问题）将退出电视，你就是最权威的专家，你就是元青花的专家、宣德炉的专家、青铜器的专家、吴道子的专家、张旭的专家、怀素的专家，倪瓒的专家、八大的专家，是不是和田玉，籽儿玉，是不是真的蜜蜡、沉香、绿松石？甚至可以挑战嘉德拍卖行，索斯比拍卖行，他们拍卖的东西是否假的？每个人都可能成为环保监测员，手机拍一下就知道河流的污染程度，污染源来自哪儿，游泳池或馆的水是否氯超标？你还可以自我体检，自我监测：血压如何，血糖如何，血脂如何，胃脏如何，是否有病变，有无幽门螺旋杆菌……

太多太多了，多到你会怀疑鲍捷是真的吗？

我们有权提出这样的疑问，因为有点不敢相信，因为要是真实现了那就太好了，我们有疑问是因为我们太渴望了。事实上真假问题不简单是一个市场问题，也是一个伦理问题，社会文明程度问题。如果人人都能辨假识假，真就会成为常识，成为自然，我们的整个精神生态就会升级。社会伦理的顽疾被科技迎刃而解不是没有先例，20 世纪七八十年代，甚至到了 90 年代，缺斤少两始终是一个挥之不去的顽疾，从伦理角度解决伦理问题已完全不可能，一杆秤的高低、里面的文章、秤砣的秘密，准星的文章，所谓买的不如卖的精，就包含了秤上的千古文章。但是随着 20 世纪

90 年代之后电子秤普及（之前人们手中先有了一个小电子秤）彻底从根儿解决缺斤少两的问题，现在人们在市场上谁还想过这个问题？还有这方面的焦虑吗？一丝一毫都没了。消费者不再担心了，商家也再不打这方面的主意了。

头发丝的十万分之一

好吧，我们再探讨一下鲍捷的“喜大普奔”可能。

看看央视新闻频道 http：//qdspec. ee. tsinghua. edu. cn/news. html 是怎么说的：

“手机拍一下，就能知道：一杯牛奶是否变质？今天的 PM2. 5 的指数是多少？自己身体是否健康？这样的功能已经远远超出了传统意义上的拍照范畴，但却即将成为现实。实现这些功能离不开一种被称为量子点的纳米材料。量子点由有限数目的原子组成，形态为球形或类球形，直径在 2～20纳米之间。量子点材料是近年来极为热门的新型纳米材料，由于非常微小，通常被制成溶液形态，从本质上来说，它其实就是一种可在微小范围内进行调控的光敏半导体晶体。

“量子点纳米材料的特性，最神奇的是它可以根据晶粒直径的大小改变自身的颜色，在几个纳米到十几个纳米的范围内，它都会呈现不同的颜色。你可以把它想象成任何一个物体，我们把它掰一半，颜色就会变，再掰一半，它颜色又会变。再一个特性就是它具备良好的水溶性，由于量子点非常微小，它的厚度大概只有人头发丝的十万分之一大小，所以把量子点制备成溶液，可以更直观地看出量子点会根据大小的变化，显示出颜色的不同。”

鲍捷说：“首先把量子点溶液进行特殊加工，因为它非常微小，所以使用它要像打印机里的墨水一样，把它打印到芯片上，形成一个阵列的薄膜，这就形成了量子点元器件构造。接着，把这个量子点元器件与手机摄像头里面用的检测器阵列，简单附和在一起，就形成了一个很简单的光谱议。”

光谱仪之所以神奇，离不开光波这样的特殊介质。光波是由原子内部运动电子产生的，因此，不同的物质发射的光波也不同，鲍捷说：“这就好像是与生俱来的身份证，是辨别物质最简单也最准确的方式。通常人的眼睛可以分辨的光波范围被称为可见光，物质时时刻刻发出光波，大多数不能被人分辨（一幅画，一个瓷瓶，一粒米都会发光，万物都有光，光反映着物的本质），光谱仪可以像五官一样帮我们感知世界，是我们可以分辨所有光波的眼睛。人有指纹，物质也有指纹，光波就是物质的指纹，两个肉眼看上去一样的物体，在光谱仪的眼睛里颜色完全不同，正是基于这样一种特别的能力，光谱仪可以捕捉物质的指纹。”

一个苹果磕碰过并且已经放置了一段时间，而另一个苹果完好无损。在光谱仪的眼里，它们会是什么样子的呢？当光谱仪照在完好苹果上，光波数据传到手机后，通过波形与波谷的比对，它会告诉你，鲍捷说，这个苹果已经成熟，现在吃没有问题；而照向另一个有些磕碰的苹果时，通过比对，它会告诉你，这个苹果不太好，建议换另一个好的苹果。你想知道苹果的糖分吗？是否打了农药？生长在何地？什么样的土壤？以此类推，你想知道什么就能知道什么。

比如皮肤癌，有五分之一的白人一生会得皮肤癌，比如美国人特别喜欢晒太阳，会把皮肤晒成那种棕色，但是这种晒让他们全身都长斑、痦子，这个痦子里面很多就会癌变。紫外线有不同的颜色，有更紫的，也有更红的，更紫的这些颜色，会对人体造成伤害，这个更红的紫外线高几个级，同样一份能量过来打到皮肤上，它能造成一千倍至一万倍的伤害，所以得知道这里边的能量分配法。量子光谱仪正好就可以用这种模拟，看这个时候紫外线的短波长含量，你接受的剂量很多了，这个时候不应该再晒了。另一方面是检测，你全身几百个斑、痦子，你怎么知道哪个癌变呢？这个东西很难检测，最准确的办法是在这个斑点上、痦子上刮下来一小块肉，当然很小了，在显微镜下去看，时间会非常长，斑这么多人又这么多怎么看得过来？但现在，鲍捷眯了一下眼说，你拿手机照一照，扫一扫就知道了。

鲍捷的眼睛几乎就是光谱仪，里面有多少光年？多少可分性？如此年轻的眼睛瞬间又仿佛如此古老，超越地球的古老。鲍捷，不仅是中国人，世界人，还是宇宙人，这个过程从他早年参加奥数、化学竞赛，从科技小组就开始了，直到激光、飞秒、量子点，然后飞回到手机，将来他的科研成果随时在所有人身边，将世界变得真实。这是一个怎样的人？

鲍捷说，人类可以从数据中得到信息，信息可以转化为知识，帮助人类获得智慧。面对庞大繁杂的数据，大量的传感器可以帮助人类捕捉信息，量子点光谱传感器在不久的将来会成为智慧的金字塔之坚实的基础。

2015 年鲍捷的科技成果发表在美国最权威的《自然》杂志，同年他被评为年度中国十大新锐科技人物，他的成果被评为年度十大创新成果，提名理由是："他在国际上首先提出光谱仪微型化的全新方法——最子点光谱仪，将现有光谱仪体积及造价同时降低 2～3 个数量级并保持高性能，为光谱仪植入智能手机、便携设备或作为智能传感器等开辟了一条新的道路，被列为'颠覆性技术'之一。该成果在科研产业、医疗健康、国防、日常生活应用等方面潜力巨大。"

这些身外荣誉同鲍捷的眼睛比都不值一提。

因为他眼睛看到的不是常人看到的，是大到 78 光年之外恒星吞噬自己的行星的现象，小到头发丝的十万分之一的事物。

目前苹果、三星、LG 都在跟鲍捷谈，花落谁家、怎么落尚不得而知。

手记十七：新一代人

在中关村四海大厦的咖啡厅，我到这里之前的十分钟，鲍捷已坐在那儿。我们没见过面，也没约定任何见面标志，反正会在同一空间，打个电话就行了。午后咖啡厅只有三两个人，有两个还是一起的，正在说话，那个背影无疑是鲍捷。

鲍捷很年轻，一看就是 80 后，但同时也很“老”，因为他的眼睛。

他的眼睛有点眯，但不是近视，我说过像光年。这种有光年的不时眯一下的眼睛还不老吗？他来到咖啡馆走了多少光年？

至今我仍坚持鲍捷博士生活在两种时间里，一种是自然时间，一种是永恒时间，更多时候是两种时间的交替：现实的与光年的。鲍捷像吴甘沙、赵勇以及后面将要提到的程维、柳青一样，是新时代中关村的大神级人物。他们不同于陈春先，甚至也不同于柳传志，他们仿佛让柳传志一代变成冷兵器时代的大神，不是个人对个人的超越，是时代对时代的超越。即便他们本身也颇不同，鲍捷更科技或黑科技。他们同样不同于卓越的数学家冯康，也不同于年轻的冯康学派。在鲍捷身上你会发现不可能的、不可思议的东西，时间之外的东西。类似外星人，或正在走向外星的地球人。

他不在五行中，又穿越于此，代表着中关村所延展的最远的空间。

可能之外的可能。

车库咖啡

陌生来客

2011 年，雨后的中关村时阴时晴，当那双虹打在西区的玻璃幕墙时，“在这儿- IM”的 CEO 熊尚文带着《华盛顿邮报》记者 Vivek Wadhwa 来到海淀图书城小街上的车库咖啡。他们是不速之客，既非创业者，更非投资者。当然，来这儿的什么人都有，不一定都是这两种人，而开门迎客是老北京的传统，因此苏药还是以北京人的敞亮性格欢迎客人。此时车库咖啡开业不到半年，人满为患，每进来一个人苏药都笑脸相迎，热情交流，最多一天交流过将近 30 个团队。迄今已交换名片达七八千张，聊过上千个团队。苏药习惯性地将熊尚文与 Vivek Wadhwa 也当成了一个团队，几乎是贯口地介绍着车库咖啡的故事。

“创咖啡”源于美国，统称“车库咖啡”。美国硅谷的很多杰出的企业起步都和车库有着重要关联，惠普、苹果、戴尔、谷歌、YouTube的初创无不起源于此。在硅谷，车库几乎成了低成本高科技创业起步的代名词。作为记者、专栏作家的Vivek Wadhwa自然对这些非常熟悉，不熟悉的是车库文化到了中国，具体来说到了北京小伙子苏药这里，规模变得如此庞大：满眼的电脑，经营面积达800平方米，差不多有半个足球场大，众多创业者与投资者在这儿交流想法，摩擦生电，每天这里都在举行着梦想交易会。Vivek Wadhwa甚至没有像通常那样记录、录音，而是一直在听，不时环视一下四周，以致苏药认为Vivek Wadhwa只是在中国闲逛，觉得这儿新鲜，或者想在中国投资也未可知。那时苏药满脑子就是这些。说到"high"处苏药问美国人，你们美国有这样的模式吗？没有，Vivek Wadhwa耸耸肩说，但你做的这种风格很美国人。Vivek Wadhwa说得很实在，一点也没有显出他同时还是美国著名专栏作家的身份。

美国人走了，德国人又来了，这次是三个人，依然是不速之客。三个德国人在门口晃了一会儿，坐在门边的座位上，要了两杯咖啡。苏药像对任何人一样上前打招呼（用英语）。两个用德语交谈的德国人也用英语告诉苏药：他们是德国《明镜周刊》记者。苏药不知道《明镜周刊》是怎样一个有名媒体，甚至不知道有这样一家媒体，旁边一个创业者告诉苏药《明镜周刊》是欧洲最大的媒体之一，在世界上很有影响。德国人很严谨，一看就是有备而来，带着长枪短炮，微型笔记本已打开，和美国人颇为不同。苏药这次没马虎，也没由着北京人的性子山侃，而是认真地、字斟句酌地回答了每一个问题。《明镜周刊》不久用了七页报道了车库咖啡，文中提到苏药也问了德国记者一个问题：作为德国记者你们为什么要来北京、中关村、车库采访？记者告诉苏药：这个世界下一个能够超越硅谷的地方或许就在中国，在北京，在中关村……

梦之空间

车库咖啡外观风格低调，差不多是隐藏在图书城步行街一家宾馆的二楼，没有显眼的标志，昭示这里不是情侣场所，而是“上班”场所。穿过简陋宾馆的大堂，爬上20阶花岗岩楼梯，推开吱嘎作响的折页木门，车库咖啡就毫无车库重金属质感地出现在眼前，灰色墙纸包裹的墙壁，垂着十几盏吊灯的黑色棚顶，桌椅散发着原木味道，布艺沙发柔软舒适，灯光柔和，安静舒服的开放环境里，天花板是刷黑的裸露管线，地面是红色的普通瓷砖。无线麦克风里的演说，混合浓浓的咖啡香，混合年轻人创业的梦想和对成功的渴望。一间玻璃隔断的书房，为来自于互联网行业里的创业成功人士的捐赠，创客们都可以翻阅，寻找灵感。四个独立的会议室，颇具艺术感的星空墙绘展示着梦想。

吧台旁的招聘墙是最具人气的角落，几十张手书或打印的招聘启事依次排列，互联网农业、互联网医疗、互联网社交……这里是一个“互联网+”的创意田，“创业、成功、梦想……”混合在一起，是原生词语的盛宴。有的信息甚至于来自上海、广东、深圳——招聘者经常来北京亲自坐镇车库，有的一周就要来一次，直到找到一拍即合者。大门的右边是公告栏，苏菂和投资界大佬、政府高官的合影显示着背景强大，同时也有车库组织的周末郊游告示。

车库咖啡东边隔几堵墙的写字楼18层是创新工场，向南半站路是微软，再右转是腾讯，往北转过一个街角就到了新浪和爱国者——车库咖啡占据的这个位置，无疑正是中国互联网行业的最敏感地带。

花上二十几元钱，来一杯美式咖啡或一杯绿茶，就可在这儿工作一天，最主要的是可以结识更多创业者，有机会见到天使投资人。而搭建这样一个成本低廉、聚合创业者和投资人对话的开放平台，正是车库咖啡的经营者苏菂所期盼的。这里提供打印、复印、扫描、名牌制作服务。以每小时 5 元的价格提供移动测试机，有投影仪、桌面触屏等设备，甚至还有按摩椅给大家放松。周一到周五 13：30 到 14：00 是创业午间半小时，给创客们分享交流、寻求资源、结交朋友的专属时间。那些乐于在这里寻找有潜力的项目和创业团队，为他们提供资金支持的投资人，通常会在这里度过非常愉快的时光，会有人非常愿意与你分享创意、设计、规划和梦想。在这间“车库”，随时可以看到两个或几个陌生人坐在一起交谈甚欢，甚至可以看到一张桌前围聚一圈人，他们大谈技术难题、市场趋势，谈如何与投资人交流，谈创业团队的成功案例。

从地铁 4 号线中关村站 A 口出来，到中关村创业大街，20 分钟内要步行穿过四条街。一路走过，可以看到中关村的历史变迁，就像走过传统电子产业的没落和互联网产业创新的历史，可以看到在数字时代已稍有久远感的地标分别是中国电子商贸曾经的造富工厂，如今已门可罗雀的海龙大厦、e 世界——这些中关村最初的门面建筑，新一代的地标是理想国际大厦，它汇聚了新浪、优酷土豆、爱奇艺等当下中国互联网品牌企业，从 e 世界到 e 时代，这条路还会诞生新的地标，主角也许就是创业大街里那些年轻人。

任何一个午后，你会看到短短的创业大街清洁安静，三三两两的青年男女背着双肩包边走边谈，路牌提示着街道两侧四层建筑里入驻的单位——黑马会、创投圈、3W 咖啡……很容易归纳这些咖啡馆的共同标签：简单、前卫、任性，极具诱惑力。小街很安静，安静得像明信片，而咖啡馆里却不同，无论规模大小，都座无虚席。人们有的专注于笔记本电脑上的图形代码；有的三三两两交流议论；有的在小型交流会上拿着话筒激情演说，同样充满创造激情的听众或倾听或激情地提问，每天如此。而无论在干什么，都有一个共同点：年轻，高学历，朝气蓬勃。一年前，这条只有 200 多米长的步行街的名字还是海淀图书城。如今，那些堆满图书的飞驰的小推车不见了，几十家图书商店被几乎相同数量的咖啡馆取代，咖啡香取代了书香，销售平台也变成了梦想平台。

开风气之先的车库咖啡依然低调、宽容、来者不拒，苏菂也像往常一样热情，每天都泡在已有四年历史的车库，和每一个来这里的创业者聊天，然后根据他们的优势和特点把他们介绍给投资人，同时也向其他团队推荐他们的业务。最忙的时候一天聊到晚，十几个小时，店里的每一个人他都知根知底。

北京孩子

苏菂，1979 年生于北京西城区，生长在知识分子家庭，但读书一点不刻苦，贪玩，容易想入非非，不安分，任何新潮事物都能吸引他，最终上了北京一个很普通的大学。虽然读的是热门的电子系，仍然不刻苦，任性，自主，想干什么别的都不放眼里。大一时他的两个没考上大学的高中同学在西单百脑汇卖电脑，苏菂也迷上百脑汇，挨门挨店问人家要不要兼职的销售，他觉得做销售挺好玩，也很前卫，最终联想在北京的一个代理看中了苏菂，让他来试试。苏菂应聘了，没有底薪，卖一台提 100 块钱。兼职的第一天凭三寸不烂之舌便卖了一台，很是开心，发现了自己的销售潜能。销售作为一个概念，那时已在许多青年人那里被接受，销售是一门学问，是许多后来的大企业家、商业奇才的起点，联想的成功与崛起很大程度上取决于销售理念、策略与能征惯战深谙消费心理的销售队伍。而且，这是真正的战场，你说服一个客户就感到自己的一分价值，就觉得洞悉到什么，那种满足非常具有现场感，也非常激发人，这不是学校能给予的。因此无论观念还是实战，苏药都确认了自己的价值定位。事实也不负苏药对自己的确认，他销售业绩越来越好，越来越出色，最多曾一天卖了15 台电脑，一天就拿到了 1500 块提成，这在 1998 年称得上巨资了。即便今天，有多少人一天能挣 1500 块钱？算下月薪就近 5 万，年薪就是 50 万。

对于某种心性的人，或者有别才的人，的确不必按部就班上学，就算上了大学也还可以退学。苏药虽然没退，和退学也差不多了，很多时间泡在电脑城，卖电脑时觉得特过瘾，特舒服，每天都有成就感，口才练得非常好，待人接物也颇为练达，对客户的心理把握也越来越准确。在苏药看来每个客户都是自己的一面镜子，可以照出自己的不同方面，包括细微的方面。大学还没毕业，苏药便开始了第一次创业。在兼职过程中，苏药认识了几个同样销售成绩不错的兼职，也都是大学生，同龄人，都挺有自信，于是大家决定一起开一家店。四人在西单租了一个 16 平方米的店面，开了一家公司，月房租 6750 元，当时已算是挺贵的了。地点在西单一个五层卖场的五层，四个人凑了三万多不到四万块钱。

世上哪有第一次创业就顺利的，各种不测风云都会使一棵幼苗夭折，然而没有几次挫折人也不可能变得强大，这就是事情的辩证法。他们干了不到 5 个月，虽然生意不错，但整个卖场因为萧条冷清物业倒闭了，他们没倒，还赚了钱，但是覆巢之下岂有完卵，他们也就跟着倒了。有趣的是，大学毕业时苏药的实习简历填的就是自己的公司，四个人都写的是自己公司的实习简历，自己称“该同学在工作期间的表现异常优秀”，然后盖了自己公司的一个章。而别的同学的实习简历都是求着公司给自己多说好话，好在求职时用得着。

他们不用，尽管是自己评自己，他们所言不虚。经过磨炼苏药对自己的销售才能深信不疑。让苏药高兴的是，他的第一次创业总体来说，时间虽短可还是赚了钱。正在赢利的买卖因为外界原因而不得不关闭也让苏药体会到，创业中有不可控因素。

2001 年，富士康富本主板进入中国市场，苏药加入这个团队，担任华北地区渠道经理，每月基本工资 2000 元。苏药并不避讳这些经历，“其实渠道经理就是业务员，是最低的职位了。”苏药颇有调侃精神。诸多成功者都有一个相似的经历，从最底层干起，这或许证明着，最基础的工作往往夯实着人生的底座。其后苏药也换过几次工作，直到赶上中国互联网发展的大潮，苏药加入当时小有名气的网站 8848，这是苏药第一次进入互联网公司。从普通的渠道销售到从零开始建立起南京分公司，8848 成为苏药深入了解互联网的一个起点。苏药进入 8848 的时间点，也恰好见证了第一波互联网从光华灼耀到泡沫破灭的过程，8848 最终也以倒闭收场。这段经历给予苏药的职业体验，无疑是深刻的。时至今日，提及过往，苏药最感激的还是在 8848 的那段岁月。前 8848 CEO、现光芒国际 CEO 吕春维是他在私下聊天常常会提及的名字。吕春维给予了苏药很多信任与支持，这大约是送给正在前行的年轻人最宝贵的鼓励吧。

2006 年，苏药加入北京蓝汛（ChinaCache），蓝汛主要业务是提供智能 CDN、CDN 加速、网站加速，对象是像新浪、搜狐、优酷、土豆这样的互联网公司，正在招兵买马，苏药也因此成为团队最早的成员之一。这是苏药创业车库咖啡之前的最后一份工作，也应该算是积累人脉最重要的一份工作。工作最初是做销售，第三个月，苏药签下光芒国际的大单，给他最多信任和支持的正是吕春维。苏药一个月签下几百万元的合同，事业取得开门红的他开始在蓝汛崭露头角。在享受成就感的同时，他也深感在互联网行业积攒下的人脉对事业有重大帮助。苏药多年来广交朋友、广结善缘的性情开始为自己带来回报——他很快成为蓝汛的销售主管。

苏药为蓝汛工作了五年，这五年也是互联网第二次大潮的快速发展阶段。工作的原因，苏药接触的基本都是各个公司的CTO和CEO，其中不乏很多初创的团队，苏药看着他们发展和成长，也在这个过程中目睹了很多企业的生生死死，起起落落。比较熟悉的6. cn和开心网都是在其初期只有几个人的时候就成了苏药的客户，如今都是大名鼎鼎，而苏药在蓝汛的销售业绩也因为他的很多客户而快速增长。苏药离开前已是蓝汛的销售总监，离开时他已经一个人做到了一年4000多万元销售额，他带领的三个人那年干了7000多万元，等于完成了整个公司四分之一的业绩。

包括对客户的判断，苏药都是比较准确的，58同城规模还很小的时候，开心网初创的时候，苏药都看好他们未来的发展，后来果真发展得很好。到2010年，销售业绩已经满足不了苏药的成就感，苏药与北京蓝汛公司提出做战略投资。公司也很支持苏药，成立了战略投资部。这个部门就苏药一个人，每天他像见客户一样不断地见早期创业团队，正是在这个过程中苏药发现和做销售一样，北京太大了，创业者太分散，每天只能见几个创业团队，时间完全不够用，于是产生了一个后来影响了中关村甚至影响了世界的想法：北京是否应该有一个创业者集中的地方？如果有，效率可就非同一般了。硅谷没有这样集中的聚集地，北京难道不能有吗？

这个想法让苏药兴奋，一个人只要努力，总有一种东西非你莫属。什么是你自己？那些非你莫属的东西才是你，构成了你。在寻找的路上，只要是沿着自己的内心，千回百转，总有一种独特的东西在那儿等着你。但如果你一辈子按部就班，你也永远只是别人。那年9月，苏药找到他在蓝汛工作时的第一个客户林先珍。林是SP时代乐乐互动的创始人，也是58同城最早的投资人，他把内心想要做一个创业集中地的想法和林和盘托出，得到了林先珍的认同，林决定支持苏药的想法。这是很重要的支持，因为林本身就是个投资者。之后苏药又找到彼此熟悉的联众创始人鲍岳桥，鲍已经做了多年的早期天使投资，也认为可行，于是三人一起把想法逐渐细化。

说干就干，尽管当时还在蓝汛，但心已飞了，腿也像长了轮子。苏药跑遍了中关村西区几乎所有的物业。之所以选在西区，是因为这是中国科技人才最集中的地方。“哇塞”的赵径文、“微拍”的胡震生、“今夜酒店特价”的邓天卓，这些道儿上的重要朋友也都在选址和模式上给苏药出了很多的建议。

之所以最后选择做“共享办公式”咖啡厅，倒也不全是受硅谷创业故事的影响，主要也是之前苏药接触过的无数团队都是在上岛、星巴克等咖啡厅，既然“咖啡”是一种“高科技”的方式，那么能否在上岛、星巴克概念上，提供一种更适合创业的办公条件，有更专业的办公设备？这样可以实现创业者最大限度的聚集？在这个意义上，“共享办公式”咖啡厅，第一，就不一定需要临街，不一定非有通常的商业情调，且临街房租金太贵，没这个必要；第二，与此相关，面积一定要大，至少在500平方米以上，这样面积虽大租金还会便宜。

苏药锁定了海淀图书城那条街。由于电子阅读兴起，海淀图书城已今非昔比，十分萧条。苏药看中了街边一栋冷清宾馆的二楼，宾馆对面是家文体用品店，东边是海碗居炸酱面，西边是卖衣服的。因为萧条，又是二楼，800多平方米，租金不贵，每平方米每月两元的租金，简直太便宜了，转遍整个西区没比这更便宜的了。不过一打听这儿的情况，苏药也有点打鼓，这里以前干什么黄什么，上一家也是一个俱乐部，开业三四个月，欠了8000块钱电费走了。再上一家是一个韩国人，在这开网吧，刚火起来“非典”来了，韩国人跑了。苏药不信邪，不过身边一个自称风水大师的朋友还是主动请缨过来看了看，对苏药说这儿风水虽然一般，但你行，你压得住。所谓风水先生更多像心理医生，积极的暗示倒也没什么不好的。

万事俱备，只欠合同，2010年12月底，苏药与宾馆一签完房屋租赁合同，即快马加鞭装修，快装修好了名字还没最后定下来。这期间苏药去了一趟美国。为期一个多月的美国之行，苏药差不多有一半时间是在位于加利福尼亚的帕拉阿图和圣何塞之间几十公里的狭长地带走过。著名的硅谷，是每一个互联网从业者心中的圣地，苏药也不例外。驾着车飞驰在高速路上，两边绿树葱茏飞逝而过，苏药仿佛能够嗅到无处不在的、由创业精神所带来的自由的味道。必然的，苏药拜谒了位于美国加州帕洛阿尔托市（PaloAlto）爱迪生大街367号那幢著名的“车库”。这是60多年前惠普的两位创始人曾经奋斗过的地方，房间内的陈设一如以往，暗色调的古旧家具泛着犹如油画般的光泽。苏药觉得，那是某种精神内核的力量。缓步慢行间，他的脑海中翻腾起自己在中国的马路上奔波创业的场景，在飞机与铁路的交换转合间他看到一双双闪着对成功有热切希望的眼睛，以及一个个迫切想要证明自己的年轻背影。

回国后苏药正式注册了公司，公司名字叫“创业之路咖啡有限公司”，但不能就这么叫呀。有一天，正一筹莫展，忽然苏药在看微博时看到一个关于美国硅谷车库里出现著名企业的帖子，不禁想起自己的美国之行，灵机一动，简直水到渠成，何不就叫“车库咖啡”？名字很美国，同样也很中国，很北京，很中关村。这就是世界，你中有我，我中有你，世界是相互作用的，梦想孤立而伟大，唯我独尊是一种中世纪的思维方式。开放的世界，别人永远是题中应有之义。在这个咖啡馆故事背后，是今天中国经济社会在世界背景上几个重要而宏大的主题：科技创新，经济转型，大国竞争。当然，还有资本市场，创投、风投、天使，如果缺失了一个强大的资本市场的支持，一切都无从谈起。

车库咖啡创造了这样一个大型而又日常化的平台，国外没有，似乎中国人特别擅长集贸市场式的想象，只不过这里交换的不是商品而是思想。一个大型的梦想集市，既具体又抽象，看不见摸不着，却产生着思想的火花。它本身就是一个大的梦想，又容下了星辰般的“小”梦想。

但如同任何新的或发展了的事物，开始总是因为过于新奇而遭逢不理解，不习惯。800 平方米的营业面积，100 多个座位，开始时空空如也、冷冷清清，苏药就像一个乐队指挥，下面却没有乐队，或者只有想象中的乐队。

对任何一个梦想者、创业者，这都是可怕的。

莫小翼

总得有暖场的人。苏药做投资时接触过两个团队，知道他们在找办公室，就对他们说反正这儿也没什么人，和办公室差不多，座位任你们挑，你们来吧。这样 800 平方米的房子总算有了点人气。两个团队一个有四个人，一个有两个人，再有是还在装修时就来了的几个人——像无家可归者，苏药每天跟这几个人大眼瞪小眼，一个月跟做梦似的过去了。苏药开始怀疑自己，质问自己这路是否行得通？心想梧桐树做好了，怎么就是飞不来凤凰？

苏药在网上查资料，看国外有没有类似的模式，也学习学习，看看自己的梧桐树是不是有什么问题，结果竟然发现找不到一棵和自己相同的树，没有相似的模式，无从学习。同时每天在自己的微博上去宣传、推广，写东西。有一天，终于有个人出现在门口。经过一楼漆黑的走廊，上到二楼，突然有一张脸在张望，苏药激动极了，就好像在荒漠里看见一汪泉水。

开业最初的半个月酬宾，柠檬水免费供应，那几个像无家的客人就只喝柠檬水，连喝了 15 天，为首的叫莫小翼。到了第 16 天，苏药终于忍不住问："你们怎么还不点东西?"莫小翼告诉苏药，团队的资金不够租办公室，只够他们四个人在车库待三个月。为了省钱，他们租住在东五环外的东坝平房里，一个月的租金加水电费才 200 多元。为了来车库，要坐两趟公交，再换乘地铁，在路上要耗费将近两个小时。如果三个月之内拿不到投资，这个团队很可能要散伙。

是的，他们只是像无家可归者，但他们的确是创业者，并且的确是苏药的客人，是他的"乐队"成员。

莫小翼，23 岁，杭州人，到北京时正值春天。北京城杨花柳絮飘扬，不是他印象中的北京，地方太大，空气太干，乍暖还寒……这样一座北方城市实在不适合南方人。不过，这里所有的缺点足以让一个优点全部弥补了，那就是北京是一个移动互联网创业的好地方。

2010 年，新一轮的创业潮涌起，大部分人认为，这次创业潮的阵地会是移动互联网。一个有力的佐证是，中关村一家和李开复有关的移动互联网创业项目孵化公司——创新工厂成立了。和莫小翼一样，那些尚未毕业、即将毕业和刚毕业的大学生不断聚集在移动互联网旗下，开始了梦想之路。他们大部分是做技术出身，以软件开发为主，在移动互联网的产业链上开发出各种各样的应用。

莫小翼是他们中的一员。来北京快一年了，和大部分工科男生一样，莫小翼老实得过分，至少看上去如此。害羞，说话声音不高，语速慢。工作的时候，会一整天都窝在办公桌上，休息的时候喜欢拖着同事一起打网游，当然一星期里，也就只能休息一天。莫小翼花了半年的时间结识能够共同创业的人，并最终组成四个人的创业原始团队。2011 年春节前，莫小翼辞去工作，3 月，他的创业团队便迫不及待搬进了还在施工的车库咖啡，当听说这儿为创业者服务，真是太好了，哪等得及开业。直到开业的第十五天，他的团队在这儿还没花过一分钱。而他们已经享受一整天的办公环境以及共享 iPhone、Android、平板电脑测试机、投影、桌面触屏等设备。

这天是 4 月 15 日，莫小翼和平时一样坐在自己的专座上，一边工作一边按揉太阳穴。没想到平时比较缄默的苏药从会议室里走出来，朝自己招手了。莫小翼一愣，慢慢才反应过来苏药是要给他介绍投资人，这位投资人如雷贯耳，是在圈内鼎鼎大名的林欣禾。然而，莫小翼才结结巴巴说了五分钟就被迫中止了，因为另一个鼎鼎大名的人来了，号称“最成功的域名投资者”的蔡文胜来了，两位名人是朋友，打断了莫小翼羞怯的讲话。这个小插曲让莫小翼很沮丧，他讪讪地回到了座位上，他觉得自己可能搞砸了创业项目的第一笔投资。那天晚上，莫小翼在微博上写道：真有些不淡定了，做了不该做的事，肠子都悔青了。第二天在漫长的前往车库的公交车上莫小翼还在想着昨天的事情，苏药的电话来了。

莫小翼没想到还能见到林欣禾，不过这次地点改在了咖啡馆主体中特意隔出来的书吧。“你要做什么？你需要多少钱？我可以占多少股？”这是林欣禾从头到尾问莫小翼的三个问题。当时莫小翼连个 PPT 都没有准备，因为根本没想到再见投资人，但好歹还是介绍完了自己的想法和团队。莫小翼团队的名字叫葱头，很网络化，两个月之后，林欣禾出价 200 万元，买下了葱头团队开发的软件。

当新浪前 COO、58 同城创始人林欣禾投资莫小翼团队的消息开始在互联网圈子里风传后，车库咖啡的人流量有了第一次井喷式增长。创业者在这里看到融资的希望，投资者在这里看到了好项目，他们在车库咖啡找到了聚合点，而这正是苏药努力的方向。苏药本来已经做好了亏损两年的准备，没想到半年之后，收支就开始约略持平。仅靠一天一杯咖啡是挣不了钱的，还好，有周边产品支撑，车库咖啡定制的T恤、杯子、楼道广告牌，一个月会有几万块钱的收入。但这并不是苏菂所看重的，他最看重的，还是车库咖啡所营造的互助的氛围与适合创业的环境。

乌托邦

在与创业者的交流过程中，苏菂明显感觉到创业者寻找志同道合的合作伙伴的重要性，于是，苏菂每个月在车库推出求贤会，帮助各个项目小组招募人才。除此之外，在车库咖啡内，还常常举办沙龙或讲座，主题均围绕创业或投资，包括技术探讨、法律实务。此外，周一到周五，每天下午1点半到2点之间，是固定的“caseshow”时间，给创业者机会，在众人面前介绍项目，由业内知名投资人或参与者点评。

苏菂逐渐将“车库咖啡”的服务项目增加了300余种，与30余家大型公司达成联合服务协议。“车库咖啡”被中关村管委会评为“创新型孵化器”。中关村管委会也加入到为“车库咖啡”的初创人员提供服务的行列中来，为“车库咖啡”的创业团队注册公司提供绿色通道。每月有两天创业者可以在“车库咖啡”提交申请，然后再由“车库咖啡”帮他们注册公司，省去诸多烦琐的程序。另外苏菂与微软达成合作，为每个入驻“车库咖啡”的创业团队提供三年免费的微软正版软件服务，基调公司也会每年为创业团队每人提供三份全年测试报告，还有免费阿里云“云计算存储和宽带”，免费的远程安卓全机型测试服务、移动App真机云测试平台……大大优化了“车库”的办公环境。

更为紧要的是，经过一段时间的沟通，“车库咖啡”与农业银行联合推出“大行德广伴您成长”的服务项目，为早期低资金公司开设快速通道，提供综合性金融服务，并在开户结算、电子银行、金融咨询等方面给予相应的优惠。这是一次金融的创新，每年只需缴纳 1200 元，就可以为初创团队省下几千到几万元。这些，对于初创的企业而言，都是实实在在的帮助。

有人说苏药不是一个创投家，而是一个罕见的理想主义者，一个天外来客，而一位熟知他的朋友说：苏药就是想把车库咖啡打造成一个乌托邦，一个理想的庇护所。有朋友帮车库咖啡算过账，三个人的团队，每天的咖啡消费，一个月算起来也就 1000 多元，如果租用办公场所，光租金在中关村附近至少要 4000 元以上。在这里打印材料 0. 2 元一张，会议室租用十元一小时，基本上是提醒价，免费 Wi - Fi 速度快到惊人，创业成本在这里降到很低很低。对创业者来说，特别是对三无创业者——无经验、无资金、无人脉，还有比车库咖啡更天堂，更形而上，更乌托邦的吗?

创业者

2011 年，80 后女孩安琦在伦敦读完高中、大学后，决定到北京创业。创业者都有一种梦想，希望自己的一款产品能够改变世界，影响公众的生活。当时她想做手机应用的一款产品，产品与美食相关，前前后后几个月时间，花了几十万，才意识到创业不是做梦，意识到手机上除了系统自带的应用程序，基本上都是大公司的产品，大体被微博、微信垄断着，小团队做产品要想出类拔萃、占据到用户手机的第一屏，可能性太小。

意识到这一点，安琦很痛苦，几十万元投在里面却看不到一点希望。她还算是有点资金的，但严重缺经验，在对程序一窍不通的情况下去做产品，找的程序员也不太靠谱，钱是同妈妈借的，妈妈是她的天使投资人。但是安琦没有放弃，她想起一个著名的故事，当年旧金山不是有金子吗?

大家都去淘金了，其实可能只有极少的人能淘到金，但后来旁边卖水的人赚到了钱。

安琦决定改做产品设计。创业最初，她常常泡在车库咖啡里，发现很多的团队都在做自己的产品，待得久了，会发现很多产品都没有设计或者缺乏设计。一款产品，如果设计很差，用户体验也不会好，甚至包括用户体验设计，以及前段的 VI 设计，这些都没有。

在她眼中，车库咖啡如同一个高速运转的创业交流枢纽。各路投资人、创业团队济济一堂。星期二、星期天有投资人演讲专场，例如蔡文胜、李开复等经常在此出现。晚上的主题活动非常丰富，比如 IT 龙门阵，来的都是圈里知名投资机构，他们的合伙人来讲投资意向、投资偏好、公司策略，接下来就有五个创业团队上去做路演，介绍自己的团队、产品，有意向的投资者就会自己过去和你聊。安琦本身是学过美术专业的，在视觉设计这方面有优势，决定做一个以互联网设计软件为主的公司。

有趣的是，在车库，安琦认识了另外一个常来车库的创业者。这名创业者来找安琦的团队设计一款产品，结果，单接成了，也把人给接走了，安琦和这个青年成了情侣，成为车库咖啡里必然的一段佳话，至今被人津津乐道。创业艰难，安琦庆幸二次创业能和现在的男友互相扶持着走下去。安琦常跟朋友说，如果你真想明白了，你可能创不了业。仔细想一想，创业风险跟成本，你没法去衡量。创业中的风险实在太大了，所以真正聪明的人其实不会去创业，但是为什么还有人会去创业呢，那是因为他们骨子里不想过一种今年已经知道明年拿多少钱的生活，按时上下班，放假去旅游的这种“别人的生活”。创业是一种生活方式，她需要这种方式，这种方式就是她，否则她不知道自己是谁。

即使是创业者里面也有形形色色的人，而且即使是咖啡馆——哪怕是创业咖啡馆也仍有着咖啡馆本身的特点：那就是敏感。这里有理想主义者，投机家，无政府主义者，活动家，创业者，偶尔的诗人，记者，意欲逆袭的码农——编码的农民——异常孤独的人。无论 3D 打印、比特币（虚拟货币），还是 O2O、VR，每一个行业的大热流行都从这里开始，并演绎着这个时代的传奇。在比特币界，后来成为大腕——甚至登上了达沃斯论坛的二宝，原来是山西平遥卖牛肉的，在平遥古城是个 80 后少当家。那年二宝告别平遥，走出"古代"，"穿越"到国际化的北京寻找梦想，落脚点便是车库咖啡。在平遥二宝就在网上听说了车库咖啡，听说那是个梦想的驿站，而所有有梦想的人都是不安分的人，本质上都是漂泊者，流离者，都想有个驿站，扎堆的地方，苏药的车库咖啡就是这么个地方。二宝来车库咖啡是准备研究怎么在淘宝上卖牛肉的，他跟他媳妇两个人，媳妇还怀着他第三个宝宝。夫妻俩开着一辆超长的商务车，后面还带着酒吧，前边也有，车身长达七米，要是凯迪拉克能值个三四百万元。实际上是长城公司出的，30 万元一辆，当时就出了一批，就是面包车改的，外宾不懂长城品牌，觉得他特有实力。

二宝送了车库咖啡一大箱牛肉，所有人都吃了，随便吃，都说好吃，白吃还有不好的？二宝很高兴。二宝操着总是降调的山西话，跟苏药探讨平遥牛肉能不能早上先卤完，中午送到吃坊，有没有人爱吃？生意怎么做，他媳妇到车库被新世界迷住了，对牛肉不再感兴趣，在网上做了一个叫《洋洋访谈》的节目，媳妇叫金洋洋，别看怀着第三个孩子，比二宝可新潮多了。节目就是一个新浪微博账号，金洋洋用这个账号每天拿着一个小麦克风，或者拿一个小手机，采访车库做比特币的人，什么你觉得比特币最近是什么情况，你的看法是什么呀，每天坚持采访一个人，人气竟然越来越旺，慢慢地在比特币圈成了一个有影响的个人。车库当时有不少玩比特币的人，大名鼎鼎的李笑来是当时国内比特币的传播者和最大持有者，在车库一待就是半年，是车库咖啡最活跃的传奇人物。好多人被他影响，跟随他做了不同的方向，其中就有二宝的媳妇。

二宝媳妇生第三个孩子的时候，二宝就帮他媳妇，每天现场采访，慢慢所有的人也都认识他了。二宝也看着这好玩，比卖牛肉好玩多了。他一投入做得比他媳妇大得多，没事就开着那辆带酒吧的加长车到全国转，叫比特币中国行，车上贴着大横幅，去各地见比特币爱好者。一来二去他还搞了比特币媒体、比特币矿厂，是全世界最大的比特币矿厂的投资人，他自己的矿厂在国内的发电量很大，是比特币综合咨询网站的股东，在圈子里也算很牛了。二宝去达沃斯论坛参加讨论更有意思，他是应达沃斯论坛主席之邀参加虚拟货币讨论，全场来宾都是西服革履，底下站的也都是西服革履，唯有二宝穿着大背心、裤衩、拖鞋，拿着一个小包就上去了，还侃侃而谈。跟达沃斯主席合影也是这模样，在苏药看来整个一个山西土豪，苏药看着二宝拿回来的照片几乎崩溃，差点没对二宝说：你没说你是车库咖啡的吧？事实上二宝还真提到了车库咖啡……提到比特币也可以在北京的车库咖啡流通，比如要一杯咖啡。无论如何，苏药还是很开心的。

孟德原来是一名乡村老师，文化不高，脑子活泛，长得很执拗，在安徽倒买倒卖二手挖掘机，赚了点钱。赚了钱之后南下去深圳卖山寨手机，这是 2010 年的事。没想到变化如此之快，2011 年赶上小米出来了，山寨手机都不见了，对孟德影响很大，一下利润没了，也就赔光了。不过在做山寨手机的过程中孟德就发现移动互联网是个好东西，于是就把以前赚钱买的车、买的房一卖——本来 20 万元的车卖了五万块钱——拿着这五万块钱到的北京，往车库一扎，不走了。

孟德跟苏药谈项目、想法，苏药觉得不靠谱。

第一孟德没技术背景，第二也不懂产品设计。孟德承认，然后孟德开始自学产品，没人教，准备无师自通，一个月下来画了一个产品原型图出来。孟德搞的是安卓智能电话，就是想把安卓系统放到固定电话上，帮助商家进行打进来的数据统计。想法不错，可苏药还是觉得不靠谱，苏药身边也有朋友做这方面的，做得已经很不错了，苏药觉得进入市场的机会不是那么好。不过孟德只是自学了一个月就开始做产品原型设计，用软件开始产品原型搭建，还别说，有模有样的，学得特认真，这一点打动了苏药，尽管事实上不靠谱。

孟德天天早出晚归的，有一天，苏药问孟德住哪，孟德一说苏药吓了一跳，住在洗浴中心大厅。孟德原住车库门口的一家，两个月之前刚关了门，就搬到了另外一家，有点远。这么说孟德故居没了？苏药喜欢跟孟德开玩笑。你就不能租个房子？洗浴中心多闹呀，合租也成呀，苏药说。孟德说住洗浴大厅划算，一天 60 块钱，又办了张最贵的会员卡，对半折，一天折合 30 块，又能洗澡，又能睡觉，还有一顿自助夜宵，一顿早点。孟德一天就吃这两顿，早晨使劲儿吃，一天不用吃了，能顶到夜宵。天天大厅，空气潮湿，旁边磨牙的，打呼噜的，说梦话的，打梦拳的，打嗝放屁的，天天，你怎么受得了？孟德受得了。孟德说：省钱。为省钱什么都受得了，这让苏药感动。苏药给孟德介绍了一份工作，做销售，是苏药朋友的一个公司，月薪 5000 元。孟德第一个月开了工资，请苏药去洗脚，一进门一大排服务员向孟德问好，跟孟德打招呼，他天天住那儿，都跟他太熟了，早上走的时候：沈老板慢走，晚上回来：沈老板回来了，一口一个老板，孟德一点也不谦虚地笑纳。孟德姓沈，苏药喜欢像叫曹操一样亲切地叫他孟德。

孟德打了两个月工，赚了点钱，销售的时候老是琢磨自己的事，总是没心思干，学了点销售后又回到洗浴中心、车库咖啡，做自己的项目。

孟德在车库泡了一年半，也在洗浴中心住了一年半，身上有一种怪味儿，说不上来。也不是洗浴中心的味儿，就是潮乎乎的，他自己不觉得。他离开车库后车库还隐约有他的味儿。大家怀念那股味儿，因为那是一种鼓舞人的味儿，因为大家都在坚持。那是一股垫底的味儿，坚忍的味儿。孟德去了广州，走时什么也没说，也没告别。创业是一种生活，不一定非要成功，不成功很正常，十之八九都不成功。太聪明的人不会去创业，因为看到的都是险象、未知、不确定，总是喜欢走已被证明成功的路，不会去犯错误。但创过业和没创过业是不一样的，如同打过仗和没打过仗不一样，而大聪明不是靠天赋而是在实践中撞击出来的。所以孟德的离开是正常的。谁也没想到一年以后，孟德突然给在广州出差的苏药发来一条微信，告诉苏药他刚刚收到了一份投资意向书。微信聊起来，孟德说现在又转回到他最擅长的东西——二手挖掘机，那个投资机构认可他的方向。投资机构还是国内非常有名的一家早期投资基金，那个经理是三菱重工出来的，对挖掘机很懂。孟德说，和以前不同，这次是用移动互联网卖二手挖掘机，现在的团队已有几十人了。

他又回到原来的本行，但经过车库的洗礼，又不全是原来的本行了。

车库咖啡创办不过一年的时间，苏药随口就能说出 100 个创业者的故事：

31 岁的谭思哲昵称“道长”，从湖南偏远乡村徒步来京，在湖南乡村他发现农民没有信用卡，不会用淘宝。于是，便想做一个比淘宝更简单易用的电商工具，让农民的土特产品有更好的销路。“道长”说如果想零成本创业，车库是一个很好的开始。在厚重的须眉下，“道长”的声音格外细长。

“车库”开业 15 天后“老泡”刘寰青便成了这里的常客。刘寰青做的产品是“口袋博物馆”和虚拟体验店，利用游戏技术，通过手机全方位立体展示艺术品。他说故宫有100多万件藏品，但是拿出来展示的可能只有几千件。99%的东西都藏在深闺，通过这种展示，可以很方便地看到。

25岁的廉芷霖少言寡语，车库靠窗的一个角落是他的专座。土黄色的外套皱巴巴地套在身上，浓密的头发被灰垢塑成帽子一般扣在头上，电脑屏幕上是他的团队研发的女性社交平台。

廉芷霖是河南人，大学毕业到上海做程序员，工作两年，月薪从8000元涨到1.5万元，不算富足，却也不差。但内心的一个念头始终挥之不去，单调的上班族生活再也压抑不了创业的冲动，于是辞掉工作，只身一人来到北京的车库咖啡，将积攒的十几万元投入到创业中。廉芷霖有时觉得孤独，他的生活里只有程序、产品、找钱，没有业余生活，没有女朋友。

张达林24岁，是个苹果控，苹果笔记本、iPad、苹果手机。家里三代经商，家境殷实。三代单传的他本可以继承家业，却在大学毕业后创业，他不喜欢家里的生意，认为传统手工业必定衰败，家族的产业守不住也做不大，他需要有自己的事业。张达林大学主修计算机，在音乐方面很有天赋，会摆弄十几种乐器，他要开发一种软件，让每个喜爱音乐的人都能生活在自己的音乐世界，普通入学作曲要三年，他的软件可以三分钟就教会你怎么作曲、录制，然后把作品放在网站上，让所有人听得到。这就是张达林的梦。

同时，车库咖啡迅速蹿红于各色媒体：科技博客、地方媒体、中央媒体，包括国外媒体，《华盛顿邮报》，德国的《明镜周刊》……2012年的5月27日，车库咖啡上了中央电视台《新闻联播》的头条，那是央视《新闻联播》第一次头条播创业服务，用了六分钟，开场画面就是车库咖啡。

美国人怕什么

比尔·盖茨曾经在他的日记中写道：人生是一场火灾，一个人能够做也必须去做的，是竭力从这场火灾中抢救出点儿什么东西来。毫无疑问，创业者的内心都燃烧着梦的火焰，不管在美国的硅谷还是北京的中关村，总有年轻不安于现状的心创造着一个又一个梦想，一个又一个惊奇。中国、美国、世界，30年前的差距不可同日而语，那时谁也想不到今天的中国会成为世界第二大经济体，经济文化与世界联系如此密切、交互，完全处在一个平台上。2012年3月，经济学家祁斌在北京大学光华管理学院做了一次题为《未来十年——中国经济的转型与突破》的讲座，三次提到车库咖啡，称车库这样的咖啡馆在美国都没有，硅谷的风险投资家和创业者是一对一地沟通，中国人很聪明，搞了个"集体相亲"。祁斌的报告提到了《华盛顿邮报》记者在访问了车库咖啡后写的一篇文章《美国人应该真正害怕中国的什么》。

文章发表于2011年9月27日《华盛顿邮报》，也就是在跟苏菂聊了一个多月之后，并配了一张照片：一个在天安门广场的中国人，戴着一副京剧脸谱，藏在一面五星红旗后面。祁斌认为："标题和配图的隐喻是，已经成为全球第二大经济体的中国，仍然在轰轰隆隆地前行，隐隐不安的美国社会想知道，中国经济的推动力是什么？中国经济有什么秘密武器？"

文章的大意是，美国决策者对中国研究人员发表的学术论文和申请的专利数量大幅增加感到害怕。文章认为美国的决策者担心中国是对的，但是却担心错了对象，美国人不应怕中国的专利、论文，也不应怕中国的GDP，这些没什么可担心的。美国人真正应该害怕中国的是：中国的年轻大学生从中国的顶尖学府毕业，正在走出校门，走向市场，开始创业，他们已经成为或者即将成为企业家。中国人已发现了美国的秘密，这是可怕的。什么秘密？科技和资本的结合。正是这个秘密，使得美国高科技产业在过去几十年独步天下。

其实这个现象早就发生了，早在陈春先时就发生了。

苏药一个多月之后才知道自己上了美国的报纸，一个外地朋友打电话告诉苏药，说车库咖啡已扬名美国。苏药忙忙叨叨，想了半天，已想不起和美国人都说了什么。和德国人讲的印象比较深。苏药再次知道自己上了美国报纸的事，是一年多以后祁斌的讲话，有人把讲话稿发给了苏药，苏药再次回想起那个偶然的一天，“在这儿- IM”的 CEO 熊尚文带着 Vivek Wadhwa 来到车库咖啡的情景。

手记十八：中关村，北京

苏药剃光头，穿和尚衫，布鞋，不用开口，一看就是北京范儿，让我这个北京土著看了特亲切，一下想起自己小时候，想起许多街坊邻居。但实际上苏药和我小时的北京人并不同，有一种浓浓的老北京气息中的现代性、前卫性，但反过来也可以说有一种现代性、前卫性中的浓浓的老北京味儿。也就是在中关村能找到这种奇怪的混合，在别处还真没见过。

我生活的 20 世纪 70 年代尚在“文革”中，政治挂帅、满大街的口号，其实并没有多少北京味儿。相反倒是眼前的苏药有隔过“文革”的老北京味儿，而他的现代性、前卫性也不是我能具有的。这是中关村的北京人，我必须承认我们之间的差异。苏药让我想到《茶馆》中的王掌柜，车库咖啡让我想到《茶馆》，当然是一种恍惚的想象，事实上似是而非，完全不同。或者其他都相似，但最根本的不同在于王掌柜身上有一股谦卑，甚至悲凉，苏药没有，完全没有，相反倒有一股锐气。之所以又顽强地想到王掌柜，确切地说是于是之扮演的悲剧意味的王掌柜，就在于非本质的相似，即一招一式、一举手一投足的北京味儿。哪怕是在谈论黑科技、A轮融资、比尔·盖茨、移动App。比如苏药那开门迎客的那股张罗劲儿，表情、口气、分寸，那种熟练程度、血液里的习惯，都太像王掌柜了。虽然王掌柜没接待过洋人，但如果接待也绝对会像苏药一样，始终有一种仿佛被酒浸过的东西，绵长醇厚。

当然，毕竟时代不同了，苏药身上的那股熟透了的暮气要少得多，或者说完全没有，非常阳光。苏药是让北京人感到妥帖的小伙子，没有苏药这样的小伙子中关村这样的地方就缺少一种北京味儿、本土味儿，也会缺少一种融合感。中关村加老北京，这种混合性、复杂性，是别的地方不会有的。因此车库咖啡也特别体现北京的包容性，它让五湖四海的人在这儿都变成了北京人。

是的，车库咖啡不仅是高科技、风投、融资这些中关村固有的东西，也是各种梦想的集散地。这里有着明显的乌托邦气氛，这里有理想主义者、投机家等各色人等，有大学生，有海归，有卖牛肉的，乡村教师，搞艺术的，倒腾挖掘机的，有大咖，风险投资家，媒体记者，老外……北京具有全国性与世界性，而全国性、世界性正是北京的特性，体现不出这些来就不能真正体现北京。车库咖啡是北京的又是当今中国的一个样本。

分享或共享

国家行政学院

2016年5月26日，国家行政学院，1983年出生的年仅33岁的程维在这里做题为“分享经济发展中国”的报告。下面坐着400多名比他年长得多的政府官员，有的就是他的直接领导。据公开的数据资料显示，33岁的程维是继阿里巴巴创始人马云之后，第二位登上国家行政学院大讲堂的互联网企业家。就在昨天，5月25日，他刚刚从贵阳大数据峰会回来，此前他还去了达沃斯。他是滴滴出行的创始人，无论是滴滴的年龄，还是程维的年龄，一开始都成了台下官员热议的焦点，但进入报告后人们又很快忘记了他的年龄。报告显示，一个新的时代在这个年轻人身上已经诞生：移动互联网经济时代。

四年前，程维还是一个在写字楼、CBD派发广告的人，如今，特别是在收购 Uber 之后，滴滴的估值已有 350 亿美元之巨，即使在互联网界也少有，即使在全世界也罕见。已经与年龄无关，年龄对程维来说是一个传统概念。

“中国很有可能是全球分享经济的领军国度，”程维侃侃而谈，“工业时代并不是我们引领的，但是我们相信分享经济时代的中国，很有可能超过美国和欧洲。我们还是以滴滴为例，Uber 在美国并没有改变美国人出行的基本习惯，美国人出行还是自己开车为主，美国买车很便宜，油也便宜，自己开车出行成本只有七美金每次，但美国人力成本很高，司机贵，所以打车成本大概要 21 美金每次，打车是自己开车成本的三倍，所以美国是没有钱的人自己开车，有钱了才雇一个人，不管出租车还是雇别人给你开。Uber 在美国出现之后把 21 美元打到了 14 美元，但是依然要比自己开车贵，因为 Uber 的司机也是很高的人工成本。整个北美的移动出行发展得比中国早两年，他们已经发展了六年。整个北美 Uber 和 Lyft 所有的公司加起来一天只服务了 200 多万人次，但是中国为什么只有四年不到的时间，一下子就有 1300 多万人次，而且增长速度远远高于美国?”

程维提到中国面临着国际竞争，国外企业把中国的企业当作开疆拓土的对象，美国的竞争对手 Uber 找上门来，在滴滴的办公室傲慢地指出滴滴只有两条路，一条路是接受 Uber 投资 40%，一条是被征服，那时 Uber 征服了美国，征服了欧洲，他们已有 500 亿美金的估值规模，到中国来手上拿着几十亿美金虎视眈眈中国市场。两年前，程维说，无论滴滴还是快的都还是游击队，并到一起在他们眼里也像是一支衣冠不整的军队，如果不接受，他们必然会在中国投入超过十亿美元的资金，把对手打得鸡犬不宁。总之如果不接受收编，就会被打败。这不是谈判，程维看得非常清楚。程维对 Uber 说，1840 年开始第一组列强来到中国时也是开出了同样的条件，要不然割让香港、开放广州，要不然就打到紫禁城。程维说今天的中国互联网不是几十年前了，他给 Uber 谈判代表画了一个图，边画边说，“你比我们早三年创业，现在是 500 亿美金，我们晚你几年，但我相信这是一个淘宝和亚马逊的故事”。

挑战非常严峻，仅仅 2015 年第二季度 Uber 就在中国烧了四亿多美金，Uber 的 CEO 亲自来华坐镇，在中国待了 70 多天。程维整装应战，这个 30 出头的年轻将领像研究作战地图一样，认真地研究到底中国和美国的企业有什么样的差异，到底怎么样于竞争中在本土打败对手，甚至为未来在全球竞争中寻找可能可行的制胜机制。程维发现美国企业的打法，跟美军的打法几乎是一样的，因为不是在本土作战，它必须要覆盖全球，因此注重空军力量。也就是说 Uber 首先是资本战、舆论战、营销战，某种意义上，这是空中力量，地面部队并不强。程维发现因为不在本土，他们地面部队全都相当于海军陆战队，强调跟空军的协同，强调单兵作战的能力。真是一模一样的打法。

怎么去打？程维请教了三位前辈企业家，先问了一下老成谋国的柳传志，在程维看来柳总是打过最漂亮的战役的，柳总对程维说，必须发挥本土的优势——游击战，拖住他。程维又去问了腾讯的 Pony 马总，他说正面拉开架势，歼灭他。接着去问了阿里巴巴的马云，马总说帝国主义都是纸老虎，你拖他两年他自己会出问题的。三人说法不一，到底是正面 PK，还是游击战？还是放开他？而程维觉得时代不一样了，打法也该不一样……

这就是国家行政学院请到的人，并且，如此年轻。

没人质疑他的年轻，反而只有感慨。

从痛点开始

2012 年，北京王府井，程维订好了一家餐馆与江西来的亲戚用餐。

下午5点，那边已到机场，正在打车，程维把用餐时间定在了7点，打出很大的富余，结果等到8点，接到亲戚的电话，问程维能不能去接他们。程维哭笑不得，自己要去机场至少还要一个小时，但是亲戚说打不到车。程维那时在阿里工作，杭州北京两边跑，经常因为打不到车误机，对打车已产生恐惧，所以特别理解亲戚，但是一时毫无办法。劝亲戚下决心坐机场大巴吧，可亲戚在机场很晕，一时找不到大巴，只好一边拿着电话，一边找指示牌……另一次是在杭州，程维去开一个会，不过五六公里，下着雨，程维一路招手打车一路走，最后落汤鸡似的到了会场，会结束了。

程维出生于江西铅山县河口镇。他的父亲是一名公务员，母亲是一名数学老师。程维的学习成绩一向很好，中学就读于铅山一中。2001年高考，以优异的成绩考入北京化工大学。2005年大学毕业，顺利进入阿里巴巴旗下B2B公司工作。与其他大学毕业生一样，程维从底层干起，从事销售工作。短短三四年，晋升为区域经理，是当年阿里巴巴公司最年轻的区域经理。2011年，程维升任支付宝B2C事业部副总经理，负责支付宝产品与商户的对接。此次职业转换之后，程维开始从销售负责人转向产品经理，互联网视野更加开阔，不到一年时间眼看着一家合作公司飞速成长，连续换了三个办公场地，公司人数从几十人扩张到1000多人。移动互联网发展如火如荼，外人不明就里，程维则清清楚楚。

2012年是移动互联网发展的元年，这年像苹果手机、三星手机这样的智能手机越来越便宜、开始普及，在那之前都还是诺基亚的天下。智能手机意味着在身上有一个终端就可以连上互联网，可以随时定位你在哪里，不需要在屋子里面有一个电脑才能够上网。正是因为硬件的发展，还有4G网络的普及，使一些创新的业态成为可能。程维看到此时不创业更待何时？在移动互联网这个日新月异的平台上，每个人都在一个起跑线上，这个时代如果不创业一定会后悔。一代互联网前沿的人都有这个感觉，包括英特尔中国研究院的吴甘沙，这是一个共同的现象，说明时代与个人的平衡有着某种超现实性。

在辞去阿里巴巴支付宝副总经理之前的九个月，程维想到了六个项目，最后都没有做。创业需要冲动，但不能一直只靠冲动，最后一定要形成自己对商业的判断。冲动是一种欲望，商业判断是对欲望的矫正，两者是一对矛盾，这时候直觉起着至关重要的作用。直觉是一种积累与沉淀的结果，往往可以超越欲望与理性，产生本原的东西。程维的目光从外部世界回到自身，回到内心深处：什么是让自己最痛苦的事情？什么事是他生命之中的痛点？他想到吃饭、穿衣、住房，对自己都已不是头疼的事。唯有出行，一次次在风中僵立，一次次误机，这是他最大的痛点，那么就从痛点开始。

打车软件

2012 年 6 月 6 日，程维离职的第二天，就创办了北京市小桔科技有限公司，创业项目是打车应用软件，名称为“滴滴打车”。程维出资十万元，他原先在支付宝的同事后来成为天使投资人的王刚出资 70 万元，公司便启动了。尽管从痛点开始，也就是说创业的原点没问题，但痛点之为痛点就因为它也是难点，当然不仅是程维的难点，也是社会的难点。出租车行业，人们诟病已久，却一直没有改观，为什么？程维问了身边所有的朋友，做一个打车软件怎么样，几乎所有人都觉得他在发烧，即使赞成他出来创业的人也不同意他搞什么打车软件。大家觉得中国没有诚信体系，你叫到车车也未必会来，他看到有个人要去机场他可能接别人走了，车来的路上可能你看到别的空车你也不等他。另外，多数司机没有智能手机，那时候出租车司机只有 10%的人能掏出一个苹果或者三星的手机，大多数是诺基亚，没有智能手机就装不了软件。再者那时也还没有在线支付，并不习惯叫一个车直接就可以付车费。打车虽然能用一卡通了，可也不普及，而且司机习惯只收现金，拒绝这种互联网的方式。还有就是政策风险。

“我每天都在问自己，这个事能不能做？我反复考量，不停地问自己，即使我已经做上了，没有回头路了，还是不停地怀疑自己，磨砺自己，”程维说，“在贵阳峰会，在达沃斯，在国家行政学院……面对难处而没有怀疑，怎么可能呢？但我也知道，创业者一般都不是思想家、战略家，相反都是冒险家，很少有创业者一开始就把什么都想清楚了，想清楚了你也就不会干了。而你所谓想清楚的东西实际是处在变化的东西，谁能想清变化呢。而创业者就是求改变。市场基础不成熟，不能做，这是通常想清楚了的人的思路，但恰恰是在市场基础不成熟的情况下，创业才可能成功。当智能手机已经普及了，司机和乘客这些用户的习惯也教育好了，市场已经成熟了，这时候，你再做打车软件，基本上也就没有机会了。”

不想那么多了，先从能做的做起，逆水行船，逆势而上，先把打车软件开发出来。这是能做的，能做的就去做，先不要管别的。人生的痛点总要解决，这是没有错的，方向不错，那就做，做一程是一程。这是所有创业者的路，这时候的创业冲动是必不可少的。

摆在程维面前有两条路，要么自己组织团队开发打车软件，要么外包。现建自己的研发团队是创业传统的老路，程维决定外包，找技术合伙人，这也是互联网做企业的方式。程维看了好几家外包，其中一个自称 E 代驾的软件是他们做的。既然做过 E 代驾，应该可以，程维就去跟他们谈，报价有十万元的，有八万元的，也有六万元的。程维想了一下，要了个八万的。当时程维还根本不知道技术分 iOS 端、安卓端、前端、后端。两个月后出来，产品交付几乎不能用，只有 50%响的概率，就是说用户呼叫两次，司机师傅那里可能响一次。但是急于上线，也只能凑合用了。当时，北京有189家出租公司，滴滴定的目标是两个月内安装软件突破1000个司机。结果40天里，没有一家出租车公司愿意签约。每天早上线下的同事信心满满地出发，晚上灰心丧气地回来。每天他们都会被问到同一个问题：你们有没有交通委员会的红头文件？政策风险来了，这是第一关。

谁敢惹政策风险？在中国政策是没的说的，但程维想试试。这就是年轻人，年轻的希望也正在于此，时代的进步有时也正在于此。北京不行，政策太严，就想换个城市试一试。觉得深圳应是个比北京开放的城市，结果，还是碰到一样的问题。正当努力到无望的时候，上天又开启了一扇窗。到了第49天的时候，一个线下奔波的同事给程维打电话，说有一家出租车公司愿意合作。是昌平一家小出租车公司，只有70辆车，叫作银商出租。当时对方也不知道滴滴能做什么，就是跟滴滴的兄弟喝酒喝高兴了，趁着酒劲儿答应了。

这是一道曙光。一家签约之后，再去推广就可以说你看银商都和我们合作了，你要是不和我们合作，人家的司机赚钱多，回头你们的司机就都跑到人家那里干去了。曙光就是起这个作用，可以引领光明。接下来一个星期，线下的同事又签了四家出租公司。慢慢的，出租车公司有了，接下来是组织司机培训。程维亲自培训司机：说自己是阿里巴巴出来的，阿里巴巴大名鼎鼎，谁都知道，许多司机都在淘宝上买东西，有的家人还在淘宝上开店。程维说自己虽然是出租车行业的门外汉，但是做互联网很久了，在阿里帮很多行业提高了效率帮他们赚了钱。滴滴的软件可以提高打车效率，帮司机赚更多的钱。程维觉得自己讲得很诚恳，但下面的司机抽烟的抽烟、聊天的聊天，根本不听，他们最讨厌的就是开会，耽误时间赚钱，他们被各种机油汽油推销骗过钱，觉得滴滴是新型的骗术。

北京100个司机中那时只有不到20个人有智能手机，一般每天只能装七八个。有人一天装了12个，打来电话已非常高兴，说是获得了巨大的突破。是重大突破，但想想反更觉得凄凉，因为计划是两个月装1000个，一天就算装12个，公司什么时候能做起来？但时间不能再拖了，必须要上，硬着头皮上，能响就行。交通委还是要去，不去不行，不管行不行，工作要去做，至少求得理解，或者哪怕是了解也行。程维亲自去交通委员会演示，因为是新事物，交通委的人很是好奇，所有人盯着看，好像等待外星人的来电，结果，程维呼叫了两次，30秒钟过去了也没响。要是响了该多神奇，多有说服力，程维觉得自己像是骗子，当时就想钻到地洞里去。好在，交通委的人还真不错，找来毛巾直给程维擦汗，让他别着急，喝点水。程维要不是在阿里巴巴干过，并且是一名高管，可能当时真的会被轰出去。后来程维再去演示就带了两个手机，哪个响演示哪个。

技术外包不靠谱，必须找到技术合伙人，移动互联网创业没有技术合伙人怎么行？为了找到技术合伙人，程维无所不用其极，先找了支付宝的同事，让同事帮拉了一个程维认识的在北京工作的技术人员名单，然后一个个地找他们谈，但是没有一个愿出来。程维想到一个堂哥在老家开网吧，是计算机系毕业的，问堂哥有没有同学在北京工作的、愿做技术合伙人，也没有。有天程维看到有关搜狗和腾讯的新闻，心想，大公司有变动的话，通常就有技术人员会跳槽。程维立马去了腾讯、百度，约人吃饭喝咖啡，可无济于事，没人愿加盟。程维偶然加了一个微信群，里面有一个人自称是猎头，问程维想找什么样的人，说了之后对方就再没消息了。努力到无路可走，上天就会给你一扇窗，这是程维后来常说的一句话。一个月后，突然有一天，正是那个猎头给程维打来电话，说手里有一个人选，约程维赶紧见面，这个人就是滴滴现在的CTO张博。人和人有时真是有缘，程维一看见张博就知道他是自己要找的那个人。张博见到程维也是，一下子惺惺相惜。跟张博谈完，程维非常兴奋，兴奋极了，一出门口，就给天使投资人王刚打了一个电话，说张博是上天赐给我们的礼物。甚至80万元的前期资金已濒临告罄、A轮融资尚无着落，也没影响程维的兴奋情绪。

不过，跟张博谈完，程维还是向王刚发出了注资的请求。在创业融资上，无论程维还是王刚实际都缺经验，滴滴仅仅做出了一个演示和勉强上线的产品，就要融资500万美元。主流VC（风险投资）都找遍了，有二十几家，但是没有一家愿投，事实上也不能全怪投资人没眼光，他们要的价格跟公司阶段不匹配也是原因。

一直没有订单，没人叫车，就算张博技术再高超，也解决不了这又一个重要问题，没有最重要的问题，每一个都重要，环环相扣。也就是像程维这样的年轻人敢初生牛犊不怕虎地闯，敢九死一生，敢绝处找路，像攀岩一样。有一天一位司机找到偏远的滴滴公司，当着程维的面儿摔手机，说程维是骗子，一天十几个M的流量，却没有一个订单。没有订单，还要走流量，打车软件安静得像不存在一样，像一个痴人说梦。很多司机师傅为省流量根本就不再开软件，有一天，程维看软件，发现北京只有16个司机在线，地图上就亮了16盏灯。

没有订单，就找人去打车，不能让这些星星之火灭了，要给力，要加油。什么是九死一生，这就是，就像打吊瓶一样。招聘打车的人，这是从来没有的，也是逼到这份儿上了，也就程维想得出来。程维面试了第一个人，应聘的人问工作是什么，程维说就是打车，我每天给你400块，你就绕三环打车。来人瞪大眼睛，难以置信，难以理解，还有工作就是花钱的？真是新鲜。不要去远地方，程维叮嘱来人，资金有限，省着点花。程维本以为这是世界上最轻松的挣钱的活儿，来人也这么觉得，可是几天下来，打车人自己却很痛苦。你根本不知道这种事的痛苦——我早上出门要设计路线，打到了三元桥，想换一辆车却没别的地方，因为那个司机师傅也不走，还等着再拉一个，我在三元桥无事可干，想走又不能再打他的车，怕一上车被看出我是一个托儿。你以为当托儿好受呢？可是不轻松！程维说，你实在不愿干就去发传单吧，我也去。程维去了国贸，亲自发传单，现场帮人下载软件，现场叫滴滴。结果不一会儿那位去了北京西站发传单的人打来电话，他在西站的一个天桥下，刚把传单拿出来，就被人摁住了，现在他在派出所，被当成上访的了。程维沮丧极了，再次问自己，这样干行吗？

如此难，却出现了竞争对手，且比自己强大，这既是坏事，也是好事，说明公司的方向不错，大家都看到了未来，大家一起改变现在。第一个对手是摇摇，摇摇做专车，创业之初就拿到了红杉资本和真格基金的350万美元A轮融资，350万美元与80万元人民币比，资金是滴滴的100倍。摇摇在电台做广告一出手就是30万元，介绍自己的打车软件，这仗没法打。程维一筹莫展，一位负责后勤的人说他有办法。程维就爱听这话，一说什么事，谁有办法，创业初期这是最让程维高兴的事。当时流行购物节目，都会在结束后接一句：即刻起拨打电话×××。负责后勤的同事就出主意，说我们接着摇摇后面做一个：现在拨打电话×××即可下载安装。反正司机师傅也分不清摇摇还是滴滴。结果有趣的是，等到两周后摇摇开会的时候发现没什么人去，他们打电话问司机，司机说，我们已经安装好了啊，不是拨打电话×××就可以安装了吗？

这当然有点鸡贼，但程维困难得也顾不了那么多了。

摇摇租下了机场的摊位，程维囊中羞涩，只能租火车站一个摊位，工作人员穿着工服站在那里帮司机安装软件。绝大多数司机不懂什么是智能机，工作人员就挨个儿问，是不是诺基亚的（诺基亚是功能机），要不是就拿过来，给他们装软件，然后给他们一张宣传单，让他们回去看怎么用。这个时候所有的细节都要考虑到，比如在厕所旁边，就要考虑是这个人进去的时候发传单，还是出来的时候发传单。进去的时候发，出来的时候那张传单就没了。

有些事，就是这样难，需要这样坚持。

在厕所边上坚持："嗨，是智能手机吗？"

"什么智能手机？"

"噢，对不起。"

"是呀。"

"好，给您看看这个，包您赚钱。"

独角兽

2012 年夏天的一个下午，北京国贸三期写字楼下走过三位白领，这三位白领相当于程维所说的"天窗"，其中一位白领对另外两位说，我用一个打车软件叫到车了，很方便，推荐给你们。此时，一名其貌不扬的中年男子正与她们擦身而过，这位女白领可能至今也不会想到，自己风中飘过的一句话，加速决定了互联网创投界的一桩投资。这名男子，正是刚与程维见过面的朱啸虎。几天前朱啸虎在滴滴的新浪微博上跟程维聊了几句，然后两人见了面。朱啸虎叫了滴滴到了滴滴偏远的办公地，程维正忙着，匆匆一面后，让朱啸虎等了半小时。朱啸虎说要投资，可程维没有一点兴奋，甚至朱啸虎说要投 200 万美元程维也没兴奋起来，因为不相信此人，或者说严重怀疑。另一点可疑的是，朱啸虎几乎没任何讨价还价，全部答应了程维的条件。或许这是个山西煤老板？样子像，口音不像。谈话不过半小时，朱啸虎走后程维基本断定这是个骗子。一个星期后，财务告诉程维 200 万美元到账上了，程维傻了，有点眼前发黑，但瞬间又看到天上开了一扇窗，窗口站着其貌不扬、说话简单的朱啸虎。此时他的兄弟还在火车站绝望奋战。

程维几乎流泪，觉得天在助他。

200 万美元，他碰壁碰得早已不敢想，这真是个天上掉下的大馅饼。

程维一下跳起来！像一个已倒地的拳击运动员。

“半小时决定投资”的朱啸虎，却是一位自称“理性”的投资人。在金沙江的官网上，对朱啸虎的介绍是这么写的：此人投资方向是互联网、无线和新媒体。朱啸虎曾和团队卖软件，创业七年，公司做到千人规模后选择离开，加入了金沙江创投。朱啸虎投过一些知名案例，电商领域投了梦芭莎和兰亭集势，分类信息领域投了百姓网，团购领域投了拉手。

他不常出席活动，2008 年出道到现在，网络上有关于他的视频报道不到十段，非常低调，几近神秘。他几乎是暗中关注新浪潮，找独角兽，他潜水到了滴滴的微博，一直关注这家最新公司，看他们怎样挣扎，他清楚中国互联网创业在过去 15 年里，每隔三年就有一个空间。此时，又一个空间出现：在 O2O 新领域中国的 VC 们又开始了新一轮的瞄准、射击动作。O2O，即 Online to Offline/Offline to Online，即“从线上到线下”或“从线下到线上”，简单的理解就是打通线上与线下，将线上的流量转化成线下的消费，就是说将线下的商务机会与移动互联网结合。朱啸虎像秘密的猎手，瞄准了滴滴，这个独角兽。

事情就是这样神奇，在你最困难的时候，在你要支撑不住的时候，却有人在盯着你，这种游戏，或者说这种分工，在互联网时代越发传奇。独角兽是投资行业，尤其是风险投资行业的术语（显然受到游戏影响），指的是那些估值超过十亿美元的创业公司。并不是说这家公司一年可以赚十亿美金，甚至公司也可能正在亏损，快支撑不住。支撑不住不是方向不行，技术不行，而是资金问题，而这在 VC 看来根本不是问题，或者说正是他们的枪口。

朱啸虎知道2010年，美国打车软件Uber获天使投资，第二年又获总额为6400万美元的两次融资。朱啸虎看到了打车领域的机会，在见程维之前，他已经把这个领域所有公司都见了一遍，在朱啸虎看来易到做专车市场不好切；看了快的，判断该项目是"没有CEO"的。直到在媒体上看到了滴滴的报道，然后在微博上搜程维，潜水，最终约见程维，短暂沟通之后，确认程维就是他要找的独角兽，程维的胸襟、胆识、头脑超出预期。但是，当时朱啸虎并没多说什么，惜语如金，只是问了几个问题，接受了程维的所有条件，然后打钱。

朱啸虎扣动扳机的手法非常简练，像梦一样。

朱啸虎说："我在出行领域关注了很长时间。早在2010年时，我们对本地出行就非常看好。一开始在易到第一轮的时候我们就关注了，然后他们A轮想要投资，甚至也签了投资协议，但尽职调查后没有投资。一个原因是，那时司机的智能手机普及率很低，易到为了拓展司机群体，想给司机赠送手机，但是这样做，拓展成本很高，效率比较低。让我们担忧的另一个更关键的问题是，那个时候感觉做打车软件的时间点还不到，所以最后没有投资。后来我们又接触了摇摇招车团队。当时，摇摇团队已经在北京有不少用户，但接触下来发现，团队太弱，互联网思维也不对。比如，在当时用摇摇招车必须先注册，还要充值，完全不是互联网思维，所以感觉这个团队从长远看也不行。同期，在杭州，陈伟星（原快的打车CEO）也在孵化一个项目，便是后来的快的打车。

"2012年11月，我看到滴滴打车，就在微博上约程维聊一聊，见了他聊了半个小时发现，程维团队确实想得很清楚，什么该做什么不该做。团队的士气包括过去的BD和地推经验正好匹配这个业务，所以谈了半个小时就基本定下来了，程维提的条件我们完全答应了。后来我才得知，见我之前，他已经见了至少 20 家 VC，但没有一家给他投资。我见了他半个小时就决定投他，他以为我是骗子。当天我去见完程维，回到国贸，走在路上的时候，楼下走过来三个白领，其中一个人很兴奋地对她的同事说我昨天用滴滴打到车了。这更让我觉得，打车软件是个高频刚需应用，而且具有高度病毒传播特性，一定要投。”

而就在朱啸虎把 200 万美元打入滴滴账上前几天的一个晚上，程维在办公室的沙发上将就了一夜，闭着眼，半睡半醒，各种问题纷至沓来，不断地在眼皮黑幕上跳出来，脑子里像吃了跳跳糖。低头揉了揉太阳穴时，一抬头发现眼前多了个大胡子少年，看上去就仿佛增强现实一般。程维拉过椅子坐了下来，看了眼左手腕上印有苹果 logo 的手表，直面手表镜面上的胡子少年，少年说：

“说吧，时间不多，有什么困惑快说吧。”

程维愣了一下，很快认同了，一点也不觉得虚幻。

“我们做不下去了，投资方都不看好这个模式，现在现金只够花一个星期了，快发不出工资了，我还继续扛吗?”

大胡子少年说：“要不了多久，你会发现许多人排队给你塞钱。”

“我排了很多队跟人要钱。”

“你要做的是尽力抢到市场第一。”

程维苦笑了下，“第一又如何? 让大家都用手机打车，这个想法一开始挺让我激动的，真正去做，第一个月就压根没有出租车公司跟我们合作。我担心拿下司机群体这件事根本不可能。”

“这个问题也不打紧。智能手机未来会便宜很多，而且，如果有个手机就能多挣钱，司机不会犹豫的。一个司机挣了钱，其他人也会效仿。司机多了，顾客打车成功率也会更高，整件事是有网络效应的。你要做的就是熬到那个拐点。”

“问题是，按现在的状态，不到半程我们就会趴下。这个工程太大了。”程维有些灰心，镜中的自己还是太年轻了。

“你想去的地方，其他人也想去。”大胡子少年神秘地说，“我只能说这么多，你自己体会。”

程维说：“好吧。可是你知道出租车行业其实是非常封闭的，市场规律很多都不适用，我担心过不了政府那一关。”

镜中装扮成大胡子的少年说：“政府也会根据市场调整，尊重市场规律。相信我，你们是可以合作前进的。”

“最初想做打车，是因为想让打车更方便。现在看来，就算全中国的出租车司机装了我们的软件，也就这样了。本来出来创业就想做一票大的，可打车这件事，能做多大呢？”

“打车只是起点，真正的征途是巨大的交通市场，说到底，把一个人或者一堆货从某个点移到另一个点，这是计算机最擅长解决的问题。十年之内，现实世界的交通肯定会大变样，你有机会赶上这波潮流，放手去做吧。”

“最后一个问题，刚才说的这些，都是真的吗？”

“你说呢？”

屋里重归宁静，只有电脑风扇的低鸣，程维茫然片刻，慢慢睡去。

2012年那场雪

接下来的好运是2012年那场雪。

在国家行政学院，程维说，创业之前，我跟我们的一个创始人一起去了一次八大处。我绝对不是一个迷信的人，也没有再去还愿。我觉得你如果真的全力以赴，会有好运气的。是的，身边不断地会有贵人，他们加入我们、帮助我们。

“会有很多偶发的事件，像2012年北京那场雪。”

北京这个超级堵车的城市，一场雪加上风让多少人对出租车翘首以盼，但你却看不到一辆空车。灾难常常蕴含转机，对滴滴就是这样。11月3日这第一场雪，滴滴第一次单日突破1000个人叫车，看着软件，地图上布满星光一样的灯盏，程维和他的小伙伴们乐翻了，他们都是年轻人，平均年龄只有24岁，他们欢呼，雀跃，他们就是年轻的中国。雪里能打到车，还不用额外付费，很多白领在微博上分享着超出期望的喜悦，滴滴打车传遍微博，滴滴一下火了。微博即是移动互联网的速度（不久微信更快，彻底将人共时地联起来），某种意义上这也是发展的速度。此外，2012年那年雪还特别多，几天便下一场，仿佛是天助滴滴，仿佛有一个比朱啸虎还高的人注视着滴滴，注视着城市、芸芸众生。

“以后得去拜天，去天坛。”程维开玩笑地对小伙伴们说。

滴滴的数据一路走高，使用打车软件的人越来越多，一传十十传百，让它成为2012年跨年的一道最靓丽风景。滴滴创造着传奇，人们享受着传奇。当然，竞争对手摇摇招车也是那个多雪的冬天的受益者。这家公司产品推出比滴滴早，融资比滴滴顺利，而且和滴滴的早期目标一样，让更多的出租车司机安装上自己的软件，在火车站、机场等出租车聚集点推广产品。滴滴占领了除首都机场T3航站楼以外的所有重要据点，摇摇则跟一家机场第三方公司签了协议，把控了三号航站楼。

T3航站楼地点很特殊，每天的出租车吞吐量超过两万，相当于北京其他聚集点车辆数量加一起的总量。这是一个至关重要的阵地，没有占领这里始终是程维的一块心病，一个关卡、一个无名高地，不拿下这个制高点就无法掌握战争的主动权，就不能说自己是胜利者。但程维考量再三，还是没有采用跟摇摇一样的方式去找第三方合作，主要是担心这种合作有不确定性风险。后来，果然，机场管理部门接到了投诉，摇摇的这个推广点被取消了。当摇摇再去疯狂地寻找其他出租车入口时，滴滴异常艰苦地守住了自己的阵地。滴滴在北京的约车数据逐渐超过了摇摇，且利用这次逆袭摇摇的机会，开始了 B 轮融资。

此时滴滴受到了很多 VC 的追捧，其中包括腾讯。因为滴滴不想在 B 轮的时候就站队，所以一开始没想拿腾讯的钱。不过腾讯已像朱啸虎一样看准了年仅 29 岁的独角兽程维。在腾讯副总裁、腾讯产业共赢基金董事、总经理彭志坚的努力撮合之下，程维和王刚有了一次跟马化腾面谈的机会。进门之前程维与王刚达成默契，就是不给腾讯领投的机会。现场，程维分析了移动出行的各种可能发展情况、滴滴对于腾讯的价值，另外提出对公司控制权的问题，想以此逼退腾讯，马化腾知难而退。马化腾像朱啸虎一样大气地基本答应了滴滴的所有条件，包括不干涉公司业务的独立发展和不谋求控制权，只有一条，马化腾希望能占有更多的股份。几次和腾讯的人打交道，程维得出了腾讯正直、简单和友好的印象，这很难得。不过对于从阿里离开的人来讲，接受腾讯还是要过心里这道坎儿的。但是程维也清楚地看到如果不拿腾讯的钱，另一个强劲的竞争对手“快的”已经拿了阿里的投资，如果腾讯等不及，转身去投了摇摇，滴滴将会非常被动。此外滴滴的优势在线下，如果如日中天的微信的强大入口不为滴滴所用，滴滴就失去了一个最好的战略资源；还有滴滴也需要一个强大的伙伴去一起面对政策的不确定性，活下去，不要被下狠手是最重要的。

程维与王刚在一个足疗店里（不是昌平那个）进行了最后的讨论，出来走在夜晚寂静的街上时，他们做出了最终的决定，接受腾讯。王刚倾向于腾讯跟投，程维倾向腾讯领投，最后王刚妥协了。那是一个多么美好的夜晚，正是那个从足疗店出来的晚上，他们决定了滴滴强大的未来。

烧钱

2013 年 4 月，滴滴打车接受了腾讯的 B 轮融资。

2014 年初，接入微信支付后，滴滴如虎添翼，程维看到机会，想做一次促销推广，比如给司机和乘客补贴。最初程维找腾讯要几百万元的预算，腾讯回复说：你们的预算太少。结果腾讯给的不是几百万元，是几千万元，真是太给力了。腾讯在资金的视野上把程维撑得很大，心也越来越开阔，结果补贴让滴滴的成交量暴涨，而一个星期的补贴后来已经过亿元。

巨头创造巨头，在马化腾与程维之间十分典型。

同时也是非常典型的移动互联网经济。

滴滴数据的暴涨给了竞争对手们不小的压力，就在程维决定即将停止补贴的前一天，快的和支付宝也加入战局，开始对乘客和司机进行补贴。因为滴滴的补贴取消，形势迅速逆转，滴滴的交易数据大幅下滑。对手出手的时间也异常精准，是一场反攻，一次逆袭，在你撤退时。

程维召开了董事会，严峻地宣告："两周以后，快的的数据可能开始超越我们。"所有的董事、投资人，都惊呆了。"我们面临着一个重大的抉择：是否马上跟进补贴?"这事必须召开董事会，是程维决定不了的。所有投资人本能的反应都极不愿意烧钱，没人希望看到我刚投资你，很快钱就被烧光。程维说他正在开发"红包产品"，该产品更成熟、性价比更高，程维说出他的想法：在一个月之后再进行新型的红包补贴。王刚和朱啸虎表态，尽管是我们发动的这场补贴大战，但是必须立即进行有力反击，一个月后再反击，市场份额可能变成 7：3，主动权将拱手让予对方，滴滴有可能在市场上消失。

董事会做了一个推演：我们再次发起补贴时，如果快的不是六天而是一个月后才反应过来，市场数据对比将是 7：3 甚至 8：2。一旦这种局面出现，网络效应会产生，乘客觉得呼叫没有司机应答，司机觉得平台里没有乘客使用，将会产生强者愈强，弱者愈弱的结果。这时候对手再用十倍的代价，也未必能追上滴滴，它的结局是很难拿到融资并最终出局。反之亦然。

很快大家就达成了一致，一定要让腾讯继续参与补贴。此前的补贴全是腾讯买单，后来达成的方案是腾讯和滴滴各拿 50%。马化腾很爽快地表态：不论是一个月后补贴还是下周一补贴，CEO 做决定。

程维当机立断：下周一开始补贴！

快的背后是谁？阿里，马云，程维的老东家。

有点像《封神榜》了，一方是通天教主，一方是元始天尊。

下面程维补贴 10 块，吕传伟就补 11；程维补 11，吕传伟就补 12。天上的云斗，地上的格斗，杀得天昏地暗，乘客司机阳光普降，蔚为壮观。当补贴提高到 12 元时，马化腾（通天教主）以多年运营游戏的经验，出了另一个主意：每单补贴随机，10 块到 20 块不等，这样对方就无法跟进了。程维立即采纳了这一云间的方案。马云（元始天尊）也自有应对，一来一往，价格大战根本停不下来。到了 4 月，打车几乎免费了，差不多了，应该停下来了，但如果一方不停就停不下来，形成囚徒困境。程维和快的打车的吕传伟都在看对方，却停不下来，甚至越战越猛，但云间的“通天教主”与“元始天尊”事实上已有所沟通，两人从没红过脸，下面无论战得多酣，他们都一如既往的平静。

程维先降了一点，吕传伟马上跟进；吕传伟再降一点，程维马上跟进，如此补贴一步一步降下来，到了 2014 年 5 月 17 日，双方同时宣布停止补贴。这一媾和为后来的合并打下了基础。

这场大战虽然没有胜利者，但也没有失败者，而对整个出行行业则是一次巨大的冲击，对未来出租车体制改变也是决定性的：人们适应了网上约车，出租车行业作为一个传统行业，一下跨进互联网行业，从队尾一下站在队头。要说这是天翻地覆的改造一点都不过分，传统出租车行业，弊端多多，有目共睹，为世人诟病已久，就是解决不了。但是在移动互联网的撬动下，一个小小的软件，四两拨千斤，解构并重生了这个行业。而程维经此一役，跨越式地迅速成熟，不但把他的几个 VP 激发得相当不错，董事会成员的热情也调动得十分得当。程维俨然已是互联网界最年轻的帅才。没有比时势更年轻的，时势也必然造就这个时代的代表，这个时代的如此年轻的英才，有时就像游戏中的人物。

程维在国家行政学院说：移动互联网让手机变成了千元机、百元机，很多非互联网人群，像司机这样的蓝领也可以使用互联网，3G 变得非常稳定，非常便宜，这个大门就打开了。很多人讲补贴大战，程维说，在我看来 1.0 的互联网是免费经济，淘宝、360 用免费颠覆了付费企业，今天也是一样，只是竞争更充分了，免费已经不管用了。2.0 是补贴时代，更低门槛获取用户，更快教育用户，所以整个行业在两年多时间里完成了高速的发展、竞争和整合……

她好得让人紧张

“看到柳青，我感到紧张，无论能力人品，柳青都好得让人紧张。”程维与吕传伟大战之后，见到了同样像来自天上的柳青。不要说她身上的光环，就是她本身也足以让程维炫目。有点不敢看柳青，他对王刚感叹。尽管紧张得不敢看柳青，程维还是拒绝了柳青。柳青，名门之后，柳传志之女，美国高盛亚太区董事总经理，年薪 400 万美元。

柳青高中时受比尔·盖茨1996年出版的《未来之路》影响，心随所愿地考入北京大学计算机系，毕业后顺理成章进入哈佛大学，继续攻读这一专业。2001年在高盛香港两个月的经历让她对投资行业心生向往，从此改变了想成为一个传奇程序员的理想。2002年，正值“互联网+”泡沫破灭，高盛录取新员工名额从30名锐减到六名，名校生间竞争惨烈。在经历了18轮面试，最后一轮时甚至高歌了一曲 *My Heart Will Go On* 后，柳青成了高盛亚洲区最底层的分析师。柳青工作出色，在高盛的经历被她认为是一个重新塑造自己的过程，12年后，她成了这家百年投行历史上最年轻的董事总经理，已到这行业金字塔的塔尖。

2014年6月的一个晚上，在北京数字山谷一家小餐馆里，柳青与程维一起用餐。柳青提出高盛投资滴滴，尽管不太敢看柳青，但程维却拒绝柳青。而且这已是他们第三次见面，第三次拒绝。柳青佯装愠怒：“不让我投，是不是想让我给你打工？好吧，我把我自己投进来吧，我给你打工吧！”

当然是气话，说笑，也越发显得美丽。

大战之后33岁的程维，虽青涩，但已无所畏惧。

一颗钢心给柳青留下深刻印象。

在决定投资滴滴之前，柳青就对滴滴有透彻了解。最开始柳青希望撮合程维和吕传伟合并，柳青与腾讯、阿里双方关系都很紧密，如果能够撮合成功，她可以代表高盛以一个很好的价格与恰当的身份投进来。早在数个月前，2013年底的时候，柳青就撮合过一次滴滴和快的的合并谈判。谈判在杭州机场举行，但是没有成功，此时两家公司正剑拔弩张，在市场上争强好胜，对股权比例等问题完全达不成共识，合并搁浅，柳青深感遗憾。柳青对两个人都看好，或者说看好网约车这个行业。梦想无法实现，她准备单投程维，也未果。

这是没想到的，甚至也太没面子。

柳青一句佯装的气话，程维倒认了真。当程维把想挖柳青的想法告诉董事会成员时，王刚和朱啸虎都难以置信，两人都认为程维是个志存高远不给自己设限的CEO，支持他寻找牛人加盟，但敢挖柳青还是超出了他们的想象。

董事会研究后，程维展开了攻势。他打电话给柳青，说他们开过董事会，他对她的话是认真的。柳青大吃一惊，毫无准备，就像对方突然表白。程维约柳青出来。被动时程维不敢看柳青的眼睛，主动时程维平静地凝视柳青。

他们整整聊了一个星期。

“如同热恋一般，每天超过16个小时交流。”王刚说。

柳青后来对《福布斯》记者说，加入滴滴是找到了召唤，看到了正在彻底改变出行方式的未来巨大的可能。另外，和一个从骨子里散发着变化荷尔蒙的年轻团队一起成长，是一件绝对值得珍惜的事情。

这是实话实说。柳青在决定加盟之前与程维的团队有过一次出行。那是两人谈了一个星期后，柳青还没决定下来，程维说：

“我们一起去一趟拉萨吧。”

非常好的主意，并且说走就走，马上订了机票。

一共七个年轻的高管，大多二十来岁，加上柳青，一起飞到了西宁，然后马不停蹄租了两辆车，进入高原，计划用三天开到拉萨。他们中间没有一个人去过拉萨，程维也没去过，不知道拉萨在哪里，就是有一个模模糊糊的艰难而又令人向往的目标。这是典型的互联网思维，年轻人的思维，甚至电游思维。

第一天他们到了青海湖。原计划是住宿的，但天还没黑就继续往前走，结果下雨，又是山路。好不容易开到了一个小村庄，有个小宾馆，名叫黑马河宾馆，他们进去却又马上被吓了出来，因为里面都是狗。继续走，那一天他们一共开了 1700 公里，好不容易找到了一个高原上的小宾馆。两个司机都发烧了，司机跟程维与柳青说：其实我早不行了，我一路上都是方向盘顶着胸口开过来的。

在那个孤立的藏式小宾馆，八个人吸了 3000 块钱的氧气，第二天等开到了喜马拉雅山底下，前面就是圣城拉萨了，八个人全哭了。什么也不用说了，这就是创业路，程维对柳青说，我把命交给了司机，就是信任他们。

在拉萨，柳青给程维写了一个很长的短信说：决定了，上路了。

出于对高盛的不舍，在高原上，柳青大哭一场，给团队的每位成员分别写了封长信，作为对 12 年高盛投行生涯最后的告别。

全球投行排名前五名的分别是摩根大通、高盛、花旗、美银美林、摩根士丹利。柳青是国际著名投行的高层，行走在云端；滴滴是个草根创业公司，干的是和司机、乘客打交道的苦活累活，未来也有极大不确定性，她放弃高盛投进来出乎所有人意料。从投行到创业公司，这样的人不在少数，柳青的特殊之处是她的职位是最高的，付出的代价也是最大的。

柳青自己则把这个选择形容为“一切归零”。

柳青也有一颗钢心，与程维无异，只是 12 年这颗钢心一直在云中。一个能够放弃 400 万美元年薪投入草根的人有一颗什么心呢？可不就是钢心吗！程维对柳青说，滴滴一半的收入都给你，行不？

这是钢心对钢心说。

Stephen Zhu 曾和柳青在高盛共事四年，后来也来到滴滴，成为滴滴的战略部总监，Stephen 说柳青是高盛文化的传承者，对于所有事情都要求做到极致，业务上非常激进，对自己要求很高，行事高蹈，从没失败过。也正因为如此柳青不担心自己别的，担心的是自己能否融入草根团队。Stephen注意到柳青从高盛人身边消失了足有半年之久，毫无音信，以近乎失踪的方式，努力地适应加入滴滴后的自由落体的感觉，以此消除自己的投行崇尚精英的气质，以及对草根底层的戒惧感。出差时，她主动从头等舱降到经济舱，住宿从奢华的四季酒店降到汉庭连锁酒店，就连奢侈品牌的皮包也被小心藏起来。

尽管毕业于北大、哈佛，计算机科班出身，曾梦想是一名程序员，但柳青并不是典型的科技界人。意识里害怕失败的心态让柳青一开始用力过猛：她彻夜不眠，回复所有的微信、电邮，尽量去满足所有人的要求，四处刷存在感，但其实有些事情未必是公司当前最重要的事情，也未必是应该把自己累得半死的事情。柳青几乎是手忙脚乱，为忙而忙。程维给了柳青许多心理上的抚慰，教柳青每天早上列出一天最重要的三件事情，克服做事的冲动，寻找工作的节奏感。

柳青渐入佳境，慢慢找到经营企业的感觉。无法不和以前的生活对比：做投资就像游牧民族狩猎，几个人骑上马，就可以出征，完成了一个项目再寻找下一个目标；经营一家公司则像经营一家农场，需要事无巨细地关照所有人和细节，努力耕耘方能迎来收获。这种转变几乎是一种浸润式完成，没错这就是我想要的团队，我也一定能在其中发挥出我更大的价值。冰雪聪明，加上指点，柳青有许多随时随地的感悟，并且会告诉程维。

没有人比柳青更适合滴滴二号人物的角色，2014年12月，柳青以自己的资源和人脉，把所有对行业有兴趣的投资基金全都拉了过来，三个星期内便搞定了7亿美元融资，是中国移动互联网史上最大的一笔融资之一。

滴滴的这笔融资完成后，快的也不甘示弱完成了几乎相同数额的融资。融资之后，是继续角力，还是握手言和，共同面对其他竞争者，两家公司由于有了柳青的存在，开始进行更有诚意的沟通。在此过程中，柳青成了关键人物。因为和马云、马化腾、刘炽平相熟，和快的团队也互相信任，柳青主导的这场被媒体称作“情人节计划”的合并谈判开始，在一个基本框架下，战略股东的协调难度是最大的，柳青出色地完成了斡旋的角色。合并顺利进行，在翌年初的协议签署仪式上，程维留下 12 个字：打则惊天动地，合则恩爱到底。

程维宣布：“我们完成了一件互联网历史上都没有人做到的最成功的合并，因为互联网历史上还没有竞争到这种程度的对手完成了合并。”只用了两三个月，合并后快的和滴滴迅速完成了产品的排兵布阵，并把整个团队完全融合在了一起，双方管理层无一人离职。疯狂工作正在带来回报，至 2015 年 2 月滴滴的估值已经上升到了百亿美元，用户量突破 1.6 亿。在加入公司六个月后，柳青也由 COO 升任总裁。在宣布升任柳青为总裁的公开信中，程维写道：“柳青在加入滴滴的半年时间，帮助公司完成了当时非上市公司最大一笔 7 亿美元融资，并带领专车、PR（公关关系）、GR（政府关系）团队浴血奋战，杀出了一条血路。”

由于柳青的到来，公司的触角开始伸到专车领域。这一产品由打车软件向汽车租赁公司购买或租赁运营车辆，私家车主也被允许成为专车司机，从而绕过了出租车传统行业的管制。半年时间，滴滴便获得 40 万专车司机用户。出租车司机睁开眼睛就要交份子钱，而专车司机不用。租车行业认为自身利益遭到了侵犯，陆续有地方政府查处专车司机，至 2015 年 5 月，专车和出租车司机对峙街头、公安成立专项活动查处专车的场面愈演愈烈。

北京大学中国经济研究中心教授周其仁评论这一现象称：“看到滴滴，就像当年看到小岗村一样。”1978 年，安徽小岗村 18 名农民冒着极大风险，在土地承包责任书上按下手印，拉开中国改革开放的序幕。37 年之后，滴滴，这家移动互联网创业公司，意外地成了促进中国深水区改革的一股强大外力。

如同父亲柳传志曾提出的“不做改革的牺牲者”一样，柳青也并不喜欢突出自身的“变革者”身份，也像父亲一样，柳青极其明智地意识到：在新旧制度犬牙交错的环境中，滴滴必须创新，但又不能与各方势力直接对抗。多年投行经历，让柳青习惯以客观、冷静、缜密的思维回答任何问题。在和政府沟通中，柳青也多强调作为技术公司滴滴能为政府提供的价值。柳青总是对地方官员说：“我们未来将推出滴滴指数，这里面会有很多城市的大数据，我们会和政府一起来策划未来整个大城市交通的布局。”

双梦：一站式出行平台

“滴滴与快的合并那一天，我们发现，出租车司机已经从最不互联网化的一个群体，变成了整个中国移动互联网程度最高的群体，绝大多数的出租车司机都会熟练地使用移动终端。”在国家行政学院，说到专车，程维说，“最早打车软件解决租车行业信息化的问题，后来的专车和快车意在推动出租车行业的市场化，出租车行业不够市场化最大的问题是什么？第一是价格不反映供需，第二是服务并不决定司机的收入。出租车整体服务不好，并不能怪司机，那些服务好的司机，他并不能比服务不好的司机收入高，反倒是那些偷奸耍滑的、绕路的司机能赚到更多钱，这个收入分配和激励的机制是失灵的，好的司机不会被鼓励，坏的司机不会被惩罚，所以服务会越来越差。所以我们推出了专车、快车服务，我们希望能够让服务好的司机赚到更多的钱。

“我们并没有用很多的队长去管理他们，”程维说，“我们只是根据每一单乘客的评价去决定这个司机的收入，如果你获得差评，就像淘宝上面你买东西获得差评一样，这个差评会影响到你未来的收入和订单；如果你被严重投诉，你就要离开这个平台；如果你被表扬，你是服务最好的司机，你就会优先得到订单，用这样的机制鼓励好司机。如果很多人叫车，这个时候车少就应该涨一点价，这样会选出最着急要走的用户，同时激励更多司机过来接单。比如原来我住的上地，几年前并没有那么繁华，也不好叫车，但是慢慢地一些互联网公司起来以后，开始有很多人叫车，那这个地方就会慢慢地有很多的订单，而且车少价格就会涨上去，或者晚上九十点下班时候很多人叫车价格会高，很多的司机就会被鼓励来到这个地方，它是一种根据供需关系自然调节的工具。”

33岁的程维说："如果只有职业司机，不管怎么调节，高峰期都是叫不到车的，这令我很困扰。直到有一次我拜访了北京大学的周其仁教授，我问他怎么能在高峰期保障用户打到车。他说这是一个典型的经济学问题，叫'潮汐需求经济学'。类似的问题还有春运和黄金周旅游，像潮汐一样，用户需求一波一波，高峰期供应都会出现瓶颈。大家想一想，三亚到底要建多少酒店，能够让十一和春节来三亚的所有游客都能住上酒店，如果黄金周期间都能住上的话，平峰期这些酒店会大量地空置，这是不经济的，这些酒店不可能一年只服务两周的时间。”

包括铁路也是一样的——程维说，“如果春运期间所有的票都能够很方便地买到，平峰期的时候这些列车和铁轨又怎么办，注定是大量亏损的，如果只从经济学的角度，我们怎样解决这样一个经济学的问题呢。周教授跟我讲，他说唯一的解法就是'共享经济'，我们看看酒店是怎么解决的。首先，是根据平峰期的需求建立职业的酒店，保证平峰期的时候这些酒店70%有人入住。在高峰期的时候，酒店价格要涨上去，同时把大量临时的家庭旅馆补充进来，他们平常干别的，但是在黄金周的时候，他们可以把家里面空余的房间或者不住的房子在黄金周期间共享出去，等到黄金周结束后又去做别的事情。这是把整个社会闲置的资源整合起来，随着市场的潮汐自然而然地调节供应的模式，这就是滴滴一直在讲的'潮汐'。

"所以不可能只有全职司机，在高峰期大家出行的需求是平峰期的5倍。高峰期大家都要出门，平峰期都在单位、家里。如果高峰期车是够的，大家都能够坐上，平峰期的时候这些职业的司机就在那里闲着，他是赚不到钱的，养活不了他自己。所以我们开始引入大量兼职的司机，今天滴滴的专车、快车有近80%是兼职司机。我们还有顺风车，顺风车在中国现在有700万辆注册，你在上班的路上自己一个人开，或者还有空座位，我们帮你找到跟你顺路的人请他们跟你一起走，它就像三亚的家庭旅馆一样，在高峰期的时候，把那些并不是职业酒店的家庭旅馆，并不是职业司机的白领的资源分享出来，能够让大家一起拼车顺利地出行。在2015年，滴滴和快的合并之后我们推出了专车服务、快车服务、顺风车服务。滴滴的梦想是让出行更美好，我们希望能够建设一个中国最大的一站式出行平台，用互联网把路上所有的交通工具都连接起来，统一调度，互相分享。把出行需求搬到互联网上，把所有的供应搬到互联网上，通过一个云端的大数据智能交通引擎统一匹配和调度，提高整个城市出行的效率，提升每一个市民和司机的体验。就像今天坐飞机一样，有多少人要出行，有多少架飞机，每个航线设定，都是精确调度的，这样使得整体的效率最大化……"

2015年1月29日，基于程维过去一年卓越的创新变革表现，他被《中国新闻周刊》评为"影响中国2014年度新经济人物"。颁奖词这样评价程维："他是一个颠覆者，依仗一块小小的手机屏幕，撬动板结了几十年的利益格局；他是一个改良者，用一个客户端，同时提高了从业者的积极性和消费者的舒适度。他是2014年度互联网改变实体消费的翘楚，精准抓住了城市上班族打车难的痛点。他是科技改变生活的鲜活例证，告诉无数创业者，创新的步伐，永远要跟随消费者的脉动。”

2015年5月22日发布会上，作为滴滴的代言人，柳青穿着一袭白裙，向公众提出了未来3年的“潮汐战略”：如同不可能为了黄金周建设更多酒店一样，为了高峰期而投放更多的出租车也不现实，因此，滴滴希望专业运力能够满足平峰期80%以上的需求，高峰期到来时，则整合更多运力，满足用户临时出行的需求。在此基础上滴滴出行业务线进一步得到梳理：出租车业务将引进评价体系，为乘客提供更好的服务；专车领域，将为有较高需求及特殊订制需求的乘客推出名为ACE（Absolute Comfortable Experience，极致体验）的增值服务。

柳青宣布：2015年5月25日起，快车将补贴十亿元人民币，在全国12个城市推出每周一次“全民免费坐快车”的活动，以此抗击来自Uber的竞争；顺风车产品已招募超过60万名司机，将鼓励用户共享出行；代驾事业部成立，目标是在年底成为中国最大的代驾服务平台。柳青说，程维以及整个滴滴出行团队的理想是：在整个交通被互联网化的过程中，包括在公交、租车以及其他垂直交通出行的领域实现互联网化，建立一个全球最大的一站式出行平台。

是的，这是程维的梦想，也是柳青的梦想。这两个人可以说是移动互联网产业时代的绝配，两人互相欣赏，互相补充。始终没将自己股份卖出的王刚说，程维和柳青两个人都是罕见的聪明、正气、果敢，程维草根出身，从底层的销售员一步步成长起来，对市场的敏锐度、深入一线的执行能力，是柳青缺乏的；柳青出身名门，大家风范，国际视野、广阔的人脉、呼风唤雨的能力又是程维缺乏的，所以，他们这个组合很快见到了化学反应和叠加效应。

“程维是一个极有远见、抱负和魄力，又愿意为梦想付出的人。他脚踏实地又目标高远，当时非常打动我，”柳青直言不讳地对记者说，“后来的一切都在印证当初的感觉。我和程维是最好的朋友，我们惺惺相惜。在这一代年轻企业家里，程维在格局、心胸、眼光、能力等方面都是上上乘。”

程维对柳青的评价则只有一句话：“她的一切都如此完美。”

已不是“好得让人紧张”。

战 Uber

回到 2014 年 6 月，程维怎么也没想到拒绝柳青之后不久，7 月的一个午后，Uber 的创始人、CEO 卡拉尼克闯上门来。卡拉尼克不请自到，要么滴滴接受 40％投资，要么 Uber 大举进军中国。卡拉尼克作风强悍，即使在美国也被媒体形容为“一个强盗般的坏小子”，特别是在准备战斗时，卡拉尼克的脸就像一个拳头。而创始于 2010 年的 Uber 也是互联网新科“征服者”形象，四年时间不仅征服了美国也征服了欧洲，彼时已在全球 60 个国家和地区超过 340 个城市开展业务，不仅有着 500 亿美元的估值，手上还拿着几十亿美元。Uber 最初的创立如同童话一般，2008 年一个风雪交加的夜晚，卡拉尼克和他的朋友加雷特·坎普（Garrett Camp）在巴黎街头等出租车。由于一直没等到，他们当时就发誓一定要推出革命性的应用软件解决这个问题。很简单：按个按钮就能叫到车。两年后，雨中的程维也一样。或许正因为这相同，程维开门送客，让卡拉尼克玩去。

卡拉尼克的到来当然和柳青无关，尽管 Uber 背后有高盛的影子。不，柳青再生气也不会叫美国人来，否则她不会说把自己投进来。

程维非常敏感，这是他的天赋。

尽管如此，程维还是不寒而栗。虽然有马化腾——这个中国出行市场背后的“通天教主”，但卡拉尼克是全球背景，背后有诸多资本大鳄。所以必须抓住一线的机会，一线的可能，而这可能就是柳青，柳青那句话。

Uber，卡拉尼克，是程维与柳青长谈一周的背景。

也是驾车上西藏的背景。

生与死的背景，走向极致的背景。程维后来无法想象如果当初没有柳青加盟滴滴会怎样。特别是柳青说服了马云，这一大强援，这个“元始天尊”，加上马化腾，再加上柳青，卡拉尼克来了，但已与1840年不能同日而语。

有趣的是Uber不仅有美国的资本，也在中国获得了包括海航集团、中信证券、中国人寿、万科、民生银行等的投资，而滴滴也获得了苹果的巨额投资（十亿美元，此举不仅刷新了滴滴的单笔融资纪录，同时也是一个标志性的事件），而马化腾的资金也有相当的国外背景。梳理两者的融资历史，不难发现有一些共同的身影：如中国人寿、环球老虎基金和高瓴资本，都同时投资了滴滴和Uber。卡拉尼克有1840年的态度，却已回不到那个时代，全球化不是非此即彼，而是你中有我，我中有你。而程维拒绝1840年的态度同样是一种历史态度，事情就是这样搅缠在一起，资本、意识形态、个人风格等等。这个时代绝不能用一种观点统摄，没有比真实更复杂的，而真实最大的敌人是简单。

大战就这样开始了：Uber携20亿美元的复杂资本进入中国市场，滴滴准备了同样充足，甚至更充足的投资，程维借达沃斯论坛宣布，滴滴拿到了包括苹果在内的30亿美元的投资，柳青真是了不起。双方都有充足的弹药，2015年Uber推出“人民优步”后，对司机与乘客都进行了补贴，Uber订单量迅速增长，仅2015年上半年Uber在中国就烧掉了近15亿美元。滴滴烧掉的一样多，甚至更多，有评论将两者的“烧钱大战”比喻为“核战争”。

Uber 初期进展顺利，很快覆盖了中国 21 个城市，其推出的低价专车“人民优步”成了攻取中国市场的主要战略手段。Uber 中国区战略负责人柳甄一开始曾向媒体表示，Uber 拼车产品“人民优步 +”在中国的试运营堪称完美，五个城市的拼车运量均已超过旧金山；通过共乘模式，拼车产品真正实现了经济效益和社会效益的完美结合。Uber 通过做减法来提高产品的效率，让两辆车需要完成两个人的出行任务，简化到一辆车可以搭乘多个乘客，提高效率的同时降低成本。滴滴从打车起步，彼时已经发展成出租车、专车、快车、顺风车、代驾、巴士、试驾等七条产品线，形成了立体作战体系，覆盖全国超过 400 个城市。

程维不仅在本土继续与 Uber 贴身肉搏，两刃相交，而且还通过联合海外的“伙伴”构筑了针对 Uber 全球业务的包围圈（这哪是 1840 年），相继投资了东南亚打车应用 GrabTaxi、美国打车应用公司 Lyft、印度本土最大打车服务提供商 Ola——这三家均是 Uber 在当地有力的竞争对手——向上述三家共注资约 4.8 亿美元。而通过与 Lyft 的战略合作，中国用户前往美国出行时，可以直接通过滴滴出行使用 Lyft 在美国的租乘服务，美国用户在来到中国时也可以通过 Lyft 应用使用滴滴出行在中国提供的服务。

卡拉尼克坐镇北京，自称准备要申请中国国籍了。程维也去了美国，把高管留在了美国，带着几拨人到硅谷学习一线互联网公司，好几拨人了解他们的组织体系、组织结构，他们的思路是什么样的，他们的人才结构怎么样，滴滴从游击队迅速变成了正规军，弹药充足，甚至超过对方，即便在营销上也不输给对手，并且开始在资本上不输给对方。当然，也看到自身不足。程维发现，对方最大的优势是人才和思路，人才是滴滴最大的瓶颈，中国没有那么多的大数据和机器算法的科学家。不过硅谷一线的互联网企业，像 Uber，像 Facebook，里面 20%的工程师是华人，程维留下的 CTO 和一个代表团在硅谷把这些华人工程师请到一起跟他们交流，最终带回了几十个高级人才。

资本的大包抄大迂回与人才的引进，这种外线作战相当成功，不仅让卡拉尼克在中国疲于奔命，对自己的大后方也顾虑重重、心神不宁。卡拉尼克在接受《财经》杂志访问时坦白地承认："滴滴的存在，让我每晚少睡两小时，思考如何同它竞争的问题。"在难以撼动滴滴的情况下，卡拉尼克情绪低落，甚至换了另一种思维，认为滴滴的规模大于 Uber，订单量多于 Uber，在每单补贴相同的情况下滴滴也会烧更多的钱。卡拉尼克算过一个数字，那就是每单补贴四美元，Uber 日均订单量为 100 万单，一共需要补贴 14.6 亿美元，而滴滴的日均单量和亏损数字绝对超过 Uber，这让卡拉尼克多少感到安慰。

并不是所有的资本都有耐心让你去持续烧钱，况且滴滴和 Uber 背后有很多共同的出资方，共同的投资方打一场烧钱战颇有些诡异，自然不能长时间支持这种怪诞的"内耗"。当 Uber 的规模越来越大，卡拉尼克承认补贴很难持续，不能一直补贴下去……特别是苹果和 Uber 在其他市场一直是合作伙伴，但苹果一下向程维投下十亿美元巨资，与滴滴站在了一起，至少说明苹果认为 Uber 在中国前景不妙。当滴滴收编了卡拉尼克的中国业务，有评论说苹果这一举动压垮了 Uber 继续挣扎的希望，并分析了原因，指出 Uber 本身以连接司机和用户为主，但中国市场不是非常成熟的市场，用户对补贴的热情比对服务高得多，这种所谓带有一定远景的打法并不如直接的补贴更符合市场胃口。与此同时，滴滴通过更加简单直接的方式"跑马圈地"。可以说，Uber 从刚刚进入中国市场的时候就已经与"本土"的市场规则背离，将全球成熟市场的经验套用到非成熟的市场，期待后者会接受更好的、更为先进的方式，这是许多跨国企业常犯的“经验主义”的错误，只不过在互联网领域，犯错的代价会大。同时 Uber 后期又采取了一条截然相反的路径，比对手更加疯狂地补贴，似乎是“本土化”的调整，但实际上已经透露了卡拉尼克的“图谋”：想在短期内对滴滴进行施压以获取谈判筹码，对产品和服务的改进已经不关注了。

滴滴与 Uber 和谈的“谣言”2016 年 5 月就传出了。7 月 28 日，中国交通运输部等七部委发布了全球范围内第一部国家级的网约车法规——《网络预约出租汽车经营服务管理暂行办法》，宣布网约车合法。8 月 1 日便传来了滴滴出行和 Uber 的合并消息，从开始的猜测，到当事方“辟谣”，再到最后的确认——剧情在一天内几经反转。程维当天在微博发布的消息（不如说是公布最后的战绩），滴滴将收购 Uber 在中国的品牌、业务、数据等全部资产并在中国运营。滴滴将向 Uber 投资十亿美元，Uber 将取得新公司 20％的股权，合并之后的新公司估值将高达 350 亿美元。当今竞争并非你死我活、谁消灭谁，而是分享、共享。

硝烟散尽之后，可以清晰地看到，在世界范围之内，这一次网约车的合法化使中国的行业管理站到了全世界的最前沿。在美国，网约车发展比中国还要早两年的地方，今天还在一个州一个州地立法，而在整个欧洲，除了伦敦以外，绝大多数城市网约车还在被当成洪水猛兽一样被禁止，整个欧洲反而在“闭关锁国”地阻挡移动互联网时代的到来。当然，一切并不平坦，太平坦了也不一定好。需要博弈，唯博弈才能使复杂性趋向平衡。

手记十九：创业，创新，不会止息

从 2016 年 7 月 29 日到 2016 年 10 月 8 日，两个多月的时间，网约车的命运经历了过山车式的起伏，交通部《网络预约出租汽车经营服务管理暂行办法》出台，一直处于悬念中的网约车合法化，引来一片欢呼；北上广深等城市的《网约车管理细则征求意见稿》对司机、车辆、牌照的限制，又使网约车前途未卜。

就在本文落笔之时，一切还都悬而未决，包括滴滴出行的命运。但这就是中关村：探路中的中关村，实验的中关村，前沿的中关村。滴滴崛起于中关村，滴滴大厦坐落在中关村科技园数字山谷，不管它的命运如何，它走过的道路都体现着中关村的精神：创业，创新，百折不挠，锐意进取。因此滴滴的创新故事不管结果如何都是有趣的，都深刻反映着我们的时代。

面对严峻挑战，滴滴豪情不减，充满温和与理性，几乎让人感到他们依然握有未来。10月21日，在美国老牌杂志《名利场》举办的“2016年新成就峰会”上，滴滴总裁柳青与阿里巴巴总裁迈克尔·埃文斯（Michael Evans）和彭博新闻主持人艾米丽·张（Emily Chang）进行了对话，对于部分“做空中国”的观点，柳青做出了回应，呼吁“世界应从前排真正了解中国经济的增长动力”。

据中新网消息，柳青在对话现场表示，科技创新已经成为中国经济增长的引擎，新经济和共享经济为中国的转型提供了重要的缓冲垫。柳青援引麦肯锡的研究称，互联网创新为中国GDP做出的贡献高达7%～25%，而且这已经成为系统的自上而下的政策。互联网和共享经济对中国GDP不仅贡献极快增速，且已经开始深入改造传统行业核心，互联网企业日益成为中国和全球创新前沿。柳青介绍了腾讯和阿里巴巴争相杀入“互联网＋政务”，滴滴也在各地推进“互联网＋交通”，比如近日在贵阳落地的“中国网约车大数据交互共享中心”，进行大数据应用合作、网约车管理探索等。对话中柳青提到不久前见过一位滴滴明星司机，这位曾是中国最大钢铁企业武钢集团的员工，现在通过这个职业让家庭保持收支平衡。柳青认为这就是真实的中国。

柳青还回应了近期国内各地出台的网约车新政，在她看来中国的中央政府最先正式在国家层面给予共享出行合法地位，这是一个更大的支持创新的战略的一部分。柳青说虽然发展快，但共享出行在全球都处于萌芽阶段，“我们理解各地的监管者需要面对城市管理的挑战，也需要面对调整应对的挑战。我们正和地方政府积极地交流，并且很有信心，决策者们会趋向符合社会和百姓利益的政策。”从柳青的谈话中可以看到温和、信心，这也是中关村价值的一部分。

——人物索引

冯　康(1920—1993)

数学家，中国科学院院士，中国现代计算数学研究的开拓者，独立创造了有限元法，自然归化和自然边界元方法，开辟了辛几何和辛格式研究新领域，为组建和指导我国计算数学队伍做出了重大贡献，是世界数学史上具有重要地位的科学家。菲尔兹奖得主、中国科学院外籍院士丘成桐教授在清华大学所做题为“中国数学发展之我见”的报告中提到，“中国近代数学能够超越西方或与之并驾齐驱的主要原因有三个，主要是讲能够在数学历史上很出名的有三个：一个是陈省身教授在示性类方面的工作，一个是华罗庚在多复变函数方面的工作，一个是冯康在有限元计算方面的工作。”

冯康原籍浙江绍兴，1920 年生于无锡，少年时代家居江苏省苏州市。1939 年考入中央大学电机工程系，兼修物理、数学主课。1945 在上海复旦大学担任数学物理系助教，1946年到清华大学任教，1951年至1953年在苏联斯捷克洛夫数学研究所进修，受教于苏联著名数学家庞特里亚金。1954年发表《广义函数论》长篇综合性论文，应华罗庚教授的建议，建立了广义梅林变换理论。50年代末至60年代，中国计算数学刚起步，冯康带领一个小组的科技人员走出了从实践到理论，再从理论到实践的发展中国计算数学的成功之路，1965年冯康在《应用数学与计算数学》上发表的论文《基于变分原理的差分格式》，是中国独立于西方系统地创始了有限元法的标志。1978年至1987年任中国科学院计算中心主任、研究员，1980年至1993年任中国科学院院士。1985年至1990年任中国计算数学学会理事长，1993年逝世于北京。

陈春先（1934—2004）

四川成都人，中国著名核物理学家，1952年至1958年留学苏联，1959年至1966年在中科院物理所从事理论物理、激光新型半导体等新领域的研究开拓工作。1970年至1986年发起国内核聚变研究，在中科院物理所建立了国内第一个托卡马克装置（6号），后来在合肥建设成功中科院的核聚变基地，该基地直到现在规模和水平上均为国内之冠。1978年“文革”后第一批被破格提拔为正研究员（教授级），同时提拔的还有陈景润等；参加了第一届全国科技大会；第一批经国家学位委员会审定为博士生导师。1978年至1981年三次访问美国，提出要在中关村建立“中国的硅谷”，并身体力行成立了“先进技术服务部”，推进了中关村高新技术企业的发展，被誉为“中关村民营科技第一人”。1986年调离了中科院，全力从事新技术产业的开发。1997年10月被聘请为北京市科委科技创业中心高级顾问，1998年起与美国硅谷的企业家和科学家共同发起成立了金门桥科技发展中心，集中全力推进新技术产业重大项目的开发。2002年发起创立了创业咨询机构：陈春先工作室。2004年8月9日凌晨病逝。

王洪德

1936年生，1956年毕业于哈尔滨电工学院，进入中国科学院计算所。1957年被划成了“右派”，1979年任计算所第四研究室供电空调系统组组长。1982年12月22日，46岁的王洪德“带”走八名工程师，创办了北京市京海计算机开发公司。京海公司创办一年，就实现产值800万元。1986年，京海成立了实业总公司，当年实现销售收入5000余万元。1987年京海集团成立，1999年京海年产值达到9.2亿元。2001年京海成立了北京第一家民营科技企业孵化器有限公司，三个月后孵化企业就达到49家，广源大厦也被北京市政府正式命名为北京市高新技术产业孵化基地。

2003年王洪德宣布退居二线，选择在粤东惠州建设小商品批发商城，开始了自己人生的又一次创业历程。在开业三年时间里，惠州义乌小商品城经营面积达到12万平方米，商户6000家，小商品种类达60余万种；累计接待海内外客商600余万人，累计交易额逾30亿元。2009年2月，科技部中国民营科技促进会、科技日报社在人民大会堂举行了纪念改革开放 30 年暨中国民营科技创新发展表彰大会。作为对一个时代的总结，柳传志、尹明善、郭广昌、任正非、张瑞敏、段永基、王洪德、史玉柱、李登海、刘永好等十人被评为“中国民营科技发展功勋企业家”。

柳传志

1944 年生，江苏省镇江市人，联想控股股份有限公司董事长，联想集团创始人。1967 年毕业于中国人民解放军军事电信工程学院，1984 年创办联想，突破了长期禁锢科研人员头脑的传统观念，走出了一条具有中国特色的高科技产业化道路。他推动了联想集团对 IBM 全球 PC 业务的并购，使联想集团成功跻身于国际舞台，也为中国企业“走出去”积累了宝贵经验。历任联想集团总裁、董事局主席、名誉董事长。2009 年 2 月，重返联想集团董事长岗位，帮助公司顺利渡过了最艰难时期，彻底扭转了局面。在他的带领下，联想集团在参与国际竞争中取得全面胜利，成为全球领先的 PC 企业。2011 年 11 月，柳传志卸任联想集团董事长职务，将个人精力专注于联想集团的母公司联想控股的全新事业。

在柳传志的领导下，联想控股已经成为横跨实业与投资的大型综合企业，打造出了多家优秀企业。其中，联想集团已成为全球最大 PC 公司及世界第二大的 PC 及平板计算机公司，于 2014 年第四季度成了世界第三大的智能手机制造商，位列世界 500 强。君联资本、弘毅投资和联想之星已成为中国投资行业的领先品牌。

与此同时，联想控股采用“战略投资+ 财务投资”双轮驱动的创新商业模式，打造价值不断成长的投资组合。战略投资业务分布于 IT、金融服务、创新消费与服务、现代农业与食品以及化工与能源材料五大板块，财务投资业务主要包括天使投资、风险投资及私募股权投资，覆盖企业成长的所有阶段，致力于在更多领域打造出一批领先企业，贡献于中国经济。柳传志是第八届和第九届全国工商联副主席，清华大学经管学院顾问委员会委员、北京大学光华管理学院 EMBA 荣誉导师、中欧国际工商学院首任中方客座导师。

王　选(1937—2006)

出生于上海，计算机文字信息处理专家，计算机汉字激光照排技术创始人，被称为“当代毕昇”。1958 年毕业于北京大学数学力学系，1965 年与陈堃銶、许卓群等同事进行 DJS 21 机的 ALGOL 60 编译系统设计工作，1967 年研制成功，在几十个用户中推广，ALGOL 60 编译系统成为国内最早得到真正推广的高级语言编译系统之一。1969 年起，因身体状况不佳，只拿劳保工资长期在家养病。1975 年，王选投入到“748 工程”，即汉字信息处理系统工程研制工作中。作为技术总负责人，领导中国计算机汉字激光照排系统和后来的电子出版系统的研制工作，这一系统处于国内外领先地位，使中国沿用了上百年的铅字印刷得到了彻底改造。1981 年开始，王选便致力于研究成果的商品化工作，使中文激光照排系统从 1985 年起成为商品，在市场上大量推广。

1988年后，王选作为北大方正集团的主要开创者和技术决策人，提出“顶天立地”的高新技术企业发展模式，积极倡导技术与市场的结合，闯出了一条产学研一体化的成功道路。1994年当选为中国工程院院士，1995年加入九三学社，1995年7月，北大计算机研究所与北大方正共同成立方正技术研究院，王选任院长，同年任方正（香港）有限公司董事局主席，建立起中远期研究、开发、生产、系统测试、销售、培训和售后服务的一条龙体制，2006年病逝。

王永民

1943年12月生于河南省南阳市鸭河工区贫农家庭。1962年考入中国科技大学无线电电子学系。1978年至1983年以五年之功研究并发明被国内外专家评价为“其意义不亚于活字印刷术”的“五笔字型”（王码），以多学科最新成果之运用、集成和创造，提出“形码设计三原理”，首创“汉字字根周期表”，发明了25键四码高效汉字输入法和字词兼容技术，在世界上首破汉字输入电脑每分钟100字大关并获美、英、中三国专利。1983年后又以15年之力推广普及，使之覆盖国内90%以上的用户；1984年荣获“五一劳动奖章”、“国家级专家”、“全国优秀科技工作者”等称号。1988年4月成为国务院特别命名的十名“全国劳动模范”之一。1994年后陆续发明“98王码”“阅读声译器”“名片管理器”等五项开创性专利技术。

1998年2月发明了中国第一个符合国家语言文字规

范，能同时处理中、日、韩三国汉字，具有世界领先水平的“98 规范王码”，同时推出世界上第一个汉字键盘输入的“全面解决方案”及其系列软件，成为我国汉字输入技术发展应用的里程碑。2004 年 6 月 26 日，王永民经过五年研究，开发完成了包含 5 项专利在内的数字系列汉字输入法，引发我国汉字输入技术的数字化革命，使我国当前普遍存在的手机、电话机、程控机“汉字输入难”的问题从根本上得到解决。

王缉志

男，1941 年 1 月 26 日出生。高级工程师。父亲是中国著名语言学家王力。1957 年考入北京大学数学力学系，1963 年毕业，获得数学力学学士学位。1980 年，参加武钢一米七轧机引进工程计算机控制系统的安装调试工作，后被该工程指挥部授予“技术专家”称号；1984 年，在澳大利亚产的微型计算机上开发成功中文处理系统，其论文被 1983 年中文信息国际研讨会选用。1986 年 4 月“M1570S/SC 彩色打印汉字卡的研制与推广应用”获得海淀区科学技术进步一等奖。1986 年 10 月，“中英文打字机”在第二届全国发明展览会上荣获银牌奖。1987 年 9 月，“四通 MS－2401 中外文打字机”在第三届全国发明展览会上荣获银牌奖。1988 年，获北京市政府颁发的“有突出贡献的专家”荣誉称号。1990 年 4 月“电子打字机外观设计”获国家专利。1991 年 6 月，“一种小屏幕文字处理设备中的显示方法”获国家专利。1992 年 11 月，被国家科学技术委员会、中华全国工商业联合会、中国科学技术协会、中国民办科技实业家协会等四家单位联合授予“中国优秀民办科技实业家”称号。1996年6月，以“向电脑系统输入目标语言的方法及专用装置”向国家专利局申请了专利并取得了申请号。曾任北京市海淀区人大常委会委员、中国中文信息学会理事、中国高技术产业研究会理事、中国民办实业家协会理事等职。

冯 军

1969年出生，陕西人，中关村最早一批“个体户”之一。1992年毕业于清华大学土木建筑系，1993创立华旗资讯数码科技公司，1997年创建品牌——爱国者。2006年度荣获“CCTV中国经济年度人物年度创新奖”。现任华旗资讯集团总裁，爱国者集团董事长，爱国者欧途欧（北京）网络科技有限公司董事长。全国政协委员、民建中央委员、达沃斯“世界青年领袖”。

冯军于1992年从清华大学毕业后，砸了自己的铁饭碗，开始了他在中关村的创业梦，他曾拉板车、卖电脑机箱。13年后，历经风雨的冯军，成功地将“爱国者”打造成了一个响亮的民族IT品牌；在冯军的带领下，华旗资讯营业额连续十年每年保持60%的稳定增长。爱国者移动存储产品、MP3、显示器稳居国内市场前三位。华旗资讯在国外已拥有十多家分公司，全面进军国际市场，将爱国者建设成为令国人骄傲的国际品牌。2006年，获得CCTV中国经济年度人物唯一年度人物创新奖。2008年3月24日，作为2008北京奥运会火炬接力中国高科技第一人，在北京奥运会圣火采集当日，在雅典进行圣火传递。2009

年，荣获“知识产权创新发展突出贡献人物”和“年度推动和影响中国品牌领袖人物”称号。2011 年，荣获中国品牌创新大会“2011 中国十大创新人物”奖。

王江民（1951—2010）

北京江民科技有限公司（江民杀毒软件）创始人兼总裁。中国著名的反病毒专家、国家高级工程师、中国残联理事、山东省烟台市政协委员、山东省肢残人协会副理事长。

1951 年王江民出生于上海，三岁因患小儿麻痹后遗症而腿部残疾，人生赋予他的似乎是一条不可能成功的路；初中毕业后，回到老家山东烟台的王江民从一名街道工厂的学徒工干起，刻苦自学，成长为拥有 20 多项创造发明的机械和光电类专家。1988 年，王江民接触计算机，意识到要搞光机电自动化必须依靠计算机来控制。1989 年，王江民花 1000 多元自己买了一台中华学习机，第二年又买了一台 8088 PC 机。王江民首先学的是 BASIC 语言，工作是开发工控软件，但用户的机器因为感染病毒常常不能正常工作，就认为王江民开发的软件不好。这种情况逼着王江民解决病毒问题。王江民先是用 Debug 手工杀病毒，跟着是写一段程序杀一种病毒，第一次编程序杀的病毒是 1741 病毒。王江民有一个很好的习惯，就是杀一种病毒就在报刊上发表一篇文章，公布这段杀病毒的程序。后来，王江民觉得这些各自独立的杀病毒程序用起来很麻烦，就把 6 个杀不同病毒的程序集成到了一起，命名为 KV6，后来发展到 KV8、KV12、KV18、KV20 直到

KV300……2010年4月4日上午10点左右，王江民心脏病突发，抢救无效去世，享年59岁。

王志东

1967年生，广东省东莞人，新浪网创始人。1989年5月，王志东进入王选教授领导下的“北京大学计算机技术研究所”工作，主要项目“中文多窗口图形支撑环境”，同年12月通过了部级鉴定。1991年6月，独立研制并推出国内第一套实用Windows 3.0汉化系统“北大中文窗口系统(BDWin 3.0)”，是北大方正1991年七大新产品之一。离开北大方正后，1992年4月创办“新天地电子信息技术研究所”，任副总经理兼总工程师。1992年5月，独立研制并推出全球第一套实用Windows 3.1中文平台“中文之星(Chinese Star 1.1)”，次年2月研制成功其海外版与升级版“中文之星1.2”。“中文之星”一经推出即在国内得到迅速普及，加速了中国的电脑应用。

1993年，王志东创办四通利方信息技术有限公司。1997年为公司引入650万美元的国际风险投资，成为国内IT产业首家引进风险投资的企业。1998年12月，完成与美国华渊公司的合并，创建新浪网，担任新浪网首席执行官兼总裁，并率领新浪成为首家成功在美国Nasdaq上市的中国网络公司。1999年7月，新浪网登上中国互联网信息中心公布的中文网站排名之首。2001年12月3日，王志东创建北京点击科技有限公司，致力于融合软件、互联网、通信三大现代技术，研发能为广大信息化用户提供协同应用环境的协同软件。

鲍　捷

1983年生，山西太原人，2006年毕业于清华大学化学系，2010年在美国常青藤盟校布朗大学化学系获得博士学位，并在麻省理工学院继续博士后研究。2013年起，鲍捷先后任布朗大学兼职助理教授，加州理工学院访问教授及首席研究员。同年，鲍捷加入清华大学电子工程系，任博士生导师，入选国家“千人计划”青年千人。2012年鲍捷在国际上首次提出量子点微型光谱仪的新方法，该方法可实现对现有光谱仪体积和造价的几个数量级的大幅降低，并作为第一发明人、第一作者及通信作者在《自然》杂志发表了该工作，并受到CCTV“新闻直播间”近八分钟的专题报道及包括美国国家广播公司与《自然》杂志在内的数十家国内外主流媒体及科技媒体的报道。迄今获得的荣誉及奖项包括教育部高等学校科学研究优秀成果奖之“青年科学奖”“饶毓泰基础光学奖”“2015年度中国十大新锐科技人物”“2015年度科学中国人年度人物”“中关村十大创新成果”等。鲍捷所创立的公司，以“让中国引领世界进入一个光谱信息化的世界”为目标，带领团队积极推进微型光谱技术的产业化。

苏　药

1979年5月生，毕业于北京联合大学电子信息专业，北京创业之路咖啡有限公司创始人。2006年加入ChinaCache蓝汛，刚开始是做销售，凭借自己在互联网行业积累的人脉和多年的经验，三个月内签下光芒国际的大单，随后又签下了几百万的合同，很快成为蓝汛的销售主管，曾任蓝汛的投资总监。

2011 年 4 月，苏药独立创办车库咖啡。车库咖啡在海淀图书城步行街一家宾馆的二楼，专注创业服务，集聚各类创业群体和资源，利用车库咖啡开放办公空间，孵化早期创业项目团队，采取实体＋虚拟＋流动三种孵化模式，打造早期创业平台。目前车库会员共 50 家，项目方向涉及电商、社交、游戏、本地服务等多个领域，已有十家获得融资、十家进行团队融合、50 家产品上线。车库咖啡的创办引发全国创业咖啡兴起，如雨后春笋发展，苏药本人也获得 2013 年度北京青年五四奖章。2014 年苏药又创办了 you+ 国际青年社区，这是一个面向现代都市青年的连锁生活社区，商业模式是租房，重新改造之后向青年人出租，让社区为更多早期创业者提供服务，让年轻人提高生活质量和社交质量。

吴甘沙

1976 年生，江苏南通人，驭势科技联合创始人、CEO，致力于研发最先进的自动驾驶技术，以改变这个世界的出行。吴甘沙曾任英特尔中国研究院院长，英特尔中国研究院的第一位“首席工程师”。2000 年加入英特尔，先后在编程系统实验室与嵌入式软件实验室承担了技术与管理职位，其间参与或主持的研究项目有受控运行时、XScale 微架构、众核架构、数据并行编程及高生产率嵌入设备驱动程序开发工具等。2011 年晋升为首席工程师，同年，他共同领导了公司的大数据中长期技术规划。

在英特尔工作期间，他发表了十余篇学术论文，有 25 项美国专利（十余项成为国际专利），14 项专利进入审核期。

2015 年，吴甘沙决定冒一次险。他和四名同事决定从英特尔中国研究院离职创业，而他选择的创业领域是汽车智能驾驶。因此创立了自动驾驶系统服务公司——驭势科技。开发智能汽车有两种模式：一是像宝马那样，花时间憋大招，突然在某一天推出爆款；二是像特斯拉那样，先推出初级版本的产品，让客户先用起来，然后在客户使用中不断收集数据，打磨技术。吴甘沙选择了后者——驭势将从企业级市场入手，将公司承载巨量计算的黑盒子、双目摄像头以及无人驾驶解决方案销售给那些对新技术感兴趣的无人驾驶汽车品牌。

程　维

1983 年出生，江西上饶人，滴滴出行董事长兼 CEO。2012 年，程维在北京中关村创办小桔科技，推出手机召车软件滴滴打车。2015 年 2 月，滴滴打车与快的打车进行战略合并。2015 年 9 月，滴滴打车正式更名为“滴滴出行”。2016 年 8 月，滴滴出行收购 Uber 中国，程维加入 Uber 全球董事会。

经过四年时间发展，滴滴目前已经成为中国移动互联网领域的领导者，全球最具价值的科技初创企业之一；也从单一的出租车召车软件发展成为全球最大的一站式移动出行平台，为四亿用户提供全平台的出行解决方案，包括出租车、专车、快车、顺风车、代驾、租车、试驾及公交等服务。公司持续在移动出行产品创新和市场拓展方面保持领先地位，并荣获达沃斯全球增长企业殊荣。2015年，程维当选为达沃斯论坛轮值会议主席，并被《财富》杂志评选为“全球四十位青年商业精英”之一，与滴滴出行总裁柳青并列“中国四十位青年商业精英”之首，并被新浪财经评选为中国十大年度经济人物之一。2016年，程维当选为《财富》“2016年度全球商业人物”。

——后记

在我的写作中，在这套文集中，《中关村笔记》堪称一部“另类”之书。“另类”在于它不像我写的，写法又很“另类”——又像我写的。媒体朋友看到这本书感到惊讶，称“宁肯被圈内人称为桀骜不驯的小说家，头一次写非虚构作品就选择触碰中关村”。干吗要强调我是“桀骜不驯”呢？这种人不太可能写非虚构作品？特别中关村这样本身就比较“另类”的作品？诗人也是我的朋友陈原从另一个角度说得更直截了当，“宁肯兄在写了《沉默之门》《天·藏》之后，竟然出人意料地写了《中关村笔记》。三、四年前我在北京，以及宁肯兄驾车携家人来我处时，我都表达了极大的不理解。”他在自媒体上写道：“在我心里，中国的小说最高精神向度是《天·藏》和《沉默之门》，至今我还是有些固执地认为他不该写《中关村笔记》。”这是批评的声音，非常珍贵。

批评界的许多声音在惊讶同时多给予了肯定，孟繁华说：“宁肯的《中关村笔记》让我对他刮目相看，写得太好了，我非常惊讶。”他是在北京作协年终总结会上说这话的，虽没展开说，但我知道他的意思，我的写作他非常了解，我不是写这类作品的人。因为这本书我还上了央视(真是够主流的)，在央视“2017年度中国好书”颁奖典礼上有我一段“文学分享课:开风气之先”的演讲。典礼播出后批评家李林荣在他的自媒体上转发了演讲视频,并写了一段话:“赞美宁兄在央视聚光灯下特意选择讲述陈春先的故事。往事不远,足可鉴今。”我明白李林荣的意思,某种意义他点到了这部作品的精神实质与当下的必要性。我回道:“知我者,林荣兄也。”我找到了某种为何写此书的解释的角度,但我仍看重、更看重上述的批评。面对多种声音,我自己非常清醒的是,真正促使我写这本书的原因很简单,就是我想了解中关村,而写作此书会让我有许多了解中关村的便利条件,有足够的外力支持,我想采访谁基本上就能采访到谁。当然,为此我要写出一个“历史”的中关村,“公共”的中关村,虽然会尽可能打上我的烙印。但因此也必然会有一个完全我个人的中关村——中关村是我未来北京地域长篇小说不可或缺的一部分。北京没有中关村就少了一面镜子,甚至魔镜。正是由于这个原因,让我进行了一次远征,一次陌生的远离了自己的长途奔袭,人马不多但全是精锐,我驰骋于无限大无限陌生的写作疆域,我的疆土似乎也变得异常辽阔。我不知道这样的远途奔袭,这样征服后的疆土,对我未来的写作究竟是否真的有意义?我是否真的需要这么辽阔的疆土?一切都是未知的。

但还有什么比未知更迷人?

2018年5月

图书在版编目（CIP）数据

中关村笔记/ 宁肯著.-上海：上海文艺出版社.2018.9
（宁肯文集）
ISBN 978-7-5321-6664-0
Ⅰ.①中… Ⅱ.①宁… Ⅲ.①散文集－中国－当代
Ⅳ.①I267
中国版本图书馆CIP数据核字（2018）第130253号

发 行 人：陈　征
责任编辑：李　霞
美术编辑：钱　祯

书　　名：中关村笔记
编　　著：宁　肯
出　　版：上海世纪出版集团　　上海文艺出版社
地　　址：上海绍兴路7号　200020
发　　行：上海文艺出版社发行中心发行
　　　　　上海市绍兴路50号　200020　www.ewen.co
印　　刷：上海天地海设计印刷有限公司
开　　本：890×1240　1/32
印　　张：11.125
插　　页：2
字　　数：285,000
印　　次：2018年9月第1版　2018年9月第1次印刷
I S B N：978-7-5321-6664-0/I・5311
定　　价：39.00元